20 ans...

© Claire Bertin
ISBN : 978-2-9564434-0-7

Claire BERTIN

20 ans…

Tome 1

*

ROMAN

« Il y a la famille, il y a les amis, puis il y a les amis qui deviennent la famille »

Anonyme

À Aurélien, le plus merveilleux des hommes...

À nos trois enfants...

À mes amies...

PARTIE I

I

06 Septembre 2004

— Émilie ! Lève-toi, il est l'heure !

Émilie s'étira et, après un long bâillement, dut se résoudre à ouvrir les yeux. Elle tendit la main vers sa table de nuit et y piocha un élastique afin de rassembler ses longs cheveux bruns et bouclés en une queue de cheval. Elle regarda finalement son réveil, qui indiquait 7:00. Elle se remit sous la couette, il était trop tôt. Elle n'était vraiment pas du matin.

— Émilie, tu es debout ? ton petit déjeuner est prêt !

Décidément, Claudine, sa mère, avait l'air bien plus éveillée qu'elle.

Au moment où elle se décidait à sortir de son lit, Claudine frappa à la porte et entra.

— Salut ma poulette ! Bien dormi ?

— Maman… pourquoi tu me réveilles si tôt ? je ne dois être qu'à 10 heures là-bas, j'ai le temps !

— Je voulais te voir avant de partir, je démarre à 8 heures ce matin. Comment tu te sens ma belle étudiante ?

— Ça va… mais je suis un peu stressée. J'espère que les gens de ma promo seront sympa !

— Mais oui ! il n'y aucune raison qu'ils ne le soient pas. Tu vas te faire plein de copines, tu vas voir. Allez, file te doucher, on t'attend en bas !

Claudine, quitta la pièce, laissant Émilie seule dans sa chambre. Si au premier abord la ressemblance entre mère et fille n'était pas évidente, c'est dans leurs expressions et leur façon d'être que le lien de filiation pouvait être établi sans le moindre doute.

Claudine, petite femme élégante de la cinquantaine respirait le dynamisme et son sourire ne la quittait que rarement. Elle avait opté depuis plusieurs années pour une coupe de cheveux courte qui lui permettait de se préparer rapidement le matin.

Ses cheveux châtains étaient balayés de mèches blondes et elle avait des yeux bleus rieurs qui tiraient parfois sur le gris lorsque la lumière les éclairait. Joyeuse et bonne vivante, elle avait consacré sa vie aux autres en choisissant le métier d'aide-soignante. Elle était un véritable rayon de soleil pour les résidents du service de cancérologie dans lequel elle officiait. Sa priorité était de s'assurer du bonheur de son entourage, à commencer par ses trois enfants, Antoine et Gilles, les jumeaux qui étaient âgés de vingt-cinq ans et Émilie, sa petite dernière qui avait soufflé ses dix-huit bougies l'été précédent.

Émilie sentit une vague d'énergie s'emparer d'elle lorsqu'elle entendit son radio réveil jouer Obsession, du groupe Aventura. Elle se déhancha jusqu'à la salle de bains. Première étape, prendre une bonne douche, puis ensuite LE choix. Le choix qui, pour beaucoup était anodin, sans conséquence mais qui pour elle était crucial : Qu'allait elle porter pour la rentrée ?

Un jean ? Non, pas assez habillé… Une jupe ? non, pas eu le temps de m'épiler et mes ballerines me font mal aux pieds. Mon pantalon noir. C'est la bonne solution.

Passe-partout, habillé. Elle qui allait démarrer des études supérieures en tourisme se devait, dès le jour de la rentrée, de renvoyer une image impeccable à ses professeurs. Un petit pull rose pâle, un peu décolleté, et le tour était joué.

*****

Après avoir passé près de trente-cinq minutes dans un bus bondé, Émilie descendit enfin à son arrêt.

Une grande inspiration, un coup d'œil dans le rétroviseur d'une voiture garée sur le trottoir pour s'assurer que ses cheveux étaient bel et bien domptés et elle pénétra dans l'enceinte du lycée qui allait l'accueillir pendant les deux prochaines années.

La jeune fille, un peu intimidée par la foule présente dans le grand hall d'accueil, regarda furtivement autour d'elle, cherchant des indications sur la salle où elle devait se rendre. Elle aperçut enfin une flèche indiquant le chemin pour les étudiants en tourisme.

Le bâtiment était immense. Une partie ancienne, datant des années vingt était austère. De grandes fenêtres, des corniches de pierre et même, çà et là, des gargouilles qui rappelaient la fonction première de couvent de l'édifice. Les lycéens jouissaient de cette superbe bâtisse construite autour d'une cour ombragée abritant quelques marronniers sous lesquels des bancs de bois avaient été disposés. Pour l'enseignement supérieur, une extension moderne et lumineuse cassait avec goût le style très classique des murs d'origine. Une entrée spéciale pour les étudiants avait été créée. On accédait par une petite rue calme à un grand portail roulant qui donnait sur un espace vert. La double porte vitrée qui débouchait sur le hall d'entrée était grande ouverte, comme prête à avaler cette foule de jeunes qui démarraient leurs études.

Elle traversa le hall puis prit les escaliers qui se trouvaient face à elle. Elle manqua de tomber à la renverse quand un petit groupe de filles la bouscula en les descendant.

Éviter à tout prix de se faire remarquer …

Émilie vit qu'une file d'attente se constituait peu à peu dans le couloir. Elle décida à son tour de s'adosser au mur pour patienter. Elle détestait la nouveauté. Toutes ces personnes autour d'elle la mettaient mal à l'aise, elles parlaient fort et faisaient tout pour déjà sortir du lot.

Heureuse de démarrer des études dans le tourisme, elle voulait que sa vie professionnelle soit faite de voyages et de liberté. Il lui faudrait juste quelques jours pour prendre ses marques, ensuite ça irait.

Bien qu'un peu timide, elle était très sociable et avait de nombreux amis depuis le lycée. Perdue dans ses pensées, Émilie attendait. Ses grands yeux noisettes, et ses taches de rousseur lui donnaient un air sympathique.

Elle avait un style vestimentaire classique et élégant qui savait la mettre en valeur. Ses longs cheveux bouclaient naturellement, ce qui l'ennuyait profondément et lui valait des heures de fer à lisser hebdomadaires.

Tout à coup, une petite femme ronde et autoritaire fendit la foule comme une flèche. Elle ne faisait pas plus d'un mètre cinquante, ses cheveux très courts et sa longue robe bariolée lui donnaient un aspect très peu conventionnel. Une petite boule d'énergie.

« Émilie Bellet, Clara Birton, Zoé Chevrin… hurla la petite femme, salle B2, s'il vous plaît ! »

Émilie suivit le groupe et se retrouva à côté d'une autre jeune fille qui semblait tout aussi perdue qu'elle. La petite femme continuait d'égrener les noms de sa liste et la salle se remplissait tranquillement, puis au bout d'une vingtaine de personnes appelées, la porte se referma. La petite femme se présenta. Elle se nommait Josiane Porteau, directrice des études en tourisme. Pas de doute à avoir, elle semblait gérer son unité d'une main de maître et son énergie était communicative. Un personnage que l'on ne pouvait probablement pas oublier dans sa scolarité. Malgré ses petits yeux bleus perçants, il se dégageait d'elle une grande gentillesse.

Chacun prit place et Émilie s'assit machinalement auprès de Clara, qui avait été appelée juste après elle. Elles se firent un petit sourire intimidé puis passèrent la première matinée côte à côte pendant que leurs emplois du temps de l'année leur étaient transmis. On leur expliqua le règlement intérieur, on leur fit signer et compléter de nombreux formulaires, puis, aux alentours de midi, enfin, les nouveaux étudiants furent libérés. Ils démarraient les cours le lendemain à 8:30. Aucun retard ne serait toléré.

En rangeant son bloc-notes dans son sac, Émilie en profita pour observer ses nouveaux camarades de classe. Enfin, plutôt nouvelles pensa-t-elle. Sur une vingtaine de personnes, elle ne voyait que deux garçons, et manifestement tout les opposait.

L'un d'entre eux était blond, une coupe de cheveux soignée, un teint diaphane et quelques taches de rousseur. Il portait un jean serré, un polo et des tennis d'un blanc immaculé. Il s'appelait Jean-Sébastien et semblait très sociable. Il était déjà en pleine conversation avec Zoé, l'une des filles de la classe.

De l'autre côté, le second garçon avait un look totalement opposé : un énorme diamant en guise de boucle d'oreille, un sweat à capuche et un jean baggy. Le teint mat, les cheveux bruns et soigneusement coiffés au gel, il était assez caricatural et semblait assez incongru dans cette salle où chacun avait opté pour un look soigné. En continuant son observation, Émilie s'aperçut, à sa grande surprise, qu'elle était dans les plus jeunes de son groupe. En effet, les personnes qui l'entouraient semblaient osciller entre vingt et vingt-cinq ans. Elle venait d'obtenir son bac et s'était immédiatement inscrite en BTS. Elle s'interrogea sur le parcours de tous ces étudiants qui allaient comme elle, démarrer ce cursus.

Puis machinalement, elle suivit un petit groupe qui semblait se diriger vers l'arrêt de bus, situé à quelques dizaines de mètres de l'entrée du lycée. Elle aperçut Clara et s'approcha d'elle pour engager la conversation. Clara était grande et ses cheveux cuivrés étaient coupés au carré. Elle portait un T-shirt violet, un jean et des ballerines noires.

— Tu prends le bus aussi ? demanda timidement Émilie.

— Ouais… je n'ai aucun sens de l'orientation, du coup, je suis le mouvement lui répondit Clara en souriant. Comment tu t'appelles déjà ?

— Émilie.

Les deux jeunes filles firent connaissance en se rendant à l'arrêt de bus avant de se joindre au reste du groupe. Tous échangèrent leurs premières impressions et l'étonnante Madame Porteau faisait l'unanimité. C'est ainsi qu'elles rencontrèrent Vanessa.

Dans un bus bourré d'étudiants et de lycéens surexcités par leur rentrée scolaire, une amitié venait de naître. Elles l'ignoraient encore mais leurs destins seraient scellés et chacune allait devenir un élément essentiel dans la vie des autres. Même si au creux de la moiteur et du bruit ambiant, ce virage dans leurs vies n'était pas encore palpable, une légèreté et une joie inexplicable s'emparaient d'Émilie, Clara et Vanessa.

II

Émilie jeta un œil à son portable. Elle attendait un message de Kevin, ce garçon avec qui elle sortait depuis déjà plusieurs semaines. Elle le connaissait depuis le lycée, et cet été, elle s'était lancée lors d'une soirée. Kevin, c'était celui dont elle avait rêvé en cachette depuis des mois, mais qui semblait n'avoir d'yeux que pour Nayong, sa meilleure amie. Elles se connaissaient depuis la maternelle. Deux personnalités que tout opposait et qui pourtant ne s'étaient jamais perdues de vue.

Nayong était sûre d'elle, accrochant toujours le regard des hommes et aimant être au centre de l'attention. Il faut dire que la jeune fille de dix-neuf ans avait une plastique parfaite qui lui avait valu le titre de plus belle fille du lycée. Une consécration. D'origine vietnamienne, la jeune fille, si timide lorsqu'elle était arrivée en France lors de son adoption à l'âge de trois ans, avait en grandissant gagné en assurance sous le regard aimant de sa nouvelle famille. De grands yeux bruns en amande, une longue chevelure d'ébène, une taille de guêpe, elle avait pris conscience de son potentiel de séduction à l'adolescence et n'avait depuis jamais douté d'elle-même.

Émilie, elle, préférait évoluer dans la vie de façon moins ostentatoire. Elle avait toujours soutenu son amie dans ses choix, bien souvent excentriques.

C'était lors d'une soirée qu'elle avait organisée pour ses dix-huit ans. Kevin était là, et Émilie, après avoir bu quelques bières pour se donner du courage avait enfin osé envoyer quelques signaux explicites au jeune homme.

Kevin, au look étudié jusqu'à la pointe des cheveux avait l'habitude de plaire aux filles. Sa crinière brune, sa peau parfaite et ses yeux verts étaient des atouts non négligeables pour ses nombreuses conquêtes amoureuses.

Ce soir-là, la belle Émilie lui avait clairement fait comprendre qu'elle voulait plus que son amitié, et il s'était laissé tenter. Il savait qu'elle n'était pas comme les autres. Il émanait d'elle un tempérament de feu souvent caché sous une troublante candeur. Elle l'intriguait, il était charmé, même s'il n'était pas totalement indifférent au charme exubérant de Nayong.

En voyant une petite enveloppe sur son écran, Émilie retint son souffle. Depuis quelques jours, le vent était en train de tourner. Kevin semblait se lasser de cette relation platonique. Bien qu'il fût en apparence patient avec elle, Kevin voulait passer à l'étape supérieure mais quelque chose la retenait de passer à l'acte. Elle voulait garder sa virginité pour quelqu'un de spécial et elle savait au fond d'elle que ce n'était pas lui.

En découvrant que le message n'était pas de Kevin mais de Clara, Émilie soupira puis explosa de rire en découvrant son contenu :

« Je l'ai eu, il était bien dégueu, j'en ai mis partout ».

Avec Clara, elle était elle-même et pouvait aborder des sujets très terre à terre. Le soir, après les cours, Clara s'était plainte d'un bouton qu'elle sentait pousser sur sa joue. Manifestement, ce dernier n'avait pas survécu aux ongles de son amie. Certes, ça ne valait pas un message de son petit ami, mais au moins, ça lui avait redonné le sourire. Elle répondit instantanément.

« OMG ! T'es immonde ! »

Ce soir-là, Kevin ne lui répondit pas. Émilie savait reconnaître une histoire quand elle prenait l'eau. C'est le cœur gros qu'elle s'endormit.

III

— Alors, vous avez eu le temps de réviser votre géo ?

— Nan, j'ai pas eu le courage, je pense que je vais devoir improviser répondit Clara.

Un mois et demi que leur cursus avait démarré et c'était déjà le temps des partiels. Une longue semaine d'examens et d'oraux et les vacances de la Toussaint seraient là. Clara et Émilie, souvent accompagnées de Vanessa formaient un petit groupe très soudé et inséparable. Trois personnalités bien différentes mais qui se complétaient parfaitement.

Clara croyait en la chance. Le petit coup de pouce de la vie pour lui permettre de se tirer indemne de cette semaine d'examens qu'elle n'avait pas révisés. Elle était très attentive en cours et avait une bonne mémoire auditive. C'est là-dessus qu'elle misait. Elle avait du mal à rester enfermée pour faire des révisions quand des virées shopping ou des répétitions de théâtre avec la petite troupe qu'elle avait intégrée six ans plus tôt l'attendaient. Après tout, pour son bac, les seuls sujets d'histoire-géo relus la veille dans son lit étaient ceux qui étaient tombés. Quand on croit en sa bonne étoile, il ne peut rien arriver de mauvais se disait-elle.

Émilie, quant à elle, avait travaillé jusque tard dans la nuit. Elle était épuisée, cela faisait des jours qu'elle relisait ses cours, constituait des fiches de révisions et qu'elle allait chercher des photos à coller sur ses cours dans des brochures touristiques. Elle ne voulait pas se planter.

Elle avait toujours été bonne élève et elle souhaitait que cette première période d'examens soit un succès. Elle connaissait par cœur les noms des collines de Rome ainsi que les places et églises de la Ville Éternelle, elle maîtrisait ses notions de droit et avait même mémorisé des formules complexes de son cours de gestion. Elle était prête.

Quand Clara lui avoua n'avoir que très peu révisé, elle leva les yeux au ciel et se demanda comment on pouvait être sûr de soi au point de se présenter à un examen sans l'avoir préparé au préalable. Ça la dépassait complètement, mais elle était assez curieuse de voir comment sa nouvelle amie allait s'en tirer.

Pendant qu'elles patientaient devant leur salle d'examen, elles aperçurent Vanessa et Martine, une autre de leurs comparses, qui arrivaient d'un pas rapide. Elles n'étaient pas en avance ce matin, sans doute avaient-elles raté leur bus !

— Salut les meufs ! balança Vanessa en s'avançant dans le couloir.

Vanessa louait une petite chambre dans une cité universitaire et chaque matin, sa ponctualité dépendait des bus qu'elle arrivait à avoir pour venir en cours et du temps de chauffe de son fer à lisser. Parfois les bus passaient, parfois non. Une loterie qui avait le don d'agacer la jolie brune au tempérament de feu. Elle n'était pas rennaise, elle avait vécu toute son enfance sur l'île de Groix avec ses parents, son frère, sa sœur et son chien, Simba. Elle avait par la suite dû quitter son île pour rentrer au lycée où elle avait été en internat pendant trois ans. Ce départ précoce du domicile familial avait fait d'elle une personne débrouillarde, responsable et indépendante. Elle était dotée d'un charisme unique et captait tous les regards et les attentions quand elle arrivait quelque part.

Sa joie de vivre et son grand cœur étaient facilement perceptibles et son capital sympathie n'en était que plus important.

Elle avait sympathisé avec Martine. Beaucoup de gens s'étaient amusés de la ressemblance physique des deux filles : grandes, élancées, brunes aux longs cheveux bouclés, on les aurait aisément prises pour des sœurs. Peut-être avaient-elles suivi l'adage « Qui se ressemble s'assemble » en décidant de se mettre côte à côte un matin en cours d'Anglais ? …

Elle s'était très rapidement entendue avec l'ensemble de sa classe et plus particulièrement avec Émilie et Clara. Elle avait la sensation de les connaître depuis longtemps et s'était immédiatement sentie à l'aise avec elles. Elles étaient naturelles et ne cherchaient pas à jouer de rôle. Elle détestait les gens faux et ces deux-là étaient tout le contraire.

****

C'était un matin frisquet de Novembre. Après deux semaines de vacances, les étudiants reprenaient, à regrets, le chemin des cours. Dans le bus, les yeux encore cernés par un réveil beaucoup trop matinal, Émilie envoyait des messages à Kevin pour passer le temps. Ils s'étaient vus le week-end précédent et tout s'était mieux passé qu'elle ne le craignait. L'étudiant en commerce s'était montré compréhensif. Elle commençait à se demander si finalement, il ne serait pas le premier. Il était beau, gentil, patient et il était tellement sûr de lui qu'il lui apportait sans doute cette assurance dont elle manquait tant. Sa maman, Claudine, n'était pas de cet avis. Très proches, elles n'hésitaient pas à se confier leurs sentiments et Kevin, sur ce point, ne faisait pas l'unanimité.

Cette haute estime de lui qui avait séduit la fille était justement ce qui ennuyait la mère. Quand Kevin avait commencé à la tutoyer, cela avait fortement déplu à Claudine, qui bien que très sympathique et chaleureuse avec les amis de sa fille, aimait qu'une certaine distance soit respectée quand les choses devenaient sérieuses.

Émilie rêvassait, la tête appuyée contre la vitre du bus couverte de buée et tremblotante. Ce matin, elle allait recevoir ses résultats d'examens. Elle avait un bon pressentiment mais sans les notes écrites noir sur blanc, elle ne pouvait pas être totalement sereine. Elle avait bien fait de veiller tard sur ses révisions et de ne faire l'impasse sur aucun chapitre. Elle s'était un peu moins bien débrouillée à l'oral.

Elle maîtrisait parfaitement ses techniques de vente mais le fait d'être face à face avec un examinateur qui la scrutait et jugeait son travail la mettait très mal à l'aise. Elle verrait bien, de toute façon, elle serait fixée dans les heures à venir.

— Salut ma vieille !

Émilie leva la tête et aperçu Clara qui essayait maladroitement de se frayer un chemin jusqu'à elle, écrasant les pieds des autres passagers et rougissant un peu plus à chaque grognement émis par ses victimes.

— Ma poulette ! Émilie embrassa son amie.

Elle était si contente de la retrouver ! Elles avaient beau être restées en contact par téléphone pendant les vacances, elles avaient été dans l'impossibilité de se voir pendant deux semaines et elles avaient du temps et des anecdotes à rattraper.

— Alors ? Tu as vu Kevin ce week-end ? Ça a donné quoi ?

— Ben je trouve que c'est mieux, il a été trop chou. Il m'a même offert des fleurs !

— Ah ouais ! T'es vraiment un bourreau des cœurs toi !

— À moins qu'il n'ait un truc à se faire pardonner… murmura Émilie en rougissant.

— Mais n'importe quoi ! Un mec peut être gentil sans pour autant être un connard, fais-lui confiance, et surtout, fais-toi confiance !

— Je sais bien… mais c'est tellement pas son genre que je trouve ça bizarre…

— Bon, on va mener l'enquête alors !

À ce moment, Natacha, qui était également dans leur classe et avec qui les filles aimaient passer du temps, s'engouffra à son tour dans le bus. Décidément, elles étaient toutes synchro ce matin. Elle piétina à son tour les pieds des passagers et rejoignit ses deux amies.

— Coucou les poulettes ! lança-t-elle. Alors, ces vacances ?

— Super ! et les tiennes ? répondit Émilie.

— T'as dû apprécier de retrouver ta chambre chez tes parents ! renchérit Clara

Natacha s'était plainte, au moment de leurs examens, de ne pas pouvoir réviser facilement à cause de deux colocataires qui aimaient organiser de gigantesques fêtes dans leur appartement.

— Ah ben, c'était plus calme qu'à l'appart' !

— Tu m'étonnes…

— Bon, alors c'est ce matin qu'on a nos résultats de partiels ? demanda Natacha.

— Il paraît. J'espère que c'est pour aujourd'hui, j'y ai pensé toute la nuit avoua Clara, la gorge serrée.

— On va vite en avoir le cœur net ! cria Émilie en essayant de s'extraire du bus bondé à la suite de ses amies.

En arrivant dans le secteur Tourisme de l'établissement, elles aperçurent un petit attroupement devant le bureau de Popo, le petit sobriquet utilisé pour qualifier l'amusante Madame Porteau. Les résultats d'examens étaient là, affichés sur le mur et les étudiants venaient progressivement se greffer au groupe pour avoir accès à leurs notes.

Les filles allaient être fixées. Elles s'approchèrent à leur tour et attendirent en silence de pouvoir accéder à la fameuse liste.

IV

— Ouuuuuuuuuuuuuf ! soupira Émilie en découvrant ses excellents résultats. Je suis trop soulagée !

Elle se tourna vers ses amies qui avaient toutes le sourire aux lèvres. Elles avaient également réussi leurs examens avec brio et une ambiance joyeuse régnait dans le couloir.

— On n'est pas copines pour rien ! On a quasiment eu les mêmes notes Em' ! s'exclama Clara.

— Ouais… sauf que moi, j'ai bossé, la taquina Émilie.

— Moi aussi… j'ai bien écouté pendant les cours, ça fait le gros du boulot ,se défendit Clara avec un air faussement offusqué.

— On se fait une soirée jeudi pour fêter ça ? proposa Vanessa.

— Carrément ! répondirent Natacha, Émilie, Clara en chœur.

— Je peux héberger du monde dans mes neuf mètres carrés, on sera serrées mais j'ai un matelas !

— Moi je suis preneuse répondit Clara. Depuis le temps que je veux voir ta piaule !

— Moi aussi je veux bien, ajouta Émilie.

Heureuses et soulagées de leurs bons résultats, c'est impatientes que les filles passèrent leur journée de rentrée. Globalement, les résultats de la classe étaient bons, à part quelques notes plus que moyennes en anglais. Leur professeur, le séduisant Monsieur Gérard avait décidé que sa promo n'aurait pas moins de 15/20 de moyenne générale lors de l'examen final, à la fin de l'année scolaire suivante.

C'est avec charme et humour qu'il dispensait ses cours, non sans parfois une pointe de moquerie quand il entendait les accents catastrophiques de certains élèves.

Il était souvent amusé de voir les étudiantes du premier rang le dévorer des yeux mais baisser le regard et rougir dès qu'il les observait. Âgé de 34 ans, il était né d'une mère algérienne et d'un père français. Il devait à ce métissage une peau hâlée, des cheveux bruns et de beaux yeux noirs. Il soignait son allure, et devait sa silhouette élancée aux différents sports qu'il pratiquait sur son temps libre. Il s'était installé, deux ans plus tôt, avec Jennifer, sa petite amie depuis cinq années. Bien qu'aimant sa précieuse liberté, il avait fini par succomber à la pression sociale et avait, à regret quitté son T2 pour s'installer avec elle. Elle était blonde, mince et ne sortait pas sans avoir vérifié que son allure était parfaite. Elle n'avait pas inventé l'eau chaude mais il était fier de parader avec elle lorsqu'ils sortaient. Elle était une sorte de trophée. Il avait de l'affection pour elle, même s'il n'éprouvait pas réellement de sentiment amoureux. Cela finirait par venir, avec elle ou une autre, se disait-il. Il lui arrivait, parfois, de la tromper. Il la soupçonnait de le savoir mais de feindre l'ignorance pour ne pas faire de vagues. Jennifer n'était pas indépendante et manquait tant de répartie qu'elle fuyait les conflits dont elle ne sortirait de toute façon pas gagnante. Il aimait séduire et savait qu'il plaisait particulièrement à ses étudiantes qui rêvaient certainement d'une relation défendue avec lui. Le fantasme prof / élève était vieux comme le monde. Bien que n'ayant jamais franchi cette frontière, il lui était arrivé d'y penser et de se raviser.

*****

Le jeudi soir était enfin arrivé. Émilie préparait ses affaires pour aller dormir chez Vanessa et enchaîner le lendemain matin avec les cours. Elle attendait cette soirée avec impatience. En brossant ses longs cheveux, face au miroir, elle songeait à Kevin. Que pouvait-il bien penser ?

Il était difficile à suivre… parfois si patient et romantique, parfois si distant… il jouait avec ses sentiments et elle avait beaucoup de mal à supporter cette attitude.

Elle était toujours à l'écoute des autres, pourquoi, refusait-il de s'ouvrir à elle ? Était-ce le fait de ne pas vouloir aller trop vite qui le refroidissait ? Si réellement il devait être le premier, elle s'apprêtait à lui faire un cadeau incroyable, mais il fallait le mériter. Elle ne s'offrirait certainement pas à un lunatique qui risquait de changer d'avis une fois qu'il aurait obtenu ce qu'il voulait ! Elle consulta machinalement son téléphone mais seul un message de Clara s'afficha. Elle l'attendait à 21:00 à l'arrêt de bus pour qu'elles aillent déposer leurs affaires chez Vanessa.

De son côté, Clara aussi se préparait pour sa soirée. Elle vivait chez ses parents en périphérie de Rennes. Elle glissa rapidement sa brosse à dents dans sa trousse de toilette et alla préparer ses affaires pour la nuit. Elle choisit un débardeur dans sa commode et un vieux legging pour dormir. Elle retourna dans la salle de bains et se mit un peu de rouge à lèvres. On n'attrape pas les mouches avec du vinaigre, se dit-elle. Clara avait un secret que seule Émilie connaissait dans son nouveau groupe d'amis. Elle n'avait jamais eu de petit ami. Elle gardait un souvenir infaillible de son premier (et unique) baiser. Il s'appelait Giovanni, il était italien et ils s'étaient rencontrés lors d'une soirée totalement imprévue chez sa cousine à Paris. Ils avaient marché main dans la main pendant des heures à Montmartre, ils avaient eu cette sensation merveilleuse d'être seuls au monde cette nuit-là. Tous les éléments étaient réunis pour que cette soirée soit romantique. Montmartre, les musiciens sur les marches du Sacré-Cœur, le ciel étoilé et Paris qui s'étalait à leurs pieds… elle savait que Giovanni allait tenter de l'embrasser.

Elle en mourrait d'envie, mais à dix-neuf ans, l'angoisse d'un premier baiser est bien supérieure à celle d'une adolescente de treize ou quatorze ans. Et c'est le cœur battant à tout rompre, le ventre rempli de papillons qu'elle avait finalement succombé aux avances de ce bel Italien, en revenant d'une exposition sur Miro à Beaubourg, le lendemain de leur rencontre.

Ils ne s'étaient jamais revus, même s'ils avaient gardé contact. Il lui avait envoyé de belles lettres, dans un Français aussi maladroit que touchant. Giovanni avait essayé de venir la voir mais elle s'était dégonflée, inventant un prétexte. Elle l'appréciait énormément, mais si Giovanni venait exprès de Turin pour la voir, il faudrait qu'ils aillent plus loin. Et elle avait pris peur. Recevoir son premier baiser à dix-neuf ans était déjà une étape importante, elle ne voulait pas brusquer les choses. C'est en repensant à Giovanni qu'elle se dit qu'elle finirait certainement ses jours seule. Elle plaisait aux garçons, elle en était consciente mais cette timidité maladive la rongeait, et plus elle grandissait, plus il était difficile pour elle de se décoincer.

*****

— Arrête de regarder ton portable ! grogna Clara.

— Je sais… mais il ne m'a pas donné de nouvelles de la semaine lui répondit tristement Émilie.

— Ben il est con… et il mérite pas que tu regardes ton téléphone *non stop*.

— Je sais...

— Ben si tu sais, range ton portable ! Allez mon lapin, on va passer une bonne soirée, ça va nous faire du bien !

— Carrément ! J'ai hâte de voir comment est la chambre de la Vuvu !

— La « Vuvu » ?

— Ben oui… elle m'a dit hier que c'était son surnom! Une contraction de Vanessa et de Ugrel, son nom de famille.

— Ahahaha ! ça lui va bien ! elle ne fait jamais rien comme tout le monde, visiblement c'est même pareil pour ses surnoms !

— Au fait, à quelle heure on rejoint Natacha ?

— Vers 22:30 au Kenland.

— Cool !

— Ah, prochain arrêt, Cité Universitaire, on y est presque !

Clara appuya sur le bouton pour ouvrir la porte du bus alors qu'il venait de s'arrêter. Plusieurs étudiants en profitèrent pour descendre et gagner l'immense résidence qui se trouvait sur leur gauche. L'immeuble des années 70 était un peu défraîchi mais une porte sécurisée par un interphone avait été fraîchement installée pour garantir la tranquillité des cent-vingt jeunes qui y résidaient.

— Allo ? On est là ma poulette !

— Je vous ouvre répondit instantanément Vanessa.

— La porte se débloqua et permit aux filles d'entrer.

— Ça sent la soupe ! constata Émilie.

— Ben oui, on en en cité U, ils mangent pas du homard pour le dîner !

— Je crois que c'est là, elle a dit porte de droite, quatrième étage. Émilie frappa doucement et la porte s'ouvrit sur une Vanessa radieuse.

Après une rapide visite de sa chambre étudiante, qui bien que très petite était fonctionnelle, la Vuvu montra à ses deux invitées les sanitaires partagés où elles auraient le privilège de se doucher.

Elle leur dit qu'elle pouvait leur prêter des tongs pour éviter d'attraper des verrues ou autres champignons. Émilie et Clara ne semblèrent pas emballées par cette partie de la visite.

De retour dans la chambre, leur hôtesse d'un soir sortit une bouteille de Vodka de sous son lit et une brique de jus d'orange bon marché.

— Que la fête commence ! dit-elle en servant généreusement ses convives.

Quelques verres et quelques fous rires plus tard, les trois jeunes filles étaient installées dans le bus pour rejoindre Natacha en ville.

Les yeux brillants, les joues roses, des voix qui portaient un peu trop… il ne faisait aucun doute qu'elles étaient déjà un peu ivres en arrivant dans le pub où elles allaient passer le reste de la soirée.

Elles retrouvèrent sur place Natacha qui arriva devant le pub en même temps qu'elles. Le lieu était bondé. On y diffusait en direct un match qui opposait le Stade Rennais à l'AS Monaco. La gente masculine était en majorité et la bière coulait à flots.

Les filles n'eurent aucun mal à se faire offrir des verres par un groupe de jeunes hommes qui espéraient certainement une autre issue que le « Merci pour les consos ! Bonne soirée ! » que leur lancèrent les quatre acolytes en quittant le bar.

Elles avaient bien arrosé leurs examens et il était plus de 3 heures du matin quand elles se décidèrent enfin à rentrer se coucher après être allées danser un peu dans un bar de nuit situé dans une ancienne prison.

— Ça va être dur de se lever dans quatre heures, gémit Clara en montant dans le bus qui les ramenait à la résidence universitaire.

— C'est net… on est obligées d'y aller ? On a quoi comme cours en première heure ? s'interrogea la Vuvu.

— On peut pas sécher… on a anglais… répondit Émilie d'une toute petite voix ensommeillée. Elle somnolait en attendant que le bus les dépose à destination.

— Toi, même quand tu dors, tu fais la conversation, t'es une championne ! s'amusa Vanessa.

— Au fait, j'espère que vous ne ronflez pas dit Clara. Je déteste les ronfleurs, ça me rend dingue…

Émilie eut une petite moue à peine perceptible. La Vuvu, elle, annonça presque fièrement qu'elle ne ronflait pas mais qu'elle gémissait. Ses deux copines explosèrent de rire, espérant malgré tout que les quelques petites heures de sommeil qui les attendaient leur permettraient quand même de recharger les batteries. La nuit fut courte, surtout celle d'Émilie et Clara qui durent la passer sur un matelas gonflable dont la Vuvu s'aperçut qu'elle n'avait pas le bouchon.

V

Le samedi matin suivant, Vanessa se leva aux aurores et d'une humeur très joyeuse. Elle allait faire une visite surprise à Guillaume, son petit ami depuis trois ans. Entre eux, ça avait été une évidence dès leur première rencontre. Elle avait quinze ans et lui dix-huit et c'est dans un bar au cours d'une soirée estivale qu'ils s'étaient rencontrés. Les parents de Guillaume avaient une maison sur l'île de Groix et ils venaient y passer chaque période de vacances en famille. Vanessa y avait grandi, et lorsqu'elle n'était pas à l'internat, elle regagnait le domicile familial situé à proximité du port. Le soir de leur rencontre, le Pop's Tavern grouillait de jeunes et il y régnait une joyeuse ambiance : un mélange de musique et une insouciance presque palpable se mêlaient. Vanessa était venue retrouver ses amis et Guillaume, qui faisait partie, par intermittence, du club de rugby de l'île faisait sa traditionnelle troisième mi-temps avec ses coéquipiers. Il avait levé les yeux au moment où elle avait franchi la porte. Dès lors, il n'avait eu d'yeux que pour elle. Lorsqu'il était venu la voir pour lui offrir un verre, ce solide gaillard d'1m95 pour cent kilos ressemblait plus à un petit garçon qu'au pilier gauche qu'il était sur le terrain. Ébloui par la beauté envoûtante et le sourire de la jeune fille, il s'était retrouvé tout intimidé en l'approchant. Vanessa avait elle aussi été séduite par ce beau et viril jeune homme qui la dévorait de ses yeux bleus à la table voisine. Il lui semblait un peu plus âgé qu'elle et cela lui convenait très bien. Elle avait eu des petits amis au lycée qui étaient d'une immaturité déconcertante.

Une fois la timidité envolée grâce à des pintes de bière, ils ne s'étaient pas quittés de la soirée. Cette nuit changea leurs vies et c'est avec beaucoup de regret que Guillaume annonça à la jeune fille qu'il partait le lendemain travailler en tant que cuisinier en Suisse.

Ils ne pouvaient pas se résoudre à stopper net une histoire pleine de promesses qui démarrait à peine. Ils décidèrent donc de tenter leur chance et se promirent de s'attendre.

Vanessa en oublia de rentrer chez elle et accompagna son beau Guillaume jusqu'au port où le bateau qui allait l'emmener sur le continent l'attendait. C'était si beau et à la fois si injuste de rencontrer quelqu'un avec qui l'avenir semblait évident et de devoir se quitter au bout de quelques heures… La Vuvu embrassa fougueusement Guillaume avant qu'il n'embarque. L'air marin se mêlait aux larmes chaudes qui coulaient sur ses joues. Était-il possible de tomber amoureux aussi vite ? Le destin était cruel de faire miroiter de belles histoires à deux jeunes gens alors qu'une distance de mille kilomètres allait bientôt les séparer.

Vanessa était rentrée chez elle bien après le départ du bateau, les yeux rougis par le chagrin. Elle en avait perdu toute notion du temps et quand elle avait franchi la porte d'entrée de sa maison, sur la pointe des pieds, son père, furieux et fou d'inquiétude l'attendait dans la cuisine. Hors de lui, il lui ordonna de monter immédiatement dans sa chambre et la priva de sortie pendant quinze jours.

Elle sourit en se remémorant cette rencontre avec l'homme de sa vie. Alors qu'elle s'apprêtait à monter dans l'avion en direction de Paris, elle revit défiler ces trois années d'amour à distance avec celui qu'elle surnommait affectueusement « Chaton » . Ça n'était pas facile tous les jours de vivre loin de celui qu'elle aimait, mais elle savait qu'une fois diplômée, elle pourrait le rejoindre, ou bien lui viendrait. Peu importe, ils seraient ensemble.

Une fois à Paris, c'est toujours pleine d'enthousiasme et avec le sourire qu'elle embarqua pour son deuxième vol, en direction de Genève où Franck, un collègue de Guillaume qu'elle avait mis dans la confidence l'attendrait.

C'était un long voyage, presque six heures en tout et un vrai gouffre financier pour une étudiante. Elle avait travaillé tout l'été dans la compagnie maritime qui assurait les liaisons entre Lorient et l'île de Groix. Un boulot épuisant, en extérieur, parfois sous des pluies torrentielles et parfois sous un soleil de plomb.

En deux mois, il lui fallait travailler suffisamment pour financer ce que les bourses ne prenaient pas en compte, et le fait d'avoir besoin d'aller en Suisse de temps en temps n'arrangeait en rien son budget déjà serré.

Après plus d'une heure de vol, son avion atterrit enfin à Genève. Elle aperçut Franck en descendant les escalators qui menaient à la sortie de l'aéroport. On était en novembre, et le couple ne s'était pas vu depuis mi-août. Elle avait craqué une semaine avant et avait réservé ses billets. Elle ressentait le besoin viscéral de se blottir dans les bras musclés de Guillaume. Sous ses allures de fille forte, elle cachait une vulnérabilité que seul Guillaume savait apaiser. Son ventre était noué, elle profita des quarante-cinq minutes de trajet pour échanger quelques nouvelles avec Franck. C'était le rush au restaurant, la clientèle satisfaite revenait chaque jour en supériorité. C'était flatteur mais très fatigant pour ceux qui y travaillaient. Ils pouvaient parfois travailler jusqu'à quinze heures par jour et le tout sans nécessairement avoir de week-end. Elle s'était tout de même assurée que Guillaume ne travaillait pas les trois prochains jours, Franck, son complice avait interverti ses jours pour laisser du temps aux amoureux.

La voiture s'arrêta au pied du petit immeuble où résidait Guillaume. Après les remerciements d'usage, elle s'engouffra dans le hall et sauta dans l'ascenseur. Elle avait hâte de voir sa tête !

Elle pressa la sonnette et entendit des pas derrière la porte. Son cœur battait à tout rompre, elle avait même envie de pleurer. Quand la porte s'ouvrit, Guillaume était là, vêtu d'un jean et d'un de ses éternels maillots de rugby.

Il la regarda avec un air ahuri puis lui fit un immense sourire. Elle tomba dans ses bras et ne put retenir ses larmes. C'était comme au cinéma, mièvre à souhait mais tellement beau !

— Mais, qu'est-ce que tu fais là ? lui demanda-t-il en reprenant ses esprits.

— Surprise ! sa voix tremblait d'émotion.

Leur week-end fut aussi magique que court. Vanessa s'était pourtant octroyé une journée de plus, décrétant que le lundi serait férié pour elle. De balades au bord du lac Léman en moments torrides, de déclarations enflammées en virées shopping, le couple profita pleinement de ces trois jours. Ils se reverraient pour les fêtes de fin d'année, pas avant.

Ce lundi soir, lorsqu'il fallut se dire au revoir, la douleur de leur toute première séparation lui revint en tête. Les avions, les bateaux… ces gros appareils qui leur permettaient de se rapprocher avaient aussi cette capacité cruelle de pouvoir les séparer de centaines de kilomètres en l'espace de quelques heures. C'est les yeux rougis et le cœur gros qu'elle monta dans son avion. Cette distance était vraiment difficile à supporter.

VI

— Bonjour mes p'tits jolis ! lança joyeusement madame Porteau au groupe d'étudiants qui se tenait dans le couloir, attendant la première heure de cours. Avant de vous laisser avec Monsieur Gérard, j'ai quelque chose à vous annoncer…

— Elle est bien mystérieuse murmura Vanessa à Émilie. J'espère qu'ils ne rajoutent pas de nouveaux examens !

Une fois installés dans la salle, les étudiants, un peu inquiets face à l'air sérieux et énigmatique de Popo attendaient que cette dernière prenne la parole.

— Vous n'êtes pas sans savoir que les étudiants de première année de tourisme réalisent chaque année un voyage d'études. Ils décident de la destination et construisent leur voyage de A à Z.

Une vague d'excitation envahit les rangs.

— Cependant, cette année, nous ne pourrons pas procéder ainsi.

Les étudiants commencèrent à grogner entre eux, s'attendant à voir le voyage d'études annulé pour d'obscures raisons. C'est dans la cohue générale que Popo se racla la gorge et reprit en haussant la voix :

— Arrêtez un peu de râler et écoutez-moi ! Vous ne m'avez pas laissée finir. Nous avons décroché un partenariat exceptionnel avec un lycée hôtelier de Tsingtao et vous irez donc en Chine fin mars-début avril. Nous partirons avec vos camarades de tourisme de Saint-Malo. La direction de leur établissement travaille avec nous sur le partenariat.

Le silence se transformait peu à peu en un joyeux brouhaha.

Popo annonça qu'une grosse partie du voyage serait financée par la région et qu'elle les tiendrait informés des suites de cette nouvelle au plus vite.

— La Chine ! Mais c'est complètement dingue, je pensais qu'on allait partir en Belgique ou en Espagne, lança Clara à Émilie, surexcitée.

— Je ne réalise pas… répondit cette dernière, avant d'ajouter qu'elle n'avait encore jamais pris l'avion. Pour une première, elle ne ferait pas les choses à moitié.

— Ah ben au moins, ça te fera un long baptême de l'air ! s'amusa son amie. Tu te rends compte qu'on va peut-être aller sur la Grande Muraille ? et la place Tian An Men ? c'est incroyable, je suis trop contente !

— Les meufs, c'est trop cool ! quand je vais dire ça à Guillaume, il va halluciner ! La Vuvu n'en revenait pas non plus.

— Moi, j'aime pas les Chinois intervint Amélie, l'une de leurs camarades de classe. J'ai pas du tout envie d'aller en Chine, je suis super dégoûtée balança-t-elle. Les Chinois sont crades, leur bouffe est dégueulasse, je ne vais pas venir !

— T'es sérieuse là ? lui demandèrent en même temps Clara, Émilie et Vanessa, totalement incrédules.

— Oui, très sérieuse, aller claquer du fric pour aller visiter un pays qui ne m'attire pas du tout, ça me fait vraiment chier. Je préfère garder mes sous pour retourner passer les vacances chez mes parents en Martinique, au moins les gens sont sympas, c'est pas pollué, on peut se baigner…

— Oui, mais la Martinique, tu connais déjà, et tu y retournes souvent. Là, c'est exceptionnel, surtout si la région en finance une partie…

— Je vous dérange mesdemoiselles ?

— Les filles firent volte-face et s'aperçurent que Monsieur Gérard était planté devant leurs tables, l'air un peu agacé.

— Clara s'empourpra en fouillant dans son sac pour sortir ses affaires, Émilie fit semblant de ranger des crayons dans sa trousse et Vanessa, beaucoup plus à l'aise lança :

— Hello Mister Gérard !

— Shall we start, now ? *Pouvons-nous démarrer maintenant ?*

Et tout le groupe lança un « Yes » peu convaincu.

Dans les semaines qui suivirent, le projet de voyage en Chine se précisa. Les élèves décidèrent du programme des visites, réservèrent leurs billets d'avion, leurs hébergements et leurs transports intérieurs. Il y avait une effervescence au sein de leur promo qui souda encore un peu plus les étudiants entre eux. Seule Amélie restait à l'écart de tous ces préparatifs, elle semblait subir le projet et décida, par principe, de ne pas s'investir.

Émilie, elle, était ravie de pouvoir profiter de ses études pour voyager et se délectait de cette organisation. Elle passait ses soirées sur Internet à regarder les photos des différents lieux qu'elle découvrirait bientôt pour de bon. Avec Kevin aussi, l'humeur était au beau fixe. Elle avait joué cartes sur table avec lui afin d'évacuer les tensions et lui avait expliqué qu'elle ne souhaitait pas aller trop vite et que lui mettre la pression aurait sur elle un effet répulsif. Kevin avait manifestement compris le message et, même s'ils se voyaient moins, il était charmant quand ils passaient du temps ensemble.

C'est une semaine avant les vacances de Noël qu'une seconde grande nouvelle tomba.

Les étudiants qui avaient choisi l'Espagnol en seconde langue allaient pouvoir effectuer, s'ils le souhaitaient, un stage de deux mois au Pérou. D'une façon générale, tous les étudiants qui le voulaient étaient invités à faire des stages à l'étranger, quelles que soient les langues parlées. Leur établissement avait noué des liens très forts avec le Lycée Français d'Arequipa et cela permettait, chaque année, à une douzaine de chanceux de partir découvrir ce pays en logeant chez l'habitant. Il était également proposé aux familles françaises d'accueillir des étudiants péruviens qui venaient faire des stages en France.

Natacha, Vanessa, Émilie et Clara s'étaient empressées de se faire connaître auprès de leur équipe enseignante pour pouvoir partir faire leur stage là-bas. Seulement, une grande partie des étudiants de leur classe en avaient fait de même et il n'y aurait pas de places pour tout le monde. Popo décida de faire passer des entretiens de motivation à ses étudiants et de n'en choisir qu'une douzaine sur les quatorze candidatures. Les lieux de stage étaient limités et donc, seuls les plus motivés pourraient partir. Clara était angoissée car elle n'avait jamais vraiment cherché à se débrouiller en espagnol et ses connaissances linguistiques, malgré des années de cours se limitaient à « Hola », « Gracias » et « un, dos, tres ». Elle craignait que ses profs ne jugent son niveau insuffisant pour une immersion professionnelle là-bas. Les quatre amies se préparèrent à fond pour défendre leurs projets. Elles passeraient donc les entretiens un jeudi après-midi et auraient une réponse dès le lendemain matin.

VII

Quand ce matin-là, Clara entendit son nom dans la liste des étudiants qui partiraient au Pérou, sa joie fut de courte durée. Elle réalisa que la liste était donnée par ordre alphabétique et qu'Émilie n'avait pas été nommée, tout comme Natacha. Elle sentit les larmes lui monter aux yeux en lisant l'incompréhension sur le visage de ses amies. Comment avait-elle été retenue et pas elles ? Et surtout, pourquoi des étudiantes nettement moins brillantes avaient pu être choisies à leur place ?

Ce voyage aurait-il autant de saveur si Émilie et Natacha n'y participaient pas ?

Elle regarda Émilie qui tentait vainement de dissimuler les larmes qui roulaient sur ses joues. Que pouvait-elle bien lui dire ? C'était si injuste, et elle se sentait coupable d'avoir obtenu une place si prisée par ses amies.

Elle ne pouvait pas accepter ça, et surtout, elle ne pouvait pas rester sans rien dire. Après avoir lancé deux ou trois banalités de circonstances à ses amies, elle se rendit directement auprès de Madame Letu, leur professeur de Géographie, accompagnée de Vanessa qui elle aussi avait décroché sa place. Elle leur avait fait passer les entretiens de motivation et avait fait partie du jury.

— Alors Clara ? tu es contente de partir ? demanda-t-elle en souriant.

— Euh… je suis contente d'avoir ma place. Par contre, je ne comprends vraiment pas votre choix d'avoir éliminé Émilie et Natacha. Elles travaillent super dur depuis le début de l'année, elles ont préparé leur entretien à fond et vous ne les avez pas choisies. Vraiment ça me dépasse. Vous avez laissé la place à Clémentine qui ne vient quasiment jamais en cours, qui ne participe pas, et à Faustine qui n'est même pas certaine de continuer l'année prochaine mais qui veut juste profiter de l'occasion de faire un beau voyage. Je ne suis pas du genre à remettre les décisions de mes profs en question, mais là, je vous assure que vous faites une grosse erreur, dit-elle d'une traite, un sanglot perceptible dans la voix.

— Nous avons eu beaucoup de mal à prendre une décision, se justifia le professeur, visiblement mal à l'aise. Mais ce sont elles qui ont été les plus effacées pendant l'entretien.

— Oui, peut-être qu'elles ont donné cette impression à cause du stress, mais vous savez très bien qu'elles méritent leur place là-bas. Ça n'est vraiment pas juste. Je voudrais leur laisser ma place, elles sont plus méritantes que moi.

— Écoute Clara, je comprends ta déception et la leur. J'ai bien entendu ce que tu m'as dit, je vais en faire part à Madame Porteau. Nous ne pouvons pas proposer un nombre illimité de stages si on veut vous garantir de tomber dans des entreprises intéressantes…

À ce moment-là, Émilie et Natacha, les yeux rougis, blanches comme des linges, se plantèrent à leur tour devant Madame Letu. Cette dernière tenta de leur remonter le moral mais les filles sentirent un certain malaise, comme si leur prof était bien consciente qu'elles faisaient face à une immense injustice. Elles avaient besoin de comprendre pourquoi on les avait laissées de côté. Qu'est-ce qui pouvait bien justifier cette décision qui leur semblait si arbitraire. Était-ce dû au fait que le père de Clémentine était directeur d'un réseau d'agences de voyages et qu'il fournissait donc des lieux de stages et des partenariats avec leur établissement ? Ou bien était-il l'un des mécènes de leur BTS Tourisme et que, de ce fait, sa précieuse fille, qui passait plus de temps dans les boutiques de luxe qu'en cours bénéficiait d'un passe-droit ?

Quant à Faustine, elle avait évoqué à plusieurs reprises avec ses camarades de classe son désir de quitter le tourisme pour entrer en fac d'Anglais. Dans ce sens, on pouvait s'interroger sur l'intérêt de l'envoyer faire un stage en Amérique du sud.

À moins que ça ne soient les tempéraments a priori plus effacés de Natacha et d'Émilie qui n'aient joué en leur défaveur. Plus facile de laisser des personnes timides sur la touche que des grandes gueules ou des filles à papa.

Madame Letu semblait tout à coup ouvrir les yeux sur l'absurdité de cette situation. Elle dit aux jeunes filles qu'elle allait faire remonter leurs commentaires à la directrice des études et qu'elle ferait au mieux pour trouver une solution.

Le groupe d'amies passa une journée aussi interminable que triste. Vanessa et Clara étaient dans le même état d'esprit. Elles n'arrivaient pas à apprécier la nouvelle de leur départ pour le Pérou dans quelques mois en sachant que leurs deux amies ne seraient pas du voyage. Elles eurent beau essayer d'éviter d'aborder le sujet, une ambiance lourde s'était installée au sein de leur classe.

Pour se changer un peu les idées, elles travaillèrent sur leur programme de voyage en Chine. Là au moins, elles iraient ensemble.

Ce soir, les vacances de Noël allaient débuter et elles n'avaient pas le cœur à la fête. C'était, pour les deux recalées, le premier échec de leur scolarité. Et c'était très difficile à accepter, surtout quand leur investissement dans le projet n'était pas à remettre en cause.

Leur dernier cours de la journée, et aussi du trimestre, était celui d'Espagnol, comme pour enfoncer encore un peu le couteau fit remarquer Natacha. Popo leur enseignait cette matière. En arrivant en cours, vêtue d'une robe rouge à pois noirs, digne d'une danseuse de flamenco un peu rondelette, elle ne laissa rien paraître et évita soigneusement les regards de Natacha et Émilie.

C'est seulement à la fin de l'heure de cours qu'elle demanda à les voir. Certainement pour leur expliquer les raisons de ce refus.

Clara et Vanessa attendirent leurs amies derrière la porte, la gorge serrée. Elles entendirent des éclats de voix dans la salle de cours et se regardèrent avec surprise. La porte s'ouvrit et rien qu'en voyant les visages rayonnants de leurs amies, elles comprirent qu'elles partiraient toutes les quatre au Pérou. Tout compte fait, les vacances de Noël démarraient sous les meilleurs auspices.

VIII

Émilie ouvrit les yeux et regarda son réveil. Il était déjà 11:30, en ce premier jour de vacances. Elle s'empressa de sortir de son lit, enfila sa robe de chambre et ses chaussons et descendit prendre son petit déjeuner. Ses parents n'étaient pas là, ils étaient sans doute partis faire quelques courses. Depuis qu'Antoine et Gilles, ses frères, avaient quitté la maison deux ans auparavant, à quelques mois d'intervalle, elle rêvait de prendre, elle aussi, son envol. Même si Claudine et Paul, son père que l'on surnommait Paulo, étaient plutôt du genre cool, elle avait hâte d'avoir son indépendance. L'installation d'Antoine avec Sandy avait été difficile à encaisser pour ses parents. Ils avaient eu du mal à voir leur premier enfant quitter le nid. Ils avaient cette impression que leur fiston leur échappait. Paulo appréciait beaucoup celle qu'il considérait déjà comme sa belle-fille et cette dernière le lui rendait bien. Ils aimaient plaisanter ensemble et s'occuper des poules qu'il élevait au fond du jardin. Les relations avec Claudine étaient également cordiales. Sandy s'était vite intégrée au sein de sa belle-famille et elle s'entendait à merveille avec Émilie, ainsi qu'avec Gilles, le frère jumeau de son compagnon. Le vrai problème, dans cette famille unie, était le compagnon de Gilles.

Le jeune homme avait fait son *coming-out* depuis le jour de ses dix-huit ans. Ses parents, tout comme son frère et sa sœur, avaient accueilli cette nouvelle sans vraiment de surprise. Ils attendaient simplement qu'il se lance et qu'il officialise son orientation sexuelle. Gilles avait ramené son premier petit ami à la maison quand il avait vingt ans et ce dernier, prénommé Jean-Christophe, avait immédiatement fait l'unanimité au sein de la famille.

Gentil, beau, et ayant un grand sens de l'humour, Émilie le taquinait souvent en lui disant que jamais elle ne pourrait ramener de gendre plus parfait à ses parents.

Mais au bout de deux ans de relation, Gilles avait quitté son Jean-Christophe pour Claude, un homme de vingt ans son aîné. Et c'est à ce moment que les relations s'étaient détériorées entre Gilles et ses proches. Il semblait vivre sous la coupe de Claude et la flamme qui brûlait dans les yeux du jeune homme habituellement plein de joie de vivre semblait s'éteindre, peu à peu. Il s'était renfermé, avait perdu son sourire et surtout, sa famille ne parvenait jamais à le voir seul. Claude donnait l'impression de monter la garde, continuellement.

Claudine vivait très mal cette situation. Elle voyait son fils malheureux mais, comme hypnotisé par cet homme au charisme évident, Gilles continuait dans cette relation destructrice et s'était installé avec son amant deux étés plus tôt. Les liens semblaient se rompre peu à peu et ils n'étaient que les tristes spectateurs de la chute du jeune homme. Émilie était certaine que Gilles trouverait les ressources nécessaires au fond de lui pour rebondir, et pourquoi pas retrouver l'avenir radieux qui se dessinait, autrefois, avec Jean-Christophe…

Elle se servit un grand bol de chocolat Nesquik en préparant le programme de sa journée : douche, déjeuner, dernières courses de Noël en ville avec Clara puis dîner en famille. Peut-être iraient-elles se boire un chocolat Liégeois au Candiot ?

La seule pensée de ce délicieux chocolat chaud, couvert de crème fouettée dans laquelle des mikados étaient plantés lui mit l'eau à la bouche. C'était vraiment les meilleurs chocolats chauds du monde.

*****

— J'adore Noël, c'est vraiment ma fête préférée ! regarde toutes ces jolies lumières ! Il ne manque plus que de la neige et ça sera parfait !

Les yeux de Clara brillaient, elle était fascinée depuis sa plus tendre enfance par Noël et ses lumières. Émilie ne put réprimer un sourire.

Elle avait l'impression, le temps d'une balade, que son amie était totalement retombée en enfance. Elle aussi aimait Noël, cette fête qui permettait aux familles de se retrouver chaque année au pied du sapin.

— Alors, il me manque encore les cadeaux pour Sandy et ma mère lança-t-elle tandis qu'elles entraient dans les Galeries Lafayette.

— Tu offres quelque chose à ton beau-frère ?

— Non… je ne suis même pas sûre qu'on les verra pour les fêtes. Claude a eu une grosse dispute avec mon père la semaine dernière… c'est vraiment compliqué…

— Mes pauvres… c'est vraiment pas facile ! Si Gilles vire sa cuti, tu me le présentes? Il est beau gosse d'après les photos !

— Oui… et beaucoup trop gentil...

— Bon, on ne va pas parler des choses qui fâchent. Tu as déjà des idées ?

— Pour Maman, peut-être du parfum, et pour Sandy une écharpe, mais elle est hyper difficile donc il ne faut pas que je me plante !

— Sinon tu lui offres un bouquin du genre « Comment supporter son beau-frère en dix leçons » !

— Vilaine… n'empêche que j'espère que le réveillon va bien se passer… s'ils viennent...

— Oui, en général, les gens font une trêve à Noël ! Je suis sûre que ça va aller…

— Et toi mon chou, il te manque des cadeaux ?

— Moi j'ai déjà tout trouvé, par contre, il me faut des fringues ! Je n'ai plus rien à me mettre !

Après avoir traversé le centre-ville de Rennes de bout en bout et dépensé plus que de raison, elles décidèrent qu'il était temps pour elles de prendre une pause devant les fameux chocolats chauds.

— Bon alors, avec Kevin, ça en est où ?

— Ben ça va… je lui ai acheté un pull pour Noël ! J'espère que ça va lui plaire !

— Y a pas de raison que ça ne lui plaise pas… vous réveillonnez ensemble pour le Nouvel An ?

— Oui, avec mon groupe d'amis du lycée. Mes parents me prêtent la maison !

— Génial !

— Et toi, tu fais quoi ?

— Je réveillonne tranquille avec ma voisine à la maison, mes parents ne sont pas là. Comme tous les ans, on va se préparer un buffet pour dix, on va écouter les Spice Girls et à minuit trente, on sera crevées et on ira se coucher! On fait ça tous les ans, c'est notre tradition !

— C'est très très toi… s'amusa Émilie. Nous on va sûrement aller en boîte après et Kevin va dormir à la maison…

— Oh mon Dieu !

— …

— T'es sûre de toi ?

— Pas trop… mais je sens que si j'attends trop, je vais le perdre.

— Oui mais il ne faut pas que tu regrettes ! Si tu ne te sens pas prête, ne le fais pas !

— Je verrai bien !

— Tu m'enverras un texto ? Je vais pas en dormir de la nuit !

— Ben oui, tu seras la première au courant !

— Allez, il faut qu'on aille t'acheter de la lingerie !

IX

Clara - 01.01.05 – 14 :09

Bonne année mon Émilie jolie ! Alors, ta nuit ? ;)

Em' - 01.01.05 – 14 :12

Bonne année à toi aussi ma poulette.

Clara - 01.01.05 – 14 :13

T'as pas répondu à ma question… ☹

Em' - 01.01.05 – 14 :14

C'est fini avec Kévin…

Clara - 01.01.05 – 14 :15

J'arrive…

X

— Alors ? qu'est-ce qu'il s'est passé ?

Clara observait son amie avec inquiétude. Ses parents avaient accepté de la déposer en voiture en début d'après-midi chez Émilie, à côté de Rennes. Elle n'avait pas le permis… c'était même une sacrée galère. Elle venait de fêter ses vingt ans et ça faisait déjà dix-huit mois que le permis était devenu son pire cauchemar. Si peu sûre d'elle, elle se laissait ronger par le stress et enchaînait les gaffes et les erreurs quand elle passait l'examen. Elle l'avait déjà raté trois fois et vivait terriblement mal ces échecs. Elle attendait avec impatience de pouvoir jouir d'une certaine autonomie en ayant ce précieux sésame. En attendant, les bus et ses parents lui étaient nécessaires pour se déplacer, a fortiori lorsque l'une de ses meilleures amies se trouvait en détresse un premier janvier.

Émilie, les yeux rougis, des cernes mauves sous les yeux et le teint blême faisait peine à voir. Elle qui, quelques heures plus tôt, s'était faite belle pour cette soirée qui devait être si spéciale…

Elle avait lissé ses beaux cheveux bruns, s'était épilée, enduite d'une crème pour le corps délicatement parfumée, s'était dessiné des yeux de biche à l'eye-liner et enfilé sa jolie robe noire qui mettait en valeur ses formes. Elle avait mis pour l'occasion la lingerie achetée avec Clara quelques jours plus tôt. Et à cet instant précis, elle n'était plus la belle princesse de la veille.

La flamme dans ses yeux noisette s'était éteinte, on ne pouvait y voir que tristesse et incompréhension.

Émilie voulut répondre mais sa gorge se serra. Elle avait subi l'humiliation de sa vie la veille et devoir verbaliser son ressenti rendait les choses réelles et concrètes.

Toutefois, elle avait besoin d'en parler et elle savait qu'elle pourrait s'épancher sans honte et sans gêne sur l'épaule de son amie.

— Hier soir, commença-t-elle d'une voix rauque, la soirée se passait bien, on avait tous un peu bu, mais ça allait. Je me sentais bien, j'étais détendue… et Kevin était un peu bizarre. Il était distant et un peu froid, du coup, quand il est sorti fumer sur la terrasse, je suis allée le voir pour savoir ce qui n'allait pas. Entre temps, quelqu'un a renversé une bouteille. Je suis restée pour nettoyer et quand je suis sortie sur la terrasse…

— Qu'est-ce qu'il s'est passé ? demanda Clara, suspendue aux lèvres de son amie

— Il était en train d'embrasser Nayong. Ils ne m'ont pas entendue arriver. C'était horrible. C'était pas un petit bisou, c'était une vraie grosse galoche. Ça a duré super longtemps ! Les larmes recommencèrent à couler, incontrôlables.

— Le salaud ! et la s….
Émilie l'interrompit

— Pourquoi elle m'a fait ça ? Elle a tous les mecs qu'elle veut, et il faut qu'elle me pique le mien ?

— C'est horrible, je m'attendais à tout sauf à ça ! Tu as fait quoi ?

— Je suis rentrée, j'étais tellement choquée, je savais pas quoi faire.

— Ils n'ont pas vu que tu étais là ?

— Non, trop occupés à se rouler des pelles, répondit-elle amèrement

— Je suis scotchée, c'est complètement dingue cette histoire ! Et ensuite, il s'est passé quoi ?

— Je suis allée pleurer dans ma chambre et là, Charlotte est venue me chercher pour me dire qu'il était presque minuit. Du coup, je suis descendue et ils étaient tous dans la salle, Nayong et Kevin aussi et ils faisaient semblant de rien.

— C'est fou ! Ils n'ont pas vu que tu pleurais ?

— Non, je me suis remaquillée avant de descendre. Du coup à minuit, on a ouvert le champagne, on a trinqué et Kevin est venu vers moi. C'était horrible, impossible de le regarder droit dans les yeux, je suis devenue toute rouge.

— Il a dit quoi ? Clara semblait hypnotisée par le récit ubuesque de son amie. C'était tellement invraisemblable ! Même si elle n'avait jamais vraiment senti ce Kevin, tromper Émilie avec sa meilleure amie sous le toit de ses parents, c'était vraiment inimaginable.

— Il m'a dit « Bonne année, ma belle » et il a essayé de m'embrasser, et je n'ai pas pu m'empêcher de reculer. Et là, il m'a balancé « qu'est-ce que t'as ? »

— Il est gonflé le mec !

— Mais trop ! Je lui ai dit qu'il fallait qu'on parle et je voyais que Nayong surveillait tout de l'autre bout de la salle.

— Elle devait avoir peur de se faire griller…

— Du coup on est allés dans ma chambre et ce connard, il a commencé à essayer de m'embrasser, il croyait que je lui avais dit de monter pour qu'on passe à l'acte !

— Ça serait presque drôle si c'était pas toi…

— Oui… vaut mieux en rire, mais pour l'instant, je ne peux pas…

— Ma pauvre, je suis vraiment sur le cul !

— Du coup, je l'ai repoussé et je lui ai demandé ce qui se passait avec elle. Et là, il est devenu tout blanc, il a fait semblant de ne pas comprendre de quoi je parlais.

Émilie semblait revivre ce moment en le racontant. Elle était couverte de plaques rouges liées au stress, sa voix semblait étranglée. Elle continua :

— Je lui ai dit que je les avais vus.

— Et il a dit quoi ?

— « Merde »

— C'est tout ? Super comme explication…

— Comme tu dis… sauf que franchement, j'aurais préféré que ça s'arrête là. Il m'a avoué qu'aux vacances de la Toussaint, il était tombé par hasard sur Nayong dans un bar à Nantes. Ils avaient un peu bu et sont repartis ensemble…

— Hein ?

— Oui… il était un peu paumé car il s'était senti super bien avec elle. Et ils ont décidé de se revoir.

— Attends, ça dure depuis la Toussaint ?

Émilie étouffa un sanglot. Elle ne pouvait plus parler, la douleur venait lui presser la poitrine. Elle avait été doublement trahie. Être déçue par un garçon passait encore mais par sa meilleure amie, ça faisait atrocement mal… Elle ne put que murmurer un petit « Oui ».

Clara vint s'asseoir juste à côté d'elle et la prit dans ses bras. Elle ne savait pas quoi dire pour la réconforter. Y avait-il, dans ces cas-là, quelque chose à dire ? Une formule toute faite qui permettait d'oublier instantanément toute souffrance ? Non bien sûr… Après de longues minutes de silence seulement interrompu de sanglots, Émilie reprit la parole.

— Tu sais ce qui me fait le plus mal ? C'est que quand je lui ai dit que ce soir, j'allais offrir ma virginité à ce connard, elle m'a juste demandé si j'étais sûre de moi. Elle m'a dit que je n'étais pas obligée et c'est tout. Elle n'a pas pensé à moi, à ce que je m'apprêtais à perdre. Elle a préféré se taire et me laisser faire l'erreur de ma vie juste pour que je ne découvre pas qu'elle m'avait trahie.

— Mais t'es sûre que c'est sérieux entre eux ?

— Oui…

— …

— Je ne pourrai plus jamais refaire confiance, c'est affreux…

— Et elle sait que tu sais ?

— Oui… quand il m'a avoué tout ça, je ne pouvais pas rester dans la même pièce que lui, j'ai eu l'impression d'étouffer, je suis partie sur la fameuse terrasse pour respirer un peu et c'est là qu'elle est arrivée. Au début, elle a voulu faire la gentille. Elle est arrivée et elle m'a dit « Qu'est-ce qui ne va pas ma chérie ? », elle a même essayé de me prendre dans ses bras… là, j'ai complètement perdu le contrôle et je lui ai filé une claque !

— Nan… t'as fait ça ? Clara écoutait son amie, à la fois choquée mais aussi pleine d'admiration.

— Oui… et elle l'a pas vu venir ! Ensuite c'est parti en live, je me suis jetée sur elle, on a crié, on s'est tiré les cheveux, c'était comme dans les films ! Mes amis de lycée ont été obligés de nous séparer. J'ai complètement pété un câble, je n'arrêtais pas de pleurer, de la traiter de salope, j'avais l'impression d'être dans un cauchemar.

— Tu m'étonnes… mais en même temps, même si on sait que c'est nul la violence, pas constructif et toutes ces conneries… très honnêtement, je t'admire ! Tu as eu bien raison, c'est elle qui est en tort. C'est une vraie pute cette nana… c'est juste dégueulasse, on peut pas faire ça à une amie !

— Tu veux savoir le pompon dans cette histoire ? C'est que Kevin est venu sur la terrasse en entendant les cris et qu'il l'a aidée à se relever avant de repartir avec elle…

— Dur…

— C'est vraiment deux cons… heureusement que tu as appris ça avant de coucher avec lui. Au moins, tu ne lui as pas fait cet honneur et je suis sûre que le premier sera le bon !

— Je sais pas s'il y aura un premier…

— Dis pas ça…

— Je vais mourir vierge.

— On sera deux…

— On pourrait ouvrir une congrégation ! Les sœurs de la Virginité forcée !

— Oui, c'est une super idée ! On vivra avec plein de vieilles filles comme nous, déçues par les hommes !

— Par contre j'aime pas trop aller à la messe…

— Je suis pratiquante, je prierai pour nous deux !

— Toi t'es une rigolote. Tu seras la mère supérieure !

— On guettera quand même les jeunes séminaristes, avec un peu de chance, y en aura un qui nous tapera dans l'œil !

— Il en faudrait deux... je suis pas le genre de fille qui partage son mec...

— Euh... t'es sûre ?

Les deux jeunes filles éclatèrent de rire. Ce petit moment partagé avait fait du bien à Émilie. Elles avaient l'une comme l'autre une capacité déconcertante à rebondir et à faire appel à l'humour pour se sortir des moments les plus difficiles. C'était sans conteste leur plus grande force et elles y auraient encore recours de nombreuses fois au cours de leurs vies.

À son retour chez elle, Clara envoya un petit sms à Émilie pour lui dire de rester forte et qu'elles se mettraient toutes les deux en chasse la semaine de la rentrée.

Les vacances de Noël se terminèrent en famille pour chacune d'entre elles.

Émilie raconta à sa mère l'humiliation qu'elle avait subie et Claudine ne fut qu'à moitié surprise. Elle avoua à sa fille que lorsqu'elle lui avait présenté Kevin, elle ne l'avait pas du tout aimé. Une mère ressent facilement les choses. Par expérience, grâce au recul ou à l'instinct maternel ? Personne ne le sait mais Claudine, bien que malheureuse pour sa fille, était au fond d'elle soulagée que cette histoire n'ait pas pris de tournure trop sérieuse.

Elle avait déjà tant à gérer avec Claude... pas question pour elle d'avoir une autre pièce rapportée non désirée dans la famille.

Une nouvelle année venait de démarrer et elle serait riche en surprises. Elle allait voir le destin des deux amies prendre un tournant inattendu.

XI

En ce froid matin de janvier, une chape d'épais nuages gris recouvrait la ville et une pluie lourde et morose tombait en continu sur la capitale bretonne. La ville semblait sale, l'ambiance joyeuse des fêtes s'était évaporée, ne restaient que des guirlandes lumineuses semblant vouloir obstinément prolonger la magie tandis que les passants avaient retrouvé leurs mines tristes et pâles. Vanessa frissonna en s'installant dans le bus qui la conduisait en cours. *Ils pourraient au moins mettre le chauffage, au prix qu'on paye...*

Le temps maussade reflétait bien son spleen. C'était la rentrée et elle ne pouvait s'empêcher de penser qu'une nouvelle année loin de son homme démarrait. Une de plus. Une de trop.

Elle avait passé de merveilleuses vacances de Noël, partagée entre sa famille et celle de son Guillaume. Son retour sur son île lui avait fait le plus grand bien. Mais les meilleurs moments passaient toujours trop vite. À peine débarquée à Groix, elle avait eu la sensation de devoir refaire ses bagages pour partir. Elle avait gardé contact avec ses nouvelles amies de BTS pendant les vacances, surtout avec Martine. L'idée de les retrouver égayait un peu son trajet, dans ce bus glacial et puant qui se remplissait un peu plus à chaque nouvel arrêt.

Elle arriva finalement à bon port et aperçut Natacha qui sortait du bus de derrière. Après avoir échangé des vœux de bonne année, elles se racontèrent leurs vacances respectives sur le court trajet du lycée.

Ce matin, c'était Monsieur Gérard qui ouvrait le bal. Au moins, le premier cours de l'année, à défaut d'être intéressant, valait le déplacement. Leur professeur avait opté pour une tenue qui mettait parfaitement sa silhouette athlétique en valeur. Un jean bleu foncé mettait en évidence ses jolies fesses musclées, une chemise blanche cintrée laissait imaginer des abdos d'acier et un pull gris était noué sur ses épaules. Décidément, il avait du style et à en croire son regard de braise, il le savait.

— Arrête de baver ma poule chuchota-t-elle à Clara.

— Hein ? Mais j'ai rien dit ! T'es con ! pouffa son amie, consciente d'avoir été prise en flagrant délit de reluquage.

— Nan mais y a pas de mal à se rincer l'œil. Il est en mode beau gosse. Il doit vouloir tomber de la meuf !

— Moi je suis partante, lui répondit Clara plus fort qu'elle ne l'aurait souhaité.

Ses yeux croisèrent ceux de son professeur et à l'expression de ce dernier, elle devina qu'il l'avait entendue. Elle sentit ses joues devenir bouillantes et n'osa relever la tête qu'à la fin du cours. Pensant que Monsieur Gérard avait quitté la salle, elle se leva pour ramasser ses affaires et se rendit compte qu'il se tenait dans l'embrasure de la porte et qu'il l'observait avec un petit sourire. Elle balaya des yeux l'espace qui l'entourait espérant y voir l'une de ses amies qui pourrait lui permettre de faire diversion. Elle se sentit terriblement seule en voyant que le reste du groupe avait déjà quitté la pièce, trop pressé d'aller fumer ou chercher quelque chose à grignoter au distributeur.

Il était là, à l'observer sans bouger. Elle passa devant lui en baissant les yeux, et murmura d'une voix plus aiguë que prévu un « au revoir ».

— Clara, je voudrais vous voir une minute.

Elle se figea. Son cœur battait à tout rompre et à cet instant, elle aurait tout donné pour pouvoir disparaître. Le professeur s'engouffra dans la salle, elle le suivit.

— Euh… oui ?

Il planta son regard dans les yeux verts de Clara. L'espace d'un instant, elle eut l'impression étrange qu'il était aussi mal à l'aise qu'elle malgré son apparente assurance. Ils restèrent quelques secondes l'un face à l'autre sans rien se dire. La jeune fille, bien que terriblement intimidée avait envie que ce moment dure, elle avait une sensation inhabituelle, comme des petites décharges électriques à l'intérieur de son ventre. La dernière fois qu'elle avait ressenti ça, c'était avec son beau Giovanni…

— Vous ne m'avez pas rendu votre bulletin d'inscription pour le TOEIC, c'est un oubli de votre part ?

Ah… c'est pour le TOEIC… mais qu'est-ce que je me suis imaginée ? Comme si je pouvais sérieusement plaire à un homme comme lui…

— Non, ce n'est pas un oubli. Il me semblait qu'on avait jusqu'à la fin de la semaine pour le rendre, je suis désolée…

— Ne vous excusez pas, vous avez raison. Quand je veux quelque chose, j'ai du mal à être patient...

Hein ? Y a un sous-entendu ? Rolala, faut que j'arrête de voir des messages cachés partout moi…

— Oui, vous devez avoir hâte de tous les avoir pour les renvoyer à l'organisme qui fait passer les tests. Je comprends. Je vous l'apporte demain sans faute, encore désolée.

Clara commençait à reculer pour sortir de la salle qui lui donnait l'impression de rétrécir peu à peu…

— Oui, je n'attends plus que vous… enfin votre dossier.

— Pas de problème, je vous le dépose dans votre casier demain matin.

— Je préfère que vous me le donniez en main propre.

— Ah bon…

— Ce sont des documents importants, il ne faut pas qu'ils soient égarés.

— Oui je comprends… à demain !

— À demain… au fait, Clara, il va falloir que vous preniez confiance en vous...

Avec un entrain forcé, elle lui répondit :

— Oui, je vais tout déchirer au TOEIC !

Et elle partit rejoindre ses amies en courant, morte de gêne.

Elle retrouva Émilie et Natacha devant l'entrée principale de l'établissement. Ces dernières éclatèrent de rire en la voyant arriver toute rouge et manifestement très mal à l'aise.

— Alors, t'es restée faire des galipettes avec le prof d'Anglais ? lui demanda Natacha.

— Chuuuuut ! Tu peux gueuler encore plus fort ? Je crois que les voisins t'ont pas entendue… rétorqua Clara, irritée.

— Nan mais en même temps, ça serait con de se priver, t'as vu le beau petit cul que lui fait son pantalon ?

— Arrête Nana ! Il voulait juste savoir pourquoi je n'avais pas rendu mon bulletin d'inscription au TOEIC…

— Mouais… je suis pas convaincue ! Tu serais pas rouge comme ça s'il n'y avait pas autre chose…

— Nan mais c'était super bizarre… c'est sûrement moi qui me fais des gros films mais j'ai eu l'impression qu'il me draguait à moitié…

— Ben il drague tout ce qui bouge ce mec !

Clara n'apprécia pas vraiment la remarque de Natacha. Elle ne s'en apercevait pas toujours mais elle pouvait parfois être blessante dans ses réflexions.

Elle échangea un regard rapide avec Émilie et sut que son amie pensait exactement comme elle. Elle s'amusa de constater qu'en un coup d'œil, elles étaient désormais capables de se comprendre. L'amitié tenait souvent d'une certaine alchimie.

Clara attendait avec impatience de pouvoir être seule avec Émilie pour pouvoir lui raconter la scène surréaliste qu'elle venait de vivre, sans avoir à essuyer les commentaires cinglants de Natacha. Elle lui proposa d'aller boire un chocolat après les cours. Elle était pressée de sortir de l'enceinte du lycée, craignant, à chaque détour, de le croiser. Elle était incapable de s'expliquer ce qui s'était passé. S'il était vrai qu'elle n'était pas insensible au charme de son jeune prof depuis leur première rencontre en septembre, elle avait l'impression que ce matin son attirance avait pris une dimension bien particulière et elle avait ce sentiment étonnant que Monsieur Gérard ne lui était pas non plus indifférent.

Pourtant, elle doutait en permanence d'elle, de sa capacité à séduire, mais là, elle avait l'impression d'avoir senti une connexion avec lui.

La journée s'égrena lentement, au rythme de leurs cours de Géo, d'Économie et de Droit. Partagée entre l'envie et la peur de le croiser, Clara ne fut pas très loquace et attendit impatiemment de retrouver Émilie au Candiot. Prétextant une course à faire ensemble pour esquiver Natacha, elles filèrent droit vers l'arrêt de bus. Vanessa s'y trouvait aussi et, c'est tout naturellement que Clara lui proposa de se joindre à elles.

Le Candiot, son odeur de chocolat mêlée aux effluves des mille sortes de cafés à la carte, le délicat fumet des petits biscuits à la cannelle. Cette atmosphère à la fois sucrée et puissante enveloppa de sa douce chaleur les trois amies qui y pénétrèrent, frigorifiées. Elles se dirigèrent vers le fond du bar et s'installèrent sur deux banquettes d'un bleu marine un peu passé. L'endroit était accueillant et chaleureux, les murs étaient couverts d'un lambris en bois clair et naturel. Une petite maison en bois avait été installée, en trompe-l'œil sur la paroi du fond.

On pouvait y voir une fenêtre, et sur les bordures, de gros sacs en toile remplis de grains de café complétaient le décor. Un charme un peu désuet de salon de thé et la musique cubaine qui y était diffusée faisaient de ce lieu un espace unique à Rennes. L'établissement ne servait que de nombreuses variétés de cafés, de thés, de chocolats, des sirops divers et variés et pas une goutte d'alcool. Un lieu idéal pour ouvrir son cœur entre filles les froides soirées d'hiver.

Après avoir commandé trois chocolats viennois et une assiette de scones, Vanessa prit la parole:

— Comment ça va, ma vieille ? Tu te remets de ta rupture ?

Émilie sentit les larmes monter. C'était tellement frais que la blessure était encore à vif.

— Elle m'a envoyé plein de messages. Elle a essayé de m'appeler plein de fois mais là, c'est au-dessus de mes forces. Je ne veux plus jamais la voir.

— Elle s'est excusée ? demanda Clara

— Elle dit qu'elle s'en veut que ça se soit passé comme ça. Qu'elle voulait trouver le bon moment pour me le dire…

— Genre, y a un bon moment pour annoncer à une amie qu'on couche avec son mec ! Quelle grosse traînée ! Clara ne parvenait pas à contenir sa colère.

Émilie la regarda tristement et dit :

— C'est peut-être moi le problème ! J'ai été tellement coincée qu'il a fini par aller voir ailleurs…

Vanessa et Clara, d'une seule voix, lui répondirent :

— Mais naaaaaaaaaaaaaaaaan !

— T'es une fille géniale, t'as tout pour plaire. T'es pas le genre de fille qui couche avec tous les mecs qu'elle croise, et ça, c'est tout à ton honneur !

— C'est clair, faut pas faire ça avec le premier boulet que tu trouves… je suis bien placée pour savoir qu'on se mérite !

Vanessa écarquilla les yeux et regarda Clara :

— Toi non plus t'as jamais vu le loup ?

— Euh… non, mais ne le dis surtout à personne, j'ai trop honte !

— Vous êtes vraiment mignonnes toutes les deux, et vous ne vous êtes pas trouvées pour rien !

Émilie et Clara échangèrent un regard complice. Chaque jour passé ensemble soudait un peu plus leurs liens amicaux.

— Tu pourras nous filer plein de tuyaux quand on passera à l'action !

— Oui ma Clarounette, je serai votre coach de petites fleurs !

— C'est choupinou ça ! s'exclama Émilie.

— En parlant de petites fleurs, il se passe quoi avec monsieur Gérard ?

Clara n'avait pas anticipé ce revirement de situation et après quelques secondes de silence, elle raconta la scène bizarre de la matinée.

— Et du coup, il te plaît ? osa Vanessa.

— Ben, il m'intimide beaucoup mais oui… il a vraiment un truc qui me plaît, j'arrive pas trop à comprendre quoi…

— Je vais te dire un truc… je me suis fait la remarque y a déjà plusieurs semaines qu'il te regardait souvent en coin…

— Pffffffffffffff n'importe quoi !

— Si, si… je t'en ai pas parlé car je savais pas que tu le kiffais. Je voulais pas te mettre mal à l'aise !

— C'est vrai, maintenant que tu le dis, j'ai aussi remarqué qu'il te matait souvent, lança Émilie, ravie de ne plus être le centre d'attention.

— Arrêtez de fumer ! Vous m'avez vue ? Pourquoi un mec comme lui voudrait d'une fille comme moi ?

— Arrête, je déteste quand tu dis ça ! T'es super belle. Comme dirait ton bel étalon : « il faut prendre confiance en toi ! »

— Mouais… en attendant, je suis juste hyper gênée. J'ai super peur de le croiser… et quand je pense que demain je dois lui remettre mon bulletin d'inscription en main propre… ça me rend malade…

— Il veut passer du temps avec toi. C'est super bon signe ! Les yeux de Vanessa brillaient. Elle adorait quand il se passait des choses un peu hors normes dans la vie de ses amies.

— Oui… mais c'est mon prof et il a au moins dix ans de plus…

— Il aime la chair fraîche, le coquin !

— Vanessa ! Clara coupa court à la conversation, même si au fond d'elle, elle ne pouvait s'empêcher d'apprécier la perspective de plaire à un homme expérimenté…

— Bon, assez parlé de moi et de mes histoires qui n'en sont pas… il faut qu'on te remonte le moral Émilie. On peut pas te laisser comme ça…

Émilie esquissa un petit sourire mais gardait ce sentiment que rien ne pourrait lui faire de bien. Cette trahison et cette rupture l'avaient achevée.

XII

Ce matin, elle avait passé beaucoup plus de temps que d'ordinaire à se préparer. Après avoir changé trois fois de tenue, elle opta pour un jean slim qui donnait un aspect plus mince à ses jambes, un pull col roulé noir, lui aussi près du corps afin de mettre son joli ventre plat en valeur. Elle décida de cacher son décolleté car à chaque fois qu'elle était stressée, des plaques rouges apparaissaient partout sur son torse et c'était devenu un gros complexe pour elle. Hors de question que Monsieur Gérard ne voit à quelle point il la troublait. Elle passa devant la glace de sa salle de bains et fit une moue de dégoût. Elle se trouvait vraiment moche ce matin, elle n'avait pas bien dormi, elle n'avait pas arrêté de penser à l'étrange situation dans laquelle elle se retrouvait.

Elle piqua la crème teintée de sa mère pour faire semblant d'avoir bonne mine, mit sa traditionnelle petite touche de rouge à lèvres et peigna ses cheveux cuivrés. Un pschitt de Coco Mademoiselle et Clara tourbillonna jusque dans la cuisine où son père prenait son petit déjeuner en lisant son journal.

— Coucou !

— Tiens, salut Titounette ! Bien dormi ? dit-il sans lever les yeux de sa lecture.

Elle avait transformé sans s'en rendre compte son stress en une énergie positive débordante. Ça s'était passé entre la salle de bain et la cuisine, sans doute dans les escaliers, un mystérieux regain d'optimisme et de joie de vivre l'avait envahie. Elle vivait souvent cette drôle d'expérience et depuis toujours elle aimait à croire que son ange gardien y était pour quelque chose. Cette force qui parfois jaillissait sans qu'elle ne s'y attende et qui lui permettait de voir la vie en couleurs, passant aisément d'un gris un peu sale à un rose acidulé.

Elle était prête à affronter le beau regard brun de son professeur.

Arrivée au lycée, elle fonça directement devant la salle des profs. Elle frappa à la porte et retint son souffle. Une voix masculine, qu'elle identifia immédiatement, lui dit d'entrer. Elle ouvrit la porte et à sa grande surprise, il était là, seul. En la voyant, il lui adressa un grand sourire.

— Bonjour Monsieur Gérard, je suis venue vous apporter mon bulletin d'inscription et le chèque. Elle lui tendit timidement une enveloppe, essayant de contrôler le léger tremblement de sa main.

— Bonjour Clara. Merci de me l'avoir déposé aussi rapidement. Je vais pouvoir tout envoyer cet après-midi.

— Oui, c'est chouette !

Pourquoi j'ai dit ça ? C'est chouette… n'importe quoi…

— Vous êtes nerveuse ? Il s'était rapproché d'elle et lui faisait face.

— Oui, j'adore l'Anglais. J'espère avoir un bon score ! Elle sentait ses joues chauffer et était ravie du choix judicieux du col roulé. Elle devait être couverte de ses foutues plaques rouges.

— Vous avez un très bon niveau. Je suis sûr que vous vous en sortirez très bien. J'espère juste que vous ne sécherez pas mes cours même si vous obtenez un excellent score. Il prit l'enveloppe et lui effleura doucement la main en ajoutant « Vous me manqueriez »…

— Merci, ça me fait plaisir.

— Je pense qu'il reste encore pas mal de choses que je peux vous enseigner.

— Oui, je suis loin d'être bilingue.

— …

Pour la première fois, il baissa les yeux et ses joues rosirent.

Il mourait d'envie de lui proposer d'aller boire un verre, mais c'était son élève. Un énorme risque à prendre, et puis il était en couple. Mais depuis la rentrée de septembre, elle lui avait tapé dans l'œil. Au départ, il l'avait juste trouvée jolie, mais au fur et à mesure que les semaines passaient, il l'avait observée à la dérobée pendant les cours et il aimait beaucoup sa façon d'être.

Elle semblait avoir une personnalité joyeuse et dynamique qui tranchait avec une apparente froideur quand on ne la connaissait pas. Lui qui était très exigeant sur la prononciation fondait intérieurement quand elle parlait avec son accent français très marqué. Il avait rarement été déstabilisé par une fille. Il se lança.

— Vous avez vécu à Londres c'est ça ?

— Oui, je suis partie après mon Bac comme jeune fille au pair. La plus belle année de ma vie !

— J'aime beaucoup cette ville. Clara, il y a une expo sur Londres aux Champs libres, elle démarre ce soir, ça vous dirait d'y aller avec moi ?

Hein ? Quoi ? Qu'est-ce qui se passe ? Il m'invite à sortir ????? Je vais mourir ! Je fais quoi ?

— Euh… OK !

— Parfait alors ! Retrouvez-moi devant l'entrée vers 20:00. Ça ira ?

— Oui, oui…

Il lui adressa un petit sourire, visiblement soulagé. Son visage s'assombrit tout à coup et il lui dit :

— Vous comprendrez que je préfère que vous n'en parliez pas à vos camarades de classe ?

— Oui, bien sûr…

— À ce soir Clara…

— À ce soir Monsieur Gérard…

Et elle fila tête baissée à la recherche d'Émilie et Vanessa pour leur raconter.

Il fallait qu'elle demande à Vanessa de l'héberger pour la nuit car elle n'aurait pas de bus si tard pour rentrer chez ses parents !

*****

Il était 19:58. Elle s'était postée de l'autre côté de la rue et guettait nerveusement leur lieu de rendez-vous. Et s'il ne venait pas ? C'était peut être juste une blague cruelle qu'il lui avait faite...

Elle regarda à nouveau l'heure sur son portable. 19:59 et onze textos d'encouragements de Vanessa et d'Émilie. Émilie dormirait elle aussi chez la Vuvu, incapable d'attendre le lendemain pour avoir des nouvelles. Elle ne put s'empêcher d'esquisser un sourire. Elle se sentait moins seule, sachant que ses amies pensaient à elle en buvant du vin blanc dans la chambre de la Vuvu. Elle releva la tête et le vit. Il scrutait l'entrée du métro non loin de là pour voir si elle en sortait. Il portait un manteau noir droit qui descendait jusqu'aux genoux et une écharpe blanche. Il lui semblait tellement adulte dans cette tenue ! Son ventre se noua, sa respiration devenait difficile. Elle était repassée chez ses parents après les cours pour se préparer et prendre ses affaires pour la nuit. Elle portait une petite robe à bretelles en laine grise et un tee-shirt à manches longues noir. Une valeur sûre. Elle avait même mis des bas, bien qu'il fût hors de question de se déshabiller au cours de la soirée. Ses cheveux étaient rassemblés en un chignon bas qui tombait négligemment sur sa nuque. Elle avait besoin de se sentir sexy et un peu plus femme. Elle qui ne portait pour aller en cours que des jeans délavés taille basse et ses vieilles converses, elle avait décidé de le surprendre ce soir.

Bien que songeant fortement à fuir, elle se fit violence, prit une grande respiration et traversa la rue. Il la vit traverser et se sentit immédiatement soulagé.

Il avait craint toute la journée qu'elle ne vienne pas. La situation était délicate, mais il n'avait pas pu résister à la tentation de l'inviter à sortir.

Merde, il m'a vue...

Je le tutoie ? Je lui fais la bise ? Si ça se trouve, c'est purement culturel comme sortie... et moi qui me suis toute endimanchée ! il va me trouver ridicule !

— Bonsoir Clara...

— Bonsoir Mons… , bonsoir…

— Je m'appelle Jean. On peut se dire « tu » ? ça sera plus simple…

— Oui, beaucoup plus simple ! Elle rit nerveusement.

Ils étaient plantés sur le trottoir, l'un face à l'autre, intimidés mais les visages radieux…

— Tu me suis ? J'ai déjà pris les tickets.

— Ah super !

Tandis qu'ils marchaient vers l'entrée réservée aux personnes déjà munies de tickets, il la regarda, elle était éclairée par les lumières tamisées du bâtiment.

— Tu es très belle ce soir.

— Merci, c'est gentil. Je ne savais pas trop comment m'habiller pour ce genre d'événement… *Vas-y, raconte ta vie, c'est évident que tes histoires de chiffons le passionnent !!*

— C'est parfait, lui glissa-t-il dans un petit sourire. Tiens, il y a du champagne, tu en veux ?

— Oui, je veux bien s'il te plaît ! Boire un peu d'alcool la détendrait un peu, ça n'était pas un luxe.

Il s'éloigna vers le bar et la laissa seule, songeuse. C'était complètement surréaliste d'être là, sur son trente-et-un avec son prof d'Anglais… le premier rencard de sa vie… elle s'en souviendrait au moins ! Elle réprima un sourire en sentant son téléphone vibrer dans sa poche. Ses amies devaient encore lui envoyer des messages. Jean revint avec deux flûtes de liquide doré dans lesquelles de fines bulles remontaient joyeusement. Il lui en tendit une et la regarda droit dans les yeux.

— Merci d'avoir accepté de venir Clara. J'étais impatient de pouvoir passer du temps avec toi ailleurs qu'en cours…

— Ah bon ? Merci à toi de m'avoir invitée… et ne sachant plus quoi dire, elle leva son verre et lui dit « À la tienne! » avant d'avaler quelques gorgées du précieux breuvage.

— Viens, l'expo démarre dans cette salle ! et avant qu'elle ne puisse réagir, Jean lui prit la main et l'entraîna à travers le hall. Elle ne la lâcha pas, bien au contraire. Cette main solide et chaude la maintenait debout. Elle était totalement stupéfaite de la tournure que sa petite vie sans tumulte et sans homme était en train de prendre.

Le champagne aidant, elle se détendit et c'est main dans la main qu'ils parcoururent les différentes salles d'exposition, chacun y allant de ses petites anecdotes sur sa vie britannique. Elle fit quelques blagues, il la trouva drôle et il rit. Il lui parla de son adolescence passée dans un lycée huppé de Kensington, à Londres où son père avait travaillé comme avocat international. Elle était admirative du parcours et de la culture de Jean. Ils se souriaient dès que leurs regards se croisaient et Clara sentait à nouveau les fourmillements dans son ventre… Et pendant qu'il lui montrait une toile qui représentait une Elizabeth II affublée d'une perruque rose fluo et d'une guitare électrique, elle observait ses lèvres charnues et merveilleusement dessinées. Pas de doute, elles devaient être vraiment douces. Comme s'il lisait ses pensées, il s'interrompit et d'un bras, il enlaça la jeune femme afin que leurs visages ne soient plus qu'à quelques centimètres l'un de l'autre. Il approcha sa main libre de son visage et rangea une mèche de cheveux derrière son oreille.

Puis avec son pouce, il caressa doucement la bouche entrouverte de Clara. *Oh mon Dieu ! c'est dément ! mais tellement agréable !*

Enfin, il lui murmura à l'oreille :

— J'ai très envie de t'embrasser…

Incapable de répondre, elle hocha la tête. Il s'approcha encore un peu plus près d'elle, resserra son étreinte pour que leurs corps se touchent et il l'embrassa, tout doucement, comme pour ne pas l'effrayer.

C'était comme si le temps s'était arrêté sous l'œil complice d'une Élizabeth complètement déjantée. Ils achevèrent ainsi leur visite de l'expo. Gentleman, il lui proposa de la déposer en voiture chez son amie.

Pas question qu'elle prenne le bus à cette heure tardive. Il était plus de 23 heures et les bus comptaient leurs lots de gens louches et alcoolisés.

Ils ne parlèrent que très peu mais leurs mains jointes sur le levier de vitesse parlaient pour eux.

Il la déposa au pied de la cité universitaire, et après un dernier baiser, il lui souhaita bonne nuit.

— À demain Clara, j'ai passé une très belle soirée.

— Pareil. Merci pour tout… et à demain matin Monsieur Gérard ! et elle fila dans le hall de l'immeuble après s'être empressée de taper le digicode.

Waouh… quelle soirée !

XIII

— Hello everyone !

Il était 13:30 et leur après-midi débutait par le cours d'Anglais. Clara s'engouffra dans la salle de cours en prenant bien soin de se mêler au reste du groupe pour passer inaperçue. Elle s'assit à côté d'Émilie qui, la veille, n'avait pas perdu une miette du récit de son amie. Elles avaient toutes les trois discuté très tard dans la soirée, avaient eu de nombreux fous rires, notamment quand Clara leur avait révélé le prénom de M. Gérard. Elles lui avaient immédiatement trouvé un surnom, malgré les protestations de Clara, Jean-Gé. Elles en avaient ri une bonne partie de la nuit et encore pendant le trajet en bus qui les avait emmenées ce matin.

Leurs regards se croisèrent furtivement et il lui fit un petit sourire en baissant les yeux. Le cours se passa normalement. Personne ne pouvait suspecter que prof et élève avaient franchi une limite la veille, même si Clara avait le sentiment que cette info était marquée en énorme, comme un petit panneau à néons clignotant au-dessus de sa tête.

À la fin du cours, il leur annonça que les inscriptions pour le TOEIC avaient été validées et que l'examen, pour ceux qui s'étaient inscrits, aurait lieu deux semaines plus tard au lycée.

Il quitta la pièce, précédant quelques élèves qui profitaient de l'intercours pour aller prendre l'air. Elle eut un pincement au cœur en constatant qu'il n'avait pas un regard pour elle.

Popo arriva. Elle portait une robe bain de soleil fleurie, pas du tout adaptée à la saison mais qui mettait incontestablement de la couleur et du soleil là où elle se trouvait. Elle leur annonça qu'un groupe d'étudiants péruviens de la ville d'Arequipa allait arriver début février et qu'ils cherchaient des familles pour les recevoir une ou deux semaines.

Les familles de ces mêmes élèves seraient en mesure, à leur tour, de les recevoir quand ils iraient séjourner au Pérou. Il fallait répondre rapidement afin que le planning soit mis en place.

Les élèves étaient ravis de cette nouvelle. Ils seraient sans doute très nombreux à se porter volontaires pour les recevoir chez eux.

Puis vint un cours d'économie, plus soporifique que jamais qui acheva d'assommer Vanessa, Émilie et Clara, déjà épuisées par leur courte nuit. Clara avait envie de pleurer. Il l'avait complètement ignorée en sortant de la salle. Elle essayait de relativiser en se disant qu'ils se devaient, l'un comme l'autre d'être discrets. Mais quand même… elle n'arrêtait pas de repenser à la merveilleuse soirée passée la veille, à chaque fois elle avait des papillons dans le ventre et attendait de connaître la suite, comme dans un roman qu'on lit avidement sans pouvoir s'arrêter. Il lui fallait la suite !

C'est après le dernier cours de la journée, un cours de géographie touristique, que « la suite » se produisit. La masse d'étudiants pressés de rentrer chez eux s'élança vers la porte. Clara, perdue dans ses pensées, était encore en train de ranger ses affaires. Il passa dans le couloir, en ayant lui aussi fini avec son dernier groupe. Il avait eu beaucoup de mal à se concentrer aujourd'hui. Il avait pensé et repensé à la soirée qu'ils avaient passée ensemble la veille. Elle lui plaisait vraiment beaucoup. Elle n'était pas comme ses autres conquêtes. Il ressentait le besoin de la protéger et de prendre soin d'elle. Prendre soin d'elle… quelle hypocrisie !

Il sentait qu'elle était le genre de fille qui se donne corps et âme dans une relation et qu'elle était déjà engagée émotionnellement avec lui. Il aurait dû lui dire qu'il était en couple. Il n'était pas honnête et pourtant c'était une fille bien. Il était partagé entre cette envie égoïste d'être avec elle sans lui dire la vérité, afin de profiter de chaque beau moment que la vie leur offrirait, et ce devoir de lui dire qu'il avait quelqu'un.

Elle avait le droit de savoir. Il devait lui dire. Mais il savait qu'en lui parlant de Jennifer, il condamnait leur relation naissante.

Il devait d'abord voir où cette relation les mènerait avant de tout gâcher.

En passant dans le couloir, il la vit, entra dans la salle sans faire de bruit et ferma la porte. Elle sursauta en entendant la porte se fermer et rougit en le voyant.

— Salut ! dit-il presque tout bas.

— Salut…

— Tu as passé une bonne journée ? Il s'approcha d'elle lentement.

Elle lui sourit en baissant les yeux. Même s'ils s'étaient rapprochés, elle le voyait toujours comme son prof et se sentait vraiment intimidée seule avec lui.

— Oui, très bonne, même si je suis vraiment fatiguée…

— Moi aussi je suis fatigué… je n'ai pas arrêté de penser à toi hier soir tu sais…

— C'était vraiment sympa, je suis contente d'être venue… je t'avoue que j'ai eu peur. J'ai failli ne pas venir, j'étais terrorisée en arrivant…

— Pareil…

— C'est vrai ?

— Tu crois que c'est facile pour moi d'inviter une élève à sortir ? J'avais super peur que tu me mettes un vent !

— Je ne t'aurais jamais dit non.

— Clara, il faut que je sois honnête avec toi.

Sa façon de l'appeler par son prénom à chaque fois qu'il devait lui dire quelque chose d'important la faisait fondre. Mais là, il semblait vraiment sérieux… Allait-il déjà mettre un terme à leur relation à peine naissante ?

— Je t'écoute. Elle planta ses yeux dans les siens, prête à entendre ce qu'il avait à lui dire.

— Tu me plais vraiment beaucoup…

— Mais ?

— Mais… tu sais qu'il y a un mais…

— Il y a toujours un mais…

— Je vis avec quelqu'un.

Boum ! dans les dents ! je l'avais pas vue venir celle-là !

— Ah… et je suppose que tu n'es pas juste en colocation !

Merde, elle se braque !

Le visage de Clara s'était fermé, elle était triste, ou en colère, ou bien les deux… il ne le savait pas. C'était l'inconvénient de balancer une bombe à quelqu'un que l'on fréquentait depuis moins de vingt-quatre heures…

— C'est compliqué… on est ensemble depuis cinq ans, mais je ne l'aime pas…

— C'est facile ça ! Tu vis avec et tu ne l'aimes pas ? Pourquoi vous vivez ensemble alors ? Sa propre voix l'avait surprise. Elle était habituellement capable d'encaisser les choses sans se mettre en colère. Mais là, elle était vraiment blessée, une douleur fulgurante, terrible, comme des centaines de petites lames acérées qui étaient venues se planter directement dans son cœur.

— Clara…

— Arrête de m'appeler Clara ! Ne prononce plus mon prénom, tu me dégoûtes…

— Non, ne dis pas ça ! Écoute-moi s'il te plaît !

Elle sentit ses yeux la brûler et sans pouvoir contrôler quoi que ce soit, des larmes de rage commencèrent à couler.

Ses joues étaient bouillantes, ses mains tremblaient, elle ne maîtrisait plus rien. Elle qui habituellement arrivait à cacher ses sentiments. En la voyant dans cet état, il se détesta. Il allait la perdre, il venait de tout gâcher mais il se devait d'être honnête, elle avait le droit de connaître la vérité, même si elle était douloureuse, âpre et fulgurante.

Clara s'était soudainement dirigée vers la porte afin de mettre un terme à cette humiliation. Il se dépêcha de la rattraper, juste avant qu'elle n'ouvre la porte.

— Écoute-moi, ne pars pas comme ça… ne pleure pas…

Elle voulut répondre quelque chose de cinglant, de méchant même… mais sa gorge trop serrée ne laissa pas le moindre son sortir.

— Je sais… tu me prends pour un connard. Je voudrais pouvoir me défendre mais je ne peux pas. Je me suis mis en couple avec Jennifer il y a cinq ans. À l'époque, je l'appréciais mais je n'ai jamais vraiment été amoureux d'elle, mais on s'entendait bien, on n'a jamais vraiment eu de raisons de se séparer…

— À part l'absence d'amour ? balança-t-elle froidement.

— Je ne sais pas… c'est allé très vite. On s'est rencontrés, mis ensemble et l'instant d'après je me suis retrouvé enfermé dans une relation fade mais rassurante…

— Je ne peux pas… je pense que ni elle, ni moi ne méritons ça… tu n'aurais jamais dû me proposer de sortir. Je ne sais pas ce que tu fais de ta vie, si tu la trompes souvent, mais moi, je ne suis pas comme ça. Je veux une belle histoire. Je mérite une belle histoire… et être la maîtresse de quelqu'un, c'est pathétique. Je ne peux pas…

— Laisse-moi du temps s'il te plaît. Tu me plais vraiment.

— J'ai du mal à te croire…

— Si je cherchais juste un plan cul, je n'aurais pas pris le risque de le faire avec une élève. Et je ne t'aurais pas dit la vérité. Je sais que c'est compliqué…

— Je ne sais pas quoi te dire… tu vas me faire du mal… je vais m'attacher à toi et te savoir avec une autre, ça ne sera pas possible.

— Donne-moi une chance, s'il te plaît. Je sais que je t'en demande beaucoup, mais je pense que tu sais comme moi qu'il se passe quelque chose entre nous…

— Laisse-moi y réfléchir s'il te plaît.

— Non, si tu réfléchis trop, tu vas dire non. Fais-moi confiance.

Elle baissa les yeux, visiblement perdue. Il allait lui briser le cœur, c'était sûr. Mais au moins, pour la première fois depuis longtemps, elle se sentait vivante, belle… elle se dit que même avec un cœur brisé un peu plus tard, elle devait profiter de l'instant présent. À vingt ans, elle n'avait jamais eu le loisir de commettre d'erreurs, c'était sans doute le moment. Elle avait besoin de penser à elle et de lâcher prise. Elle le regarda, s'avança vers lui et l'embrassa avec fougue. Il lui rendit son baiser, l'enlaça et pendant quelques instants, ils furent seuls au monde. Appuyés contre la porte, il caressait les hanches de sa belle tandis que cette dernière passa les mains dans le dos brûlant de Jean, osant même s'aventurer sous son T-shirt. Elle sentit qu'à son tour, il passait ses mains dans son dos et ce simple contact la fit totalement défaillir. Ils entendirent des pas derrière la porte et arrêtèrent leur étreinte pile au moment où un agent d'entretien pénétrait dans la salle. Clara pouffa de rire tandis qu'elle ramassait son sac et sortit précipitamment de la pièce. Jean n'osa pas regarder la femme qui venait d'entrer, cette dernière avait ses écouteurs sur les oreilles et semblait à peine avoir détecté leur présence.

Il rejoignit Clara à la hâte dans le couloir et ils explosèrent de rire.

Clara décida de ne pas penser à toutes les barrières qui entravaient cette relation. Elle voulait vivre pleinement. Il était son prof, il était en couple… mais elle avait droit au bonheur.

Il l'invita à boire un café dans un petit bar un peu excentré pour ne croiser personne. Ils se quittèrent deux heures plus tard, le sourire aux lèvres.

XIV

Émilie avait terminé de préparer la chambre d'amis. Aujourd'hui, c'était le grand jour. Elle s'apprêtait à recevoir un étudiant péruvien pour deux semaines. Il s'appelait Edgar, avait vingt ans et venait en France pour un mois et demi afin d'effectuer un stage dans un hôtel rennais. Il serait hébergé par trois familles différentes mais démarrerait son séjour chez elle.

Avec Clara et la Vuvu, elles avaient beaucoup ri du prénom du jeune homme, imaginant qu'il y aurait, bien évidemment coup de foudre, et que donc, elle ferait sa vie avec un Péruvien nommé Edgar.

Elle était impatiente de le voir. Elle ne pouvait s'empêcher d'espérer qu'un dieu latino déposerait ses valises dans sa maison, et pourquoi pas dans sa vie ?

Elle commençait à peine à se remettre de sa rupture avec Kevin. L'histoire que Clara vivait depuis presque un mois avec Jean-Gé lui avait occupé l'esprit. Elle aussi elle voulait sa belle histoire. Pas forcément l'homme de sa vie mais au moins rencontrer un mec bien, pas un connard. Une histoire qui marque, qui façonne, qui élève, qui rende adulte ! Elle sentit sa gorge se nouer, pourquoi était-elle seule ? La Vuvu avait son Guillaume. Certes, ils vivaient loin l'un de l'autre mais ils s'aimaient, ça crevait les yeux. Elle n'avait pas encore pu rencontrer Guillaume, mais par le truchement des photos et des récits de son amie, elle avait cette impression de connaître le couple et ça sentait l'histoire solide. C'était beau.

Quand Vanessa était rentrée de son week-end en Suisse, quelques mois plus tôt, elle rayonnait de bonheur et était parfumée d'amour. Elle qui était pourtant encore avec Kevin à ce moment-là avait réalisé qu'avec lui, il était peu probable qu'elle vive ce grand frisson et cet abandon.

Puis maintenant, c'était au tour de Clara. Sans doute le fantasme de nombreuses filles de sortir avec un prof. Oui mais Clara, elle, elle l'avait fait. Elle s'était lancé dans une histoire folle, belle et passionnée qui, pour couronner le tout, devait rester secrète. Plusieurs semaines qu'ils échangeaient des regards complices pendant les cours, que leurs mains se frôlaient dans les couloirs… et qu'elle s'était épanouie jour après jour.

Il ne restait plus qu'elle. Elle était prête à oublier Kevin et à passer à autre chose, encore fallait-il qu'elle rencontre quelqu'un. Alors oui, ce Edgar pouvait être un bon compromis. Et puis, un Latino, ça pouvait être sympa. Elle pourrait danser la salsa avec lui, voyager…

Elle l'attendait avec impatience. Sortie de sa rêverie, elle regarda l'heure et réalisa qu'il était temps de partir au lycée pour accueillir les nouveaux venus. Elle y verrait Clara qui elle aussi s'était portée volontaire pour recevoir une jeune fille prénommée Maria Eugenia.

Elle pénétra, suivie de Claudine, dans la grande salle multifonctions du lycée. Il y avait une trentaine de familles venues rencontrer ceux qui allaient habiter chez elles le soir même ou quelques semaines plus tard.

Elle observa le groupe de Péruviens qui se tenait sur l'estrade. La popo, en robe en dentelle fuchsia et affublée d'un étrange chapeau à voilette totalement hors du temps, allait démarrer son discours. Elle scruta méthodiquement les quelques garçons qui faisaient partie de l'échange. Elle n'eut malheureusement aucun coup de cœur. Les beaux Latinos à la crinière noire, à la peau bronzée et aux yeux de braise étaient aux abonnés absents.

Elle aperçut Clara, un peu plus loin, qui était venue avec ses parents. Et, comme par hasard, à quelques mètres d'elle Jean-Gé, plus beau que jamais.

Il la regardait à la dérobée tandis qu'elle évitait distinctement de croiser son regard. La scène était amusante à regarder, c'était une petite consolation.

Vint le moment où chaque étudiant était appelé à se rendre sur le devant de l'estrade afin que les familles puissent aller à sa rencontre. On appela Maria Eugenia, Clara tendit le cou pour mieux voir ce qui se passait sur scène. Une magnifique jeune fille s'avança, tout sourire. Elle avait de longs cheveux châtains, une jolie peau mate et un sourire de nacre. Clara s'avança vers elle pour l'accueillir, ses parents la suivaient.

Suivirent une Dolores, une Suzanna, un Gonzalo puis enfin, on appela Edgar.

Claudine, sans doute pleine d'espoir de caser sa fille, retint elle aussi son souffle. Un grand jeune homme, la démarche mal assurée s'avança. Il avait les dents en avant, de l'acné et un regard un peu vide. Elle se mordit les lèvres pour ne pas rire, pour le beau Latino, on repasserait !

Elle croisa le regard de Clara qui paraissait désolée et même Jean-Gé haussa les épaules, l'air navré. Tout le monde avait espéré. Mais le miracle ne se produisit pas.

*****

Claudine se mordait les lèvres pour ne pas rire dans la voiture, croisant le regard désabusé de sa fille dans le rétroviseur. Elles avaient installé Edgar à l'avant. Émilie, assise derrière échangeait des textos avec Clara et Vanessa. Elles avaient pris le parti d'en rire. Que faire d'autre ?

En arrivant à la maison, il était déjà 21:30. Leur invité n'était pas très loquace, malgré le bon niveau en Espagnol d'Émilie qui s'efforçait de lui poser des questions pour essayer de briser la glace. Les tentatives se soldaient de « si », de « no » et de « gracias ».

Ces deux semaines allaient décidément être longues et c'est avec soulagement que Claudine, Paulo et leur fille virent Edgar se diriger vers sa chambre et baragouiner un « bonne nuit » à peine audible. Au moins, il essayait de s'intégrer, plaisanta Paulo.

*****

Chez Clara, l'ambiance était nettement plus festive. Maria Eugenia leur expliqua qu'il fallait l'appeler Maru. Elle parlait très bien Français et contrairement à son homologue, elle était pipelette. Le contact passa immédiatement entre elle et sa famille d'accueil et une complicité naquit instantanément entre elle et Clara. Elle était très attachante et très pieuse, ce qui amusa beaucoup ses hôtes pendant le trajet en voiture. À chaque passage devant une église, elle effectuait un signe de croix. Personne n'osa l'interroger sur cette amusante manie.

La première semaine, les jeunes Péruviens démarrèrent leurs stages respectifs. Ces derniers alternaient des visites et des réunions. Maru prenait le bus avec Clara tous les matins et elles commencèrent à se faire de nombreuses confidences. Maru avait un petit ami au Pérou mais ses parents ne le savaient pas. Elle fut surprise de découvrir qu'en France les couples vivaient souvent ensemble avant de se marier, quand ils se mariaient. Au Pérou, ça n'était pas envisageable. Ils avaient, au niveau des mœurs, une bonne cinquantaine d'années de retard, ce qui donnait des échanges parfois hilarants entre les deux jeunes filles.

Ce fut aussi pendant cette période que l'on apprit que le Pape Jean-Paul II était en fin de vie. Clara et Françoise, sa maman, cachaient tous les journaux pour éviter d'avoir à annoncer la nouvelle à Maru qui serait certainement très peinée d'apprendre le décès du souverain pontife.

Il ne quitterait finalement sa vie terrestre que quelques semaines plus tard après une longue agonie, mais Maru serait de retour au Pérou pour vivre ce deuil avec ses proches.

Le premier week-end, les Péruviens avaient prévu de partir entre eux pour deux jours à Paris. C'est là que Jean-Gé décida de mettre en place un stratagème pour emmener sa Clara en week-end en amoureux, profitant qu'elle n'ait pas besoin d'être présente pour sa correspondante.

Il intercepta Émilie après un cours et lui demanda si elle pouvait inviter Clara chez elle, avec au programme un tour à la piscine. Il avait prévu de passer la chercher le samedi matin suivant chez Émilie et avait réservé une chambre dans un bel hôtel avec SPA sur la côte, du côté de Cancale. Le couple n'avait pas vraiment de possibilité de se voir ni chez l'un qui vivait avec sa compagne, ni chez l'autre qui vivait chez ses parents. Ils étaient bien tous les deux, une grande complicité s'était créée et il sentait que Clara baissait de plus en plus sa garde. Le tout était d'éviter d'aborder la vie de couple du jeune homme.

Émilie accepta immédiatement d'être la complice de Jean-Gé. Elle savait son amie très attachée à ce dernier et d'après les confidences qu'elle avait obtenues, elle se sentait prête à passer à l'étape supérieure avec lui.

*****

— Coucou ! s'exclama joyeusement Clara, quand son amie lui ouvrit la porte.

— Copiiiiiine ! entre vite, il fait froid !

Clara fit un petit geste de la main en direction de la voiture de ses parents qui s'éloigna.

— C'est trop cool ce petit week-end entre filles ! Du coup, on se fait un aquatonic cet après-midi ? Elle est super gentille Claudine de nous filer les places qu'elle a gagnées.

— Oui… Émilie se sentait tout à coup un peu mal à l'aise de mentir à son amie. Elle avait l'impression de l'envoyer droit dans la gueule du loup. Sur le coup, elle n'avait pas douté une seconde que cette surprise lui plairait, mais maintenant qu'elle n'était qu'à quelques minutes de la laisser entre les mains de Jean-Gé, elle se sentait très embêtée.

— Ça va chou ? t'as l'air bizarre !

— J'ai un truc à te dire. J'espère que tu ne vas pas m'en vouloir…

— Quoi ? Tu veux plus aller barboter avec moi ?

On sonna à la porte avant qu'Émilie n'arrive à avouer ce qui ressemblait de plus en plus à une erreur à son amie.

— Va ouvrir, lui dit-elle en évitant son regard de plus en plus interrogateur.

— Pourquoi ? Je ne vais pas ouvrir, on est chez tes parents !

— Ils ne sont pas là. C'est pour toi…

Clara sentit un malaise s'installer et hésita à aller ouvrir la porte. La sonnette retentit à nouveau.

— Dis-moi ce qui se passe ! Tu me fais peur !

— Mais non, n'aie pas peur !

— C'est qui ? C'est Vanessa ?

— Euh non…

Clara prit une grande respiration et alla ouvrir la porte. Pendant quelques secondes, elle eut du mal à établir le lien entre Jean-Gé, planté devant la porte avec deux bouquets de fleurs à la main, et le fait d'être chez son amie.

Il sourit mais semblait lui aussi douter de son idée, maintenant qu'elle était mise à exécution.

Ils restèrent quelques instants à s'observer en silence, puis Clara, sortant de sa torpeur, lui sauta au cou.

— Mais qu'est-ce que tu fais là ?

— On part en week-end !

— Quoi ? Elle n'en revenait pas. Comment était-il arrivé chez Émilie ?

Elle ne comprenait pas tout, mais elle était folle de joie. Les moments passés ensemble lors de leurs sorties cinéma, quand ils allaient boire des verres étaient toujours beaucoup trop courts… sans compter qu'ils ne pouvaient pas se voir le week-end, à part quelques heures de temps en temps lorsque la compagne de Jean-Gé laissait un peu de répit à ce dernier.

Il entra dans la maison. C'était vraiment bizarre de se retrouver dans la maison des parents d'une de ses élèves, qui plus est quand l'élève en question était la meilleure amie d'une élève avec laquelle il sortait. Sa vie avait pris une curieuse tournure. Clara avait fait voler en éclats toutes ses habitudes et il était vraiment un autre homme depuis ces quelques semaines passées avec elle. Il n'en avait pas parlé à Clara mais il avait décidé de mettre un terme à sa relation avec Jennifer. Il ne supportait plus de partager le lit de cette blonde insignifiante. Même s'il ne ressentait rien pour elle, ils avaient un passé commun et Clara lui avait ouvert les yeux sur l'importance d'être honnête dans un couple. Il avait donc eu une sérieuse discussion avec Jennifer la veille. Il avait essayé d'amener les choses en douceur, lui disant qu'il doutait de leur couple et qu'il avait besoin de faire le point. À sa grande surprise, Jennifer avait paru soulagée. Elle avait immédiatement proposé de faire un break de quelques semaines et cette nuit, il avait dormi dans la chambre d'amis. Ça s'était beaucoup mieux passé que prévu et il allait maintenant pouvoir se consacrer à sa relation avec Clara.

Il tendit l'un des bouquets, des roses rouges à Clara qui s'empourpra immédiatement. Il se tourna vers Émilie et lui tendit le deuxième, composé de roses blanches et de lys.

— Merci à ma complice, lui dit-il en lui faisant un clin d'œil.

— Ce fut un plaisir, répondit Émilie, manifestement touchée par l'attention de Jean-Gé.

— Je te la pique pour le week-end, Émilie. Je te revaudrai ça ! Au fait… ton Edgar est aussi à Paris ? dit-il, en essayant de réprimer un petit rire.

— Oh ça va… une fois de plus, j'ai tiré le bon numéro ! Je suis dégoutée…

— Écoute, on ne se connait pas beaucoup… mais mon frère habite à Rennes...

— C'est vrai ? s'exclamèrent les deux amies d'une seule voix.

Il éclata de rire.

— Vous n'êtes pas copines pour rien !

— Il a vingt-cinq ans…

— C'est un p'tit jeune ! le taquina Clara.

— Il est prof de sciences.

— Vous êtes tous profs dans la famille ? Émilie semblait de plus en plus curieuse…

— Et surtout, il est célibataire…

Clara faillit faire une petite blague sur la relativité du célibat quand on entamait une relation mais préféra se taire, de peur de le vexer. Il s'était donné du mal pour elle, et en plus, il voulait aider Émilie. S'il n'y avait pas eu cette foutue Jennifer, il aurait vraiment été l'homme parfait !

— Mais c'est trop bien ! Clara était sur son petit nuage.

— Je te donne son adresse MSN, si tu veux… je lui ai déjà parlé de toi…

— Merci ! je suis preneuse, on verra bien ! Émilie tombait des nues, ce mec était vraiment génial.

Ils finirent par s'installer dans la voiture et Émilie glissa un « Bonne chance » accompagné d'un clin d'œil à son amie. C'est là que Clara réalisa que c'était le grand jour… et là, elle commença à vraiment stresser. Elle était prête mais c'était une sacrée étape, et elle voulait qu'il soit le premier. Et le dernier.

La route se passa joyeusement. Clara n'arrêtait pas de parler, sans doute pour évacuer son stress. Ils arrivèrent devant « Le relais des embruns », une magnifique bâtisse en pierre, avec une vue imprenable sur la mer. Lorsqu'elle sortit de la voiture, elle frissonna. Un vent glacial soufflait sur la côte et elle n'avait pas prévu de vêtements très chauds, pensant passer l'après-midi dans un espace bien-être surchauffé avec Émilie. Il l'enlaça pour la réchauffer et l'embrassa dans le cou.

Le simple fait de sentir son souffle chaud contre sa peau fit revenir les papillons qui avaient élu domicile dans son ventre depuis quelque temps...

Après avoir accompli les formalités d'usage à la réception, on les mena dans une suite somptueuse avec vue sur mer. Un immense lit trônait au milieu de la pièce, face à la fenêtre. Une décoration moderne et soignée rendait les lieux cosy et tranchait avec les murs de pierre extérieurs. Sur un guéridon installé à proximité d'une seconde fenêtre, était posé un seau à Champagne, une bouteille y était installée un linge blanc autour du goulot. Deux flûtes à champagne et des macarons complétaient le tout. Jean-Gé avait même pris le soin de demander un vase à la réception pour que Clara puisse y déposer ses roses.

— C'est magnifique, Jean-Gé...

— Jean-Gé ?

— Oups... c'est ton petit surnom... elle était devenue toute rouge.

— Tu m'appelles Jean-Gé avec tes copines ? Un sourire se dessinait peu à peu sur ses lèvres

— Je suis désolée, c'est con...

— Non mais mes potes de fac m'appelaient comme ça aussi ! C'est énorme !

Soulagée, Clara se mit à rire. Il l'embrassa et leur étreinte devenait de plus en plus enflammée. Ils basculèrent sur le lit. Clara ne lui avait pas encore parlé de son inexpérience. Il fallait qu'elle le lui dise. Il allait, de toute façon s'en rendre compte...

— Je veux que tu sois le premier, lui murmura-t-elle à l'oreille, en évitant soigneusement les deux yeux éberlués qui la regardaient.

— Tu n'as jamais...

— Non... je suis désolée, j'aurais dû te le dire mais j'ai tellement honte...

— Tu n'as pas à avoir honte, c'est tellement rare et beau… c'est juste que je ne m'y attendais pas. On peut attendre que tu sois prête, je ne veux pas te forcer la main…

— Je suis prête…

Et ce matin-là, les corps de Clara et de Jean-Gé s'unirent. Ce fût un moment d'une tendresse et d'une intensité incroyables. Clara était heureuse et elle ne regrettait aucunement son choix. Elle était tombée amoureuse de lui et elle osait enfin se l'avouer. Il la regarda dormir et se dit que pour la première fois depuis bien longtemps, il était à sa place avec elle.

Ils passèrent le week-end entre le SPA, les balades en amoureux main dans la main sur la côte, face à une mer déchaînée et dans le lit qui accueillit leurs premiers ébats.

Une nouvelle vie démarrait pour eux maintenant. Ils étaient bien, ils étaient beaux, ils étaient heureux.

XV

Elle venait de recevoir un texto de Clara « Ça y est ». C'est sans doute ce qui la décida à envoyer un message à Benoît. Jean-Gé avait tout de l'homme idéal. Il était beau, intelligent, gentleman… son frère partageait son patrimoine génétique et il était probable, du moins l'espérait-elle, qu'ils aient toutes ces qualités en commun.

Lorsqu'elle appuya sur « Entrée » pour lui envoyer le message, son ventre se serra. Était-elle vraiment prête à affronter une nouvelle déception ?

Quelques instants plus tard, celui qu'elle avait déjà surnommé Benoît-Gé, lui répondit. Elle retint sa respiration en voyant une petite lucarne orange apparaître en bas de son écran…

Elle cliqua sur le petit rectangle qui allait peut-être apporter un peu de miel à sa vie si amère ces derniers temps.

*****

Les premiers échanges furent plutôt timides. Il avait l'air gentil et semblait très courtois. On était samedi après-midi et à cette heure, ni l'un ni l'autre n'étaient enclins à faire des confidences.

Benoît, qui était sorti d'une relation douloureuse quelques mois auparavant, était plus motivé que jamais pour se caser. La vie était trop courte et il fallait saisir chaque chance qui était offerte comme un cadeau. C'était sa nouvelle philosophie et il entendait bien la suivre jusqu'à ce que le bonheur de tomber amoureux frappe à sa porte. À vingt-cinq ans, il ressemblait beaucoup physiquement à son frère aîné, Jean, sauf qu'il était doté de superbes yeux verts et qu'il avait le visage légèrement plus rond.

Il était professeur de sciences dans un lycée privé, en périphérie de Rennes et il était passionné par la photographie.

Il n'était pas rare de le croiser, tôt le samedi matin au marché des lices à Rennes, essayant de capter la lumière parfaite d'un étal de légumes aux premières lueurs de l'aube. Ou certains soirs, sur les remparts de Saint Malo, à la recherche du reflet qui sublimerait le coucher du soleil sur la mer.

Malgré l'esprit cartésien qui l'avait poussé à poursuivre des études scientifiques, il était dans sa façon de voir la vie, un véritable artiste qui aimait la beauté simple des choses et des personnes. Ce besoin d'esthétisme avait souvent affecté ses relations avec les femmes. Il ne supportait pas la tiédeur et trouvait que pour qu'une histoire soit belle, il fallait qu'elle soit vécue intensément, englobant à la fois les qualités mais aussi les aspérités de chacun. Il voulait du vrai et peinait désespérément à trouver des filles suffisamment honnêtes avec elles-mêmes pour pouvoir se lancer dans une relation sérieuse.

En attendant de trouver la muse qui transcenderait sa vie, il papillonnait de conquête en conquête pour oublier le vide sentimental qui affectait son quotidien.

Quelques jours plus tôt, il était allé boire un verre avec son frère qui souhaitait lui parler. Il avait appris avec surprise que Jean envisageait de quitter Jennifer et surtout qu'il vivait une histoire avec l'une de ses étudiantes. Enfin, Jean réalisait que sa vie avec Jennifer était d'une platitude terrible. Il appréciait beaucoup sa belle-sœur mais n'avait jamais eu le sentiment que son frère fût réellement heureux avec elle.

Dès son entrée dans le bar, Jean lui était apparu plus solaire qu'à l'accoutumée. Il connaissait les failles de son grand frère, son côté plus sombre qu'il dissimulait sous un beau sourire et une assurance hors normes.

Après des propos dithyrambiques sur une dénommée Clara, ce dernier avait parlé de la meilleure amie de cette dernière, étudiante elle aussi et qui pouvait potentiellement lui plaire.

Sans entrer dans les détails afin de lui laisser découvrir la jeune femme par lui-même, il avait mentionné une jeune fille très jolie, sans doute un peu timide au premier abord, ayant connu des déboires amoureux dignes d'un mauvais film. Il l'avait autorisé à donner son adresse MSN afin qu'ils puissent établir un premier contact. Il verrait bien, qu'avait-il à perdre ?

Il fut franc avec Émilie, lui avouant ne pas toujours être à l'aise en communication par écrans interposés mais qu'en revanche, il serait ravi de la rencontrer pour de bon autour d'un dîner. Un peu prise de court, elle accepta un rendez-vous le soir même avec Benoît. Elle n'en revenait pas elle-même d'avoir osé se lancer aussi vite avec un parfait inconnu. Parfait… elle espérait sincèrement qu'il le soit. Après avoir échangé leurs numéros de téléphone et convenu de se retrouver place de la République aux alentours de 19:00, ils coupèrent la connexion.

Elle voulait appeler Clara pour lui dire, mais cette dernière était à Cancale avec son Apollon et il était hors de question de les déranger. Elle estima quand même pouvoir envoyer un texto à sa copine. Après tout, c'était en partie grâce à elle si ce week-end en amoureux avait lieu.

Après quelques heures de stress, elle décida de se préparer pour le soir. Il lui fallait une tenue élégante mais pas trop stricte, sexy mais pas allumeuse… Elle opta pour une petite robe vert bouteille à manches longues qui s'arrêtait au-dessus du genou avec un décolleté carré. Des collants noirs, une paire de bottes, c'était parfait.

Elle décida de garder ses cheveux détachés et de les laisser naturels, sans lisser ses boucles. Une petite barrette discrète pour éviter de les avoir dans les yeux, un peu de mascara, quelques touches de fond de teint et un pschitt de Trésor, de Lancôme. Elle était prête. Il était convenu avec Claudine qu'elle l'appelle après le rendez-vous pour que cette dernière passe la chercher.

Ses parents dînaient eux aussi en ville avec des amis, ce qui tombait plutôt bien. Elle avait raconté à sa mère les grandes lignes de son rendez-vous, mentionnant le « copain de Clara » sans préciser qu'il s'agissait de leur prof et qu'il avait quinze ans de plus qu'elle. Claudine, heureuse de voir que sa fille était prête à rebondir, accepta sans hésiter de jouer les taxis.

Quand elle sortit du métro, elle avait dix minutes de retard. Elle avait ce gros défaut de ne jamais arriver à l'heure, ce qui lui valait régulièrement les taquineries de ses amis qui, lorsqu'ils devaient se voir, modifiaient toujours d'une quinzaine de minutes les heures de rendez-vous pour ne pas l'attendre trop longtemps. Elle prit les escalators et commença à balayer du regard l'esplanade. La nuit était tombée depuis un moment et l'air était glacial. Des groupes de jeunes discutaient bruyamment entre eux à côté des deux entrées du métro. Un couple s'embrassait à pleine bouche, s'attirant les regards courroucés des vieilles rombières qui traversaient les lieux d'un pas pressé, serrant leurs sacs à main bien précieusement contre elles.

Elle espérait qu'il n'était pas parti, son manque de ponctualité finirait par lui jouer des tours. Elle se demandait quelle mouche l'avait piquée d'avoir accepté de rencontrer ce garçon aussi rapidement et après seulement quelques minutes de discussion sur une messagerie instantanée. Elle le vit, adossé au bâtiment de la Poste qui surplombait la place. Elle le reconnut immédiatement, sa ressemblance avec son frère était assez déroutante.

Leurs regards se croisèrent et il comprit immédiatement que c'était elle. *Waouh, il ne s'est pas foutu de moi le frangin, elle est super jolie !*

Il s'avança vers elle en souriant. Comme le prévoyaient les codes en matière de rendez-vous, ils se firent deux bises, les joues chaudes et légèrement tremblantes.

— Émilie ?

— Oui, c'est moi ! J'en conclus que tu es Benoît ?

— Gagné !

— Tu ressembles à ton frère, c'est impressionnant !

— Oui, il paraît...

— Je suis désolée pour le retard... c'est mon gros défaut.

— Pas de souci, j'étais dans le coin depuis qu'on a arrêté de se parler cet après-midi !

— Euh, tu ne m'attends pas depuis plus de trois heures j'espère...

— Non... je suis allé faire un tour au parc du Thabor pour prendre des photos.

— Tu es photographe ?

— Oui, photographe amateur. Et il y avait une lumière incroyable cet après-midi sur les fontaines gelées du parc ! Mais je ne vais pas t'embêter avec mes photos. Tu aimes les fruits de mer ?

— Oui j'adore ça !

— Alors je t'emmène à la Taverne de la Marine. Tu connais ?

— Oui, c'est un super restau !

Émilie était ravie. Benoît était charmant et même si physiquement il ressemblait beaucoup à son frère, il avait quelque chose de différent, une étincelle dans le regard qu'elle n'était pas en mesure d'identifier. Elle se dit que leur rencontre démarrait bien. Il l'emmenait dans un de ses restaurants préférés, ça ne pouvait être qu'un joli signe du destin.

Ils marchèrent côte à côte dans le froid glacial qui faisait briller les trottoirs, comme si des milliers de paillettes blanches avaient été étalées au pinceau sur l'asphalte. En arrivant au restaurant, il lui tint la porte. Une chaleur les saisit tous les deux lorsqu'ils pénétrèrent au sein de l'établissement. De bonnes odeurs émanaient des cuisines. Les lumières tamisées et les bougies posées sur les nappes blanches créaient une ambiance gourmande et intimiste. À la grande surprise d'Émilie, Benoît s'adressa à un serveur en donnant son nom. *Il a même réservé le restau ! Quel mec !*

Ils prirent chacun un Kir en apéritif et décidèrent ensemble de se partager un plateau de fruits de mer. Elle n'aimait pas les huîtres mais il les mangerait. Il n'aimait pas les bigorneaux, elle en raffolait. Ils étaient complémentaires au moins sur le plan culinaire. C'était un bon début.

Ils n'eurent aucun mal à trouver des sujets de discussion et ils passèrent une soirée à discuter de façon naturelle. Émilie était elle-même, il le sentait et aimait cela. Ils avaient beaucoup de points communs et ils eurent quelques fous rires lorsqu'il tenta de lui expliquer des préceptes de science qu'elle n'avait jamais réussi à intégrer au lycée. Elle ne les comprit pas plus ce soir-là. En revanche, son intérêt pour celui qui les lui enseignait était bien réel. Elle qui n'avait eu comme professeurs de physique que des clichés de vieux savants fous en blouses blanches, grosses lunettes et cheveux hérissés, elle appréciait le changement. Elle était subjuguée par les deux grands yeux verts qui l'observaient intensément et pour la justesse de ses paroles. Elle avait l'impression de le connaître depuis longtemps et de pouvoir être elle-même. Ça faisait du bien.

De son côté, Benoît était lui aussi captivé par la jeune fille. S'il la sentait encore timide, il lisait dans les yeux d'Émilie une authenticité et une fougue qui ne le laissaient pas indifférent.

Il avait craint le pire quand son frère lui avait parlé d'Émilie. Il était habitué aux frasques de son frère avec des filles superficielles et il avait eu un peu peur que l'amie de l'amie ne soit pas à la hauteur de ses attentes. Il s'était trompé. La soirée passa à toute vitesse et c'est lorsque le serveur vint les voir, un peu gêné, pour leur dire que le restaurant avait fermé qu'ils prirent conscience que le temps s'était égrainé à toute vitesse. Il lui proposa un dernier verre. Elle lui expliqua qu'elle devait appeler ses parents et que ça risquait de faire tard. Il lui proposa de la ramener. Après avoir hésité, elle accepta. Il n'avait pas beaucoup bu et il avait l'air sérieux. Elle avait besoin de prendre des risques et de sortir de sa zone de confort. Et puis, il lui plaisait beaucoup, c'était indéniable.

Ils se rendirent dans un bar de nuit, bondé. Musique à fond, groupes de jeunes fortement alcoolisés… le lieu était peu propice à accueillir un premier rendez-vous. Il lui proposa alors de venir chez lui, ça serait plus facile de discuter. Émilie hésita.

— En tout bien tout honneur bien sûr ! il lui fit un clin d'œil

— Je sais pas… je n'ai pas l'habitude d'aller chez les gens dès le premier soir… Elle se sentait gênée de refuser, surtout qu'elle mourrait d'envie de prolonger la soirée avec lui.

— Promis, je ne tenterai rien si tu ne le veux pas…

— Je ne suis pas une fille facile…

— Je sais… ça se voit !

— Ah bon ?

— Oui… je ne sais pas comment l'expliquer mais tu es une fille bien. Vous êtes une espèce trop rare pour faire n'importe quoi !
Elle sourit en baissant les yeux.

— Les hommes bien ne courent pas les rues non plus !

— Tu veux passer le reste de la soirée avec un gars bien ?

— Oui… OK, mais je ne terminerai pas la nuit dans ton lit, que ça soit bien clair !

— Je suis un gars respectable, je ne me donne pas à n'importe qui non plus !

— Bon, alors dans ce cas, allons-y !

— Tu peux envoyer mon adresse à tes parents, ils seront rassurés de savoir où tu es !

Ils partirent chez Benoît qui habitait un bel appartement en centre-ville. Ils refirent le monde jusque tard dans la nuit, et, plus ils discutaient, plus ils se rapprochaient l'un de l'autre sur le canapé confortable du jeune homme. Émilie était totalement sous le charme. Elle ne voulait pas que cette soirée sans fausse note se termine. Benoît était dans le même état d'esprit et sentait que son frère, pour une fois, avait visé juste. Ils arrêtèrent de parler et se regardèrent, droit dans les yeux.

Le cœur d'Émilie battait à tout rompre, ce garçon était tombé du ciel ! Benoît, qui pourtant était habitué aux aventures d'une nuit n'en menait pas large non plus. Il avait du mal à analyser ce qui lui arrivait. Comment une fille rencontrée seulement quelques heures plus tôt pouvait-elle lui plaire à ce point ?

Carpe Diem se dit-il, et il s'avança pour déposer un baiser sur les lèvres d'Émilie. Ils s'embrassèrent longuement, et quand ils sentirent que les choses allaient commencer à déraper, Benoît lui proposa, à regrets, de la ramener.

C'était à la fois doux, passionné, intense… le plus agréable baiser qu'Émilie avait reçu de sa vie. Il la ramena chez ses parents et se promirent de se revoir très vite.

C'est le cœur léger que la jeune fille rentra chez ses parents. Claudine avait guetté son retour et démarra un long débriefing, entre mère et fille.

XVI

Jeudi 3 Mars 2005. C'était le grand jour et une effervescence bien particulière animait la gare de Rennes. Une vingtaine d'étudiants, bien souvent accompagnés de leurs parents, avaient pris possession du quai numéro 8. Le TGV Rennes-Lille, qui desservait aussi l'aéroport de Roissy, allait partir quinze minutes plus tard. Les parents, les yeux cernés, les visages anxieux, embrassaient leurs progénitures qui allaient bientôt les quitter pour partir en Chine. Quelques professeurs s'étaient portés volontaires pour encadrer le séjour. Madame Porteau était bien évidemment de la partie, Peï Chi, leur prof d'option chinois, et Monsieur Gérard qui avait surpris ses collègues en montrant un intérêt soudain pour ce pays, lui qui habituellement fuyait les voyages scolaires.

Clara embrassa ses parents. Son père, stressé à l'idée que le train ne parte sans sa fille, insista pour qu'elle monte dans le train et n'en descende pas. Elle échangea un regard amusé avec sa maman. Bien que très heureuse de faire ce voyage, elle avait toujours un pincement au cœur en quittant ses parents. Cette indépendance qu'elle découvrait depuis plusieurs mois la ravissait autant qu'elle lui faisait peur.

Émilie, accompagnée de Paulo et Claudine, était un peu angoissée de faire son baptême de l'air quelques heures plus tard. Elle lisait beaucoup d'inquiétude dans les yeux de Claudine qui prenait sur elle pour ne pas pleurer en quittant sa fille. Émilie, les yeux embués, aperçu alors une silhouette familière se dessiner à quelques mètres du quai.

— Benoît !

Claudine et Paulo s'éloignèrent pour laisser un peu d'intimité à leur fille. Ils étaient ravis que cette dernière ait fini par tirer un trait sur ce Kevin qui lui avait brisé le cœur deux mois plus tôt.

Elle s'approcha de lui, le sourire aux lèvres, et le cœur battant à tout rompre. Ils s'embrassèrent. Leur relation était au beau fixe. Ils se voyaient depuis bientôt un mois et passaient des moments passionnants.

Ils se retrouvaient souvent en fin de journée, après leurs cours respectifs, pour passer du temps ensemble chez le jeune homme ou en ville. Elle voulait qu'ils prennent leur temps, et Benoît, sentant que cette relation pouvait devenir sérieuse, était d'accord. Pas besoin de brûler les étapes. Il souhaitait apprendre à connaître Émilie et il sentait que ses sentiments pour elle devenaient de plus en plus forts.

Alors qu'ils étaient plantés là, yeux dans les yeux, main dans la main et des sourires béats aux lèvres, Jean-Gé sorti la tête par la portière du train et appela la jeune fille.

— Émilie, arrêtez de bécoter votre ami et joignez-vous à nous, vous allez rater le train !

Il adressa au couple un clin d'œil et un petit sourire complice. Émilie embrassa à nouveau Benoît, fit un dernier câlin à ses parents et s'engouffra dans le train, juste avant que les portes ne se ferment. Une grande aventure allait démarrer.

— Merde, y a monsieur Gérard qui a mis ses affaires avec nous, protesta Natacha. On va devoir faire gaffe aux conneries qu'on raconte !

— Ça va, y a pire comme prof, répliqua Clara, piquée au vif.

— On sait bien que t'en pinces pour lui, mais quand même !

— Pffff, n'importe quoi ! Je préfère juste avoir J… Monsieur Gérard que Popo face à moi pour la route !

— Pas faux ! intervint Martine, qui passait par là.

— Bon, alors, j'ai acheté Closer et Public. J'ai aussi des M&M's et du Milka aux noisettes.

Clara sortait tout son stock de provisions sur la tablette et guettait à la dérobée l'avant du wagon, attendant avec impatience que Jean-Gé vienne s'asseoir sur le siège d'en face.

Ils allaient devoir être discrets. Seules Émilie et Vanessa étaient dans la confidence et il faudrait être prudents. Certains regards, parfois, pouvaient trahir les secrets les mieux cachés.

Elle avait été surprise quand deux semaines plus tôt il lui avait annoncé s'être inscrit en tant qu'accompagnateur. Sur le coup, il avait pris la mouche, pensant qu'elle n'était pas contente qu'il parte aussi en Chine. Elle en était ravie, bien au contraire, mais elle qui avait déjà du mal à être naturelle et détachée pendant les quatre heures de cours hebdomadaires, elle se demandait s'ils allaient réussir à ne pas baisser leur garde en restant dix jours l'un avec l'autre dans un pays lointain.

— Alors Clara, vous avez peur de ne pas avoir à manger en Chine ? Il la regardait, amusé. Elle entendit ses amies pouffer de rire.

— Non, monsieur Gérard, je suis juste prévoyante !

— Vous avez prévu de vous inscrire à un concours de Sumos ? C'est quoi toutes ces cochonneries ? Vous devriez plutôt manger des fruits…

Clara baissa les yeux et ne lui répondit pas. Pour qui se prenait-il ? Elle pensait qu'il en avait fini quand il revint à la charge :

— Et vous avez pris de la grande littérature !

Il s'empara des magazines et lut à haute voix les gros titres. « Kylie Minogue, elle vient se faire soigner à Paris », « Nathalie Marquay, arrêtez les rumeurs ! » « Nicole Kidman, pourquoi elle en veut à Tom Cruise ? »

Tous les camarades de classe l'observaient, écroulés… elle rougit, morte de honte. Elle lui jeta un regard furieux.

Il reposa les magazines et s'approcha de Jean-Sébastien, alias JS, qui, les écouteurs vissés sur les oreilles ne l'entendit pas arriver. Il regarda le magazine de ce dernier : Têtu. Tout un programme.

Il s'en voulait d'avoir mis Clara en colère. Il avait juste voulu la taquiner un peu et il n'avait pas réalisé que tout le groupe les écoutait. Il essayait donc de faire une diversion en s'amusant des lectures des autres.

Les trois heures de voyage parurent interminables à Clara qui évita soigneusement le regard de Jean-Gé et qui ne lui adressa plus un mot. Elle l'ignora ouvertement et discuta avec ses amies tout le reste du trajet. Il décida de l'ignorer aussi, de toute façon, il n'avait pas trop le choix.

Elle fut incapable de manger quoi que ce soit, l'estomac noué et craignant de nouvelles remarques désobligeantes de son voisin de siège.

Le train arriva à l'aéroport, et tandis que Clara se dirigeait vers une boutique hors taxes pour s'éloigner du reste du groupe et décompresser un peu, il l'attrapa par le bras et l'emmena dans un petit recoin, entre une sortie de secours et les toilettes.

— Quoi ? lui lança-t-elle

— Tu vas m'en vouloir toute la journée ?

— Oui…

— Je suis désolé. Je n'ai pas voulu être méchant, je voulais juste égarer les soupçons en me moquant un peu.

— Tu sais très bien que je déteste qu'on me remarque. Ils se sont tous foutu de moi, c'est hyper humiliant.

— Je suis désolé… j'ai été con. J'ai peur qu'on se fasse griller. J'ai merdé en m'installant en face de toi dans le train. J'avais juste envie qu'on soit ensemble…

— Moi aussi j'ai envie qu'on soit ensemble…

Il prit le visage de Clara entre ses mains, balaya la zone du regard pour s'assurer que personne du groupe ne les voyait, et il l'embrassa.

— Tu allais où, au fait ?

— Dans une boutique hors taxes.

— Je peux t'accompagner ?

— Non, ça ne sera pas discret. Il vaut mieux qu'on se planque. Natacha et les autres ont déjà trouvé bizarre que je te fasse la gueule tout le trajet. On va essayer d'éviter de se faire trop remarquer.

Il était conscient que même en suivant Clara ainsi dans la zone d'embarquement, il avait pris des risques mais c'était plus fort que lui. Elle était comme un aimant. Il la regarda pénétrer dans une boutique et se joignit à un petit groupe d'étudiants.

Le groupe venant de Saint-Malo les avait rejoints. Accompagné de deux profs dont l'un s'appelait Monsieur Salut.

On les appela à la porte H pour l'embarquement. Émilie sentit sa poitrine se serrer en apercevant l'immense oiseau d'acier qui était posté devant les grandes baies vitrées.

Dans quelques minutes, elle serait prisonnière de cet avion et allait, par on ne savait quelles lois scientifiques, se retrouver à des milliers de mètres du sol. Elle s'approcha de la Vuvu qui préparait tranquillement son billet dans la file d'attente.

— Oh ! toi tu flippes !

— Gagné…

— Tu vas voir, ça va bien se passer !

— Mais quand même, penser qu'on s'envole si haut, ça fait drôle…

— C'est vrai que pour un baptême de l'air, tu fais fort !

— Et ça n'est qu'un entraînement pour le Pérou ! Là, c'est douze heures, dans deux mois, ça sera dix-huit !

— On est des sacrées voyageuses quand même !

— Tu as réussi à joindre Guillaume avant de partir ?

— Oui… il était tout triste que je parte aussi loin.

— Pourtant ça va pas changer grand-chose dans l'absolu.

— Non, sur le papier, ça change pas grand-chose, mais savoir que onze mille kilomètres te séparent de ton chéri, c'est encore pire!

— Pas faux…

Martine avança sa tête pour se joindre à leur conversation.

— Moi j'ai dit au revoir à mon copain ce week-end. C'est vrai que ça fait drôle !

— Ça fait longtemps que vous êtes ensemble ?

— Quatre mois.

— Ah c'est cool !

— Au fait, Émilie, je t'ai vu avec ton mec sur le quai ! tu t'emmerdes pas, il est super beau gosse !

Émilie rougit.

— Merci !

— Ça fait longtemps que vous êtes ensemble ?

— Non, non… seulement un mois.

— Vous vous êtes rencontrés comment ?

— Euh… c'est le frère d'un ami…

— Alors les filles, prêtes à vous envoler ?

Popo, robe turquoise à volants et brodée de sequins était apparue derrière elles.

— Oui madame !

— Émilie, c'est votre première fois ?

Elle évita les regards amusés de ses amies pour garder son sérieux.

— Oui…

— Vous verrez, on s'en fait tout une montagne mais ensuite, on en redemande à coup sûr !

Vanessa explosa de rire dès que leur prof s'éloigna.

— Tu verras, tu vas en redemander ! Elle est géniale cette prof !

Les étudiants pénétrèrent un par un dans la carlingue. Clara et Jean-Gé s'évitèrent soigneusement et firent le long voyage chacun à un bout de l'avion.

Les douze heures de vol se passèrent sans turbulences et le petit groupe arriva à l'aéroport de Pékin de bonne heure le matin.

Après avoir rempli les formalités auprès de douaniers peu souriants, ils attendirent quelques minutes sur le parvis de l'aéroport que le bus qui devait les conduire à l'hôtel arrive.

Un étudiant de Saint-Malo commença à discuter avec Clara. Elle lui avait tapé dans l'œil dans la salle d'embarquement. Il était grand, ses cheveux châtains bouclaient légèrement sur le dessus de sa tête et ses deux yeux d'un bleu profond lui donnaient beaucoup de charme. Mais cette dernière était devenue totalement hermétique aux physiques avantageux des autres hommes depuis qu'elle était en couple avec son prof. Elle parlait en toute innocence avec le dénommé Édouard, sans s'apercevoir que ce dernier la draguait ouvertement.

Elle n'eut pas besoin de se retourner pour sentir la présence de son homme derrière elle. Il jeta un regard glacial au pauvre Édouard qui, sans comprendre ce qui se passait, prit machinalement sa valise et s'éloigna de Clara.

Elle se retourna et lui sourit. Il ne lui rendit pas son sourire. Il avait l'air furieux.

— Ça va ? chuchota-t-elle.

— Pas maintenant… lui répondit-il, très sèchement.

Les larmes aux yeux, Clara rejoignit Émilie et s'assit en silence à côté d'elle dans le car qui était finalement arrivé. Émilie avait suivi la scène de loin et mit la tête sur l'épaule de son amie, pour la consoler.

— Je ne comprends pas… pourquoi il est con comme ça ? Clara essuyait ses larmes au fur et à mesure qu'elles coulaient.

— Il est peut-être jaloux...

— Enfin jaloux de quoi ? J'ai parlé deux minutes avec ce mec ! Faut arrêter le délire...

Jean-Gé passa dans l'allée du car, jetant un œil à Clara et à Émilie. Il s'assit à côté de Peï Shi, sur les sièges qui se trouvaient juste derrière... *Génial… j'ai réussi à la faire pleurer... Il faut qu'elle arrête d'allumer les petits merdeux de son âge... s'il revient à la charge, je l'explose ! Et elle… elle ne perd rien pour attendre, je déteste qu'on se foute de moi.* Après avoir observé, en silence, le paysage qui défilait par la fenêtre, il prit une grande respiration, sentit son pouls ralentir et réalisa qu'il était allé trop loin. Il détestait céder à cette jalousie maladive qui le rongeait. Il fallait qu'il s'excuse. Il ne fallait pas qu'il retombe dans ses vieux démons… Ça faisait si longtemps qu'il n'avait pas été amoureux. Il ne pouvait pas tout gâcher...

Clara, soutenue par sa fidèle Émilie, sécha ses larmes et se concentra sur le décor incroyable qui défilait sous leurs yeux. La pollution de la capitale chinoise n'était pas une légende. Des immeubles fantomatiques, immenses et gris, bordaient l'autoroute qui desservait la périphérie de Pékin.

À chaque étage, de toutes petites fenêtres, les cages des climatiseurs, comme des verrues sur les crépis déjà en lambeaux. Un brouillard sale, épais et tirant sur le jaune à perte de vue, laissant une atmosphère pesante sur la périphérie de la mégalopole.

À chaque feu rouge, des centaines de cyclistes s'engageaient sur la route, masques chirurgicaux sur le nez pour éviter de respirer l'air pollué. Sans doute des protections insuffisantes face à la boue épaisse qui remplissait les alvéoles des poumons à chaque respiration.

Dans le car, la liesse des étudiants s'était transformée en un silence pesant à l'image du décor. On était loin de l'image de carte postale où se côtoyaient temples bouddhistes, pousse-pousses et sculptures de dragons.

Une fois le périphérique quitté, le car s'engagea sur un gros boulevard, encerclé par de nombreuses voitures, et devant, des centaines de chinois à vélo, en costumes, qui devaient, vu l'heure et leurs tenues, se rendre au travail.

Le car s'immobilisa devant un immeuble gigantesque, plus moderne que ceux qu'ils avaient croisés sur leur chemin. Un escalier de marbre, bordé de deux dragons dont les corps faisaient office de rampes, permettait d'accéder au hall de l'hôtel dont le nom s'étalait en sinogrammes dorés sur la façade vitrée du bâtiment.

Les élèves, après avoir récupéré leurs valises, les confièrent aux grooms qui les attendaient, équipés des chariots à bagages. Ils avaient l'impression de pénétrer dans un vrai palace. Les profs avaient transmis les répartitions des chambres à l'avance à l'hôtel. Clara et Émilie, sans surprise, avaient été mises ensemble, sans doute grâce à une intervention de Jean-Gé qui espérait que Clara puisse facilement quitter sa chambre la nuit grâce à la complicité précieuse de son amie. Les deux jeunes filles poussèrent la porte de leur chambre qui se situait au vingtième étage, offrant une vue panoramique sur la ville.

Si l'on faisait abstraction du brouillard, c'était un tableau urbain gigantesque qui se dessinait de l'autre côté des vitres. On apercevait tout au fond une colline verte sur laquelle on pouvait deviner la silhouette d'un temple.

Il s'agissait de la Montagne de Charbon, célèbre pour offrir une vue imprenable sur la Cité interdite et construite avec les remblais des douves de la Cité impériale.

Les filles étaient ébahies par la taille de leur chambre, si lumineuse. Une grande salle de bain avec un grand miroir et des boules effervescentes à mettre dans le bain après une longue journée de visites, deux grands lits aux draps immaculés, un écran plat plaqué au mur et un minibar dont le contenu était sans doute hors de prix…

On frappa à leur porte. C'étaient Natacha et Pénélope, une jeune fille de leur classe avec laquelle Natacha semblait se lier d'amitié, qui partageaient la chambre voisine. Elles étaient toutes excitées et riaient comme des folles de se retrouver dans un si bel endroit. Le groupe avait trois heures de libres avant de se retrouver dans la salle de restaurant pour aller dîner. Certains firent une sieste, d'autres voulurent explorer les abords de l'hôtel sans s'éloigner de trop, car Pékin faisait dix-huit fois Paris et personne, à part Peï Shi, n'était capable de demander sa direction aux autochtones.

On frappa à nouveau à la porte. Clara alla ouvrir et paniqua en voyant Jean-Gé face à elle. Il ne pouvait pas savoir qu'elle et Émilie n'étaient pas seules. Elle balança très haut :

— Alors Monsieur Gérard, bien installé ? Nous, on se rend visite les unes aux autres pour comparer les chambres.

Il comprit immédiatement et dit à haute voix qu'il s'assurait que tout le monde avait bien trouvé sa chambre. Il dit tout bas à Clara :

— Je suis chambre 2023. Viens me voir s'il te plaît, il faut qu'on parle.

Elle hésita. Il avait été dur avec elle tout à l'heure, sans qu'elle comprenne pourquoi.

Elle décida qu'il méritait une leçon et lui dit qu'elle était occupée et qu'elle viendrait plus tard, avant de lui fermer la porte au nez. Elle n'en revenait pas elle-même d'avoir cette audace ! Leur histoire sans nuage avait connu ses premières tensions depuis le début du voyage et il était hors de question qu'il gâche tout avec une jalousie mal placée.

Elle était en colère contre lui et ils avaient beau avoir quinze ans d'écart, elle ne se laisserait sûrement pas marcher sur les pieds.

Le groupe d'amies s'arrêta devant la chambre de Vanessa et Martine pour leur proposer une balade.

Vanessa accepta mais Martine était fatiguée et préférait rester se reposer. Elles déambulèrent deux heures dans le quartier, entrant dans les magasins, observant avec curiosité les devantures des restaurants et leurs canards laqués pendus par le cou. C'était vraiment un univers bien loin du monde occidental dans lequel elles avaient toutes grandi.

En retournant dans leurs chambres pour se préparer pour le dîner, les filles passèrent devant la chambre 2023… Clara ralentit et dit à ses amies qu'elle voulait aller jeter un œil à la salle de jeux qui se trouvait en bas de l'hôtel. Elle les rejoindrait directement au restaurant dans quelques minutes. Elle frappa à sa porte. Il lui ouvrit, enveloppé dans un peignoir blanc. Son cœur s'emballa, il était vraiment magnifique, le blanc faisait ressortir sa peau bronzée. Sans dire un mot, il lui tint la porte afin qu'elle puisse entrer. Il sortait tout juste de sa douche, ses cheveux noirs étaient encore mouillés et son corps, même à plusieurs centimètres, dégageait une chaleur humide. Il sentait bon et ses traits semblaient plus détendus. Il lui sourit. Manifestement, l'orage était passé.

— Tu n'es plus occupée ? Je suis content que tu trouves le temps de passer me voir, ironisa-t-il.

— Je suis désolée pour tout à l'heure. J'étais en colère contre toi…

— Je sais.

— Pourquoi tu m'as parlé comme ça à l'aéroport ? Qu'est-ce que je t'ai fait ?

— Rien… j'ai juste été agacé de voir ce petit con te parler !

— On ne faisait rien de mal !

— Tu ne faisais rien de mal. Lui, il te draguait ma belle.

— Arrête de croire que dès que quelqu'un me parle c'est pour me draguer !

— Tu ne t'en rends pas compte mais ce mec te regardait avec des yeux lubriques.

— Et tes yeux à toi, ils sont lubriques ?

Elle s'approcha de lui, tira sur la ceinture de son peignoir et le poussa sur le lit. La hache de guerre était enterrée, pour le moment...

Leur séjour à Pékin se déroulait pour le mieux, de visites de sites touristiques en hôtels plus incroyables les uns que les autres. Ils avaient en effet besoin de comprendre comment la Chine accueillait ses touristes et se préparait pour les Jeux olympiques qui devaient démarrer trois ans plus tard. Pendant les repas, Jean-Gé dînait avec les autres professeurs et semblait être le seul à s'entendre avec Monsieur Salut. Ce dernier, toujours vêtu de noir, avait une allure de vigile. Très grand et bâti comme une armoire à glace, il avait un capital sympathie très limité auprès des élèves. Il ne souriait que très peu, sauf après quelques bières partagées avec Jean-Gé et Popo à la fin des repas. Certains de ses élèves avaient fait courir le bruit qu'il avait recours à un service d'escort girls situé dans le sous-sol de l'hôtel.

Ils eurent la chance de se rendre sur la Grande Muraille. Natacha vécut un grand moment de solitude, étant sujette au vertige. Ses amies durent l'aider à redescendre les centaines de marches qui longeaient la muraille. Même sans avoir le vertige, la vue était impressionnante. Le car qui les avait déposés était si loin et si bas qu'il ne paraissait mesurer que quelques centimètres. Les étudiants, et plus particulièrement Clara et Vanessa, prenaient des centaines de photos grâce aux appareils numériques qu'elles avaient apportés.

Édouard, lui, ne se décourageait pas et commençait à trouver bizarre qu'à chaque tentative d'approche de Clara, ce prof menaçant surgisse de nulle part.

Le dernier jour à Pékin, ils se rendirent à la Cité interdite. C'était l'apothéose du séjour. En traversant l'immense place Tiananmen, les étudiants réalisèrent vraiment la chance incroyable qu'ils avaient de se tenir sur cette esplanade chargée d'histoire. De nombreux Chinois venaient les voir pour les prendre en photos, certains en étaient incommodés, d'autres se prêtèrent volontiers au jeu en prenant la pose. Sur l'un des bords de la place, l'entrée, magistrale de la Cité interdite au-dessus de laquelle trônait le célèbre portrait de Mao. C'est avec une émotion non dissimulée qu'ils pénétrèrent dans ces lieux édifiés six siècles plus tôt. Là, on retrouvait la Chine telle que l'on s'attendait à la voir dès la descente de l'avion. Des centaines de bâtisses, des statues de Bouddha, des dragons… Malgré le flux de touristes, une ambiance mystérieuse continuait d'habiter les lieux, pourtant ouverts au public depuis 1911. Pendant des siècles, cet espace majestueux qui faisait tant rêver aujourd'hui, avait abrité les dynasties des Ming et des Qing, soit plus de vingt-quatre empereurs. Finalement, l'ambiance un peu oppressante des lieux était peut-être due au fait que la Cité interdite interdisait non seulement au peuple chinois d'y entrer, mais surtout à ceux qui y naissaient d'en sortir. Une prison emplie de dorures et de trésors restait malgré tout une prison.

Le groupe, subjugué, mitraillait de photos chaque détail de sculpture, se faisant immortaliser à genoux devant des statues de Bouddha, tantôt filiforme, tantôt jovial et rondouillard.

Même Amélie, pourtant réfractaire à ce voyage, dut concéder que les lieux étaient magnifiques.

Épuisés mais ravis de leurs visites, les étudiants regagnèrent leur hôtel en car.

Édouard profita qu'Émilie soit à la traîne pour s'installer sur le siège voisin de celui de Clara qui partagea la fin de son paquet de cookies avec lui. En passant dans l'allée centrale, Jean-Gé les aperçut. Il ne pouvait pas provoquer de scandale. Il y avait trop de monde.

Clara, occupée à rire avec Édouard qui s'était mis du chocolat sur le nez, ne vit pas son compagnon passer, leur lançant un regard assassin. Émilie s'installa à côté de Vanessa et toutes deux ne purent s'empêcher d'observer Jean-Gé, qui fulminait un peu plus loin. Il semblait être atteint d'une jalousie maladive et la pauvre Clara risquait de s'attirer ses foudres.

Après le dîner, comme chaque soir, Clara se rendit dans la chambre 2023 en rasant les murs. Ses valises étaient prêtes. Ils prenaient l'avion le lendemain matin pour découvrir la province de Tsingtao. Elle frappa à la porte. Il ouvrit sans un mot, l'air mauvais. Lorsqu'elle voulut l'embrasser, il se recula. Ses yeux étaient injectés de sang et manifestement, il ne s'était pas contenté de boire une seule bière au dîner. Elle avait bien senti en arrivant à l'hôtel que quelque chose lui avait déplu. Était-ce dû au fait qu'Édouard avait partagé les quinze minutes de car avec elle ? Plus rien ne la surprenait…

— Qu'est-ce que tu fais là ?

— Comment ça ? Je viens dormir avec toi…

— Tu ne t'es pas trompée de chambre ?

C'était donc bien à cause d'Édouard qu'il était comme ça…

— Non…

— Tu te prends pour qui ? Tu te prends pour Miss Monde parce qu'un plouc s'est assis avec toi dans le car ?

— Arrête ! Pourquoi tu…

Et sans prévenir, le poing de Jean-Gé venait de violemment s'abattre contre le mur, à quelques centimètres seulement de son visage.

Mortifiée, elle le regarda, incapable de dire un mot. Elle était totalement paralysée d'effroi. Comment en était-il arrivé là ?

La chambre était silencieuse, seules leurs respirations saccadées, presque animales, étaient audibles. Ils restèrent plantés là, lui le poing toujours appuyé sur le mur, serrant les dents. La violence du coup lui avait fait terriblement mal. Elle, dos au mur, était livide, son cerveau semblait ne plus pouvoir commander ses membres.

Il fallait qu'elle parte mais elle était incapable de bouger, divisée entre son instinct de survie et son besoin de comprendre ce qui venait de se passer. Partager la vie d'un homme jaloux était déjà compliqué, mais s'il devenait violent, l'histoire s'arrêterait là.

Jean-Gé fut le premier à baisser sa garde. Il se recula, évitant soigneusement de croiser les grands yeux apeurés qui le fixaient. Leurs regards se déplacèrent simultanément vers sa main devenue rouge et qui avait doublé de volume.

Clara sembla soudain retrouver l'usage de la parole.

— Tu as mal ?

Et là, Jean-Gé, contre toute attente, commença à rire. Un rire douloureux qui laissa échapper des larmes acides de ses beaux yeux noirs. Il alla s'asseoir sur son lit, sans lui répondre, secoué de rires ou de sanglots.

— Tu trouves vraiment ça drôle ?

— Non Clara… non… je ne trouve pas ça drôle. Je viens de me comporter comme une pourriture avec toi et tu te préoccupes encore de savoir comment je vais ?

— Regarde ta main… tu veux que j'aille chercher de la glace ?

— Va plutôt chercher un mec de ton âge. Qu'est-ce que tu fous avec moi ?

— Je t'aime Jean-Gé…

Le silence s'installa à nouveau dans la pièce. C'était la première fois qu'elle lui avouait directement son amour.

Elle alla dans la salle de bains, prit un Efferalgan dans son sac et le mit dans le verre à dents. Il devait terriblement souffrir vu l'aspect violacé qu'avait pris sa main.

Elle le lui apporta en silence. Elle venait de dire « je t'aime » pour la première fois à quelqu'un. Mais le pensait-elle vraiment ? Pouvait-elle vraiment être amoureuse d'un homme qui lui faisait peur ? Qu'était devenu le jeune homme romantique qui lui offrait des fleurs ?

Il l'observait. Elle disparut dans la salle de bains et sortit avec un verre et sans doute un médicament effervescent dedans. *Quel connard je suis…*

Elle quitta la chambre et remonta une dizaine de minutes plus tard avec une bassine de glace dans laquelle il plongea sa main avec soulagement.

Elle s'assit à côté de lui et avança sa main vers son menton pour qu'il la regarde, lui qui baissait les yeux depuis de longues minutes.

— Je t'aime, mais je ne peux pas continuer comme ça. Tu me fais peur.

Elle avait réussi à lui avouer ce qui lui était apparu comme une évidence en remontant de la réception avec de la glace pilée. Les yeux rouges, les jambes tremblantes, elle quitta la chambre 2023, pour de bon cette fois.

XVII

Toc ! Toc ! Toc !

Émilie fut réveillée en sursaut par des coups rapides et sourds à la porte de la chambre.

Elle se redressa, se frotta les yeux et regarda l'heure sur son téléphone : 00:28.

Elle tendit le bras pour allumer sa lampe de chevet et se retrouva éblouie par cette lumière soudaine, presque agressive. Les coups continuaient.

Elle se rendit derrière la porte et demanda qui c'était.

— C'est moi... répondit une voix enrouée qu'elle mit quelques secondes à reconnaître.

En ouvrant, elle eut un choc. Clara se tenait face à elle, livide, les yeux creusés, les épaules courbées...

— Qu'est-ce qu'il t'a fait ce connard ?
Clara entra dans la chambre et alla se mettre en boule dans son lit, en silence. Émilie lui dit de ne pas bouger. Elle revint quelques instants plus tard avec Vanessa qui, par chance, n'était pas encore couchée.

Aux petits soins pour elle, elles lui firent couler une douche, sortirent quelques bières du minibar et lorsque Clara sortit de la salle de bains, les idées un peu plus claires, elle leur raconta sa fin de soirée, d'une voix serrée. C'était une véritable torture de revivre ce moment, mais face aux airs inquiets de ses amies, elle préférait être honnête.

Une fois le récit terminé, Émilie et Vanessa étaient restées bouches bées, ce qui n'était pas du tout leur genre. Vanessa prit la parole en premier :

— Tu as bien fait de le quitter. Il est complètement dingue ce mec !

— Je ne l'ai pas quitté...

— Ben si, tu es partie !

— Je ne sais pas quoi faire…

— Tu l'aimes ? intervint Émilie.

— Oui… enfin, j'aime le mec gentil et romantique, pas le cinglé qui se défonce les mains dans le mur…

— C'est peut-être un accident de parcours…

— Émilie ! Lui mets pas ça dans la tête ! Il a failli lui mettre une droite, elle peut pas rester avec !

— Non, je dis pas ça… j'essaye juste de comprendre…

— Il était tellement mal… il avait l'air tellement paumé…

— Il peut être mal ! renchérit Vanessa. Il a été violent, t'as même pas de questions à te poser ! Tire-toi !

— Il ne m'a pas touchée Vaness… répondit doucement Clara.

— Tu veux attendre qu'il te défigure la prochaine fois qu'un mec aura le malheur de te parler ?

— Non…

— Alors, fuis ! Il va te faire du mal si tu restes… et ça ne va pas aller en s'arrangeant. Pour l'instant c'est le mur… mais ça sera quoi la fois d'après ? Une gifle ? Et puis des coups de latte ? Rappelle-toi ce qui est arrivé à Marie Trintignant… je suis sûre que ça a commencé par un coup de poing dans un mur…

Clara baissa la tête et se remit à pleurer. Elle avait l'impression d'être dans un cauchemar, de marcher dans un brouillard qui semblait s'épaissir à chaque pas qu'elle faisait.

Émilie et Vanessa la conduisirent jusqu'à son lit. Émilie se coucha à côté d'elle tandis que Vanessa marchait d'un pas déterminé vers la porte de la chambre.

Après être sortie, elle longea le couloir, ses pas étouffés par l'épaisse moquette rouge. Elle s'arrêta devant la porte où, en chiffres dorés, le chiffre 2023 trônait.

*****

Il n'avait pas bougé depuis son départ. Il était incapable de comprendre si elle l'avait quitté. Elle n'avait pas été claire. Et sa main lui faisait un mal de chien. Il fallait qu'il s'occupe l'esprit. Il alluma la télé et se brancha sur la BBC. Il entendait le son, de loin, comme si l'écran de télé s'était trouvé sous l'eau. Sa vision se brouillait. Il revoyait le film de cette sinistre soirée dans sa tête. Comment tout avait pu déraper ainsi ? Il pensait au sourire candide de Clara en entrant dans la chambre, puis ce voile sur ses yeux quand elle avait compris qu'il lui en voulait. Et cette terreur, ce réflexe de se protéger avec ses mains quand le coup était parti… cette tristesse, cette déception… Comment avait-il pu être si con ?

Il entendit frapper à la porte. C'était forcément elle. Il se hissa hors de son lit du mieux qu'il pouvait avec son bras endolori.

— Vanessa ?

Il resta la regarder, aussi surpris que déçu. Elle était plantée là, devant sa porte, vêtue d'un bas de pyjama où il crut deviner la silhouette de Bambi et un tee-shirt rose. Un pyjama aussi amusant que la situation était difficile.

— Je peux entrer ?

— Oui…

— Je préfère qu'on recommence à se dire « vous ». Le tu, c'était avant que vous pourrissiez la vie de mon amie…

— Écoute, il y a eu un gros malentendu…

— Non, ça n'était pas un malentendu. Vous allez lui foutre la paix maintenant…

— Je n'ai pas voulu lui faire mal, j'ai juste tapé le mur, putain !

— Et s'il n'y avait pas eu de mur ?

— Vanessa, tu dois me croire, jamais je ne toucherais au moindre cheveu de Clara…

— Vous allez la laisser tranquille !

Vanessa, habituellement si joviale, était sèche et grave. Elle le regardait de haut. Il pouvait lire dans ses yeux tout le mépris qu'elle avait pour lui. Il en fut déstabilisé. Elle sortit de la pièce et regagna la chambre de Clara et Émilie, tandis qu'il la regardait s'éloigner par l'embrasure de la porte. *Putain… elle va me mettre des bâtons dans les roues cette conne…*

*****

Il était presque sept heures lorsqu'elles descendirent dans la salle des petits déjeuners. Clara avait, contre toute attente, dormi d'un sommeil de plomb, blottie contre son amie qui avait gardé un œil bienveillant sur elle toute la nuit. Vanessa avait raconté à Émilie son échange court et tendu avec Jean-Gé puis était retournée dormir dans sa chambre avec Martine, pour ne pas éveiller les soupçons.

Lorsqu'elles arrivèrent dans la salle des petits déjeuners, une joyeuse ambiance animait les lieux. D'immenses plateaux tournants, positionnés au milieu des nombreuses tables rondes nappées de blanc, proposaient des mets divers et variés, que chacun se donnait à cœur joie de goûter. Cette atmosphère festive tranchait avec le froid et l'absence d'émotion qui semblaient avoir pris possession de Clara. Elle balaya la pièce du regard et le vit au loin, attablé. Il tournait le dos à l'entrée et ne l'avait pas vue. La voie était libre pour le petit déjeuner. Émilie et Clara s'installèrent à la table où Vanessa, Martine, Natacha et Pénélope mangeaient d'un bel appétit.

Natacha dévisagea Clara.

— T'as une sale gueule ma poule ! T'es malade ?

Clara sentit les larmes revenir mouiller ses yeux…

— Oui… j'ai mal au ventre. J'ai passé une sale nuit…

— Ah zut ! Tiens, bois du coca, ça va te faire du bien !

— Merci Nana…

— Y'en a un autre qui a dû passer une nuit de merde, c'est le prof d'Anglais, continua Natacha avant d'avaler une bouchée de porc au caramel.

Clara redressa la tête, à l'instar de la Vuvu et d'Émilie.

— Pourquoi tu dis ça ? lui demanda cette dernière, mal à l'aise.

— Vous l'avez pas vu ? Il a le bras en écharpe. Il a passé une partie de la nuit aux urgences !

Essayant de prendre un air détaché, Vanessa voulait en savoir plus.

— Ah ouais ? Qu'est-ce qu'il lui est arrivé ?

— Apparemment il a glissé dans les escaliers et s'est mal rattrapé.

— Ah, c'est bête…

— Il a du bol, c'est pas cassé mais il s'est fissuré l'os d'un de ses doigts. La main droite en plus…

Clara ne but qu'un coca pour asseoir son alibi. Elle ne pouvait rien avaler de toute façon. Son estomac était noué et le simple fait de savoir que son Jean-Gé pouvait souffrir lui coupait totalement l'appétit.

Il se leva de table avec difficulté. Peï Shi l'aida à reculer sa chaise. Elle avait eu la gentillesse de l'accompagner aux urgences cette nuit. Âgée de 38 ans, cette jolie chinoise, originaire de Ningbo, une ville portuaire au Sud de Shangaï, avait, quinze ans plus tôt, trouvé l'amour auprès d'Erwann, un entrepreneur breton venu pour affaires dans l'entreprise d'emballages cartons dans laquelle elle travaillait. Le coup de foudre avait été immédiat et, non sans embûches, elle était venue s'installer en France où elle était devenue professeure de Chinois. Maman épanouie d'une petite Li, elle avait accepté avec plaisir d'accompagner son groupe d'étudiants dans son pays natal, même si quitter enfant et mari n'était pas chose aisée.

Quand Jean-Gé lui avait envoyé un message à deux heures du matin pour lui demander de l'aide, elle n'avait pas hésité. Les hôpitaux chinois étaient de vrais labyrinthes, où même les autochtones se perdaient.

Ça avait été plus rapide que ce qu'elle craignait, et par chance, l'OASIS International Hospital était à moins de cinq minutes de l'hôtel en taxi. Son collègue y avait immédiatement été pris en charge et quelques radios et une attelle plus tard, ils avaient pu repartir.

Il passa devant la table du groupe de filles.

— Ça va Monsieur Gérard ? demanda Martine.

— Bonjour Martine... Merci, ça va mieux.

— C'est vraiment pas de bol...

— Non, c'est sûr.

Il regarda Clara qui semblait très concentrée sur la lecture d'un prospectus où tout était écrit en Chinois et qui ne bougeait pas d'un cil. J'ai trébuché, ça arrive parfois... mais ça me servira de leçon. Je ferai attention à ce que ça ne m'arrive plus...

Elle s'empourpra, toujours immobile.

— Vous n'avez pas trop mal ?

— Ils m'ont filé des anti-inflammatoires, heureusement..

— Vous allez garder l'attelle longtemps ?

— Un mois normalement... Bon, l'heure tourne, alors ne ratez pas le bus, l'avion pour Tsingtao ne nous attendra sûrement pas !

Il s'éloigna. Martine, décidément très en verve ce matin-là ne put s'empêcher de commenter :

— Le pauvre !

— Il avait qu'à faire gaffe, balança Vanessa, plus froidement qu'elle ne l'aurait souhaité.

— Ben il a pas fait exprès ! Martine semblait surprise de la réaction glaciale de Vanessa et du silence des deux autres.

— Nan mais je suis sûre qu'il avait trop picolé, et dans ce cas, pas de pitié ! répondit Vanessa, se forçant à prendre un ton enjoué.

— C'est clair qu'avec son super pote Monsieur Salut, il se sont fait plaisir hier soir. Martine semblait très amusée par cette situation.

— Bon les filles, vous avez entendu le prof, faut qu'on décolle !

Soulagée de voir cette étrange conversation prendre fin, Clara se leva en silence, suivie de ses amies.

Après deux heures de car noyé par les bouchons d'un Pékin toujours aussi pollué et deux heures de vol, le groupe atterrit à Tsingtao. Cette station balnéaire de plus de deux millions d'habitants était située entre Pékin et Shangaï. Elle était célèbre pour ses plages de sable fin en bord de mer Jaune et surtout pour sa bière de renommée internationale.

Émilie était très ennuyée. Elle avait reçu plusieurs messages de Benoît depuis la veille et elle ne savait pas quoi lui répondre. Son frère venait de blesser son amie, certes, mais lui, il n'y était pour rien. Elle décida de quand même lui répondre mais joua cartes sur table en lui indiquant que l'ambiance entre Clara et Jean-Gé n'était pas au beau fixe. Elle resta vague mais, à sa grande surprise, Benoît semblait, sans avoir les tenants et aboutissants de cette histoire, avoir pris le parti de Clara, comme s'il était évident que cette situation de crise découlait d'une culpabilité évidente de son frère.

Ils seraient logés dans un lycée hôtelier, dans des dortoirs de quatre. Les filles avaient hérité de Martine comme colocataire. Il faudrait qu'elles évitent de faire des gaffes.

Le car qui les avait accueillis à l'aéroport se gara devant un immense bâtiment aux murs blancs.

Pas un arbre, pas une fleur, juste des murs austères, des fenêtres à barreaux et une grande cour bétonnée au milieu de laquelle, sur un mât haut de plusieurs mètres, flottait le drapeau chinois. Majestueux, l'oriflamme écarlate et ses cinq étoiles jaunes semblait monter la garde et apportait les uniques couleurs au décor. Un coup de sifflet retentit et les étudiants assistèrent médusés à un spectacle peu habituel. Des centaines de lycéens en uniforme sortirent en silence de l'intérieur de l'édifice et vinrent se placer autour du drapeau, formant des rangées de dix.

Quatre rectangles se formèrent ainsi, comme si une croix grecque géante s'était constituée autour du drapeau. Droits comme des piquets, dans un silence religieux, filles et garçons, tout au plus seize ou dix-sept ans, semblaient monter la garde. Une musique stridente sortit des hauts parleurs situés aux quatre coins de la cour. Les lycéens, comme un seul homme mirent leur main sur le cœur. Puis un petit homme, vêtu d'un costume, vint se placer au centre et commença à hurler. À chaque cri, les lycéens, qui ressemblaient de plus en plus à des militaires, enchaînaient les mouvements, se tournant d'un quart, tapant du pied, levant les bras…

Les étudiants, tout d'abord surpris par cette étrange chorégraphie, commencèrent à ricaner quand le petit homme hurlait. Peï Shi leur expliqua que la musique entendue était l'hymne chinois et que ce rituel était accompli trois fois par jour, matin, midi et soir, dans les établissements scolaires du pays. Même Clara, qui semblait avoir été mise en stand-by depuis la veille, ne put s'empêcher de sourire en observant la scène. Jean-Gé l'observait de loin et il fut soulagé de voir son visage s'éclairer. Elle était forte, elle l'aimait. Elle lui pardonnerait.

Clara ne put à son tour s'empêcher de le chercher. Leurs regards se croisèrent mais cette fois, elle ne baissa pas les yeux. Ils se fixaient intensément, incapables de décrocher le regard l'un de l'autre. À ce moment-là, elle comprit que ce n'était pas fini. Elle l'avait dans la peau et ne pouvait pas fuir au premier obstacle. Mais il fallait marquer le coup car revenir trop vite, c'était comme une permission de recommencer.

Il avait vu les yeux de Clara posés sur lui se radoucir. Il allait la reconquérir. S'il ne l'avait pas encore verbalisé, il savait que la complicité des débuts avait laissé place à quelque chose d'intense et de vertigineux. Il était amoureux, et si ce sentiment avait le don d'embellir la vie, il pouvait entraîner le jeune homme dans des endroits sombres et inquiétants que lui-même craignait de découvrir.

Un coup de sifflet les tira de leurs réflexions respectives et, l'air de rien, ils repartirent, portés par le mouvement du reste du groupe.

XVIII

— On est arrivés ! s'écria une Popo radieuse, en robe orange, legging noir et baskets.

— On se retrouve à l'entrée du parc dans quatre heures, à midi pour le déjeuner. N'oubliez pas que c'est une montagne sacrée pour les Taoïstes, merci de respecter les lieux et de ne pas vous faire remarquer.

Les portes du car s'ouvrirent.

Le groupe allait découvrir l'impressionnant Parc National du Mont Lao. Cet espace naturel de plus de quatre cent mètres carrés se trouvait au pied d'une montagne sacrée : Lao Shan. Il abritait de nombreux temples, perdus dans des petits chemins à flanc de montagne. En ce frais matin de mars, le soleil caressait de sa lumière pâle les volutes légères de fumée des bâtons d'encens brûlant devant les temples. Les quelques touristes déjà présents à cette heure matinale respectaient les consignes et se faisaient silencieux, presque recueillis. Seul un petit vent frais faisait tinter les clochettes suspendues un peu partout dans les arbres et sur les toits en tuiles.

Émilie pensa à Benoît. Nul doute que ce dernier eut apprécié la quiétude qui régnait à cet endroit. Il se serait certainement régalé à prendre chaque temple en photo, sous des angles et des filtres différents. Elle sourit à cette idée. Il lui manquait. Elle aurait tant aimé partager ces magnifiques visites avec lui… Elle songea à lui écrire un message. Il était deux heures du matin en France. Il devait dormir… mais comme avec lui, tout était possible, elle se lança. Elle tenta de lui décrire les lieux. Elle était certaine qu'il aimerait les voir à travers son objectif. Sa réponse immédiate la fit rosir de plaisir : « On ira ensemble. Tu me manques. Je compte les jours avant ton retour. Je t'embrasse… (et je vais me rendormir…) ».

Benoît sourit. Même si Émilie venait de le réveiller avec son message, il était content de voir que malgré la distance, elle pensait à lui. Il s'était posé des questions quand, l'avant-veille, ses textos étaient restés plusieurs heures sans réponse. Il n'était pourtant pas, en temps normal, le genre de gars qui regardait son téléphone toutes les minutes pour vérifier ses messages… mais là, il avait un bon feeling avec la jolie Émilie. Quand elle avait enfin fini par lui répondre, il avait mieux compris… son frère avait sans doute fait le con. Il n'avait jamais vraiment voulu se plonger dans les histoires de Jean, mais il savait que malgré leurs dix ans d'écart, son aîné pouvait faire preuve d'une grande immaturité.

Il avait perçu chez son frère une dualité qui, malgré le temps, le déconcertait toujours autant. Il y avait le beau gosse, qui enchaînait les conquêtes et qui savait être charmant uniquement dans le but de séduire. Il aimait plaire, avait tous les atouts pour et savait en user et en abuser, au détriment des nombreuses filles qu'il coinçait dans ses filets. Il avait un esprit brillant et un humour très fin qui n'était pas accessible à tous.

Il y avait aussi l'homme plus sombre, plus secret. Celui qui ne pouvait pas supporter l'échec et qui était capable de s'emporter et de se mettre hors de lui dès qu'il sentait une situation lui échapper. Il pouvait être terriblement colérique et jaloux, même s'il n'éprouvait qu'un intérêt mitigé pour quelqu'un.

Le jour où Jennifer avait rencontré la famille, tous avaient accueilli la jeune fille comme celle qui permettrait à Jean de se poser. Ils avaient été très surpris de découvrir, lors des présentations, une fille très effacée malgré un physique de bimbo. Cheveux décolorés, maquillage exagéré, tenues parfois à la limite du vulgaire et des centres d'intérêts limités… ils n'avaient pas bien compris ce que Jean lui trouvait.

Elle avait certes un joli corps, de longues jambes, la taille fine et une poitrine plus que généreuse, mais quelque chose ne collait pas. Benoît avait appris à la connaître et à l'apprécier.

Elle avait l'esprit plus aiguisé qu'elle n'en avait l'air et sous tous ces apparats se cachait une jeune femme extrêmement timide et sensible. Il ne comprenait pas pour autant le choix de Jean. Il avait pensé que Jennifer resterait quelques semaines, quelques mois tout au plus dans la vie de son frère, mais les années étaient passées et ils étaient restés ensemble, allant jusqu'à partager le même appartement. Jean allait voir ailleurs, il ne s'en cachait pas. Benoît avait souvent une pensée émue pour Jennifer qui seule à l'appartement attendait le retour de son homme, tandis qu'il recevait des messages avec les mensurations de ses conquêtes…

Il avait essayé de lui parler. Ils étaient suffisamment à l'aise pour parler de tout et Jean avait alors répondu « Elle est cool, elle m'emmerde pas. Pourquoi je partirais ? ».

Effectivement… pourquoi ?

Sa curiosité avait été attisée par cette soudaine rupture avec Jennifer et cette relation naissante avec Clara. Il avait vu Clara deux fois, lors de soirées organisées chez lui. Il semblait vraiment différent avec elle. Attentif, tendre… l'image du Dom Juan habituel avait volé en éclats et il semblait assumer ce changement radical. Mais était-ce vraiment une bonne chose ? Si Jean se donnait à fond dans cette relation, il allait falloir que ça soit réciproque de l'autre côté, sinon il craignait que le côté si sombre de son frère ne surgisse et ne détruise tout sur son passage…

Il s'était plusieurs fois demandé si Jennifer était restée par amour ou par crainte. Il avait longtemps pensé son frère incapable de blesser, physiquement en tout cas, une femme, même si parfois sa belle-sœur quittait ses débardeurs échancrés pour des cols roulés, le temps de quelques jours…

Émilie se promenait seule dans le parc. Clara et Vanessa étaient à la traîne : se prenant pour des journalistes en herbe, elles mitraillaient de leurs appareils numériques chaque recoin du sanctuaire. Le sourire aux lèvres, pensant à Benoît, elle observait les temples sans prendre de photos, préférant savourer la plénitude du moment.

Elle aimait, parfois, se retrouver seule et donner libre cours à ses pensées et rêveries. Les dernières vingt-quatre heures avaient été vraiment étranges. Cette crise entre Clara et Jean-Gé, leur départ pour Tsingtao et Benoît, qui hantait ses pensées. Elle pensait à ses beaux yeux verts, à la douceur de ses mains et aux moments si précieux qu'ils passaient, et passeraient encore, ensemble. Elle s'assit sur un banc, sur les hauteurs du parc et, tandis qu'elle profitait de la vue somptueuse sur la vallée encore baignée de brume, Jean-Gé vint s'asseoir à côté d'elle. Il venait de gâcher cet instant parfait.

— Salut Émilie…

— Salut…

— Jolie visite, c'est tellement calme…

— Qu'est-ce que tu veux ?

Elle se forçait à être froide, même si au fond d'elle, elle était convaincue qu'il s'était juste laissé emporter par la fatigue du décalage horaire, le stress de ne pas se faire griller et les quelques verres de bière bus avec Monsieur Salut.

— Comment va Clara ?

— Comment tu veux qu'elle aille ?

Il soupira, regardant ses pointes de pieds.

— J'ai merdé… j'ai vraiment été con.

— C'est clair…

— Tu peux me rendre un service ?

À son tour elle soupira. Il reprit :

— Tu as toujours été là depuis le début de notre relation. Tu sais à quel point je tiens à elle.

— Je n'ai aucun doute là-dessus…

— Il faut que je puisse lui parler. J'ai l'impression qu'avec Vanessa, vous assurez sa garde rapprochée… et elle ne répond pas à mes messages.

— Peut-être qu'elle ne veut pas te répondre…

— Il faut que je puisse au moins lui demander pardon…

— Il faut qu'elle soit prête à entendre tes excuses. On l'a récupérée à la petite cuillère, juste parce qu'elle a laissé un mec s'asseoir à côté d'elle…

— Je sais… je suis jaloux. Trop jaloux…

— Oui.. beaucoup trop…

— Émilie, tu as quoi, dix-huit ? dix-neuf ans ?

— Bientôt dix-neuf…

— J'en ai trente-cinq. Je sais qu'à vos âges, le moindre obstacle peut sembler insurmontable et que ça peut paraître beaucoup plus facile de fuir. Mais ce que Clara et moi on vit, ça ne mérite pas d'être détruit pour une erreur que je regrette amèrement.

L'argumentaire de Jean sembla faire mouche. Émilie l'observait attentivement. *Il est sincère, il s'en veut vraiment.*

— Qu'est-ce que je peux faire pour t'aider ?

— Va la chercher, c'est tout ce que je te demande. Qu'elle vienne seule, sans Vanessa, sans personne.

— Je vais essayer. Tu veux la voir maintenant ?

— Oui… je crois que le reste du groupe est en train de visiter une cascade sacrée. Ça nous laisse un peu de temps pour discuter sans nous faire voir tous les deux…

— Ne bouge pas, j'y vais…

Émilie se leva et partit chercher Clara en contrebas qui, toujours très concentrée sur ses photos, n'avait pas vu la scène.

— Clara, tu peux venir voir un truc avec moi ?

— Quoi ?

— Y a une super belle vue un peu plus haut et je voudrais que tu prennes une photo pour Benoît.

— Quelle romantique tu fais ! Clara avait retrouvé sa joie de vivre, la splendeur et la paix des lieux y étaient sans doute pour beaucoup.

Clara se figea net en apercevant Jean-Gé, assis sur le banc, le bras toujours en écharpe.

Elle regarda Émilie, ne sachant pas si la rencontre était fortuite ou préméditée. Vu l'air coupable de son amie, elle ne s'était pas retrouvée là par hasard…

— Je vous laisse…

Elle murmura à l'oreille de Clara :

— Je suis vraiment désolée mais c'est pour ton bien. Je suis un peu plus loin si tu as besoin…

Clara n'eut pas le temps de répondre qu'Émilie s'éloignait déjà.

Elle le regarda. Il était terriblement beau, même avec cette attelle. Elle avait la sensation que son cœur se remettait en marche, comme s'il avait été mis en pause depuis qu'elle l'avait laissé dans la chambre 2023. Il ne fallait pas qu'elle revienne trop vite. C'était trop facile. Se contrôler, prendre sur soi et ne prendre aucune décision à la hâte…

— Comment va ta main ?

— Bof… quand les médocs agissent, ça va… mais quand ils s'arrêtent, j'ai mal…

— Tu t'es fêlé un os ?

— Oui… je suis bien puni, tu vois…

— Je n'ai jamais voulu que tu aies mal…

— Je sais… mais j'ai bien mérité ce qui m'arrive. J'ai été trop loin, je sais que je t'ai fait peur et je m'en excuse.

— Tu présentes beaucoup d'excuses, particulièrement depuis qu'on est en Chine, mais tu finis toujours par recommencer…

— Écoute. Pour ma jalousie, oui, je suis chiant mais je ne supporte pas de voir ce pauvre connard te draguer ! C'est plus fort que moi !

— Il ne me drague pas ! On s'entend bien, on se marre bien, faut pas voir le mal partout…

— Tu es aveugle… il fait tout pour que tu le remarques…

— C'est n'importe quoi. C'est pas parce qu'on boit des bières ensemble qu'il me drague ! C'est dément !

— Vous buvez des bières ensemble ? Il tombait des nues.

— Oui… on est sortis à plusieurs hier soir. On va sûrement remettre ça ce soir…

Il fronça les sourcils, son visage se ferma instantanément

— Ah… *Il faut que j'ai l'air cool.* Ok, je vais pas te mentir, ça m'emmerde. Il veut juste te foutre dans son plumard. Mais si tu veux y aller, vas-y… *Je te fais confiance et je vais le pulvériser s'il tente quoi que ce soit…*

Clara alla s'asseoir à côté de lui. Elle l'observa quelques instants et dit :

— Tu m'as vraiment fait peur avant-hier…

— Je sais…

— Pourquoi tu as réagi comme ça ?

— C'est parti tout seul. J'avais un peu bu et y a ce mec qui te tourne autour… je ne veux pas te perdre.

— Je ne peux pas vivre avec quelqu'un de violent…

— Tu sais bien que je ne suis pas violent…

— Tu t'es pété la main…

— Sur un mur… pas sur toi…

— J'ai peur que tu recommences. Si tu n'arrives pas à te contrôler, ça donne quoi ?

— J'ai trop peur de te perdre. Je te promets, ça ne se reproduira plus. *Il faut que tu prennes tes distances avec ce branleur et tout ira bien.*

Elle baissa les yeux. Elle se sentait perdue. Il avait l'air sincère, et elle avait tellement besoin de le croire. Elle vint caresser ses doigts qui dépassaient de l'attelle. Le simple contact de sa peau la revigora. Elle vint poser sa tête sur son épaule et poussa un long soupir. L'orage était passé.

Un peu plus bas, Vanessa, après avoir engueulé Émilie, attendait de voir Clara arriver avec inquiétude. Elle aperçut deux silhouettes, main dans la main, qui descendaient un petit chemin bordé d'arbres et de roches. *Et merde…*

Lao Shan était bien un lieu à part où les vibrations et peut-être les vapeurs d'encens étaient propices à l'abandon de soi et au pardon.

XIX

Désemparée, Vanessa écoutait Clara raconter sa réconciliation avec Jean-Gé. Elle était totalement sidérée par la rapidité avec laquelle son amie avait accepté de laisser une deuxième chance à ce type. Il avait de la chance… car peu de filles auraient laissé passer ça, elle la première. Depuis sa rencontre avec Guillaume, il y avait eu, parfois, des disputes et des tensions. En cinq ans de relation, c'était normal… mais jamais elle n'aurait toléré un geste violent de sa part, même contre un mur. Elle ne comprenait vraiment pas comment Clara, pourtant intelligente et pleine de bon sens, avait pu se laisser embobiner par son prof.

Au début, elle avait adoré suivre l'histoire interdite de ce couple hors normes qu'elle trouvait si mignon. Mais, depuis que leur relation était devenue plus sérieuse, elle trouvait que Clara se préoccupait beaucoup de Jean-Gé, le faisant passer en priorité dans tous ses choix. Elle était amoureuse pour la première fois, elle s'investissait totalement dans leur histoire mais parfois, Vanessa sentait, dans les comportements de son amie, une sorte de frustration.

Depuis leur départ de Rennes, huit jours plus tôt, elle était sidérée par les remarques et le comportement du professeur. Quel homme s'amuserait à humilier sa compagne en public ? Et puis, il y avait ces petites remarques qu'il glissait à Clara quand il la voyait grignoter entre les repas…

Elle en avait voulu à Émilie sur le coup, d'avoir participé à cette mascarade au Mont Lao et elle le lui avait fait savoir. Émilie n'avait bien évidemment pas pensé à mal, elle semblait elle aussi hypnotisée par le pouvoir de séduction du jeune homme. Il avait ce charisme et cette autorité naturelle qui réussissaient à convaincre quiconque de le suivre.

Émilie, et c'était sans doute ça le pire, était convaincue d'avoir bien fait. Elle se voyait comme une sorte de petit cupidon, rectifiant la trajectoire des flèches égarées…

Clara avait toutefois décidé, disait-elle, de ne pas retourner dormir avec lui tout de suite. Elle voulait prendre un peu ses distances et d'ailleurs, la sortie entre étudiants de ce soir figurait toujours au programme. Au moins, il verrait qu'il ne pouvait pas empêcher Clara de vivre sa vie d'étudiante. Lui, il avait déjà vécu tout ça, il avait déjà bien entamé sa trentaine, mais à elle, il restait tant de choses à expérimenter !

Vers vingt-deux heures, une vingtaine d'étudiants se retrouvèrent dans le hall du lycée hôtelier, prêts à découvrir la vie nocturne chinoise. Émilie et ses acolytes étaient présentes, portant les robes traditionnelles chinoises achetées quelques jours plus tôt dans une boutique de Pékin. L'achat des robes avait été assez embarrassant pour les filles de la classe, qui, malgré leurs lignes sveltes, avaient beaucoup plus de hanches que leurs homologues chinoises. Elles avaient finalement toutes réussi à rentrer dans leurs tenues et se faisaient une joie de les inaugurer ce soir-là.

Édouard s'approcha de Clara.

— Salut championne !

— Hey ! alors, motivé pour sortir ?

— Yes… t'as sorti le grand jeu avec ta robe !

Elle rougit.

— Euh oui… c'est un petit délire entre filles.

— Ça te va bien.

— Merci !

Elle ne put s'empêcher de regarder autour d'elle, de peur que Jean-Gé ne lui refasse une crise. Il n'était pas dans le coin. Ouf !

Le groupe sortit bruyamment du bâtiment et se dirigea vers l'une des artères commerciales de la ville. Ils choisirent un bar assez grand pour les accueillir tous et passèrent commande pour des pintes de Tsingtao Beer. Clara s'arrêta après deux bières, tout comme Émilie et Martine.

Vanessa, elle, avait une sacrée descente, enchaînant les jeux à boire avec les gens du groupe. Il était plus d'une heure du matin quand ils quittèrent le bar pour rentrer se coucher. En chemin, Édouard, fortement alcoolisé vint voir Clara.

— Hey, la championne !

— Oula… t'as bu combien de bières ?

— Une ou deux…

— Je dirais un peu plus, tu marches pas droit !

— Tu veux bien sortir avec moi ?

— Hein ? *Hein?*

— Allez, tu vois bien que tu me plais ! et je te plais aussi, non ?

— Non… je suis désolée si tu as cru qu'il y avait quelque chose. J'ai quelqu'un !

— Ouais… ton prof !

Il parlait très fort… trop fort…

— Mais bien sûr que non ! Qu'est-ce que tu racontes ? T'es vraiment con quand t'es bourré. Elle accéléra le pas pour retrouver Émilie qui aidait Vanessa à marcher, une dizaine de mètres devant.

Il la suivait.

— En tout cas, lui il te kiffe !

— Arrête de dire n'importe quoi. Fous-moi la paix…

— Pourquoi tu t'énerves ?

— Parce que j'en ai marre de t'entendre dire des conneries !

Il avait tellement bu qu'il articulait mal et ses propos étaient à peine audibles. Heureusement… pensa Clara. C'est avec soulagement qu'elle aperçut l'imposante bâtisse dans laquelle ils étaient hébergés.

— Va te coucher Édouard, et arrête de délirer…

— Bonne nuit championne ! Et il tituba jusqu'à l'ascenseur qui menait à son étage.

Elle décida qu'il était temps, pour elle aussi, d'aller se coucher.

*****

Elle venait de sortir de la salle des petits-déjeuners quand il l'interpella.

— Clara, je peux vous voir une seconde s'il vous plaît ?

Elle était avec Martine et Pénélope, d'où cet étrange « vous » qui lui irritait les oreilles.

— Oui, j'arrive. Elle haussa les épaules, comme pour signifier à ses copines qu'elle ne voyait pas du tout ce qu'il lui voulait.

Elle vint le retrouver. Ils ne s'étaient pas parlé depuis la veille. Après le Mont Lao, il avait envoyé des messages mais elle avait préféré ne pas lui répondre. Elle avait vraiment besoin de prendre du recul.

— Ça va ma belle ?

— Oui, super et toi ?

— Oui… tu m'as manqué hier soir…

— On est sortis, on est rentrés tard et j'avais besoin de dormir…

— Ah… vous êtes sortis ? Il fallait faire bonne figure, et contrôler son agacement.

— Oui… c'était sympa !

— Tu aurais pu me rejoindre, même en pleine nuit…

— Écoute Jean-Gé… j'ai besoin de temps. Je fais tout ce que je peux pour te pardonner et pour qu'on continue, mais là, il me faut de l'espace.

— Je croyais que tu m'avais pardonné…

— J'essaye. J'ai eu vraiment peur l'autre jour. Tu n'étais pas le garçon dont je suis tombée amoureuse. Il va me falloir du temps.

— J'adore t'entendre dire que tu es tombée amoureuse de moi. Il la regardait en souriant.

— Laisse-moi du temps, c'est tout ce que je te demande. Elle mourrait d'envie de l'embrasser, de caresser son visage. Elle prenait sur elle.

— Tu me manques…

— Comment va ta main ?

— Je termine mes anti-inflammatoires ce soir. On verra demain !

— Bon, faut que je file.

— Dis-leur que tu avais un problème de clé démagnétisée et que c'est pour ça que je voulais te voir.

— Ok, je vais faire ça…

— À plus tard Clara…

— À plus Monsieur Gérard…

Il la regarda s'éloigner. Lui qui croyait avoir réussi à rattraper le coup, ça n'était pas aussi simple qu'il ne l'avait espéré. OK, il avait merdé et il s'en voulait de lui avoir fait peur, mais de là à ce qu'elle veuille autant prendre ses distances, ça le dépassait totalement. À moins que ce mec de Saint-Malo lui ait tapé dans l'œil ? Ça expliquerait tout… Avec sa jalousie, il lui avait fourni une parfaite excuse pour prendre ses distances et pouvoir aller boire des bières avec ce petit con. Il fallait qu'il la récupère, qu'il lui en mette plein la vue et qu'il écrase ce petit merdeux qui essayait de la lui prendre. Elle était à lui.

Ils prirent le car, ce matin-là, pour se rendre en bord de mer, à quelques kilomètres du lycée. Le soleil était au Rendez-vous et se reflétait sur le bras d'océan Pacifique qui était aussi appelé Mer Jaune.

Une plage de sable blanc, immense, s'étalait sur des kilomètres, longée par une promenade. Une rangée d'immeubles aux looks futuristes surplombait l'ensemble. Ces géants vitrés offraient à leurs riches propriétaires une vue imprenable sur la baie de Tsingtao. Les lieux étaient un surprenant compromis entre nature et civilisation. Le vent soufflait, les rayons du soleil réchauffaient timidement les visages des étudiants, heureux de pouvoir profiter de cette bouffée d'iode. Clara et Vanessa enlevèrent leurs chaussures, remontèrent leurs jeans jusqu'aux genoux et commencèrent à s'élancer vers l'océan en riant comme des folles.

Plusieurs autres personnes du groupe les imitèrent. L'océan vint caresser leurs pieds en envoyant quelques vaguelettes timides. L'eau était glaciale, elle ne devait pas dépasser les dix degrés. Clara et Vanessa couraient dans l'eau, s'éclaboussant et criant. On aurait dit deux petites filles découvrant la mer pour la première fois.

Jean-Gé, resté sur la plage, les observait, amusé. Par principe, il ne pouvait pas en vouloir à Vanessa de chercher à protéger son amie. Il était même heureux que cette dernière ait été entourée. Ses copines avaient certainement participé à ce regain d'énergie, et donc à son retour auprès de lui. Il faudrait juste qu'il s'assure qu'elle ne lui mettrait pas de bâtons dans les roues pour la suite. Il savait ce qui était bon pour Clara, et même s'il avait un peu déconné, il ne supportait pas qu'on vienne se mêler de leur vie de couple.

Il sentit une présence derrière lui. C'était Jacques Salut. Ils avaient pris l'habitude de boire une bière, ou plus, chaque soir après le dîner. Jacques était divorcé et n'était pas toujours très agréable avec ses étudiants. Il avait avoué à Jean-Gé avoir cédé à la tentation et testé un soir la semaine passée, le service d'escort-girls proposé officieusement par l'hôtel, à Pékin. Cela ne l'avait pas surpris.

Jacques était ce genre de pauvre type condamné à payer pour avoir une fille potable dans son lit. Il avait la cinquantaine et son visage était marqué par les épreuves de la vie.

— Alors, il y a de la chair fraîche ?

— Pardon ?

— Elles sont pas mal tes élèves !

— Euh, oui... enfin ce sont des élèves quoi...

— La petite brune est super mignonne ! Elle s'appelle comment ?

— Vanessa...

— J'en ferais bien mon quatre heures ! Il lui adressa un clin d'œil et s'éloigna.

Jean-Gé le regarda avec écœurement. Quel gros dégueulasse ! Puis il fut pris d'un doute. Était-il ce même genre de type pitoyable qui fantasmait sur les petites jeunes ? Certes, les deux hommes n'avaient pas le même âge, et Clara était de loin celle avec qui l'écart d'âge était le plus important dans son palmarès. Aurait-il craqué sur elle si elle avait été trentenaire ? Certes, c'est d'abord le physique de la jeune fille qui avait attiré son attention. Puis il avait eu la sensation qu'elle baissait les yeux et rougissait quand il lui parlait. Cela avait sans doute taquiné sa curiosité, et à force de l'observer, c'est finalement son insouciance et sa joie de vivre qui avaient achevé de le séduire. Alors non, il n'était pas l'un de ces vieux pervers.

Vanessa et Clara marchaient en silence, le long de la plage. Elles venaient de se défouler et l'une comme l'autre se sentaient bien mieux. Clara fut la première à parler :

— Je sais que tu désapprouves mon choix ma poulette.

— J'ai juste le sentiment que ça va se reproduire. Je ne veux pas que tu souffres…

— Je sais que tu as raison…

— Alors pourquoi ?

— J'espère qu'il va changer… mais je sais aussi que ça ne pourra pas durer indéfiniment. On ne finira pas nos jours ensemble !

— Tu es consciente que je l'apprécie…

— Oui…

— Mais lui c'est mon prof. Toi tu es mon amie… et je sens qu'il y a un truc qui cloche chez lui.

— C'est peut-être juste un accident de parcours. Je dois lui accorder le bénéfice du doute.

— Je comprends… je n'approuve pas, mais je comprends…

— Tu penses qu'il va me briser le cœur ?

— C'est dur à dire… mais oui…

— Je vais vivre ce que j'ai à vivre avec lui, et puis on verra bien !

— Comme tu veux…

— Tu pourras être sympa avec lui ?

— Euh, je vais essayer. Mais je le fais pour toi, pas pour lui…

— Merci.

— De rien…

— Merci d'être là, et d'accepter mon choix…

— Tu ne me laisses pas le choix, sans mauvais jeu de mots…

Clara sourit, Vanessa aussi. Elles avaient enfin pu se dire ce qu'elles avaient chacune sur le cœur.

Natacha les apostropha alors qu'elles se rapprochaient du groupe.

— Les filles, y en a une qui est partante pour faire du quad avec moi ?

— Moi ! Moi ! Moi ! s'écria Clara

— Cool !

— Tu sais conduire ces trucs-là ?

— On va vite le savoir répondit Natacha.

Quelques minutes plus tard, elles étaient installées sur un énorme engin à quatre roues. Casques vissés sur la tête, elles avaient décidé que Natacha conduirait. Elle avait le permis de conduire, c'était déjà un début. Clara, assise derrière son amie, se tenait fermement à son siège. Le bolide partit comme une flèche, envoyant poussière et sable dans tous les sens. Les deux jeunes filles hilares, hurlaient et riaient en même temps. Natacha semblait parfaitement maîtriser la conduite du véhicule, accélérant volontairement sur les bosses et les creux de la plage. Une montée d'adrénaline quand Natacha dérapait en tournant, décidément, cette matinée était parfaite. Clara venait de retrouver sa bonne humeur habituelle. Jean-Gé essayait de cacher son inquiétude en observant le quad filer à toute allure sur la plage mais les rires de Clara le rassuraient. Elle allait bien.

Édouard tenta de venir voir Clara tandis qu'elle enlevait son casque.

— Alors championne, c'était bien ?

— Oui, oui… répondit-elle, visiblement mal à l'aise.

— Tu fais la tronche ?

— T'as été un peu relou hier soir…

— Ah merde… je m'en rappelle plus…

— Ça m'étonne pas… t'étais très très en forme !

— J'ai fait quoi ?

— Tu m'as dit des conneries. Le prends pas mal, mais je préfère que tu gardes un peu tes distances…

— Ah…

— Désolée.

— Pas grave…

*****

Elle ne put s'empêcher de regarder Jean-Gé en coin. Il avait vu Édouard lui parler mais, afin d'éviter de provoquer un conflit, il lui fit juste un petit sourire forcé.

Elle vit dans son regard glacial qu'elle devait absolument éviter le jeune homme. Il mettait son histoire en danger et, même si elle refusait encore de l'admettre, elle commençait à craindre les réactions parfois démesurées que pouvait avoir son compagnon.

XX

C'était la dernière ligne droite de leur périple chinois. Après avoir rassemblé leurs affaires, ils se rendirent à la gare ferroviaire de Tsingtao pour prendre le train de nuit qui les ramènerait à Pékin. Le train était prévu pour 20:09. Le groupe patientait sur le quai. Tous commençaient à avoir les traits tirés par ce voyage aussi passionnant qu'épuisant. Levés tôt chaque matin depuis dix jours et surtout, couchés tard chaque soir pour la plupart, ils espéraient réussir à se reposer dans le train. Ils avaient des billets en première classe.

Un train, au look très rétro fit son apparition sur les voies. Si l'intérieur était aussi moderne que l'extérieur, la nuit risquait de ne pas être aussi confortable qu'ils ne l'espéraient. C'est dans un bruit métallique que l'énorme locomotive s'arrêta.

Encombrés de leurs grosses valises qui, grâce aux nombreux souvenirs achetés au gré des visites, pesaient bien plus lourd qu'à leur arrivée, ils s'avançaient, un par un, sur les marches étroites qui accédaient aux voitures. Une fois à l'intérieur, il fallait déambuler dans un couloir lui aussi très étroit, bordé de lits superposés sur trois étages. Des rideaux bleus avec des lunes et des étoiles jaunes assuraient l'unique décoration. Des petites tablettes, au niveau des lits du bas accueillaient des récipients semblables aux haricots en inox utilisés dans le secteur médical. Tous furent intrigués mais ils eurent, à regrets, l'explication de leur présence un peu plus tard.

Chacun devait trouver sa couchette et ça n'était pas si simple car le train était très long.

Émilie, Clara et Vanessa, après avoir déambulé plus de vingt minutes dans les couloirs du train, épuisées par le poids de leurs grosses valises et par l'air surchauffé des lieux, finirent par trouver leurs lits.

Elle n'étaient pas vraiment emballées par ce retour en train, réservé par souci d'économie car il permettait de gagner une nuit d'hôtel.

Édouard passa dans l'allée, ouvrit la bouche en voyant Clara, se ravisa et continua son chemin.

Quelques minutes plus tard, ce furent Jean-Gé et Popo, vêtue d'une robe de chambre violette, qui passèrent pour s'assurer qu'ils n'avaient oublié personne. Il ne fallait mieux pas car le train était déjà en route depuis de longues minutes…

— Bonne nuit mesdemoiselles, soyez sages, lança-t-il en passant.

— Bonne nuit Monsieur Gérard !

La nuit fut agitée car les soubresauts réguliers du train et les « Tchou ! Tchou ! » sortis tout droit d'un roman d'Agatha Christie venaient troubler, à intervalles réguliers, le sommeil des voyageurs. Agitée aussi par les lumières crues du train, restées allumées pour une raison mystérieuse. Et puis la tension nerveuse d'une fin de circuit qui poussait les jeunes à se remémorer, déjà avec nostalgie, les souvenirs de ce voyage. De nombreux fous rires, notamment lorsque Clara s'assit pas erreur dans l'un des « haricots » qui s'avérait être, en réalité, un crachoir. Heureusement pour elle, ce dernier semblait à peu près propre. Il y eut également des moments marquants, comme la découverte de toilettes turques dont l'évacuation donnait directement sur les rails et dont la propreté en poussa plus d'un, et surtout plus d'une, à se retenir pendant les douze heures de trajet qui les séparaient encore de la capitale chinoise.

Émilie et Clara partageaient les mêmes écouteurs, plongées dans le dernier album de Lynda Lemay, leur idole commune.

Elles connaissaient, l'une comme l'autre, par cœur, les dizaines de titres écrits par la talentueuse chanteuse québécoise. « Elle te ressemble un peu, celle à qui j'ai dit oui ! Ce petit oui précieux que je n't'ai jamais dit… ». Ces paroles qu'Émilie et Clara chantaient à tue-tête étaient quasi prophétiques pour l'une des deux qui, à cet instant précis, insouciante, n'imaginait pas que la route vers le bonheur serait parsemée d'obstacles.

C'est à dix heures, le lendemain matin que le train termina enfin son long périple. Les visages blêmes, tirés par une nuit éprouvante, les étudiants avaient perdu toute excitation. Ils avaient prévu une dernière visite aujourd'hui, pour ceux qui le souhaitaient. Les autres pouvaient se reposer dans l'hôtel réservé directement au sein de l'aéroport. Leur avion décollait à 5:30 le jour suivant. Ils devraient être à l'embarquement aux alentours de quatre heures. Ces dernières vingt-quatre heures dans l'Empire du Milieu s'annonçaient éprouvantes.

À la gare, Clara aperçut Jean-Gé et ne put s'empêcher d'aller le voir, malgré la proximité du reste du groupe. Il avait les yeux cernés. Sa nuit n'avait pas dû être terrible non plus.

En s'approchant de lui, elle sentit son moral et son énergie monter en flèche.

— Comment ça va Monsieur Gérard ?

— J'ai passé une nuit de merde…

— Pareil… ta main, ça va ?

Elle constata qu'il avait enlevé son écharpe, seul le bandage maintenant son atèle rappelait le sombre épisode de la chambre 2023.

— J'ai eu beaucoup de mal à trouver une position confortable pour dormir, c'est pour ça que j'ai viré mon écharpe.

— Je vais porter ta valise, dit Clara en saisissant la poignée.

— Non, elle est hyper lourde !

— J'ai déjà donné la mienne au chauffeur du car. Je vais m'occuper de toi, mon blessé de guerre !

Il la regarda en souriant. La crise était bel et bien terminée. Ils marchaient côte à côte le long du quai, en direction du chauffeur de car et de son immense chariot à bagages.

— Tu vas au Temple du Ciel cet après-midi ou à l'hôtel ? lui demanda-t-il.

— Au Temple du Ciel !

— Mais t'es pas fatiguée ? Il semblait s'inquiéter.

— Ben si, mais le Temple du Ciel, une fois en France, ça sera trop tard. Alors que le sommeil, j'ai toute ma vie pour le rattraper !

Une fois de plus, il fut étonné par la façon de penser de Clara. En effet, seule une dizaine d'élèves s'étaient inscrits sur les trente-cinq, pour aller faire la visite. Et uniquement des élèves de son groupe. Ceux de Saint-Malo préféraient être en Chine pour dormir.

— Par contre, je voudrais passer un peu de temps avec toi, juste tous les deux, avant de partir pour la visite. Tu penses que c'est possible ? J'ai un cadeau pour toi, et avec tout ça, je n'ai même pas pu te l'offrir.

— Moi aussi ma belle j'ai quelque chose pour toi…

— Ah bon ? C'est quoi ?

— Curieuse ! Tu verras tout à l'heure !

Comprenant qu'elle n'en apprendrait pas plus, ils conclurent qu'il lui enverrait son numéro de chambre par texto en arrivant à l'hôtel et qu'elle viendrait l'y rejoindre. En dehors de ronflements, il n'y eut pas un bruit pendant l'heure et demie de car qui les transportait à l'hôtel où comme convenu, le couple se retrouva.

Clara avait un petit paquet à la main, emballé dans un papier rouge estampillé des aéroports de Paris. C'était un flacon de parfum, acheté à la boutique hors taxes, juste après leur première réconciliation.

Son cœur se serra en se disant qu'il y en avait, à son grand regret, eu plusieurs. Il fut très touché et l'embrassa longuement. C'était leur premier baiser depuis des jours. Il venait sceller leurs retrouvailles.

Jean-Gé alla à son tour chercher quelque chose dans sa valise. Il en sortit un petit écrin de velours. Il le tendit timidement à Clara. Les mains tremblantes, le cœur battant, elle défit le ruban qui gardait la petite boîte fermée. Elle ouvrit doucement l'écrin et vit un petit pendentif en or blanc et en jade. De forme ronde, la pierre, d'un vert translucide, était sertie dans un sinogramme sculpté dans le métal précieux. Il était accroché à une petite chaîne, elle aussi en or blanc, fine et brillante. Elle en resta bouche bée. Le bijou était magnifique.

— Ouaaaah ! Merci ! C'est magnifique ! C'est le plus beau bijou que j'aie jamais vu !

— C'est vrai, ça te plaît ?

— Bien sûr ! Mais t'es fou !

— Oui, fou de toi… c'est de l'or blanc et du jade. Je sais que tu préfères l'or blanc à l'or jaune…

— Mais c'est trop beau ! Fallait pas !

— Si, tu mérites ce qu'il y a de mieux… et il a fallu que tu tombes sur moi… on va dire que c'est une compensation…

— Tu es ce qu'il y a de mieux… pour moi !

— Je t'ai fait pleurer, je t'ai fait douter… je pense que tu serais sans doute plus heureuse avec quelqu'un d'autre, un mec de ton âge…

— C'est toi que je veux…

— Tu sais ce que veut dire le symbole ?

— Non…

— Il veut dire « Amour ». Je t'aime, Clara.

XXI

L'avion s'élança, parcourant ses derniers mètres sur l'asphalte avant de prendre son envol. Les ceintures bouclées, chacun gérait le décollage selon son ressenti. Les plus habitués semblaient ne même pas s'apercevoir que l'Airbus s'était élancé. D'autres, crispés, enfonçaient les ongles dans les accoudoirs et serraient les dents. Vanessa, assise à côté d'Émilie, cherchait à détendre cette dernière qui visiblement était un peu anxieuse. Elle se lança alors dans une imitation magistrale de Johnny Hallyday dans la publicité pour une chaîne d'opticiens. C'est avec une voix puissante et presque rocailleuse qu'elle entonna un « Optiiiiiiiiiiiiiiiiiiiiiiiiiiiiiic deux-miiiiiiiiiiiiiiiiiiiiiiiiiiiiiiiiiiiiiiiiiiiiille ! » qui lui valut une ovation de ses voisins de vol, qui pour la plupart étaient de parfaits inconnus. Clara et Jean-Gé, installés derrière elles, applaudirent à tout rompre ! Elle venait à elle toute seule de créer une ambiance déchaînée dans l'avion, ce qui lui valut le regard réprobateur d'une hôtesse de l'air, manifestement insensible à ses talents d'imitatrice.

Le voyage en Chine s'achevait. Émilie attendait avec impatience de retrouver son Benoît, avec qui elle se sentait de plus en plus proche malgré l'éloignement forcé depuis dix jours. Ils s'envoyaient de nombreux messages et avaient convenu qu'il viendrait la chercher à la gare et qu'ils rentreraient dormir chez lui. Elle se sentait prête. C'était tellement différent d'avec Kevin. C'était, cette fois-ci, elle qui avait proposé ces retrouvailles à Benoît. Il lui plaisait vraiment et elle sentait que c'était le moment. Claudine, toute émue par le message de sa fille l'alertant qu'elle ne rentrerait pas dormir à son retour de Chine, lui avait envoyé sa bénédiction.

Elle avait prévu d'être briefée par la Vuvu, leur spécialiste des relations de couple, pendant le voyage.

Elle avait tant de questions… Elle se dirigeait vers une destination encore totalement inconnue mais elle se sentait, cette fois, plus curieuse qu'inquiète.

Clara lui passa son appareil photo afin qu'elle puisse regarder les clichés pris la veille au Temple du Ciel. Le superbe temple circulaire trônait, majestueux, en haut d'un dédale d'escaliers de marbre concentriques. Les tuiles bleues, auxquelles il devait son nom, ressortaient magnifiquement. Les murs intérieurs de la salle des prières, leurs détails et leurs nombreuses dorures avaient été méticuleusement photographiés par la jeune fille qui ne voulait pas en oublier le moindre centimètre carré. Émilie constata que Clara et Jean-Gé avaient immortalisé leur visite en se faisant prendre en photo tous les deux à plusieurs reprises par des touristes. La zone était grande et ils avaient pris soin de faire la visite à contresens pour ne croiser personne de leur groupe et pouvoir jouer les vacanciers comme un couple normal. En les voyant, amoureux, souriants et heureux sur l'écran de l'appareil, Émilie se fit la remarque que leur différence d'âge n'était pas évidente. Ils semblaient tellement complémentaires tous les deux… Elle se dit qu'elle était pour quelque chose dans ce bonheur retrouvé. Même Vanessa ne put s'empêcher de les trouver mignons. Elle n'était toujours pas certaine de la viabilité de ce drôle de binôme mais la mine réjouie de Clara et le sourire franc de Jean-Gé sur les photos faisaient tout de même plaisir à voir.

Tous s'endormirent d'un sommeil profond. Jean-Gé avait pris garde, même si cela lui pesait, de ne pas avoir l'air trop proche de Clara. Il ne fallait pas éveiller les soupçons. Il avait pris sa main et avait posé une couverture sur ses genoux. Il avait besoin d'être en contact avec elle, même si ce n'étaient que quelques centimètres de peau.

*****

S'ensuivirent une arrivée à Roissy, et à nouveau l'attente du TGV qui cette fois les ramènerait à Rennes. Clara décida de s'acheter de la lecture. Comme à l'aller, elle embarqua Closer et Public mais prit soin, cette fois, d'acheter Le Monde diplomatique qu'elle posa sur la pile de magazines, sous l'air éberlué de Jean-Gé. Ce dernier s'installa, à regret, à côté de Popo qui, à la surprise générale avait opté pour un jean.

Ils arrivèrent, trois heures plus tard à Rennes. Clara et ses parents déposeraient la Vuvu à sa résidence universitaire. Il était hors de question de la laisser rentrer en bus avec son immense valise.

Émilie, quant à elle, descendit du train. Elle avait la sensation de marcher sur du coton. Sa respiration était courte, son estomac noué. Elle scruta le quai et ne le vit pas tout de suite. La fatigue et le stress n'aidant pas, elle sentit les larmes monter. Il n'était pas là, du coup ses parents non plus… elle allait se retrouver seule dans la gare avec cette énorme valise. C'est à ce moment que deux mains douces et chaudes vinrent se poser sur ses yeux. Elle retint sa respiration et découvrit, en se tournant, un Benoît plus beau que jamais, deux yeux verts éclatants qui semblaient transpercer son âme. Elle lui sauta au cou, tellement heureuse de le voir enfin, de retrouver son odeur et sa chaleur. Elle passa ses mains dans ses cheveux, l'embrassa. Il lui sourit, la serra à nouveau dans ses bras, prenant à son tour une bouffée du parfum de celle qui lui avait tant manqué. Sa voix, son sourire, ses longs cheveux bouclés, c'est comme s'il la redécouvrait. Elle avait quelque chose de changé, une détermination nouvelle dans ses yeux noisette.

À cet instant, Jean-Gé s'approcha pour le saluer. Benoît, qui n'avait suivi les frasques de son frère que de loin à travers les messages envoyés par Émilie, s'inquiéta de voir le bandage autour de sa main.

Il proposa à Jean de le déposer chez lui et, poussant l'énorme valise d'Émilie, ils s'engouffrèrent dans le parking. Jean-Gé avait bien compris que son frère, et par la force des choses, celle qu'il s'amusait à appeler sa belle-sœur, avaient besoin de se retrouver tous les deux.

Il avait un ascenseur et pouvait aisément se débrouiller pour regagner son appartement avec sa valise. Il n'en avait pas encore parlé à Clara, mais Jennifer avait déménagé depuis plusieurs semaines déjà. Il avait gardé l'appartement et, appréciant le silence et la familiarité des lieux, il s'endormit profondément sur son canapé.

Émilie et Benoît arrivèrent chez le jeune homme. Il avait tout rangé et nettoyé, elle apprécia cette attention. Il était dix-huit heures et Émilie ne rêvait que d'une chose : se laver. Benoît lui prépara des serviettes de toilette et la laissa se délecter d'une douche brûlante et délassante. En sortant de la salle de bains, elle constata qu'il avait préparé un apéritif et un bon dîner pour elle. Décidément, quand les frères Gérard s'y mettaient, ils savaient s'y prendre avec les filles. Après avoir bu un Malibu et dégusté un rôti beaucoup trop cuit, elle sortit de sa valise quelques petits souvenirs achetés pour lui. Un tee-shirt avec le portrait de Mao, elle avait été certaine, en le voyant, que Benoît allait l'adorer. Au vu du sourire radieux du jeune homme, elle ne s'était pas trompée. Elle lui avait aussi ramené une bouteille de saké et une petite statue de bouddha en jade, un grand classique. Il la prit dans ses bras. Il se sentait si bien avec elle.

Au moment d'aller se coucher, Émilie offrit le plus beau des cadeaux à celui dont elle était en train de tomber amoureuse. La nuit fut magique, et le couple, plus complice que jamais, commença à faire de nombreux projets de voyages. Émilie savait qu'elle devrait le quitter à nouveau un mois et demi plus tard pour s'envoler vers le Pérou.

Ils en avaient parlé et pour Benoît, hors de question qu'elle renonce à ce voyage. Il l'attendrait.

Ils s'endormirent, tendrement enlacés. Elle ne se réveilla que quatorze heures plus tard, le sourire aux lèvres. Elle envoya des messages à Clara, Vanessa et Claudine pour les informer de la grande étape qu'elle venait de franchir cette nuit.

*****

Ils étaient rentrés de Chine le jeudi soir et reprenaient les cours le lundi. Leur première heure de cours était, pour le plus grand bonheur de Clara, celle d'anglais.

Jean-Gé avait reçu les résultats du TOEIC. Il félicita ses élèves, et en donnant son relevé de notes à Clara, il ne put s'empêcher d'ajouter un « *very good* » en lui souriant. Elle avait obtenu le meilleur score de la classe avec 845 points. Elle était tellement heureuse de lire de la fierté dans les yeux de son professeur, qui plus est quand ce dernier était aussi son homme.

Jean-Gé lui avait demandé de se libérer pour la soirée. Il voulait la voir ce soir et ils s'étaient donné rendez-vous à l'arrêt de bus le plus éloigné du lycée trente minutes après la dernière heure de cours pour ne croiser personne. Avec sa main blessée, il ne pourrait pas conduire pendant encore au moins deux semaines.

Elle monta avec lui, et lorsque le bus démarra, elle lui demanda où ils allaient. Il lui répondit juste « Chez moi ».

Elle l'observa sans rien dire, totalement perplexe. Ils n'avaient jamais réussi à se voir chez lui, il vivait avec Elle. Le bus s'arrêta une dizaine de minutes plus tard au pied de l'immeuble où résidait le jeune homme. Elle n'avait pas parlé du voyage, ne sachant absolument pas quoi dire. Il s'était amusé de ce silence.

Elle qui avait habituellement la langue bien pendue était tout à coup muette comme une carpe.

Elle le suivit jusqu'à l'ascenseur et lui prit la main. Toujours en silence. Il mit la clé dans la serrure et ils entrèrent dans l'appartement. Elle observait les lieux, sans trop comprendre ce qu'elle faisait là et craignant de voir cette fille qui vivait avec celui qu'elle aimait, surgir. Elle avait toujours refusé de parler d'elle avec Jean-Gé et n'avait donc aucune idée de l'aspect physique de cette dernière.

D'après les informations glanées par Émilie auprès de Benoît, c'était une blonde insipide qui ne faisait clairement pas le poids face à elle. Elle avait décidé de se contenter de ces éléments pour imaginer l'ennemie, l'autre.

Elle le suivit dans le petit hall d'entrée qui donnait sur un salon lumineux. Les murs étaient blancs, un parquet en bois clair apportait un côté chaleureux à la pièce. Il avait un grand canapé d'angle en cuir qui faisait face à un écran plat dernier cri. Des piles de DVD encadraient l'écran et sur le mur, une grande affiche annonçant un concert des Doors à Berckley en Février 1968.

Une cuisine ouverte avec une porte fenêtre et un petit balcon se trouvaient au fond de la pièce principale et deux portes sur les côtés s'ouvraient sur une chambre et ce qui semblait être un bureau. Il y avait peu de meubles et une décoration quasi inexistante.

— Tu veux boire quelque chose ? J'ai du thé, du café…

Il semblait nerveux.

— Je veux bien un thé s'il te plaît…

C'était la première phrase qu'elle prononçait depuis qu'il lui avait appris, une vingtaine de minutes plus tôt, qu'ils allaient chez lui.

Il partit dans la cuisine et elle entendit le bruit rassurant de la bouilloire électrique se mettant en marche. Elle adorait le thé et le clapotis de l'eau qui chauffe était, pour elle, un signe annonciateur de moment réconfortant.

Réalisant qu'avec sa main, il ne pourrait pas s'en sortir seul, elle pénétra dans la cuisine. Elle constata que sur le bord de l'évier séchaient un bol, un verre, une cuillère et un couteau. Pas deux.

Elle embarqua les deux tasses qu'il avait pris le temps de servir et les posa sur la table du salon.

L'air grave, il vint s'installer à côté d'elle.

— Tu peux venir ici quand tu veux Clara. J'ai quitté Jennifer.

— C'est vrai ? Elle n'en revenait pas. Mais, quand ? on vient juste de rentrer de Chine !

— Ça fait déjà plus d'un mois que nous sommes séparés mais elle a quitté l'appart il y a à peu près trois semaines.

— Pourquoi tu ne m'en as pas parlé avant ?

— Au début, j'ai eu peur que ça te mette la pression. C'est en étant avec toi que j'ai ouvert les yeux sur ce qu'une vraie relation doit être et sur ce qu'on est censé ressentir quand on est vraiment bien avec quelqu'un. Je n'ai jamais ressenti quoique ce soit de comparable avec elle. Et ensuite, j'ai voulu attendre le bon moment pour te le dire, mais avec toutes les tensions qu'il y a eues en Chine, c'était un peu compliqué de t'en parler…

— Oui je comprends. Tu es donc officiellement célibataire !

— Oui… et officieusement en couple avec mon étudiante préférée !

Elle s'approcha de lui et l'embrassa sur la joue.

— Tu viendras quand tu veux. On va enfin avoir un endroit où on pourra se voir sans avoir peur de croiser du monde ! Tu pourras laisser des affaires…

— Méfie-toi, je ne voyage jamais léger…

— Je te ferai toute la place qu'il faut…

— Il faut qu'on profite au maximum avant mon départ au Pérou…

Il soupira et baissa les yeux.

— Tu es sûre de vouloir partir ?

— J'avais déjà pris mes billets avant que mon prof d'anglais ne commence à me draguer… Elle espérait détendre l'atmosphère qui, une fois de plus, commençait à devenir pesante.

— Tu pourrais trouver un stage à Rennes…

— S'il te plaît Jean-Gé… ne me demande pas ça…

— Je sais, je suis désolé, c'était déplacé. C'est juste que j'ai du mal à imaginer que dans quelques semaines, tu seras à l'autre bout de la planète pour deux mois…

— Moi aussi ça me rend triste, mais c'est une opportunité unique ! Si je ne le fais pas maintenant, je n'aurais peut-être plus jamais cette occasion !

— C'est là que je me rends compte que tu as encore tellement de choses à vivre...

— On en vivra plein de belles tous les deux...

— J'ai déjà pris de l'avance sur toi... son visage s'était fermé. Clara n'y lut pas de la colère mais plutôt de la résignation.

— Il nous reste déjà à découvrir la vie à deux en étant amoureux, et ça, ça sera une première pour toi comme pour moi !

— Allez, viens ma belle, je vais te montrer « notre » chambre ! La conversation resta en suspens, au grand soulagement de Clara.

XXII

Les semaines suivantes passèrent tranquillement. Émilie et son Benoît goûtaient aux petits plaisirs simples de la vie, se délectant des moments qui leur restaient avant la longue séparation qui se profilait. Ils avaient pris le parti de profiter pleinement l'un de l'autre et Émilie passait le plus clair de son temps chez Benoît. Ils aimaient passer de longs moments tous les deux, parfois sans même quitter la chambre, à se regarder, sans parler. Juste être ensemble, s'entêter de l'odeur de l'autre, s'imbiber de sa chaleur et s'aimer, simplement.

Il avait converti cette citadine aux joies d'une balade, doigts entremêlés en forêt, ou de longues marches sur la côte.

Émilie resplendissait de bonheur, s'épanouissant un peu plus à chaque moment passé avec lui. Ils avaient fini par se dire les précieux « Je t'aime » qui cimentent un couple et rendent la vie plus belle. La maman d'Émilie allait fêter ses cinquante ans à la fin du mois d'avril et c'est avec un peu d'appréhension qu'elle fit savoir à Benoît qu'il était le bienvenu.

— Tu vas me présenter à tes parents ?

Elle baissa les yeux en rougissant.

— Et à mes frères aussi…

— De qui je dois avoir le plus peur ?

— De mes frères… tous mes ex ont mystérieusement disparu après les présentations… tu devras faire très attention !

— Tu me défendras !

— Oui, et Indice aussi.

Indice était une sorte de chien qui vivait dans la famille depuis tant d'années qu'on ne savait pas très bien son âge. Émilie adorait cette bête, malgré l'incompréhension de tous les visiteurs qui se rendaient chez ses parents.

Indice avait dû être un caniche dans des temps lointains. Désormais, il était aveugle, agressif et incontinent. Benoît en avait eu une description bien précise par Clara, au cours d'une soirée arrosée où le quatuor avait dîné chez Jean-Gé. Ils en avaient pleuré de rire, malgré les protestations d'Émilie qui avait essayé tant bien que mal de défendre son compagnon à quatre pattes.

— Tu verras, ils vont tous t'adorer !

— Je me mettrai en mode « gendre idéal ».

— Tu es le gendre idéal. Ma mère t'adore !

— Elle ne me connaît même pas !

— Elle me voit heureuse avec toi… et crois-moi, c'est le meilleur des indices !

— Au fait, tes deux frangins seront là ?

— Oui… avec Sandy et Claude.

— LE Claude ?

— LE Claude…

— Ça se passe mieux avec tes parents ?

— Ils ne se sont pas vus depuis plusieurs mois, on verra bien ! Tu feras diversion !

— C'est une grosse étape, les présentations à la famille…

— Oui… mais je ne veux pas te cacher. Tu es merveilleux, j'ai hâte de te présenter !

Il l'embrassa fougueusement. Il sentait à quel point elle l'aimait et l'admirait, mais il n'était pas certain qu'elle avait conscience d'avoir, elle aussi, réussi à rendre sa vie plus joyeuse et colorée. Il connaissait par cœur chacune de ses mimiques et commençait à savoir décortiquer chacune de ses réactions. Elle allait avoir dix-neuf ans, lui bientôt vingt-cinq mais il était chaque jour surpris par la maturité de sa compagne. Elle avait la fougue de sa jeunesse mais elle était réfléchie et avait les pieds sur terre, une qualité que le scientifique qu'il était appréciait.

Elle arrivait, en un câlin, en un baiser, à canaliser l'énergie débordante du jeune homme.

Il aimait la photographier, elle protestait par principe, mais finissait toujours par accepter de prendre la pose. De jeune fille timide, elle prenait le statut de muse et sous l'objectif de Benoît, dans des clichés toujours empreints de poésie et d'élégance, elle se transformait en femme fatale.

Claudine avait proposé à Émilie d'inviter ses amies, se disant que Benoît serait plus à l'aise avec des visages connus. Clara viendrait avec Jean-Gé, et Vanessa, à regret serait là sans son Guillaume, toujours en Suisse. Émilie avait prévenu sa mère que le petit ami de Clara n'était pas juste le frère de Benoît mais qu'il était aussi leur prof d'Anglais. Claudine avait été très amusée par la situation et s'était sentie flattée d'être mise dans la confidence.

Jean-Gé avait accepté d'accompagner Clara pour lui faire plaisir, mais il n'était pas très à l'aise à l'idée de se retrouver avec toute la famille d'Émilie. Leur relation était supposée être la plus discrète possible, il risquait de perdre sa place d'enseignant si cela se savait.

Il avait complètement retrouvé l'usage de sa main, et, mis à part une séance de rééducation chez le kiné chaque semaine, l'épisode du coup de poing dans le mur n'était plus qu'un mauvais souvenir. Il faisait de nombreux efforts pour avoir une attitude moins possessive avec elle mais ne pouvait s'empêcher de l'inonder de textos lorsqu'elle sortait avec ses amies.

Le jeune homme qui était si sûr de lui en apparence, vivait dans l'angoisse que Clara ne le quitte. Il était pourtant, lorsqu'il participait à des soirées avec ses amis, celui qui attirait les regards de la gente féminine. Toujours élégant et sachant mettre ses atouts en valeur, il pouvait compter sur son charisme naturel pour séduire ces demoiselles.

Chaque soirée passée dans les bars avec son éternelle bande de copains connaissait son lot de tentatives d'approches de femmes en quête de frisson. Au grand étonnement de ses amis, qui avaient pris l'habitude de le voir repartir avec une fille différente à chaque fois, et ce malgré le couple qu'il avait longtemps formé avec Jennifer, il s'était rangé et n'avait d'yeux que pour Clara. Il lui arrivait, parfois, de tenter de la déstabiliser, en lui balançant des petites piques sur son poids. Il était tombé amoureux d'elle en partie à cause du manque d'assurance qu'elle pouvait avoir et il voulait la voir douter, afin qu'elle n'envisage pas de chercher à en séduire un autre. Il la trouvait parfaite en réalité, et la jeune fille, qui pourtant avait une morphologie fine, ne pouvait s'empêcher de contrôler son poids régulièrement afin de continuer à lui plaire.

Elle se sentait parfois blessée par les plaisanteries de son compagnon, laissant entendre qu'elle ne rentrerait plus dans ses jeans si elle prenait un panini au lieu d'une salade. Elle commençait à avoir une image déformée de son corps, se voyant des défauts là où il n'y en avait pas. Elle avait déjà perdu quasiment cinq kilos mais niait être au régime quand ses amies constataient que ses cuisses étaient de plus en plus fines.

Le jour de l'anniversaire de Claudine arriva et Jean-Gé et Clara passèrent chercher Vanessa afin de se rendre ensemble chez les parents d'Émilie.

Il avait choisi une chemise cintrée grise et un jean foncé. Clara, quant à elle, avait opté pour une robe fourreau noire achetée exprès pour l'occasion. Elle mettait sa silhouette en valeur et Jean-Gé lui pinça le ventre en lui faisant un clin d'œil lorsqu'il la vit, espérant qu'elle se découvrirait un nouveau complexe. C'est avec les abdos contractés au maximum et les larmes aux yeux qu'elle le suivit dans sa voiture.

Il s'en voulait de lui faire subir tout cela mais il était intimement convaincu que c'était la seule façon de la garder dans sa vie. La Vuvu arriva, superbe, en robe noire, elle aussi.

Jean-Gé était finalement très fier d'arriver si bien accompagné à l'anniversaire de Claudine. Cette dernière, qui avait eu l'occasion de le rencontrer pour sa fille en réunion parents profs, l'accueillit chaleureusement, le tutoyant et lui faisant la bise, afin de le mettre à l'aise. Il en fut agréablement surpris. Il avait craint, en effet, de donner une image de vieux dégueulasse en quête de chair fraîche.

Benoît arriva quelques minutes après eux, quasiment au même moment que Gilles et Claude.

Émilie fit les présentations et c'est sous le regard admiratif de Claudine que Benoît fut immédiatement adopté par la famille. Beau, poli et drôle, il avait vraiment tout pour plaire. Le contact passa immédiatement avec Antoine qui avait à peu près le même humour que lui. Avec Gilles, ce fut moins fluide. Le jeune homme, autrefois si drôle et si enjoué, n'était plus la même personne. Il était très effacé et guettait en permanence l'approbation de Claude qui n'était jamais loin.

*****

Le dîner d'anniversaire se passa à merveille : c'est tout du moins ce que Paulo voulut faire croire à son épouse. Il y avait, en réalité, eu des échanges plus que houleux entre Antoine et l'amant de son frère jumeau. Ils avaient failli en venir aux mains et c'est Benoît, alerté par Émilie, qui était venu les séparer.

Claudine, elle, ne s'aperçut de rien avant de constater, avec amertume, que Gilles et Claude avaient quitté la soirée avant même qu'elle n'ait soufflé ses cinquante bougies.

Paul remplit les flûtes à champagne et laissa la parole à sa femme :

— Pour commencer, merci à tous d'être venus. Même si je suis un peu déçue que certains invités soient partis plus tôt que prévu, j'ai quand même le privilège d'avoir pu rassembler mes trois enfants ce soir, et c'est ce que je retiendrai de cette jolie soirée. Merci à tous d'être là, merci à Clara et à Vanessa d'avoir accepté l'invitation, vous êtes si importantes pour Émilie, vous êtes comme la famille. Monsieur Gérard, enfin, Jean, merci d'être venu ! Et j'en profite, parlant de famille, pour souhaiter la bienvenue à Benoît. Nous sommes vraiment heureux de te connaître et nous sommes certains que tu prendras le plus grand soin de notre petite fille. Elle termina par remercier son mari pour les trente années de bonheur passées à ses côtés.

Benoît, se retrouvant soudainement au centre de l'attention adressa un petit sourire gêné, tandis qu'Émilie posa sa main sur son genou pour le détendre un peu.

Clara, assise à côté de Jean-Gé, n'avait rien avalé du repas, ce qui était passé inaperçu à cause de l'agitation festive qui régnait à table. Seul Jean-Gé l'observait avec inquiétude. Depuis quand Clara ne mangeait-elle plus ? Était-ce à cause de ses taquineries sur son poids ? Il faudrait qu'il en discute avec elle, mais ça n'était ni le lieu, ni le moment.

Vanessa mangea d'un bel appétit et à la demande générale entonna un « Optiiiiiiiiiiiiiiiiiiic deux-miiiiille » qui, une fois encore, lui valut un tonnerre d'applaudissements. Elle discuta longuement avec Sandy, la belle-sœur d'Émilie ; elle était, elle aussi, très sociable. Ce soir-là, même Indice fut de la fête. Il décida, pour l'occasion, de ne mordre personne.

C'est tard dans la soirée que les convives s'éclipsèrent, sauf Benoît qui resta dormir, sous l'œil réprobateur de Paulo. Voir sa fille découcher, quasiment chaque nuit, était une chose, mais accueillir celui qui partageait ses nuits sous son toit était une étape délicate pour tout père de famille. Il appréciait cependant ce garçon qui avait l'air travailleur et fiable. Il lui fallait juste se faire à l'idée que désormais, Émilie avait un autre homme que lui dans sa vie, et c'est peut-être ce qui lui semblait le plus difficile.

Clara s'endormit dans la voiture et n'entendit même pas Vanessa la saluer en partant retrouver son territoire de neuf mètres carrés. Elle observa son amie à travers la vitre alors que la voiture s'éloignait, la mauvaise mine et le visage de cette dernière lui sautèrent aux yeux, comme si la réalité venait de la frapper de plein fouet. Elle voyait pourtant Clara tous les jours, mais le fait qu'elle soit inoffensive, endormie dans cette voiture, c'était comme si une réalité inquiétante venait de lui sauter au visage.

Et si toute cette joie de vivre apparente cachait en réalité un mal-être ? Était-ce Jean-Gé qui lui avait mis de mauvaises idées en tête ? Il fallait qu'elle creuse la question. Elle s'était promis d'accorder le bénéfice du doute au beau prof d'Anglais après ce qu'elles avaient rebaptisé entre elles, le « *Pékin gate* », en revanche, si elle découvrait qu'il avait encore merdé, elle ferait tout pour faire entendre raison à Clara.

En arrivant chez Jean-Gé, Clara alla se coucher directement, elle se sentait épuisée depuis quelques jours. Elle se déshabilla rapidement sous l'œil intéressé du jeune homme et s'effondra sur le lit. Il l'observa et constata que sans ses vêtements, allongée sur la housse de couette blanche, elle était à la limite de la maigreur. Quand cela avait-il démarré ? Et pourquoi n'y avait-il pas prêté attention avant ce soir ?

Il replia la couette sur elle pour la réchauffer et l'esprit trop embrouillé pour dormir, il éteignit la lumière, passa chercher une bière dans son frigo et s'installa sur le canapé. Seul face à son écran de télé qui diffusait le clip de « *My Hump* », des Black Eyed Peas, il essayait de comprendre. Il voyait Clara tous les jours. La plupart du temps, elle finissait sans ses vêtements et pourtant, jusqu'à ce soir, sa maigreur ne lui avait pas sauté aux yeux. Il essaya de visualiser à nouveau les moments passés ensemble ces derniers jours, espérant trouver une explication. Ils étaient allés au cinéma voir Brice de Nice. Il avait pris des pop-corn pour lui faire plaisir mais en y réfléchissant bien, il était incapable de se rappeler si elle en avait mangé.

Le mercredi soir, elle avait dormi chez lui. Il avait commandé une pizza. Combien de parts avait-elle mangées ? Il avait l'impression d'avoir ouvert la boîte de Pandore en commençant à lister tous les derniers repas pris ensemble. Il n'était finalement pas certain qu'elle ait avalé quoi que ce soit. Et tout ça, à cause de ses plaisanteries idiotes qu'il lui faisait de temps en temps ?

Il se sentit terriblement mal. C'est à ce moment précis qu'il réalisa l'emprise qu'il pouvait avoir sur elle. Il avait, égoïstement, poussé Clara à cesser de s'alimenter sous le simple prétexte qu'en manquant de confiance en elle, elle ne le quitterait pas. Il avait tellement honte de lui. Comment avait-il pu tomber si bas ? Il sentit une immense colère, totalement incontrôlable, s'emparer de lui. Il ne pouvait pas la contenir. Il termina sa bière d'une traite et, après s'être assuré que Clara dormait toujours, il se dirigea vers le placard de l'entrée et sortit de la poche intérieure de sa veste en jean un sachet de poudre blanche. Il gardait un peu de coke chez lui en cas de besoin. Il en prenait rarement mais là, il prépara fébrilement son rail sur la table du salon et, après avoir roulé un billet de cinq euros, il inhala profondément sa précieuse poudre.

Les premiers effets ne tardèrent pas à se faire ressentir. Comme habité par une force nouvelle, il sortit en trombe de l'appartement. Il fallait qu'il s'éloigne d'elle.

Dans l'ascenseur, il envoya un message à Richard et Axel, ses deux meilleurs amis, pour savoir s'ils étaient dans le coin. Il fallait qu'il se change les idées et qu'il boive.

Ses deux acolytes étaient dans un bar de nuit, à quelques minutes à pied de chez lui. À son air mauvais, ses amis comprirent que quelque chose clochait. Ils enchaînèrent les shooters de vodka, Jean-Gé embrassa une italienne qui passait dans le coin et termina sa pitoyable soirée penché dans le caniveau, dégueulant le trop plein d'alcool et toute la haine qu'il ressentait envers le monstre qu'il était devenu.

Lorsque Clara se réveilla le dimanche matin, elle vit que le côté du lit de Jean-Gé n'avait pas été défait. Elle lui piqua un boxer et un tee-shirt dans sa commode et entra dans le salon. Il était là, gisant sur le canapé, le teint presque vert, endormi avec son manteau et ses chaussures et des traces suspectes sur son pull. Elle s'approcha de lui en silence. Il empestait l'alcool et une odeur fétide de vomi lui agressa les narines.

Qu'est-ce qu'il fout là ? On est pourtant rentrés tous les deux hier soir... Pourquoi il est comme ça ? J'ai encore dit quelque chose qui ne lui a pas plu ?

Plus inquiète qu'en colère, elle se rendit dans la cuisine et prépara une grande tasse de café pour lui. La faim lui faisait gargouiller le ventre. Il fallait qu'elle grignote quelque chose... il y avait un paquet de Pitch... Clara adorait ça, mais repensant à l'air moqueur de Jean-Gé, la veille, quand il lui avait pincé le ventre, elle opta pour un grand bol de thé brûlant qui lui remplirait temporairement l'estomac.

Elle revint dans le salon, il n'avait pas bougé. Il ronflait, ses yeux étaient cernés... il lui semblait nettement moins beau qu'habituellement. Où était donc passé le bel homme, séducteur, qui avait toujours un look impeccable ?

Le portable de Jean-Gé vibra sur la table. Elle ne put s'empêcher de regarder l'écran. C'était Richard qui voulait s'assurer qu'il allait mieux et qu'il était bien rentré... Il avait donc passé le reste de la nuit avec Richard, et les connaissant, Axel ne devait pas être bien loin non plus...

Il était plus de quatorze heures quand enfin, il s'éveilla. Un mal de tête monumental s'était emparé de lui. Clara, sans un mot, passa son café au micro-ondes et le lui apporta. Elle ne savait pas quelle attitude adopter. Elle était à la fois furieuse de voir qu'il était parti sans la prévenir, en plein milieu de la nuit, se bourrer la gueule comme un ado attardé avec ses copains, et elle était aussi inquiète, pour les mêmes raisons.

Elle préféra rester silencieuse, l'observant, attentive à chaque petit mouvement de son visage. En le voyant se tenir la tête, elle comprit que la gueule de bois était là. Elle partit dans la cuisine lui chercher du Doliprane. Elle lui en tendit deux, avec un verre d'eau.

— Merci…

Il avala les comprimés et la totalité du verre d'eau et le posa sur la table. Il fuyait manifestement les grands yeux interrogateurs qui le fixaient depuis quelques minutes.

— Tu comptes me regarder combien de temps comme ça ? balança-t-il, agacé.

Cette fois, elle ne chercha pas à discuter. Elle l'observait, et le trouvait tellement pathétique. Il avait disparu au milieu de la nuit, était venu s'échouer comme une merde sur son canapé, totalement imbibé d'alcool et elle ne pouvait pas le regarder ?

— Non, t'as raison, je ne vais pas rester. Tu me fais trop pitié.

À son propre étonnement, sa voix n'avait pas tremblé. Elle était sortie claire, forte et fluide.

Il releva les yeux et la dévisagea.

— T'as dit quoi ? Je te fais pitié ?

— Oui… regarde dans quel état tu es ! C'est complètement pathétique.

— C'est à cause de toi que je suis comme ça !

Elle reçut cet argument comme une décharge. Il n'allait quand même pas lui remettre ses conneries et son immaturité sur le dos !

— Ah bon ?

— Oui, tu fais tout pour me rendre dingue !

— Je ne crois pas que tu aies besoin de moi pour ça. Tu as un gros souci…

— Mon souci, c'est toi ! Tu bouffes plus rien depuis des jours.

— Parce que tu me dis en permanence que je suis énorme !

— Je ne t'ai jamais dit ça !

— Si ! Tu passes ton temps à faire des remarques sur mon poids, et j'ai beau essayer d'en perdre, tu continues.

— Mais je dis ça pour rire. Il ne faut pas me prendre tout le temps au sérieux…

— Non, tu n'es pas quelqu'un de sérieux. Moi je ne peux pas continuer comme ça…

— Tu vas faire quoi, Clara ? Me quitter ?

— Je pense que ça serait mieux pour nous deux…

Il se mit à rire, un petit rire glacial qui fit frissonner Clara. Elle sentait qu'une fois de plus, un Jean-Gé plus sombre et inquiétant était en train de s'emparer de lui.

— T'as eu ce que tu voulais hein? Tu t'es envoyée le prof d'Anglais, t'es la star de ta classe ? Espèce de petite connasse…

— Arrête, tu racontes n'importe quoi…

Il s'était levé et la fixait. Elle constata que même son faciès avait changé, déformé par la colère.

— Tu vas faire quoi, maintenant ? Ruiner ma carrière ?

— Je ne ferais jamais rien qui puisse te nuire !

— Ferme ta gueule !!

Elle était pétrifiée. Il fallait qu'elle sorte de cet appartement, et surtout de la vie de ce cinglé.

Elle balaya la pièce du regard pour repérer son sac à main et son manteau. Heureusement, elle était déjà habillée et avait ses chaussures aux pieds. Il respirait bruyamment.

Elle sentait que l'amour de Jean-Gé, en l'espace de quelques minutes, avait évolué en une haine totale et elle n'arrivait pas à comprendre d'où le problème était parti. Dans sa tête, ça fourmillait. Elle essayait de réfléchir rapidement à la bonne attitude à adopter pour sortir de cet appartement qui lui semblait devenu dangereux. Elle décida que la meilleure solution serait de traverser la pièce en courant, de choper sac et manteau au passage et de se dépêcher de sortir de l'immeuble.

Elle se dit qu'il ne pourrait pas lui faire de mal, du moins physiquement… mais en le regardant à nouveau, elle n'en fut plus si convaincue…

Elle prit une grande inspiration et passa droit devant lui. Elle allait attraper son sac quand la main robuste de Jean Gé la saisit fermement.

— Putain, mais tu vas où, là ?

— Lâche-moi. Elle essayait de masquer la peur qui transparaissait dans sa voix.

— Tu crois vraiment que tu peux m'abandonner comme ça ? T'es vraiment une salope !

Et là, sans prévenir, le coup partit. Clara venait de lancer son poing dans le visage de Jean-Gé. Choquée elle-même par la violence du coup qu'elle venait de lui mettre, elle ouvrit la porte et se sauva en courant par les escaliers.

Il resta sonné quelques secondes. Et comme si le choc lui avait remis les idées en place, il réalisa que si elle partait maintenant, il était peu probable qu'elle revienne un jour. Il s'élança dans les escaliers en s'empêchant de crier son prénom pour ne pas, en plus, s'attirer d'ennuis avec les voisins de palier.

Plus alerte que lui, et dopée par la montée d'adrénaline qu'avait provoquée sa fuite, elle arriva dans la rue totalement à bout de souffle et entra dans un bus qui par chance venait d'arriver. Son cœur battait à tout rompre. Il fallait qu'elle se calme et qu'elle trouve un endroit où aller. Pas question de retourner chez ses parents tout de suite, sa mère, dont elle était très proche, verrait tout de suite que quelque chose clochait. Elle lui avait confié avoir un petit ami mais avait préféré éviter de donner son âge, et surtout, sa qualité d'enseignant. Elle décida d'appeler Vanessa mais tomba sur son répondeur. Elle tenta d'appeler Émilie mais cette dernière était chez ses parents avec Benoît, c'était très délicat… mais elle n'avait pas vraiment d'autre choix.

Quand elle entendit la voix d'Émilie au téléphone, elle s'effondra. Émilie ne comprenait pas un traître mot de ce que son amie lui disait, mais elle avait perçu que Clara faisait une sorte de crise de panique et qu'il fallait faire quelque chose. Elles se donnèrent rendez-vous à l'appartement de Benoît qui justement s'apprêtait à partir de chez Claudine et Paul. Émilie lui expliqua brièvement la situation et ils retrouvèrent, une vingtaine de minutes plus tard, Clara, les yeux rouges, secouée de tremblements et vraisemblablement en état de choc devant la porte.

XXIII

Ils la regardaient, assis dans le canapé de Benoît, totalement effarés par le récit de Clara. Cette dernière avait mis de longues minutes à trouver la force de prononcer un mot. Complètement perdue, elle avait suivi le couple sans dire un mot à l'intérieur de l'appartement et s'était assise, la tête entre les mains. Ils n'avaient pas trop su comment la faire parler. Émilie, ne voulant pas la brusquer, s'était juste installée à côté d'elle et passait sa main dans son dos. Benoît s'était chargé de lui préparer une grande tasse de thé. Il savait que Clara en raffolait et que cette boisson pouvait, parfois, avoir des effets insoupçonnés.

C'est après avoir avalé sa tasse d'Earl Grey que Clara semblait s'être reconnectée avec le monde qui l'entourait. La voix tremblante, les yeux laissant s'écouler un flux incessant de larmes, elle leur raconta l'horreur qu'elle venait de vivre. En elle se mêlaient incompréhension, déception, colère… et tant d'autres émotions qu'elle ne parvenait pas à nommer mais qui coulaient en elle, insidieuses et incontrôlables.

Lorsque dans un dernier sanglot, elle acheva de décrire ses dernières heures passées aux côtés de Jean-Gé, Benoît et Émilie restèrent silencieux, choqués par ce qu'ils venaient d'entendre.

Émilie risqua une question, la question :

— Tu vas faire quoi ?

— Je sais pas…

— Clara, je sais que c'est mon frère, mais tu ne peux pas rester avec lui. Il a un gros problème.

Benoît se sentait honteux du comportement de son frère. Lui qui le trouvait enfin posé et équilibré depuis que Clara avait fait irruption dans sa vie, ne comprenait pas comment la situation avait pu prendre cette malheureuse tournure.

— Tu es sûre qu'il ne t'a pas… fait de mal ?

— Non… pas physiquement en tout cas… à part quand il a essayé de m'empêcher de partir. Il a serré super fort...

— Ma pauvre mignonne...

Émilie sentit à son tour les larmes monter en voyant son amie au plus mal. La grande romantique qu'elle était ne concevait pas qu'une si belle histoire d'amour puisse tourner au vinaigre de cette façon et qu'un prince charmant puisse se transformer en un monstre pareil.

Benoît, lui, était mal à l'aise. Il voulait réconforter Clara mais il se sentait illégitime, le même sang que celui qui avait provoqué ce désastre coulait dans ses veines. Il dit aux filles qu'il devait sortir et, décidé à en découdre, il prit sa voiture pour se rendre chez son frère.

*****

Il frappa à la porte et ne prit pas la peine d'attendre que son frère ne lui ouvre. Il trouva ce dernier assis, l'air hagard sur le canapé. Regard dans le vide, un cocard à l'œil gauche, il ne bougea pas d'un cil quand son frère s'approcha.

Benoît balaya la pièce du regard et s'aperçut qu'une tasse de café avait volé en éclats sur le parquet. Des piles de livres, manifestement arrachés à leurs étagères, jonchaient le sol. Jean avait dû passer ses nerfs sur ce qui lui était tombé sous la main. Il pensa alors à Clara, à la frayeur qu'il avait lue dans ses yeux. Heureusement qu'elle était partie. Il détestait l'idée que son frère puisse frapper une femme. Il savait ce dernier colérique et impulsif… mais en constatant l'état de l'appartement, il comprit que la violence faisait également partie de ses déséquilibres et que Clara avait peut-être échappé au pire en décidant de fuir.

Sans dire un mot, il ramassa les livres et les remit à leur place. Il se rendit dans la cuisine, et à l'aide de la pelle et de la balayette, il enleva les morceaux de porcelaine blanche qui traînaient par terre. Tandis qu'il essuyait les restes de café sur le parquet, Jean, la voix cassée, commença :

— T'es au courant ?

— Oui…

— Tu crois qu'elle va revenir ?

À ces mots, Benoît bondit.

— Attends, t'es sérieux là ?

— J'ai déconné…

— Mais sérieusement ! T'as pas déconné, t'as tout foiré ! Ta copine est en état de choc, elle a eu la peur de sa vie !

— Je sais pas ce qui s'est passé…

— Ce qu'il s'est passé ? C'est que tu es allé te bourrer la gueule avec tes ivrognes de potes, et quand t'es revenu, tu t'en es pris à elle.

— Je l'ai pas touchée… je lui ferai jamais de mal…

— Ah bon ? t'es sûr ? Elle nous a montré la marque sur son bras…

— Quelle marque ? De quoi tu parles ?

— Celle que tu lui as faite en l'agrippant quand elle a essayé de partir… entre le moment où tu l'as traitée de connasse et celui où tu l'as traitée de salope…

À ces mots, Jean blêmit. Lui revinrent en tête toutes les horreurs qu'il lui avait crachées au visage et la violence avec laquelle il avait tenté de l'empêcher de fuir. Il regarda son frère, incapable de parler. Benoît avait raison, il venait de signer l'arrêt de mort de sa relation avec sa douce Clara.

— Je suis vraiment un connard…

— Je pense surtout que tu as besoin d'aide.

— La seule aide dont j'ai besoin, c'est elle. Il n'y a qu'elle qui arrive à me comprendre…

— Mais c'est pas possible ! Tu es complètement à côté de tes pompes ! Elle a essayé de te comprendre, d'être gentille, mais elle ne peut plus ! Tu es toxique pour elle, comment tu as pu lui faire ça ?

— Je sais pas… je l'aime, je suis fou d'elle…

— On dirait pas…

— J'ai tellement peur de la perdre que mes angoisses se transforment en colère. Je n'arrive pas à me contrôler.

— Elle n'y est pour rien… t'es tombé sur une fille bien et tu es en train de la détruire.

— Je crois que je lui en veux de m'avoir rendu tellement dépendant d'elle.

— Elle voulait juste être heureuse avec toi.

— J'ai rien demandé, moi… putain. J'étais tranquille avec Jen et un jour, elle est arrivée et a foutu un gros bordel dans ma vie !

— C'est toi qui es allé la chercher Jean. Elle en pinçait peut-être pour toi, mais c'est toi qui l'as invitée à sortir, toi qui as tout fait pour la séduire, tu es même allé jusqu'en Chine pour continuer à avoir le contrôle…

— Je voulais juste être avec elle…

— Et tu l'as été… et ce matin, tu l'as agressée, et elle est partie.

— Elle va comment ?

— Comment veux-tu qu'elle aille ? Tu l'as brisée, Jean.

— Il faut que je la voie !

— Non ! C'est hors de question. Si tu l'aimes vraiment, tu vas lui foutre la paix, la laisser se reconstruire et ne plus jamais l'approcher…

— C'est mon élève, je suis obligé de la revoir…

— Oui, dans le cadre scolaire. Mais ça en restera là.

— Qu'est-ce que je vais devenir sans elle ?

— Je sais pas, Jean…

Jean se mit à grimacer de douleur et secoué par les sanglots, il s'effondra dans les bras de son frère. Benoît, bien que dégoûté par son comportement vis-à-vis de Clara, ressentit, à cet instant de la pitié pour son frère aîné. Il réalisa que ce qu'il pensait être un caractère bien trempé était en réalité une pathologie. Il fallait que Jean soit suivi afin de n'être un danger ni pour lui ni pour les autres.

Il aida Jean, saisi de tremblements, à se déshabiller, et pendant qu'il prenait la douche qui, il l'espérait, l'aiderait à reprendre ses esprits, il envoya un message à Émilie pour l'aviser qu'il resterait dormir sur place. Il ne pouvait pas laisser son frère seul dans cet état.

Émilie resterait, elle, veiller sur Clara dans son appartement.

*****

Le lendemain matin, à 8:30, Émilie entra dans la salle de classe et alla s'asseoir à côté de la Vuvu pour le cours d'anglais. Quand Monsieur Gérard arriva, avec cinq minutes de retard, le teint blafard et un énorme hématome violacé sur l'œil gauche, des chuchotements interloqués se firent entendre dans les rangs.

Il ne fit aucun commentaire. Fuyant le regard d'Émilie et de Vanessa, il fit l'appel et ne fut pas surpris que Clara soit absente.

C'était la dernière semaine de cours avant le départ d'une partie de la classe au Pérou. Une ambiance de vacances régnait parmi les étudiants et personne ne fut étonné de l'absence de Clara qui avait dû avoir la flemme de se lever tôt pour un cours d'anglais.

Clara ne se montra pas de la journée.

Le jour suivant, ils n'avaient pas anglais. Clara avait fait le choix de venir en cours malgré tout. Elle savait que de toute façon, elle serait amenée à le recroiser l'année suivante et voulait lui montrer qu'il ne lui faisait plus peur.

C'est en milieu d'après-midi, entre le cours d'économie et celui d'Espagnol que, pour elle comme pour lui, le temps se figea. Elle était dans le couloir, avec le reste du groupe quand il arriva, sortant de la salle voisine. Le sang de Clara se glaça quand leurs regards se croisèrent. Jean-Gé sentit sa cage thoracique se bloquer.

Ils baissèrent les yeux en même temps et il la frôla involontairement tandis qu'il se frayait un chemin à travers cet étroit couloir encombré d'étudiants. Elle sentit à cet instant que quelque chose n'allait pas. Elle se sentait oppressée, comme si un poids venait lui compresser la poitrine, puis elle ressenti une sensation de soif, et des bouffées de chaleur. Au moment où elle sortait du rang pour s'approcher d'une fenêtre, elle vit comme des centaines de petites mouches venir troubler sa vision et ses jambes furent incapables de la porter plus longtemps.

Le reste de la classe, impuissant, ne put qu'assister à la chute de Clara qui venait de perdre connaissance. Loin de se douter de l'étrange relation qui liait Clara et Monsieur Gérard, Natacha et Martine l'appelèrent à l'aide. Il se retourna et aperçut Clara, blanche, étendue par terre, ses amies à ses côtés lui donnant des tapes sur les joues. Pris de panique, il s'élança vers elle, et malgré les regards menaçants d'Émilie et de Vanessa, il essaya de surélever sa tête, lui parlant tout doucement. Elle finit par ouvrir les yeux, complètement perdue. Il la conduisit à l'infirmerie en attendant l'arrivée du Samu, qui, dans la panique avait été appelé. Émilie et Vanessa refusèrent catégoriquement de le laisser descendre seul avec Clara à l'infirmerie.

Elle avait les jambes en coton et le soutien de Jean-Gé lui était nécessaire pour pouvoir marcher. Il ne cessait de lui demander, de sa voix la plus douce :

— Ça va ?

Elle ne répondit pas. Aussi entêté que ses amies, il refusa de la laisser. Le Samu arriva et le médecin conclut à un malaise vagal, rien de bien méchant. La jeune fille était-elle fatiguée ou stressée, en ce moment ? Avait-elle pris un petit déjeuner ce matin ? Ces éléments pouvaient être des facteurs favorisant de petites pertes de connaissance de ce type.

Vanessa fusilla Jean-Gé du regard et lança :

— On se demande bien ce qui peut la stresser autant…

Il préféra ne pas relever, il se sentait déjà tellement mal de la voir comme ça...

Les parents de Clara, alertés par l'établissement, étaient venus la chercher et elle eut une dispense de cours jusqu'à la fin de la semaine. Le samedi suivant, le grand départ pour le Pérou aurait lieu et il fallait que Clara se refasse une santé.

Sa maman avait bien constaté son changement de comportement, les kilos perdus... Elle posa donc quelques jours de congés pour veiller sur sa fille et s'assurer qu'elle était suffisamment en forme pour le long voyage qui l'attendait.

*****

Le soir même, Émilie rapportait cet épisode à Benoît. Ce dernier avait aussi été alerté par son frère qui, totalement paniqué, l'avait appelé dans la foulée.

L'ambiance, entre eux, était électrique. Benoît avait été parfait avec elle, et avec Clara. Il avait tenté de gérer la crise, mais Jean restait son frère et il ne pouvait pas rester indifférent à la détresse dans laquelle il se trouvait.

Émilie avait beau comprendre, elle ne supportait pas que Benoît cherche des excuses à l'inexcusable. Il y avait eu une sorte de cassure, comme si, pendant la crise traversée par Clara et Jean-Gé, chacun avait dû choisir son camp. Émilie avait le cœur gros, elle sentait que les choses s'embourbaient entre eux. Ils tentaient de faire bonne figure, mais, préoccupés de part et d'autre par celui qu'ils soutenaient, ils avaient laissé un froid s'installer entre eux. Ce changement avait été si soudain et brutal qu'eux-mêmes avaient du mal à comprendre.

Le jeudi soir, alors qu'ils passaient la soirée ensemble, la dernière avant qu'Émilie ne s'envole pour le Pérou, Benoît décida de crever l'abcès.

— Émilie… je pense que toi aussi tu sens qu'il se passe quelque chose en ce moment…

Émilie sentit les larmes monter. C'était le moment de la séparation ? Si violente, si sournoise qu'elle ne l'avait pas vue se profiler avant ce soir…

— Oui…

— Je vis très mal cette situation… murmura-t-il.

— Moi aussi… comment a-t-on pu en arriver là ?

— On s'est retrouvés coincés dans un conflit qui n'avait rien à voir avec nous… mais j'aime mon frère, Clara est comme ta sœur… et on a besoin de prendre soin d'eux…

— Mais ton frère, c'est un monstre…

— Ne dis pas ça… il va très mal. Je pense qu'il est malade et qu'il a besoin d'être aidé…

— C'est de sa faute si on en est là. Il gâche la vie de tout le monde…

— Et je veux qu'il se reprenne en mains et arrête ses conneries…

— Mais c'est Clara la victime dans l'histoire…

— Oui, c'est une des victimes collatérales… mais je ne peux pas laisser mon frangin se détruire sans rien faire…

— Et si tu le choisis lui, c'est plus fort que moi, je ne peux pas rester… sa voix s'était brisée en prononçant cette phrase.

— Je sais ma belle…

Il l'attira vers lui et la serra dans ses bras. Il passa sa main dans ses cheveux, huma son parfum. Ces précieux moments étaient les derniers, il le sentait.

— J'ai décidé de partir avec mon frère faire de l'humanitaire cet été. J'ai trouvé une ONG qui recherche des profs pour un programme de scolarisation des petites filles en Birmanie.

— Waouh… c'est une sacrée décision… moi qui pensais te retrouver à mon retour du Pérou début juillet…

— Non, si on est acceptés, on partira fin juin et on ne rentrera que fin août. Je pense qu'il a besoin de changer d'air et aussi de se sentir utile. Il a fait du mal autour de lui, et aider des enfants à accéder à l'éducation, ça peut lui apporter une meilleure estime de lui-même…

— Donc, on ne va pas se revoir avant quatre mois…

La pilule était difficile à avaler.

— Ma puce… je pense qu'étant données les circonstances, il vaut mieux qu'on fasse une pause et qu'on se revoie à mon retour pour voir comment les choses auront évolué…

— Tu me quittes…

— Non… je pense juste qu'il faut qu'on fasse une pause. On va finir par se déchirer comme eux… je vais toujours chercher des excuses à mon frère, tu voudras toujours la protéger. Si on laisse passer les vacances, ils vont se reconstruire, et on pourra repartir sur des bases plus saines…

— Tu me quittes, ne cherche pas à enrober le truc… je ne suis plus une gamine. Je comprends les choses…

— Si tu les comprends, tu sais que c'est ce qu'on doit faire. C'est plus sain pour nous deux, pour mieux nous retrouver plus tard…

— Et si tu rencontres quelqu'un là-bas ?

— Tu peux très bien rencontrer un Péruvien aussi…

— Je pense qu'il vaut mieux que je parte…

— Tu ne veux pas qu'on profite de notre dernier soir ?

— Profiter de la soirée avec le mec que j'aime comme une folle et qui vient de me quitter à cause de son psychopathe de frère ?

— Émilie…

— Non, t'as raison, c'est mieux qu'on se sépare. Tu as fait ton choix. Je ne le comprends pas, mais je l'accepte. Je te souhaite une vie géniale à t'occuper de l'autre cinglé. Je vais m'éclater avec plein de Péruviens… bonne chance pour la suite…

Blessée, elle sortit sans se retourner. La page des frères Gérard était tournée.

PARTIE II

I

Samedi 30 Avril 2005

Comme deux mois plus tôt, la gare les accueillait à nouveau. Cette fois, elles étaient moins nombreuses et l'ambiance était un peu moins gaie. Malgré l'impatience et l'excitation de partir, ces deux mois au Pérou avaient quelque chose d'inquiétant. Était-ce dû à la durée, au fait que rien, en dehors de leurs stages et des familles d'accueil, n'était planifié à l'avance ? Ou bien était-ce simplement cette destination ? Le Pérou… Terre mystérieuse s'il en était…

Clara avait repris du poil de la bête, profitant à fond de sa famille avant de partir. Elle avait passé sa dernière soirée avec ses parents et sa sœur aînée, Annabelle, autour d'un bon repas à la maison. Elles avaient toujours été très proches et Clara lui avait tout raconté. Tout. Sa sœur allait avoir vingt-huit ans dans quelques semaines et surtout, elle et Yann, son mari, attendaient leur premier enfant. Clara attendait l'arrivée de ce petit neveu avec beaucoup d'impatience. Il était prévu pour le mois d'Août.

Les deux jeunes filles avaient un frère, François, qui vivait à Quimper. Également en couple depuis plusieurs années avec Aline, ils étaient les heureux parents d'un petit Titouan, né quelques mois plus tôt. Ces derniers n'avaient pas pu venir dire au revoir à Clara avant son départ. Tous les deux enseignants, ils travaillaient chaque samedi matin dans leurs collèges respectifs.

C'est donc reboostée que Clara s'apprêtait à monter dans le TGV qui, à nouveau, allait l'éloigner de cette cellule familiale, si chère à son cœur.

Même si elle se sentait déjà nostalgique de quitter ses parents, surtout après ces derniers jours passés à être dorlotée par sa maman, elle voyait ce voyage comme une belle opportunité de tourner la page pour de bon. Elle avait énormément dormi depuis mardi, et sa maman lui avait préparé tous ses plats préférés pour qu'elle se remplume un peu.

Au tout début, elle ne pouvait penser à Jean-Gé sans avoir la boule au ventre, ses tripes se resserrant à chaque fois qu'elle imaginait son visage, se souvenait de sa voix… puis, elle avait finalement tourné maintes et maintes fois l'histoire dans sa tête et avait fini par ouvrir les yeux. Elle était tombée amoureuse d'un psychopathe. Il l'avait manipulée depuis le début et il avait fallu qu'ils en arrivent presque aux mains pour qu'elle le réalise. Dès lors, elle avait compris que le Jean-Gé qu'elle avait tant aimé n'était qu'une chimère. Elle avait décidé qu'il ne méritait pas qu'elle ait le cœur brisé pour lui. Et c'est en essayant de se convaincre que, finalement, son cœur n'était pas en miettes que Clara appréhendait ce voyage libre comme l'air, avec l'envie ferme de s'amuser et de profiter de ce nouveau départ que la vie lui offrait.

Émilie, elle, n'avait pas encore réussi à se consoler de sa rupture. Cette dernière était plus récente et surtout, Benoît était un mec bien. Elle n'aurait pas pu rêver mieux… Intelligent, beau, attentif… elle avait craqué immédiatement pour lui et s'était donnée à lui, corps et âme. Et puis, il y avait eu cette histoire avec Jean-Gé qui était venue tout détruire sur son passage. Elle souffrait terriblement, se sentant victime d'un mauvais karma. Il était l'homme parfait, mais il était si droit, si loyal, qu'il avait choisi son frère. Elle n'avait pensé qu'à ça, lors de l'atroce nuit qui avait suivi cette rupture.

Elle comprenait son choix et ne pouvait pas lui en vouloir. Elle aurait très certainement fait pareil pour ses frères, ordures ou pas. Contrairement à Clara, elle avait du mal à apprécier ce départ qu'elle vivait comme une séparation de trop.

Elle se sentait si triste, si seule ; elle venait de perdre sa moitié et seules les paroles réconfortantes de Claudine et sa chambre, si rassurante, parvenaient, jusqu'à présent, à sécher ses larmes.

Vanessa arriva, les yeux cernés par cette courte nuit. Elle avait mal dormi, rongée par les soucis liés aux ruptures respectives de ses amies, et stressée qu'une panne de réveil ne vienne entacher ce début de voyage. En arrivant, elle serra ses amies dans ses bras, saluant au passage Françoise et Michel, les parents de Clara, et Claudine et Paul. Bien qu'ayant une petite mine, sa bonne humeur communicative finit par atteindre Émilie et Clara et c'est dans une joyeuse cacophonie que la petite troupe embarqua dans le train. Ce TGV les menait, elles le savaient, vers des aventures uniques, mais imaginaient-elles à quel point ce voyage allait changer leurs vies ?

Elles s'installèrent toutes les trois dans un carré, rejointes par Natacha qui était également du voyage.

Natacha s'empressa de prendre des nouvelles de Clara qu'elle n'avait pas vue depuis son malaise quelques jours avant.

Elle allait mieux, beaucoup mieux. Elle avait pris des nouvelles par texto, chaque jour depuis que Clara avait quitté l'établissement scolaire, escortée par ses parents, très inquiets.

Clara avait été touchée par ses messages. Elle gagnait vraiment à être connue.

Natacha dévisagea ensuite Émilie, qui, les yeux gonflés, avait du mal à cacher son chagrin.

Pour détendre l'atmosphère, elle lui demanda ce qu'elle cachait dans le sac en plastique qu'elle n'avait pas quitté depuis le départ de la gare.

— C'est un tire-bouchon…

— Un quoi ?

— Un tire-bouchon… tu sais, on nous a dit d'en ramener aux familles qui nous accueillent…

— Mais pourquoi tu le gardes avec toi ?

Toutes observaient désormais Émilie, avec des airs amusés et perplexes.

— J'avais plus de place dans ma valise… dit-elle d'une petite voix, désarmante de candeur.

Toutes ses amies éclatèrent de rire. Finalement, ce long périple démarrait bien. Surtout que pour ce voyage au bout du monde, elles allaient être accompagnées d'autres étudiantes, aussi en tourisme mais spécialisées dans le patrimoine. Elles se croisaient dans les couloirs depuis le mois de septembre mais n'avaient jamais vraiment pris le temps de faire connaissance. Il y avait Bertille, très vite surnommée « La Grosse Bertille » par les trois amies qui savaient parfois se montrer mesquines. Cette jeune fille au physique peu avantageux, allait, au cours du voyage, s'avérer être beaucoup plus séductrice qu'elles ne l'auraient imaginé.

Il y aurait aussi l'exubérante Astrid et l'épouvantable Marie.

Elles avaient acheté leurs billets dans une agence de voyages spécialisée dans les tarifs au rabais pour les étudiants. Leur trajet, en ce 30 Avril, allait réellement démarrer à l'arrivée du train à Montparnasse. Là, elles prendraient une navette pour se rendre à Orly d'où leur vol Iberia partirait à 18:40 en direction de Madrid. Une heure plus tard, c'est à bord d'un avion de la compagnie Air Comète qu'elles prendraient leur envol pour la capitale du Pérou.

La première partie du voyage se passa sans problème, malgré les airs agacés des passagers qui semblaient trouver le groupe de quatorze filles trop bruyant. Après avoir pris quelques photos de leur arrivée à Montparnasse puis erré à travers la gare pour prendre leur navette, elles arrivèrent à Orly aux alentours de 14:00. Dans deux heures, elles pourraient démarrer l'embarquement.

Accompagnées de Natacha et Martine, elles trouvèrent une sandwicherie dans le terminal pour enfin pouvoir se sustenter.

Elles n'avaient rien avalé depuis des heures et leurs casse-croûte furent accueillis aussi dignement que des repas étoilés.

Elle se promenèrent dans les boutiques de l'aéroport et enfin, leur numéro de vol s'afficha sur les écrans d'information. Elles se mirent à faire la queue, en silence, réalisant soudain que ce voyage au bout du monde, qui les avait fait rêver depuis des mois, allait se concrétiser au moment où leurs bagages s'éloigneraient sur le tapis roulant noir.

Émilie, à la suite de ses amies, s'avança tranquillement pour le contrôle de sécurité. Elle déposa son bagage à main et son sac à tire-bouchon dans un bac en plastique qui partit automatiquement dans le scanner. Tandis qu'elle s'avançait tranquillement sous le portique, une sonnerie retentit. Émilie, rouge de honte, attendit qu'une femme du service de sécurité arrive et démarre une fouille corporelle. Ses amies, surexcitées, sifflaient, applaudissaient, tandis qu'elle devait se dépouiller de sa ceinture, de ses chaussures, les mains toutes tremblantes de se retrouver ainsi au centre de l'attention. On la laissa passer mais au moment de récupérer ses affaires, l'agent qui s'était occupé de les scanner lui annonça qu'elle ne pouvait pas embarquer avec un objet pointu. Son tire-bouchon était refusé.

Était-ce la fatigue ou bien les nerfs qui tombaient ? Elle l'ignorait mais elle se mit en colère, les larmes aux yeux pour récupérer son tire-bouchon. Ses amies essayaient de lui dire de laisser l'objet du drame. Mais elle ne céda pas et obtint qu'il parte en soute avec le reste des bagages.

Elle rejoint le reste du groupe, écarlate. Elle se demanda si ce refus de laisser cet objet si banal avait un lien avec le fait d'avoir déjà dû laisser celui qu'elle aimait et ses parents. Elle avait choisi de partir au Pérou, et de quitter sa famille. En revanche, même si elle tentait de faire bonne figure, elle subissait totalement sa rupture avec Benoît, et c'était impossible à accepter. Donc non, elle ne laisserait plus personne lui enlever de force quoi que ce soit. Elle se battrait, pour son tire-bouchon, pour ses amours… elle serait une femme forte.

Loin de se douter de la tragédie intérieure de leur amie, les filles la taquinèrent jusqu'à leur montée dans l'avion. C'était parti pour deux heures de vol jusqu'à Madrid.

Une fois à l'aéroport de Madrid, Émilie faillit manquer la correspondance pour Lima car elle devait impérativement récupérer son tire-bouchon pour le glisser dans ses bagages et ré-enregistrer le tout. Clara immortalisa la scène avec son appareil photo, hilare : Émilie mettant son tire-bouchon non sans mal dans sa valise.

Chacune envoya des messages à ses parents pour les rassurer et leur signaler que leur départ de Madrid approchait. Émilie s'isola et ne put s'empêcher d'adresser un texto à Benoît. C'était plus fort qu'elle, presque viscéral, il fallait qu'elle ait de ses nouvelles avant de partir :

« On est à Madrid, le vol pour Lima part dans une heure. Tu me manques déjà ». Elle relut le message à plusieurs reprises, le corrigea, hésita… et finalement, elle appuya sur « envoyer ».

Quelques secondes plus tard elle reçut « Tu me manques aussi. Je t'aimerai toujours ».

« Pourquoi tu me quittes alors ? »

« Émilie… »

« :'(»

« Vis ce que tu as à vivre là-bas. »

« Sans toi, c'est différent »

« Profite. Maintenant, je vais bloquer ton numéro. Ça sera mieux pour nous deux… Bon voyage ma belle, et amuse-toi ! »

Elle ravala le sanglot qui était en train de monter, essuya rapidement ses yeux et monta dans l'avion, la mort dans l'âme.

Treize heures plus tard, les roues de l'avion entrèrent en contact avec le sol péruvien.

Une nouvelle page de leur vie allait s'écrire.

II

Les yeux étaient fatigués mais l'excitation se lisait sur les visages des jeunes filles qui, après avoir récupéré bagages et tire-bouchon s'apprêtaient à passer les immenses portes vitrées de l'aéroport Jorge Chavez à Lima.

Il faisait encore nuit, cela donnait aux voyageuses une impression à la limite du surréalisme. Elles attendaient sur le parvis que la navette envoyée par leur auberge de jeunesse vienne les chercher. Chacune surveillait sa valise avec inquiétude et serrait son bagage à main bien précautionneusement contre elle. On les avait prévenues que les *pickpocket* étaient nombreux et que la population européenne, réputée aisée, pouvait être une proie facile. Pas de signes extérieurs de richesse ! Aussi avaient-elles laissé bijoux précieux et affaires de valeur bien à l'abri chez elles, en France.

Elles furent d'abord saisies par cette chaleur un peu moite qui rendait l'atmosphère ambiante lourde. Une odeur de terre mouillée vint envahir leurs narines. Cette première bouffée d'air extérieur, ce mélange d'humus, d'eau et d'herbe coupée serait un souvenir ancré au fin fond de leurs sens. Ça sentait le voyage, l'aventure, la jeunesse…

De nombreux taxis, jaunes pour la plupart, patientaient devant l'entrée, à la recherche de touristes pressés de rentrer se reposer dans leurs chambres d'hôtel climatisées.

Un combi blanc, couvert de poussière, laissant échapper du reggae, toutes vitres ouvertes, s'approcha tranquillement. Le chauffeur, la vingtaine, une touffe de cheveux impressionnante sur la tête les apostropha.

Il avait pour consigne de passer chercher un groupe de jeunes Françaises. Pas de doute, c'était bien elles ! Ça le changeait des retraités allemands qu'il trimballait habituellement vers de luxueux hôtels.

C'est avec un grand sourire et avec des paroles qu'aucune d'entre elles ne saisit qu'il gara le véhicule.

Il chargea tranquillement la quinzaine de valises sur le toit dans un équilibre plus que douteux, fixa le tout grâce à des tendeurs, et l'équipe prit la route, en musique.

Le soleil commençait à étirer ses rayons sur Lima. L'effervescence du petit matin démarrait. Ici, une échoppe ouvrait son rideau de fer, là, une femme de ménage en robe bleu marine et tablier blanc vidait un seau d'eau savonneuse dans le caniveau. De grandes demeures laissaient la lumière pénétrer par des fenêtres s'ouvrant timidement. Sur les trottoirs, on croisait des enfants, en uniformes, cartables sur le dos, qui se rendaient à l'école. Quelques immeubles bas ne dépassant pas les trois étages, peints de couleurs vives, étaient encerclés de barreaux pour éviter les intrusions. Des habitations, elles aussi comme prisonnières de leurs cages de protection semblaient s'éveiller tranquillement. Les jardiniers profitaient de la fraîcheur, toute relative, pour arroser abondamment palmiers, bananiers et pelouses. Le facteur, déjà en nage sur son vélo, distribuait journaux et colis. Lima s'animait, sous les regards subjugués des jeunes filles. Elles traversèrent ainsi plusieurs zones résidentielles. Le combi finit par se stationner devant un bâtiment, lui aussi protégé par des barreaux. Il déchargea les bagages et les salua, toujours le sourire aux lèvres, avant de repartir en musique.

Le réceptionniste de l'auberge de jeunesse vint les accueillir. Il leur ouvrit le portail et les guida à l'intérieur de l'établissement, dont la décoration intérieure, très colorée, tranchait avec l'aspect un peu austère des sécurités extérieures. De grandes ouvertures qui assuraient lumière et aération, donnaient sur un patio verdoyant où pénétrait, timidement, la lumière du soleil levant. Elles furent accompagnées dans leurs chambres.

Elles y resteraient uniquement pour la journée car le soir même, elles prendraient la route pour leur destination finale : Arequipa, dans le sud du pays.

Elles avaient réservé des billets dans un autocar qui assurerait la liaison de nuit. En Amérique latine, ce type de transport était très répandu, alliant économie et confort. Sièges inclinables, télévision, repas à bord, c'était comme voyager en avion, les ailes en moins.

Tour à tour, elles purent aller sur l'unique ordinateur de l'auberge pour envoyer, rapidement, quelques nouvelles à leurs proches. Puis, après avoir acheté des barquettes de frites, elles s'étalèrent sur leurs lits, épuisées. Elles dormirent d'un sommeil profond. Le voyage depuis Paris avait duré presque dix-huit heures. Elles avaient toutes peu dormi la nuit d'avant. L'épuisement avait très rapidement eu raison d'elles. C'est seulement dix heures plus tard qu'elles ouvrirent les yeux et profitèrent d'une douche revigorante à l'eau froide. Pas très agréable, mais efficace pour sortir de sa léthargie.

Elles visiteraient Lima au retour, dans deux mois.

Elles avaient pris soin, en arrivant, de réserver une navette qui les emmènerait à la gare routière pour rejoindre Arequipa.

La nuit de voyage fut longue. Le car de la compagnie Cruz del Sur était plein, pas une seule place libre sur les deux étages du bolide à l'aspect futuriste. Vitres teintées, lumières bleues à l'intérieur, sièges larges et confortables, on était loin des petits autocars utilisés pour les courts trajets en France. On leur servit de l'Inca Cola, un soda local au goût très sucré et aux arômes de bubble gum de couleur rose fluo. C'était le premier mets typique qu'elles goûtaient mais elles ne furent pas convaincues par cette expérience gustative.

Elles dégustèrent du poulet et du riz pendant le trajet mais malgré la fatigue, il leur fut très difficile de fermer l'œil. L'angoisse de se faire voler leurs papiers dans un moment d'inattention, de rater leur arrêt ou bien simplement la curiosité d'observer les villes traversées de nuit furent autant d'obstacles les empêchant de trouver le sommeil.

Leurs familles d'accueil devaient venir les chercher à la gare routière d'Arequipa au petit matin. Clara serait d'abord logée chez la famille Sanchez. Sa correspondante, Viviana, était beaucoup plus jeune, elle avait seulement quinze ans. C'est tout ce qu'elle savait de ceux chez qui elle démarrerait son séjour.

Émilie, elle, serait logée dans la famille d'une jeune fille nommée Liliana.

Vanessa irait dans la famille d'une femme nommée Janie et ses enfants. Elle était une amie de Popo et organisait depuis près de douze ans les échanges entre le Pérou et la France. Ses enfants, Lucia et Alonzo étaient tous deux étudiants.

Martine serait hébergée dans la famille de Jorge, surnommé Coco. Elle le connaissait car elle l'avait logé pendant deux semaines l'hiver précédent.

Enfin, Natacha passerait son début de séjour dans la famille d'une adolescente, Alejandra, qui était manifestement dans la même classe que la correspondante de Clara.

*****

Quand, enfin, l'autocar ralentit, le jour commençait à se lever. Deux levers de soleil dans deux villes différentes, à vingt-quatre heures d'intervalle.

Arequipa, seconde ville du Pérou en nombre d'habitants, s'étendait à plus de 2 300 mètres d'altitude au pied d'un volcan, le Mont Misti.

Le car avait grimpé, tranquillement pendant une bonne partie de la nuit, longeant de profonds ravins, alternant entre grands espaces désertiques, villes et villages.

Lorsque le panneau Arequipa fut dépassé, une vague d'émotion s'empara d'Émilie. Cette fois, elle y était. Elle avait pourtant connu des obstacles pour pouvoir y venir.

Tout d'abord ce refus arbitraire de l'équipe enseignante, puis Benoît… en pensant à lui, sa gorge se serra. Elle aurait abandonné son stage s'il lui avait demandé de rester avec lui en France. Elle aurait tout fait pour lui, pour rester à ses côtés, mais il n'avait pas voulu entraver les projets qu'elle avait. Il l'avait, au contraire, encouragée à mettre les voiles. Puis il y avait eu cette rupture, si franche, si froide et amère. Il lui faudrait du temps pour se remettre, si toutefois elle s'en remettait un jour. La veille, quand Benoît lui avait dit qu'il allait bloquer son numéro pour leur bien à tous les deux, son cœur, déjà brisé, avait littéralement volé en éclats. C'était sans appel, ils ne resteraient donc même pas en contact. Passer de tout à rien…

Malgré tout, elle était là. Brisée, certes, mais debout, prête à profiter de ce voyage pour se reconstruire et vivre de nouvelles expériences.

Le car pénétra dans la gare routière, poussiéreuse et bondée de voyageurs, certains embarquant à bord d'immenses engins, pour certainement de longues heures de voyage, d'autres débarquant les mines fatiguées mais le sourire aux lèvres. Il y avait des accolades, des au-revoir, des poignées de mains et des baisers langoureux. De la joie, de la tristesse, du soulagement… les lieux grouillaient d'émotions autant que de personnes.

Elles descendirent du bus, une à une, guettant un visage familier ou un écriteau leur indiquant où se rendre. Elles allaient se retrouver séparées pour la première fois en quarante-huit heures. Chacune partirait passer sa première nuit dans des lieux inconnus.

Clara, la première, vit son prénom écrit sur un morceau de carton. Une petite femme d'une cinquantaine d'années, bien en chair et le sourire aux lèvres l'attendait.

Elle l'accueillit à bras ouverts et lui expliqua qu'elles allaient prendre un taxi pour rentrer car elle n'avait pas de voiture. Clara fut agréablement surprise de comprendre ce que cette dame lui disait.

Après avoir salué ses amies, qui elles aussi avaient toutes été réceptionnées par leurs familles, Clara embarqua à la suite de Roberta, sa mère d'accueil, dans le taxi.

Elles roulèrent une vingtaine de minutes, Clara ayant beaucoup de mal à comprendre son interlocutrice, se sentit soudainement très seule. Il allait falloir qu'elle progresse vite pour pouvoir s'intégrer au sein de cette famille qui ne parlait pas un mot de français.

Le taxi traversa une zone à flanc de collines où la route, transformée en une piste sinueuse et poussiéreuse, traversa ce que Clara pensait être un bidonville. De petites baraques en tôles peintes, de chaque côté de la route avec ça et là des parpaings pour renforcer ces constructions de fortune. Clara serra son sac contre elle. Elle n'était pas rassurée. Jamais confrontée à la pauvreté lors des voyages qu'elle avait pu effectuer par le passé, elle ressentait un mélange de crainte et d'empathie pour ces gens qui avaient si peu.

Le taxi s'arrêta. Elle eut peur de comprendre. Ce bidonville était en réalité un quartier populaire d'Arequipa, Hunter, et c'est là qu'elle serait logée. Totalement perplexe, elle suivit en silence Roberta dans sa modeste maison.

Elle pénétra dans l'entrée et fut accueillie par une jolie jeune fille aux longs cheveux noirs qui se présenta comme étant Viviana. Derrière elle, sa sœur Maria devait avoir une douzaine d'années et semblait très intimidée par la présence de cette étrangère dans son domicile.

Enfin, Hector, le père, peu loquace vint l'accueillir d'une franche poignée de main. On lui fit visiter les lieux, une petite cuisine sur terre battue, des sanitaires où Clara constata la présence d'une immense poubelle noire, remplie d'eau dans le bac faisant office de baignoire. Au pied des toilettes, un seau d'eau. *Bizarre…*

On lui montra sa chambre. Un petit espace mais elle avait la chance d'avoir un grand lit qui avait été préparé avec soin.

Elle s'amusa de voir de nombreuses images religieuses d'un autre temps, dont une encadrée, représentant un Christ auréolé, vêtu d'une toge blanche et tenant dans sa main droite un Sacré Cœur rouge vif et couronné, le tout sur un fond bleu criard. Décidément, il faudrait qu'elle s'y fasse. Ce Jésus un peu rococo semblait l'observer, où qu'elle soit dans cette petite pièce. Son attention fut attirée par des bruits étranges venant de derrière sa fenêtre. Des sortes de roucoulements. En sortant de sa chambre, on lui fit visiter la petite cour située à l'extérieur et faisant office de jardin. Elle vit que des clapiers habités par des coqs se trouvaient juste sous sa fenêtre. Hector, pas peu fier de son élevage, lui expliqua que les pauvres bêtes étaient utilisées dans des combats de coqs, une discipline très populaire dans le pays.

Elle sourit par politesse mais intérieurement, elle était horrifiée que cette cruauté soit encore tolérée. Au fond de la cour, un gros évier en pierre pour faire la lessive à la main. Un véritable saut dans le temps pour la jeune Française accro aux technologies qu'elle était. Il y avait un escalier longeant le mur en parpaing gris de la maison. Hector lui expliqua qu'elle ne devait jamais y monter car il y avait des chiens sur le toit plat. Clara entendit souvent des aboiements mais n'eut jamais le fin mot de l'histoire.

On lui proposa d'aller se reposer un peu, ce qu'elle accepta bien volontiers. Elle ferma la porte, tira les rideaux et s'effondra sur le lit, en pleurs.

Un trop plein d'émotions mêlé à une fatigue physique et morale. Elle enfouit sa tête dans son oreiller pour dissimuler le torrent de sanglots qui s'échappait. Tout lui revint de plein fouet, son grand amour avec Jean-Gé, cette violence, cette rupture, et maintenant ce pays, cette maison étrange, ce Jésus qui l'observait… la coupe était pleine et il lui fallait évacuer tous ses sentiments intenses. Elle avait vécu dans le déni depuis près d'une semaine, ayant quitté celui qu'elle avait aimé de toutes ses forces et qu'elle aimait toujours. Elle avait presque réussi à se convaincre qu'il était fou et que cette séparation était la meilleure solution.

Elle avait fait bonne figure pour rassurer ses amies, ses parents… mais en réalité, la douleur qu'elle ressentait, au plus profond de ses tripes semblait de plus en plus intense. Il lui manquait tant. Sa voix, son odeur, sa peau… sa façon de l'enlacer le soir lorsqu'ils s'endormaient. Comment cet être qu'elle avait adoré avait-il pu se révéler être le monstre qu'il était devenu ? Et maintenant, plus de douze mille kilomètres les séparaient, et comme un drogué à qui l'on retire subitement sa dose, le manque se faisait sentir, violent et cru. C'est dans cet état de souffrance et de solitude qu'elle s'endormit.

III

Vanessa venait de passer sa première nuit chez Janie, Alonzo et Lucia. Cette famille l'avait accueillie si chaleureusement qu'elle s'était immédiatement sentie bien, comme si elle était chez elle. Loin de Hunter et de ses tôles, c'est dans les beaux quartiers que la maison moderne où elle avait posé ses valises se trouvait. Sa famille, de par ses relations étroites avec Popo, s'exprimait dans un Français impeccable, ce qui avait permis à Vanessa, dès son arrivée, de poser toutes les questions qu'elle avait en tête.

La veille, ils étaient venus la chercher tous ensemble en voiture et avaient fait un détour rapide par le centre-ville pour lui montrer où se trouvait l'agence de voyages où elle démarrerait son stage le lendemain. Elle avait pu admirer la Plaza de Armas, somptueuse oasis de fraîcheur faisant face à la cathédrale d'Arequipa, construite en silar, une pierre blanche calcaire typique des lieux. La superbe fontaine située au centre de la place envoyait des jets d'eau en hauteur, sous les yeux des quelques touristes ébahis. Des carrés de pelouse d'un vert tendre habillaient l'esplanade. Des bancs, à l'ombre de nombreux palmiers hauts de plusieurs mètres, permettaient d'admirer l'ensemble.

Vanessa avait eu un coup de foudre immédiat pour cet endroit central qui était le lieu de rendez-vous fétiche des locaux et aussi des touristes. Les hauts bâtiments blancs de style colonial qui encadraient la place proposaient tous les services nécessaires au bon déroulement d'un séjour : banques, agences de voyages, locations de voitures, tout y était.

Elle était vraiment heureuse et soulagée d'être tombée dans une famille si amicale. Elle avait ressenti une appréhension en descendant de l'autocar car aller vivre chez de parfaits inconnus n'est pas chose aisée.

Ce matin, elle se sentait beaucoup plus reposée et détendue que la veille. Elle avait même pu prendre un bain bien chaud dans la belle salle de bains en marbre. Même à la Cité universitaire, elle ne pouvait pas.

Elle avait donc vraiment apprécié ce petit luxe ! La famille possédait un ordinateur connecté à Internet. Elle avait pu communiquer longuement avec son Guillaume par messagerie instantanée. Ce dernier avait été soulagé de savoir sa belle dans un quartier sûr et dans une famille sérieuse. Ils étaient habitués à vivre leur relation à distance et avaient, comme tous les couples, leurs habitudes et leur routine. Les échanges de messages le matin, les coups de fil interminables le soir, souvent des sessions de webcam sur MSN. Leur relation était parfaitement orchestrée, mais avec le départ au Pérou, il allait falloir trouver une nouvelle organisation, le décalage horaire n'aidant pas. Et la surtaxe sur les sms n'était pas non plus négligeable. Vanessa espérait de tout cœur qu'ils parviendraient à s'organiser et que le voyage n'aurait pas de conséquences sur son couple.

Elle prenait un bol de café bien chaud dans la cuisine, avec un jus de mangue fraîchement préparé par Allegria, la femme de ménage de la famille. Lucia était allée chercher du pain dans la petite boulangerie française située de l'autre côté de la rue. C'était presque une vraie baguette. La croûte n'était pas aussi dorée que la spécialité française et elle était beaucoup moins croustillante mais Vanessa apprécia beaucoup le geste. Elle étala du beurre doux *pourquoi le reste du monde ne connaissait-il pas le beurre demi-sel ?* sur sa tartine et croqua avidement dedans. Cette journée et dans l'ensemble son séjour démarraient plutôt bien ! Lucia lui avait recommandé de prendre un taxi pour se rendre sur son lieu de stage. Ils étaient peu onéreux et elle serait plus tranquille. Elle sortit donc de la maison avec un gros pull.

Les matinées étaient très fraîches et les après-midis très chauds dans la région. Dans son sac à main, quelques soles (la monnaie locale) pour payer son taxi, son portable, une bouteille d'eau et un petit cahier à spirales dans lequel elle pourrait prendre des notes. *Allez hop ! C'est parti !*

Le taxi réservé au préalable par Lucia arriva en klaxonnant joyeusement devant la maison. Elle grimpa dedans et après avoir salué le chauffeur, elle lui tendit un papier avec l'adresse de son agence de voyages, Arequipa Tours. Après quelques minutes de trajet, le taxi ralentit et déposa la jeune fille devant une agence de voyages à la devanture vitrée où étaient affichées les diverses offres de circuits proposés aux touristes. Elle poussa timidement la porte et fut accueillie par un homme d'une quarantaine d'années en costume bleu marine. Le teint hâlé, une crinière brune maintenue en arrière par du gel, rasé de frais, il se présenta comme étant Eduardo Calvez, le directeur de l'agence. Il était ravi de l'accueillir et comptait sur elle pour accueillir au mieux la clientèle internationale, traduire et mettre en page les programmes des différentes excursions… elle travaillerait du lundi au vendredi de 9:00 à 12:00 et de 13:00 à 16:00. Le ton était donné, elle n'était pas là pour se la couler douce mais pour bosser !

Un peu surprise par cet accueil très formel, elle alla se présenter à sa nouvelle collègue, Lola, une femme peu souriante à qui elle fut incapable de donner un âge et qui ne sembla guère s'émouvoir de l'arrivée de la petite Française au sein de son agence. Un peu perdue, Vanessa alla s'asseoir derrière le bureau qu'el Senior Calvez lui avait indiqué et commença laborieusement à traduire les documents qui avaient été posés sur son bureau. Elle avait hâte de retrouver ses amies sur la Place d'armes à midi pour avoir leurs premières impressions. De son côté, elle était un peu déçue par cet accueil. Elle qui était de nature sociable et bavarde se dit que les deux mois allaient être bien longs. Elle envoya un petit SMS à Guillaume pour lui raconter, en 160 caractères, son début de journée. Il lui manquait encore plus que d'habitude, et c'est en pensant à lui, les larmes aux yeux, qu'elle continua sa traduction en Français du document intitulé « Una noche en el Colca Canyon ».

Émilie s'était éveillée après sa première nuit dans sa nouvelle maison. Liliana, surnommée Lili, avait dix-huit ans et était venue la chercher à la gare routière la veille dans une petite voiture. Émilie avait craint de ne pas pouvoir y caser sa valise mais finalement, après quelques manipulations, elle était passée dans le coffre. Liliana vivait avec ses parents et allait à l'Université d'Arequipa où elle étudiait le Français. Elle vivait dans un appartement situé à seulement cinq minutes à pieds de Viva Tours, le lieu de stage. L'appartement était situé au troisième étage d'un élégant immeuble en pierre blanche. De grandes fenêtres inondaient les lieux de lumière. Deux chambres et un bureau, spécialement aménagé en chambre pour Émilie, composaient les lieux. Une cuisine ouverte, une salle de bain, le tout sur un parquet de bonne facture, on se serait cru dans un immeuble haussmannien. L'aspect parisien de son nouveau lieu de vie avait rassuré la jeune fille qui avait craint de manquer de confort en arrivant au Pérou.

La famille de Lili lui avait réservé un accueil chaleureux et, après les quelques heures de sieste nécessaires, ils avaient été se balader dans les rues de la vieille ville. Elle avait été séduite immédiatement par ce mélange de hautes façades blanches et de murs colorés, peints en orange, en bleu cyan ou même en rose. Ils étaient passé à proximité du couvent Santa Catalina qui se trouvait face à l'agence Santa Catalina Tours où son amie Clara allait effectuer son stage. Sa famille lui avait dit de visiter ce couvent avec ses amies.

C'était l'un des lieux à voir absolument lors d'un séjour à Arequipa. Puis, empruntant une petite rue pavée, ils avaient dépassé une crêperie qui exhibait fièrement un drapeau breton à la fenêtre. Émilie ne put s'empêcher de sourire en voyant ce drapeau rayé noir et blanc lui rappelant ses origines et cette omniprésence de sa Bretagne natale dans chaque coin du globe. Elle fut ravie de parler de sa région à sa famille d'accueil et se promit de les inviter à déjeuner à la crêperie pendant son séjour. La petite rue débouchait sur la place d'Armes. Émilie fut, comme Vanessa, totalement sous le charme des lieux. Un havre de paix.

Elle pensa à Benoît et aux photos incroyables qu'il aurait pu prendre, captant les rayons du soleil à travers les jets puissants de la fontaine. En traversant la place, elle vit un jeune homme qui la fixait des yeux, sans bouger. Un bonnet gris vissé sur la tête, le teint plutôt pâle pour un Péruvien, il semblait venir d'ailleurs. Lili lui dit que son surnom était « El Loco » le fou de la place. Il y passait ses journées, statique, à observer la foule des touristes. Émilie frissonna, cet inquiétant personnage lui fichait la chair de poule.

Ils avaient ensuite pris un taxi et étaient allés sur les hauteurs d'Arequipa dans un mirador pour admirer le Mont Misti, majestueux, le sommet encore enneigé, qui veillait sur la ville. Elle se sentait si bien dans cette ville, dans ce pays. Malgré cette douleur de la rupture, le soleil et l'architecture de la ville l'apaisaient sans qu'elle ne parvienne à expliquer pourquoi. Elle avait cette sensation d'être à un carrefour décisif de sa vie.

*****

Elle venait de terminer son copieux petit déjeuner composé de fruits frais, de thé et de galettes de blé au Nutella. Lili s'assura qu'elle avait bien compris comment se rendre à son agence de voyages.

Puis, prenant une grande inspiration, Émilie descendit les escaliers de bois qui menaient à la sortie de son immeuble. Premiers instants passés seule depuis des jours. Elle huma l'air du petit matin, empli d'humidité, de fraîcheur et d'inconnu. Elle avait noté les indications de Lili sur un papier, et en les suivant bien scrupuleusement, elle arriva, par des petites rues pavées, sur son lieu de stage. Une femme vint l'accueillir, la cinquantaine, les cheveux décolorés et dodue. Elle s'appelait Natasha et gérait l'agence. Elle présenta Émilie à ses deux salariées et lui expliqua qu'elle serait en charge des réservations hôtelières pour les groupes, ainsi que des autocars pour les excursions. Elle travaillerait cinq jours sur sept, de 08:00 à 18:00 avec une heure de pause méridienne à sa convenance.

Beaucoup de travail en perspective mais l'ambiance avait l'air sympa et elle crut comprendre qu'elle serait amenée à accompagner des groupes lorsque l'occasion se présenterait. Ça ferait un gros plus sur son rapport de stage qui avait un coefficient important sur son examen final. Elle se mit donc au travail, supervisée par Natasha.

Clara s'éveilla elle aussi dans sa petite chambre. Ce ne fut pas l'alarme de son téléphone qui la tira des bras de Morphée mais le cocorico des volatiles qui étaient stockés comme du mobilier de jardin sous sa fenêtre. Il lui fallut quelques minutes pour comprendre où elle se trouvait. Elle ouvrit timidement la porte de sa chambre et aperçut Roberta qui s'affairait dans la cuisine d'où des odeurs de nourriture s'échappaient. Elle avait toujours envie de pleurer mais voulait faire bonne figure et entra dans la pièce avec un grand sourire forcé. Elle avait été bien accueillie et la générosité de cette famille lui allait droit au cœur. Ces gens partageaient le peu qu'ils avaient avec elle, il fallait qu'elle garde ça en tête.

Mais c'était peut-être la goutte d'eau qui avait fait déborder un vase d'émotions déjà bien rempli. Roberta lui rendit son sourire et lui servit un bol de bouillon de poulet. Clara, bien que très surprise de cet étonnant menu au petit-déjeuner, la remercia et avala son bol. La chaleur du liquide avait quelque chose de réconfortant. La mère de famille lui apporta ensuite un jus orange, épais. Clara pensa qu'il s'agissait d'un jus d'orange mais lorsque le liquide entra en contact avec ses papilles, elle fut prise d'un haut le cœur. Puis l'odeur de ce curieux mélange vint lui chatouiller les narines, piquant et acide… ça sentait le vomi. Clara essaya de dissimuler la grimace de dégoût qui avait remplacé son sourire. Elle avala d'une traite le breuvage, sans respirer, sans réfléchir, sous l'œil attentif de Roberta. Elle osa demander :

— Que es eso ? *Qu'est-ce que c'est ?*

— Jugo de papaya. Rico, mmmh ? *Jus de papaye. C'est* bon*, hein ?*

Clara leva le pouce en l'air, pour ne pas vexer son hôtesse qui avait manifestement pressé elle-même les fruits frais. *Je crois que je n'ai jamais rien bu d'aussi dégueulasse… pourvu qu'elle ne m'en prépare pas tous les matins…* À cette pensée, elle sentit un fou rire monter. Elle aurait au moins un truc drôle à raconter à ses copines ce midi. Après avoir débarrassé son bol et son verre, elle demanda à Roberta si elle pouvait utiliser la salle de bains.

Clara observa attentivement les toilettes et le seau d'eau à côté. À tous les coups, il n'y avait pas de chasse d'eau… *Génial…*

Elle se déshabilla et mit un pied dans la baignoire. Pleine d'espoir, elle tourna le robinet rouge mais au bout de cinq minutes, elle comprit que l'eau chaude n'arriverait pas. C'est donc après une douche glacée et sans pression qu'elle se sécha, s'habilla et aperçut Viviana en sortant.

Elle lui demanda comment se rendre sur son lieu de stage, et elle lui répondit simplement « Combi, siguémé » *« En combi. Suis-moi »*.

Clara attrapa son sac, enfila ses Converse et suivit sa correspondante à travers les rues poussiéreuses de Hunter. Elle vit Viviana gesticuler en direction d'un vieux combi qui s'approchait, toutes portes ouvertes et déjà rempli de plus d'une dizaine de personnes. Viviana s'y engouffra après avoir crié quelque chose au chauffeur. Clara s'installa à côté d'elle, à moitié assise sur les genoux d'un vieil homme qui transportait par les pattes une petite poule blanche, aussi désemparée qu'elle. Le combi traversa le quartier, se remplissant de plus en plus, puis se vidant, sans explications particulières. Viviana, sans prévenir, sauta et fit signe à Clara de rester à l'intérieur. Totalement perdue, elle n'avait d'autre choix que de rester dans le véhicule et d'attendre. Le combi traversa un petit pont et sembla arriver vers le centre-ville où les gens descendaient de plus en plus. Finalement, après quelques minutes de trajet sur des pavés dans des rues très colorées, le véhicule s'immobilisa sur une superbe place. Le chauffeur se tourna vers elle et lui fit signe qu'elle devait sortir et lui indiqua une rue derrière elle « Calle Santa Catalina ». *C'est la rue de mon agence ! Je suis sauvée !*

*****

Après avoir laissé un billet de dix soles au chauffeur qui parut satisfait, elle lui fit un petit signe, prit une grande inspiration, puis se laissa quelques minutes pour admirer les lieux. La place était incroyablement belle. Le soleil touchait les jets des fontaines de ses rayons encore pâles et créait ainsi une myriade de petits arcs-en-ciel. Elle observa ensuite l'édifice blanc, majestueux, qui surplombait les lieux.

Elle s'approcha et quand la porte s'entrouvrit au passage d'une religieuse, elle comprit qu'il s'agissait d'une église. Elle poussa la porte et s'amusa de cette odeur humide et poussiéreuse mêlant des fragrances de cire et d'encens que l'on retrouvait dans toutes les églises du monde.

L'intérieur était aussi blanc que l'extérieur. Les plafonds étaient composés de petites voûtes reposant sur d'immenses piliers. Le sol, en marbre blanc et vert était si lisse qu'il devait être glissant. Elle marcha en silence, absorbant la paix qui régnait dans ces lieux et dont elle avait tant besoin. Elle aperçut une statue de la Vierge et décida d'aller prier quelques instants, c'était une nécessité. Elle mit une pièce dans le tronc, prit un cierge qu'elle déposa aux pieds de Marie et eut un mouvement de recul en levant la tête. La statue avait des cheveux. Des cheveux et des vêtements en tissu. Comme une immense poupée. Clara n'avait jamais rien vu de tel, c'était aussi kitch qu'effrayant. Elle resta toutefois, en évitant le regard de cette étrange statue, et remercia le Ciel pour cette chance d'être là. Elle pria fort, aussi pour se remettre de sa rupture, bien que Dieu eût sûrement d'autres chats à fouetter que ses petites histoires de cœur. Elle se sentait plus légère. Elle était très croyante et aimait se réfugier, quand elle en ressentait le besoin, dans la prière. Elle ne parlait presque jamais de sa foi autour d'elle, peu de ses amies étaient au courant. C'était quelque chose de très intime qu'elle préférait garder pour elle, quelque chose qu'elle n'arrivait pas encore à assumer totalement.

Elle sortit de l'église, qui, à bien y réfléchir au vu de sa taille, était sans doute une cathédrale, tourna à gauche et remonta la petite rue pavée. Elle passa devant une crêperie, puis devant l'entrée d'un bâtiment où de nombreux touristes faisaient la queue. C'était, d'après le panneau, le couvent Santa Catalina. Juste en face, elle vit son lieu de stage : Santa Catalina Tours.

Une agence de voyages sans porte ni fenêtre, juste une grande ouverture donnant sur des tables. Elle y entra silencieusement et fut accueillie par un jeune homme qui devait avoir à peu près son âge. Il s'appelait Abelardo et travaillait dans l'agence. Il lui confia ne pas savoir précisément ce qu'elle aurait à faire en stage. Il lui faudrait attendre que la *Señora Ruth* arrive pour lui expliquer. Il lui proposa de s'asseoir et s'éloigna. Heureusement, Clara avait emporté *Le Procès* de Kafka. Elle démarra sa lecture, en attendant de trouver une occupation un peu plus professionnelle pour son stage.

IV

Le soleil brillait sur Arequipa quand les trois amies se retrouvèrent sur la Place d'Armes, si pressées de se raconter leurs premiers pas en solo dans leur vie péruvienne. Elles déambulèrent quelques minutes à la recherche d'un endroit où déjeuner et optèrent pour un petit restaurant dont la terrasse était couverte de bambou, apportant un peu d'ombre aux trois acolytes.

Entre fous rires et exclamations lors des différentes descriptions de leurs nouveaux logis, elles ne virent pas le temps passer. Elles furent rejointes par Natacha et Martine avec lesquelles elle venaient d'échanger quelques textos.

Martine était logée chez Jorge, dit Coco, et ses parents dans un quartier populaire de la ville. Natacha, quant à elle, s'était installée dans un quartier situé un peu avant Hunter, en périphérie et d'après ce que sa correspondante, Alejandra, lui avait expliqué, elle pourrait croiser Clara régulièrement car leur domicile était sur la route de son stage.

Les premières matinées de stage s'étaient globalement bien passées. Émilie et la Vuvu n'avaient pas vu le temps filer, croulant sous les dossiers. Clara avait pu lire presque quatre-vingt pages de son livre et avait passé la serpillère. Pour Natacha, le stage paraissait assez tranquille, sa présence n'était requise que le matin. Martine, elle, travaillait dans un bel hôtel en tant que réceptionniste et allait être très occupée.

*****

La première semaine fila ainsi, les unes totalement débordées, les autres un peu moins. Clara avait fini par décréter qu'elle n'irait dans son agence que le matin. Elle avait pour rôle de passer la serpillère et vider les poubelles.

Elle occupait ensuite son temps libre en lisant. Ce changement n'avait posé aucun problème à ses responsables de stage qui s'amusaient de la voir arriver chaque matin un peu plus tard, et repartir, chaque midi un peu plus tôt. Elle passait ses après-midi avec Natacha, découvrant la ville et ses environs.

Clara était en contact régulier avec Maru qui lui annonça qu'elle organisait une fête chez elle pour son anniversaire. Les filles y étaient, bien évidemment, les bienvenues et Clara tomba dans les bras de celle qu'elle considérait comme sa sœur péruvienne.

Maru accueillit les filles chaleureusement et s'empressa de présenter les « Petites Françaises » aux invités. Elle avait prévu de présenter Luis, son frère, à Clara qui, prête à tout pour oublier son Jean-Gé, avait décidé de tenter sa chance. Mais au cours de la soirée, elle avait échangé de nombreux regards avec un beau jeune homme qui devait avoir deux ou trois ans de plus qu'elle. Le Pisco Sour, un cocktail composé de Pisco, eau-de-vie issue de raisin et alcool typique du Pérou, coulait à flots et c'est dans une ambiance de plus en plus joyeuse et désinhibée que la soirée avançait. Clara avait bu plusieurs verres et parlait dans un Espagnol hasardeux à tous ceux qui passaient à proximité, prête à tout pour attirer l'attention de ce beau jeune homme qui ne la quittait pas des yeux depuis son arrivée. Natacha avait, elle aussi, quelques verres au compteur et flirtait avec un ami de la « cible » de Clara.

Émilie n'avait pas pu venir à cette soirée. Lili avait organisé un dîner chez elle pour la présenter à sa famille.

Vanessa, elle, était venue accompagnée de Lucia qui connaissait bien Maru. Elle avait passé une première semaine épuisante et, en ce vendredi soir, le mot d'ordre était de se détendre et de déguster le Pisco et toute autre boisson qui lui serait proposée. Vanessa observait Clara, amusée de voir son amie aussi détendue.

Cette dernière était assise sur le grand canapé aux côtés du garçon qu'elle avait repéré depuis le début de la soirée, tout sourire.

Vanessa s'approcha du canapé et découvrit avec surprise qu'ils se donnaient la main. Elle fit signe à Clara de venir la voir.

— Eh ben ça va ! La vie est belle !

— Rhoooo c'est toi qui m'as dit de m'amuser ! Il est canon !

— Grave ! Mais il sort d'où ?

— Aucune idée ! Ça doit être un pote de Maru !

— Il a un prénom ?

— Je suppose que oui ! Mais je ne lui ai pas demandé…

— Tu vas pas faire n'importe quoi, hein ?

— Non ma poule… t'en fais pas pour moi ! J'ai juste envie de m'amuser un peu et de plaire à autre chose qu'à un psychopathe… sa gorge se serra.

— Dis pas ça… tu veux que je garde un œil sur toi ? Car je pense que t'as un peu trop bu…

— T'es mignonne… je sais que je peux compter sur toi.

Clara serra son amie dans ses bras. À ce moment-là, Maru arriva et, dans un Français impeccable, s'adressa à Clara :

— Viens ma Clarita, je vais te présenter mon frère !

Avant d'avoir eu le temps de répondre, elle se retrouva main dans la main avec sa correspondante qui la trimballait à travers la pièce d'un air décidé. Et elle la planta devant son bel inconnu.

— Clarita, mi hermano Luis… Clara, voici mon frère, Luis…

— Luis, Clara…

Il lui sourit puis baissa les yeux.

— Maru, on a déjà fait connaissance… je ne savais pas que c'était ton frère…

— Il te plaît ? murmura Maru

— Oui… beaucoup…

Maru expliqua à Luis que Clara allait venir habiter chez eux dans une semaine et qu'elle passerait la nuit chez eux pour éviter de devoir rentrer à Hunter à une heure tardive.

Luis semblait satisfait que Clara soit la fameuse Française dont sa sœur lui parlait depuis des mois. Elle était à son goût et l'avoir sous le même toit pendant quelques semaines promettait un rapprochement inéluctable.

Clara décida de ne pas brûler les étapes avec le beau Luis et s'éclipsa discrètement de la pièce, à la recherche de Natacha qui avait disparu depuis un moment. Elle traversa la jolie cuisine moderne qui débouchait sur un petit patio et tomba sur Natacha qui embrassait fougueusement l'ami de Luis. Amusée, elle retourna dans la cuisine en se disant que Natacha semblait bien décidée à profiter de sa première fête.

Vanessa observa plus attentivement Luis afin de valider le choix de son amie. Il était effectivement plutôt agréable à regarder. Il ressemblait beaucoup à sa sœur, Mère nature avait gâté les enfants de cette famille : grand, bien bâti, le teint hâlé, une mâchoire carrée, il avait les caractéristiques typiques du beau Latino. D'épais cheveux châtains, un nez fin, les lèvres bien dessinées et des yeux de braise, Luis devait à coup sûr plaire à la gente féminine, tout comme Pedro, son ami qui ne quittait plus Natacha. Décidément, cette soirée prenait une tournure inattendue.

Ce n'est que tard dans la nuit que Vanessa reprit un taxi avec Lucia pour rentrer. Clara dormit sur un lit de camp à côté de Maru après de nombreux échanges de regards et de sourires avec le beau Luis qui lui avait même écrit un mot sur un morceau de papier. Il lui disait qu'il était très heureux qu'elle vienne habiter chez eux, qu'il avait hâte de la connaître plus et qu'il la trouvait très jolie. Maru avait joué les messagères avant de se coucher. C'est le sourire aux lèvres et sentant les perspectives multiples de bons moments qui s'offraient à elle que Clara s'endormit.

Natacha, elle, eu beaucoup de mal à se séparer de Pedro pour rentrer dormir chez Alejandra. Non seulement elle n'avait absolument aucune affinité avec cette dernière mais surtout, elle se sentait terriblement bien avec ce si beau garçon. Elle était attirée par lui comme un papillon par la lumière.

Son sourire franc, ses jolies dents blanches, ses cheveux bouclés et ses beaux yeux bruns l'avaient fait chavirer. Elle n'avait pas ressenti ce vertige depuis très longtemps et serait volontiers repartie avec Pedro si ce dernier n'avait pas habité chez ses parents.

Ils avaient prévu de se revoir dès le lendemain soir, avec Luis, Maru et les autres dans les lieux prisés de la jeunesse dorée d'Arequipa. Elle était vraiment impatiente de le retrouver. Elle savait qu'une histoire sérieuse n'était pas à envisager sur le long terme, mais elle était là depuis cinq jours, il lui en restait encore une cinquantaine à vivre et elle avait prévu d'en profiter pleinement.

*****

Il était environ onze heures quand Maru ouvrit les yeux, s'étira et demanda tout bas à Clara si elle était réveillée. Quel bonheur d'avoir pu passer une bonne nuit, loin du bruit des poules et du portrait flippant du Christ !

Clara bailla, s'étira longuement et se mit en boule sous sa couette en souriant à son amie.

— Tu as bien dormi ma poulette ? lui demanda Maru.

— Oui, super bien ! et toi ?

— Oui… j'étais vraiment fatiguée ! Bon, tu m'expliques ce qu'il se passe avec Luis ?

— Il est vraiment bien ton frère… et il a l'air vraiment gentil !

— Je crois que tu lui plais beaucoup…

— C'est vrai ?

— Oui ! Il m'a dit qu'il avait hâte que tu viennes t'installer chez nous !

— Ça va être rigolo ! J'ai hâte de connaître ton petit frère aussi, et tes parents.

— Ils sont impatients de te connaître aussi ! On va déjeuner ?

— Oh oui ! la soirée m'a donné faim, j'ai beaucoup bu et peu mangé !

187

— Je crois que Luis est déjà debout !

— Il faut que je me fasse belle avant de descendre alors.

Les filles se levèrent et Clara apprécia sa première douche chaude de la semaine. La pression de l'eau et sa chaleur lui firent le plus grand bien. C'est propre et un peu stressée qu'elle rejoignit Maru et Luis dans la cuisine. Tous deux étaient attablés, elle regardait une telenovela et lui mangeait une tartine, le regard perdu dans le vide. Elle prit une grande inspiration et lança un « Hola » en s'efforçant d'avoir l'air naturelle et détendue. Luis leva la tête et lui sourit, elle lui fit deux bises, un peu mal à l'aise. L'un comme l'autre étaient beaucoup moins loquaces que la veille et chacun évita le regard de l'autre. Le garçon si sûr de lui en présence de ses copains et après plusieurs verres de Pisco Sour avait cédé la place à un autre, timide, presque introverti.

Elle l'observa à la dérobée, sous l'œil amusé de Maru, et le trouva aussi beau que lorsqu'elle l'avait quitté hier soir. Et son air effarouché de ce matin ajoutait encore à son charme. Elle nota des chatouillements presque imperceptibles dans son ventre, comme si les petits papillons de la période de séduction avec Jean-Gé étaient en train de revenir. Elle les avait pensé envolés pour toujours et se dit que finalement, tout espoir de se consoler avec un autre n'était pas perdu.

C'est à contre cœur que Clara prit un taxi pour retourner à Hunter. Ils avaient rendez-vous le soir sur la Place d'Armes à 20:00. Elle était impatiente de retrouver Émilie qui leur avait beaucoup manqué pendant la soirée. Ce soir, elle serait de la partie. Clara viendrait avec Viviana et Natacha avec Alejandra. Leurs correspondantes étant amies, elles auraient la paix et ne seraient pas obligées de leur faire la conversation.

Le temps prit un malin plaisir à passer lentement, particulièrement pour Natacha et Clara qui espéraient que la magie de leurs rencontres de la veille fasse encore effet. Mais, tandis que Clara rêvassait dans sa chambre, son téléphone vibra. Un texto.

En voyant le nom de l'expéditeur, elle ressentit comme une décharge dans tout son corps, puis des fourmillements dans ses jambes. Le cœur battant à tout rompre, les mains tremblantes, elle ouvrit le message. C'était lui. Enfin ! Elle n'avait cessé d'attendre de ses nouvelles et s'était fait violence, à de nombreuses reprises, pour ne pas lui écrire. Hier soir, pour la première fois depuis leur rupture, elle n'avait pas pensé à lui, et par une ironie du destin, il avait attendu qu'elle commence à se détacher un peu pour lui écrire.

« Ma Clara, j'espère que tu vas bien et que la vie au Pérou te plaît. Je n'ai pas voulu t'écrire avant car je sais que je t'ai blessée et j'espère que tu me pardonneras. Je pars avec Benoît faire de l'humanitaire cet été, j'espère qu'on pourra reprendre l'histoire là où on l'a laissée. Je t'aime, sois sage. Jean-Gé ».

C'était trop tard. Il lui avait fait assez de mal comme ça et, dès lors qu'elle avait commencé à flirter avec Luis, elle avait tourné la page. Elle fut tentée de ne pas répondre puis se ravisa. Malgré les moments difficiles qu'il lui avait fait traverser, elle ne pouvait pas oublier qu'il avait été le premier homme qu'elle avait aimé.

Et, même entachée par une fin peu glorieuse, leur histoire avait été belle. Elle réfléchit plusieurs minutes, cherchant la formule adéquate. Il fallait une réponse claire, sans ambiguïté et cassante, histoire de lui faire payer la violence de leurs derniers instants en tant que couple.

« Notre histoire est derrière nous. J'ai tourné la page, ne me contacte plus s'il te plaît et ne t'approche plus de moi, ni à la rentrée, ni après. »

Quelques instants après, elle reçut un nouveau message.

« Clara, tu es en colère, c'est normal. Mais je vais tout faire pour que tu me pardonnes ».

Agacée, elle tapa :

« Va te faire foutre ».

Cette fois, il ne lui répondit pas. Il avait dû comprendre. Soulagée, elle regarda l'heure. Il était temps de se préparer. Ce soir, Luis serait là et elle avait bien l'intention de profiter de sa soirée.

Il était 20:00 quand Clara, Viviana, Natacha et Alejandra descendirent de leur taxi sur la Place d'Armes. Elles aperçurent Maru, Lucia et Vanessa. À leur grande déception, point de Luis ni de Pedro à l'horizon. Avant même que la question ne lui soit posée, Maru leur annonça que les garçons les rejoindraient plus tard avec des amis.

Émilie, arriva quinze minutes après, sans Lili qui avait préféré rester étudier.

Le groupe au complet, elles remontèrent la place pour arriver sur la Calle San Francisco et suivirent Maru qui pénétra dans un bâtiment en pierre blanche par une petite porte en bois d'où s'échappaient des notes de salsa. Au-dessus de la porte, Émilie s'amusa du logo aux allures celtes du bar. Une sorte de triskel en fer forgé avec en son centre un rond en flammes et les mots « Deja Vu » au centre.

Elles se suivirent en file indienne le long d'un couloir qui débouchait sur une grande salle aux murs peints en jaune, éclairée par des spots colorés. De grandes ouvertures donnaient sur une terrasse d'où l'on pouvait admirer les deux clochers illuminés de la cathédrale toute proche. De nombreuses tables étaient disposées à travers l'espace, de formes et de capacités différentes. Un immense comptoir trônait au fond de la pièce principale où les barmen en tee-shirts rouges proposaient cocktails, bières locales et shooters.

Le groupe s'installa à une table basse rectangulaire bordée par deux canapés en velours rouge. Maru s'éclipsa pour revenir quelques minutes plus tard avec un plateau rempli de shooters de Tequila.

À ce moment, Natacha sentit deux mains se poser sur ses yeux et devina immédiatement que son beau Pedro était arrivé.

Clara se retourna machinalement et aperçu Luis, juste derrière elle, accompagné par plusieurs amis dont certains qu'elle n'avait pas le souvenir d'avoir rencontrés la veille. Natacha se leva brusquement, manquant de renverser toutes les boissons de la table, et sauta dans les bras de Pedro qui ne se fit pas prier.

Voyant que Luis ne ferait pas le premier pas et se sentant particulièrement intimidée par les regards de ses amis qui la scrutaient, elle se tourna vers la table, mit sa main à plat, leva son pouce pour créer un creux, y déposa une pincée de sel, le mit dans sa bouche, avala cul-sec un shooter et croqua dans une tranche de citron. Elle fut applaudie par tout le groupe et, sentant la chaleur de l'alcool monter en elle, elle renouvela trois fois l'opération. Luis s'approcha enfin d'elle, lui prit la main et l'invita à danser. Elle oublia qu'elle n'avait absolument aucun sens du rythme et accepta volontiers les bras qu'il lui ouvrait.

Émilie, un peu perdue de voir ses amies en si bonne compagnie, se dit qu'elle avait sans doute raté un épisode en étant absente à la soirée, la veille. Vanessa lui expliqua dans les grandes lignes le déroulement de la soirée précédente et Maru lui présenta les amis de son frère. L'un d'entre eux lui tapa dans l'œil : Alvaro, le rasta de la bande, bonnet aux couleurs du drapeau jamaïcain sur la tête d'où ses dreadlocks s'échappaient, grands yeux bruns rieurs et sourire à tomber. Elle décida, elle aussi, qu'il était temps d'obéir aux ordres de Benoît et de s'amuser un peu. Elle lui fit un sourire enjôleur, son regard de biche et, après avoir enfilé elle aussi quelques Tequilas, elle dansa longuement avec lui.

Vanessa observait ses amies qui étaient toutes bien accompagnées et pensa à Guillaume. Il lui manquait et elle ne pouvait s'empêcher, malgré tout l'amour qu'elle lui portait, d'envier ses copines qui s'amusaient et avaient sorti le grand jeu pour plaire aux gars du groupe. Elle voulut lui écrire mais s'aperçut qu'elle avait oublié son portable à la maison.

Tant pis, elle ne pourrait pas lui écrire ce soir. Alors, elle commença à son tour à ingurgiter le mélange sel-Tequila-Citron pour se changer les idées.

Après de nombreux verres, tantôt offerts par les uns et tantôt par les autres, le petit groupe se dirigea vers la sortie du bar pour se rendre dans la discothèque voisine : Le Forum.

Luis disparut comme il était venu sans que Clara n'ait le temps de comprendre où il s'était volatilisé. Elle aperçut alors Natacha en train de crier sur Alejandra et tout un attroupement autour. En s'approchant, elle ne put que constater que Pedro avait dû se faire la malle avec Luis, mais surtout qu'elle était rouge, qu'elle pleurait et qu'elle était manifestement très en colère contre sa correspondante.

Natacha, vint à sa rencontre en la voyant, des larmes continuant à sortir de ses yeux.

— Fais gaffe à tes affaires ! Elles les fouillent !

— Quoi ?

— Je viens d'apprendre que Alejandra a piqué des thunes dans mon sac, qu'elle a fouillé dans mes tiroirs et même emmené mes soutifs au lycée pour les montrer à ses copines !

— C'est pas possible ! C'est quoi cette histoire ?

— C'est l'une de ses copines croisée par hasard qui vient de venir me voir.

— Attends avant de t'énerver, c'est peut-être une grosse connerie…

— Non, elle a avoué cette pétasse !

— Nana… viens on va sortir cinq minutes.

— Je vais chercher mes affaires. Je ne reste par une nuit de plus chez elle…

Émilie intervint à son tour :

— Clara, je m'occupe de Natacha. Va voir avec Alejandra ce qui se passe !

— Oui ok…

Quelques minutes plus tard, Clara retrouva ses amies devant le Forum. Elle avait discuté avec Alejandra qui avait reconnu avoir effectivement emmené ses sous-vêtements à l'école pour amuser ses amies mais niait lui avoir volé de l'argent. Elle semblait regretter sincèrement son geste et était toute penaude d'avoir été découverte. Natacha s'était calmée. Elle passerait toutefois la nuit chez Lucia et Alonzo, à la demande de Vanessa. Il fallait faire retomber un peu la pression.

*****

Les filles se quittèrent peu après pour rentrer se coucher. Clara se sentait frustrée par la disparition soudaine de Luis. Elle qui avait été habituée à un Jean-Gé plus que possessif, elle avait du mal à comprendre qu'on puisse s'éclipser sans même la saluer. Alvaro et Pedro avaient eu la même attitude, laissant également ses amies sur leur faim. Décidément, ce week-end avait été fort en émotions.

V

« Va te faire foutre ». Putain, « Va te faire foutre ! »

Je n'arrête pas de relire son message, hébété.

Comment ose-t-elle me répondre comme ça ? Après tout ce qu'on a vécu ?

Cette gonzesse m'a tué. Au sens littéral. J'ai pris des risques de fou pour elle. J'ai quitté ma docile Jennifer qui, en cinq ans, m'a causé moins d'emmerdes que Clara en quatre mois. Elle savait la fermer quand j'étais énervé, elle partait s'isoler dans la chambre, je sortais boire un coup avec mes potes et l'orage passait. Il m'est arrivé une fois ou deux de déconner, d'être un peu brusque avec elle quand ses tenues d'allumeuse attiraient trop les regards. J'aurais mieux fait de rester avec. Elle était beaucoup moins chiante que cette gamine qui m'a pourri la vie. Je devrais peut être recontacter Jennifer.

La main tremblante, j'accède au répertoire de mon téléphone. Cette fille est tellement sans saveur que j'ai même oublié son numéro. Je pianote, fébrilement sur les touches. Je ne sais pas quoi lui dire. Je tape, j'efface, je retape, je supprime…

Est-ce que je dois vraiment lui écrire ? Est-ce que je veux vraiment lui écrire ?

Clara s'est tirée au bout du monde. Elle s'éclate loin de moi. Je la déteste. Pourquoi elle est partie ? Elle s'est bien foutu de ma gueule. J'aurais dû être plus ferme avec elle. Ou plus doux ? Est-ce qu'elle m'aime encore ? Est-ce qu'elle m'aimait vraiment ? Pourquoi elle ne me laisserait pas une dernière chance ? Et si elle trouve un mec là-bas ? Est-ce qu'elle a vraiment eu peur de moi ? Et si elle avait raison ? Est-ce que j'aurais vraiment pu lui cogner dessus ? Elle m'avait cherché ce jour-là…

Les larmes me brûlent les yeux. Ce n'est clairement pas à Jennifer que j'ai besoin de parler.

Je sens de la rage, mon visage chauffe, un étau vient serrer mes tempes. Mes mains tremblent, chacun de mes muscles se tend. Je lance mon téléphone à travers la pièce. Il finit directement sa course dans le mur, laissant un bel impact dans le placo avant de s'écraser par terre. Je ne sais pas s'il fonctionne toujours mais l'écran n'a pas du tout aimé les chocs consécutifs avec le mur et le sol. Je me mets à rire, sans pouvoir m'arrêter. C'est assez curieux ce sentiment, j'ai envie de pleurer, de crever… mais je ris. Je pleure aussi d'ailleurs. Je dois vraiment avoir l'air d'un con à cet instant.

Il faut que je boive un truc, ça me détendra.

Je ne sais pas s'il me reste des alcools forts depuis que Benoît a débarqué chez moi après ma dispute avec Clara. Il a fait le grand ménage… il a même trouvé ma coke…

Il m'a pris pour un drogué. Et sûrement pour un ivrogne aussi, car pendant que j'étais effondré sur mon canapé à pleurer cette petite conne, il a vidé toutes mes bouteilles dans l'évier. J'étais tellement mal quand j'ai compris qu'elle ne reviendrait pas…

Je fouille dans les placards, rien. Évidemment. Saint Benoît se démène depuis des jours pour sortir son taré de frangin du gouffre.

Je profite de ce moment de lucidité pour finalement aller m'allonger sur le lit. Les documents liés à notre voyage traînent sur ma table de nuit. C'est censé me réparer l'âme, m'a-t-on dit. Je n'y crois pas une seconde. Je suis celui qui casse, pas celui que l'on répare.

À quel moment j'ai vraiment commencé à déconner ? C'était bien avant Clara. Bien avant Jennifer aussi je crois. Je n'ai jamais estimé avoir besoin d'une thérapie : aller étaler son pseudo mal-être dans le bureau d'un inconnu, ça tient plus de l'égocentrisme qu'autre chose. En poussant un long soupir, je me décide à creuser cette question. Pourquoi suis-je comme ça ? J'apprends à mes élèves à toujours reformuler un sujet de rédaction, je devrais en faire de même dans cette introspection inopinée.

Pourquoi suis-je comme ça ? Il faudrait déjà que je sois capable d'exprimer ce que j'entends par « comme ça ». Comme ça… colérique, violent, jaloux, possessif. Merde alors… mon pitoyable autoportrait ne fait clairement pas rêver… mais j'ai aussi de bons côtés, sinon, Jennifer, Clara et toutes les autres ne seraient jamais tombées amoureuses de moi…

Je ferme les yeux, je me concentre. Ça bouillonne dans ma tête. Pour la première fois depuis très longtemps, j'ai l'impression que le brouillard qui bouche habituellement les chemins de mon subconscient est en train de se dissiper. Je sens que je ne suis pas loin de trouver l'explication. Si je trouve la cause, je suis certain de pouvoir agir sur les conséquences, et enfin retrouver Clara… Le simple fait d'évoquer son prénom dans ma tête provoque une réaction physique : des larmes brûlantes coulent sous mes paupières fermées et viennent mouiller mes tempes, roulent derrière mes oreilles et terminent leur parcours dans mon cou. Elle me manque tellement. Contrairement aux apparences, elle m'apaisait, son côté solaire illuminait l'obscurité dans laquelle je vivais retranché depuis des années. Mais il faut que je cesse de penser à Clara, du moins pour le moment.

J'ai forcément des qualités : je suis un fonceur, un bosseur, je suis sûr de moi et physiquement, je plais. Ouf ! Je parviens quand même à avoir un peu de bienveillance à mon égard, on progresse.

Malheureusement, mon problème semble découler principalement de mes défauts. J'ai besoin de dominer, d'avoir le contrôle, je ne supporte pas de sentir une situation m'échapper.

Pourquoi ? Certainement car jamais dans ma vie cela ne m'est arrivé. Mes parents ont été fiers de moi autrefois, mettant en valeur, depuis ma petite enfance, mes excellents résultats scolaires, mon sens de la répartie et mon physique avantageux. « Tu feras de grandes choses », « Tu iras loin » me disaient-ils chaque jour quand j'étais petit. Je ne vivais que pour ça, leur plaire, aller dans leur sens et ne pas les décevoir.

J'ai grandi sous des yeux qui attendaient avec impatience de voir vers quelles brillantes études je m'orienterais. Mon père me rêvait certainement avocat, réparant les pires injustices et protégeant la veuve et l'orphelin tout en me faisant une belle place au soleil. Ma mère, qui avait, quant à elle, pratiqué la médecine générale, m'avait imaginé médecin. Pourquoi pas neuro-pédiatre pour sauver de petites vies innocentes ?

J'ai bossé comme un fou au lycée lors de nos années passées en Angleterre afin de satisfaire mes parents, même si aucune des options proposées ne m'emballait vraiment. Puis un jour, je leur ai annoncé que je voulais enseigner, tout simplement. J'étais bilingue, avide de transmettre mon savoir. Moi qui aimais tant être au centre de l'attention, je pourrais briller face à des élèves ou étudiants admiratifs. Je me savais doté d'un don pour attirer l'attention, et c'était, selon moi, la qualité première qu'un enseignant se devait d'avoir. Après huit années passées à Londres avec mes parents et mon petit frère qui n'était pas bien vieux, j'ai annoncé à mes parents mon envie de retrouver ma Bretagne natale, d'aller à la fac et de passer le concours qui me permettrait de devenir prof d'Anglais. Et c'est quand je leur ai annoncé ma décision que j'ai lu, pour la première fois, de la déception dans leurs yeux. Je pense qu'ils étaient prêts à accepter que je fasse toutes les conneries du monde, que je ramène plein de filles, que je fume, que je boive… mais vouloir devenir prof, simplement, était la pire des désillusions.

Ils ont tenté de me dissuader, valorisant leurs projets pour moi en essayant de dissimuler, tant bien que mal, l'immense rancœur inhérente à ce choix.

J'ai décidé de suivre ma voie, mais j'ai senti quelque chose se casser en moi quand mon père m'a dit que si j'étais d'accord, il dirait à ses amis que j'étudiais le droit en France. J'ai réalisé à cet instant que mes parents aimaient le fantasme que je représentais pour eux. Ils avaient toujours été fiers de l'homme que j'étais destiné à devenir, pas de celui que j'étais dans mon essence profonde.

Ce souvenir douloureux m'oppresse la poitrine. Serais-je le cliché vivant du gars qui a des problèmes d'estime de soi et qui du coup se venge en rabaissant les autres à son tour ? Bof… je ne suis pas vraiment convaincu. Mais en attendant, je suis quand même sacrément mal, tournant en rond chez moi comme une bête en cage, à espérer que ma dernière proie soit assez maso pour retomber entre mes griffes.

Quand Benoît a débarqué chez moi avec cette idée saugrenue de voyage humanitaire, je lui ai ri au nez. Comment un mec comme moi, si mal dans sa vie, pouvait-il se rendre utile aux autres ? Et là, Benoît ne s'est pas démonté, il m'a tenu tête et m'a forcé à l'écouter. Certains arguments ont fait mouche. La découverte d'une nouvelle culture, un moment unique à vivre entre frangins et surtout, ce qui fait que j'ai brisé les beaux rêves de mes parents : enseigner à des fillettes qui n'ont habituellement aucun accès à l'éducation. Se faire plaisir en se rendant utile. Finalement, je n'avais aucun argument contre, sans compter qu'il fallait que je quitte cette ville pleine de souvenirs de celle que j'ai brisée. Peut-être que ce séjour me permettra enfin de l'oublier ou en tout cas de ne plus passer d'une colère immense à un état dépressif à la simple évocation de son doux prénom…

Je m'endors en imaginant ma Clara, le regard plein de défiance lorsqu'elle m'a envoyé cet horrible message « Va te faire foutre ».

VI

La semaine suivante, une certaine routine s'était installée dans le quotidien des filles. Émilie et Vanessa ne voyaient pas les journées passer, croulant sous les dossiers. Il leur arrivait même, parfois, de ne pas retrouver leurs amies pour déjeuner, préférant s'acheter un sandwich et manger sur le pouce, face à leurs ordinateurs.

Vanessa était si débordée qu'elle ne prenait le temps d'envoyer un mail ou un texto à Guillaume qu'une fois par jour, en arrivant au bureau. Le soir, après avoir passé sa journée devant un écran, elle faisait souvent l'impasse sur les nouvelles de fin de journée. Elle sentait Guillaume plus distant dans ses messages. Elle se promit d'acheter une carte de téléphone prépayée pour pouvoir lui parler de vive voix le week-end suivant. Elle trouvait dur de voir un fossé se créer entre eux mais elle voulait absolument faire ses preuves pendant son stage. Guillaume le savait et elle était certaine qu'il comprenait son point de vue.

Émilie avait énormément de tâches à accomplir pour sa chef, rebaptisée Natasha numéro Dos pour éviter toute confusion avec leur amie. Natasha numéro Dos était agréable avec elle mais était intransigeante et ne semblait pas s'apercevoir que les tâches qu'elle lui confiait étaient très techniques pour une étudiante de première année. Voulant bien faire et satisfaire sa chef, la pauvre Émilie passait énormément de temps au travail et dépassait largement les horaires initialement décidés. Elle s'était en plus proposée de se charger des réservations pour un circuit que les filles prévoyaient de faire pendant leur séjour et qui était proposé par son agence. Elles partiraient toutes les quatorze et il fallait qu'elle se charge de trouver les hébergements et les transports. Elles iraient donc très prochainement passer une nuit sur les îles flottantes du mythique lac Titicaca.

Puis elles iraient découvrir Cuzco, la vallée Inca et elles auraient l'immense chance de prendre le train pour se rendre sur le site du mystérieux Machu Picchu.

Elle avait découvert avec surprise que Natasha numéro Dos prenait une jolie commission sur le voyage et elle en fut très peinée. L'argent primait sur le reste et son agence n'hésitait pas à gonfler les prix, même lorsqu'il s'agissait d'un groupe d'étudiantes dont l'une y travaillait d'arrache-pied et de façon bénévole. Écœurée, elle attendait d'en parler avec ses amies et malgré plusieurs tentatives d'obtenir une réduction, Natasha refusait catégoriquement de faire le moindre effort tarifaire.

*****

Pour Clara, pas vraiment de stress sur son lieu de stage. Chaque matin, elle venait en taxi car elle ne comprenait rien au système du combi, accompagnée de Viviana qui profitait, avec plusieurs amies de ce moyen de transport pour aller en cours gratuitement, laissant sa correspondante payer pour tout le monde. Il n'était pas rare qu'elles soient sept ou huit, serrées comme des sardines, assises les unes sur les genoux des autres dans une minuscule voiture. Il en était souvent de même les après-midi.

Viviana, Alejandra et beaucoup de leurs amies s'incrustaient dans le taxi que Natacha et Clara partageaient pour rentrer dans leurs quartiers. Elles avaient commencé par s'amuser de la situation mais chaque jour, un peu plus de squatteuses prenaient un peu plus d'espace dans le taxi et elles n'avaient même pas leur mot à dire. Jamais un merci de la part de leurs passagères clandestines.

Quand elle arrivait sur son lieu de stage chaque matin, Clara allait remplir un seau d'eau dans lequel elle trempait une serpillère qui n'était jamais nettoyée et qui noircissait l'eau dès qu'elle était trempée dedans.

Ensuite, elle devait vider les poubelles et cela comprenait celle des toilettes aussi, celle dans laquelle le papier toilette usagé devait être mis pour ne pas boucher les canalisations. Elle devait guetter le camion poubelles qui ramassait les déchets.

Il y eut une fois où elle avait dû courir, corbeille de papier toilette à la main, après le camion dans les rues pavées de la Calle Santa Catalina. Et là, un coup de vent avait éparpillé une partie du contenu de sa corbeille sur les pavés de la rue. Du papier toilette partout, maculé de taches plus que suspectes. Clara avait failli vomir tellement elle avait trouvé cette vision d'horreur répugnante. Cette semaine, toutefois, elle avait quelque chose d'intéressant à faire. Elle allait s'occuper d'organiser une excursion d'une nuit avec ses amies dans le Canyon du Colca, situé à environ cent soixante-dix kilomètres d'Arequipa. Contrairement à Natasha Numéro Dos, son agence lui offrait son hôtel et son transport et ne prenait aucune commission à ses amies.

Chaque midi, elle retrouvait Natacha. Elles déjeunaient toutes les deux la plupart du temps, puis allaient dans un petit parc où elles profitaient du beau temps.

*****

Puis vint le vendredi, le dernier jour que Clara et Natacha allaient passer dans leurs familles. À partir du lendemain, Clara résiderait chez Maru jusqu'à la fin de son séjour. Natacha avait hérité d'Edgar, Émilie restant au moins deux semaines de plus chez Lili avec qui une belle complicité était née.

Clara se leva de bonne heure et commença à préparer ses affaires. Il lui restait une nuit à passer là-bas, à devoir supporter les suppliques des pauvres coqs sous sa fenêtre.

Elle avait apprécié cette famille qui l'avait accueillie mais, sans doute du fait de l'écart d'âge, elle n'avait pas eu d'atomes crochus avec Viviana.

Elle culpabilisait un peu d'attendre avec autant d'impatience de quitter Hunter. Elle se trouvait très snobinarde mais malgré tout, dans les faits, elle ne pouvait nier préférer les beaux quartiers avec gardiens à la poussière et l'insécurité du voisinage actuel.

Elle avait ramené des cadeaux pour sa famille. Elle leur offrit des stylos plume, un tire-bouchon et des spécialités bretonnes. Elle avait suivi à la lettre la liste fournie par le lycée avant le départ.

Elle passa faire un petit coucou à son agence avant de retrouver Natacha. Cet après-midi, elles avaient réservé une session d'équitation pour découvrir la campagne d'Arequipa. Elles étaient heureuses de tous ces bons moments passés ensemble et s'appréciaient réellement. Natacha aussi avait fini de boucler ses affaires et elle attendait son transfert de famille avec un empressement non dissimulé. Elle s'était efforcée de rester polie et courtoise avec les parents d'Alejandra mais avait totalement snobé cette dernière depuis qu'elle avait appris ses multiples intrusions dans son intimité. Elle s'était sentie trahie, presque violée en apprenant que sa lingerie avait voyagé jusqu'au lycée de sa correspondante. Elle ne pouvait pas pardonner un acte aussi bas et immature. Elle avait envoyé plusieurs mails à Popo pour lui faire part de son mécontentement, mais cette dernière semblait être aux abonnés absents.

*****

Le soir, le petit groupe se retrouva au Deja Vu, s'enfila à nouveau de nombreux shooters de Tequila, puis, se rendit au Forum, une immense boîte de nuit sur deux niveaux. Une salle où l'on pouvait danser occupait la majeure partie de l'espace du bas, et des escaliers permettaient d'accéder au niveau supérieur qui était monté sur pilotis, comme une gigantesque terrasse de bois surplombant l'espace de danse.

Là, des tables, des banquettes et des canapés permettaient à la clientèle de se détendre en consommant à outrance des boissons alcoolisées.

Émilie et Lili, Maru, Martine, Vanessa, Clara et Natacha étaient attablées, attaquant les cocktails à base de vodka orange qui risquaient de très vite abîmer leur foie.

C'est dans cette ambiance détendue qu'elles entendirent pour la première fois la chanson qui marquerait leur séjour au Pérou. Juanes, un chanteur colombien, star en Amérique du Sud mais, à ce moment-là, totalement inconnu du public français, résonnait dans les enceintes du *dancefloor*. La Camisa Negra allait devenir le tube qui, même des années plus tard, les transporterait immédiatement dans leurs jeunes années, dans ces folles soirées, souvent trop arrosées, qui avaient apporté une saveur toute particulière à leur séjour.

Il y a des chansons que l'on n'oublie jamais. Elles ne sont pas nécessairement les plus belles, les mieux chantées ou celles écrites avec le plus de poésie, mais elles ont le mérite, dès les premiers accords, de catapulter celui qui les écoute dans un lieu, d'y retrouver des sensations physiques, olfactives, émotionnelles… des machines à remonter le temps qui rendent parfois heureux et parfois nostalgiques. C'est certainement cette mémoire des sens qui permet de s'assurer, grâce à un ancrage dans la réalité, que l'on a bien vécu certains événements et qu'ils ne sont pas simplement le fruit d'une imagination débordante.

Vanessa et Clara étaient en pleine conversation sur l'un des canapés vintage en cuir qui étaient appuyés contre un garde-corps en bois, juste au-dessus du bar qui trônait trois mètres plus bas. Les deux jeunes filles en étaient, à en croire leurs joues roses et leurs regards hagards, à plusieurs verres de vodka orange quand, tout à coup, sans prévenir, Vanessa se pencha vers Clara et vomit sur son cache-cœur rose tout neuf. Un vomi jaune qui prouvait à lui tout seul l'abus de vodka orange de la jeune fille. Clara se leva d'un coup et voulu aider Vanessa à se relever pour l'emmener se rafraîchir aux toilettes. Vanessa se leva et, avant que quiconque ne puisse la retenir, vomit à nouveau, par-dessus la rambarde cette fois.

Le fruit de ses entrailles tomba en cascade sur la tête de Carlos, le barman qui avait eu la malchance d'être au mauvais endroit au mauvais moment. Les filles filèrent aux toilettes où Clara enleva à la hâte son joli cache-cœur devenu bicolore. Vanessa se rafraîchit le visage et argumenta qu'elle avait vomi à cause des glaçons présents dans son verre. Ne voulant pas la contredire mais n'en pensant pas moins, son amie alla commander des verres de coca, estimant qu'elles avaient largement dépassé le quota d'alcool pour la soirée.

À son réveil, Clara alla dans le lavoir du jardin pour essayer de nettoyer l'énorme tache jaune laissée par son amie. Elle riait toute seule en repensant à cette soirée.

Une heure plus tard, Maru débarqua dans une jolie voiture ancienne rose toute rutilante pour la chercher. Elle remercia bien chaleureusement Roberta, Hector, Viviana et Maria pour leur gentillesse et quitta Hunter sans regret. Elle était si heureuse de partir habiter chez Maru ! Elles roulèrent une vingtaine de minutes puis arrivèrent finalement devant le poste du gardien du lotissement. Ici, il fallait être identifié pour pouvoir passer. Maru présenta Clara à Alfonso, et le prévint que la jeune française résiderait là-bas pour un mois et demi.

La voiture s'avança doucement dans une allée bordée d'immenses maisons. Elles y étaient enfin. De jour, la bâtisse paraissait encore plus grande que lorsqu'elle y était arrivée de nuit, une semaine plus tôt. Une construction large et haute sur trois niveaux avec de nombreuses fenêtres et une immense porte en bois massif. Elles entrèrent et immédiatement, Lupita, la femme de ménage arriva et attrapa la valise de Clara pour l'installer dans la chambre de Maru. Elles traversèrent la cuisine, puis se rendirent dans le séjour où un immense canapé d'angle blanc d'une dizaine de places prenait quasiment la longueur de la pièce. Des escaliers de marbre en colimaçon, sans rampe, partageaient la pièce en deux et permettaient d'accéder aux chambres. Maru voulait faire visiter la maison à Clara qui n'avait pas pu tout voir lors de la soirée d'anniversaire.

Sur la gauche, juste après les escaliers, une porte en bois. Maru fit un clin d'œil à son amie et lui indiqua qu'il s'agissait de la chambre de Luis. Elle toqua et comme il ne répondit pas, elles entrèrent. Un lit une place calé dans un coin, un bureau couvert de cahiers, classeurs et vêtements. Une étagère sur laquelle un petit écran de télévision était installé. Sur la tapisserie verte, une tablette, fixée en hauteur abritait une collection d'une vingtaine de bouteilles de bières de marques différentes. Aux murs, des posters de Bob Marley et une affiche de concert de Manu Chao.

Elles sortirent de la chambre et Maru ouvrit la porte qui se trouvait face à celle de Luis :

— Ça, c'est la chambre de mes parents !

Elle ouvrit une troisième porte qui donnait sur un espace incroyablement bien rangé. C'était la chambre de Pablo, le petit frère de quinze ans. Les deux pièces restantes étaient celles que Clara connaissait déjà. La chambre de Maru et la salle de bain.

Le papa de sa correspondante avait monté des lits superposés pour éviter à Clara de dormir sur un lit de camp jusqu'à la fin de son séjour. Cette dernière était ravie.

Lupita arriva avec la valise et montra dans la grande armoire de Maru les étagères qu'elle lui avait libérées pour ses affaires. Clara se sentait bien, elle allait se plaire ici.

*****

Ce soir-là, la joyeuse bande, après s'être retrouvée sur la Place d'Armes, se rendit, comme à son habitude, au Deja Vu puis au Forum. Maru n'était pas de sortie. Elle se sentait fatiguée et avait préféré rester chez elle. Clara arriva vers 1:00 en taxi. Elle rentra dans la maison le plus discrètement possible. Elle marchait sur la pointe des pieds quand elle entendit du bruit dans la cuisine. Elle entrouvrit la porte et se retrouva nez à nez avec Luis qui venait aussi de rentrer d'une soirée avec ses amis.

Elle avait d'ailleurs été déçue de ne pas le croiser, espérant qu'il se débrouillerait pour se retrouver aux mêmes endroits qu'elle, comme l'aurait très probablement fait Jean-Gé. Mais Luis n'était pas Jean-Gé. Il était plus froid et nettement moins démonstratif.

Il était en train de se faire des pâtes. Ils se regardèrent mais aucun d'eux ne parla. Elle était aussi heureuse de le voir que mal à l'aise. Il lui tourna le dos pour vider l'eau de la casserole dans l'évier, puis, sans rien dire, sortit deux assiettes d'un placard. Il les posa en silence sur la table, et Clara s'assit. Il servit les pâtes et Clara lui sortit quelques banalités pour briser ce silence terriblement gênant. Là, Luis, sans qu'elle ne le vit venir, lui demanda :

— Clara, me quieres ? *Clara, je te plais ?*

Le sang lui monta d'un coup au visage. Elle baissa les yeux, donnant l'illusion totalement ridicule qu'elle n'avait d'yeux que pour les macaroni entassés dans son assiette.

— Si Luis… y tu ? *Oui Luis, et moi ?*

— Claro que si Clara… *C'est clair, Clara…* son jeu de mots leur arracha un sourire intimidé à l'un comme à l'autre.

De nouveau un silence tomba sur la pièce. Et ces sacrés papillons qui étaient de retour dans le ventre de Clara. Dieu que cette sensation était délicieuse !

— Quieres decirlo or mostrarlo ? *Tu veux me le dire ou me le montrer ?*

Putain… qu'est-ce que je dois répondre ? Est-ce que je suis vraiment prête à tourner la page de Jean-Gé ? Je n'ai quasiment embrassé que lui dans ma vie… je ne vais pas savoir faire… au pire, je lui dis bonne nuit et je vais me coucher. Je peux pas faire ça…

Elle se leva, les jambes tremblantes, décidée à fuir une réalité qu'elle avait espérée mais qui lui faisait si peur…

Il se leva aussi et se positionna devant elle. Elle était coincée par un mur sur sa gauche, un placard derrière elle, la table à droite et surtout, un Luis qui lui faisait face, bien décidé à ne pas laisser sa proie filer.

Il fit un pas. Elle chancela. Il vint coller son front sur le sien, la fixant dans les yeux. Il y lut de l'envie, et de la peur. Elle frissonna. Elle sentit les lèvres de Luis se poser sur les siennes, avides. Ce premier baiser fut passionné, le monde autour d'eux avait cessé de tourner. Il l'enlaça, elle se laissa faire, passant ses doigts dans les cheveux rebelles de son beau Péruvien. Il resserra son étreinte un peu plus et lui murmura à l'oreille quelque chose en rapport avec sa chambre. Cette petite phrase, que Clara n'avait pas comprise précisément, était malgré tout très claire. Luis voulait déjà passer à l'étape supérieure. Et c'était hors de question.

Elle s'était promis que le prochain mec qu'elle aurait dans son lit serait celui avec lequel elle ferait sa vie. Et elle s'y tiendrait. Elle sourit à Luis, déposa un bisou sur sa joue et, le repoussant légèrement pour sortir de cet espace restreint, lui murmura « Buenas noches, Luis »...

VII

Ce matin-là, Clara se leva et raconta à Maru à quelle point la soirée avait pris une tournure étrange avec Luis. Maru était totalement captivée par le récit, enfin il se passait quelque chose d'amusant sous son toit ! Sa famille était géniale, elle avait la chance d'être née du bon côté. Elle ne manquait de rien, que ça soit d'un point de vue affectif ou matériel.

Ses parents s'étaient mariés quand ils avaient tout juste vingt ans et, neuf mois plus tard, Luis était arrivé. Il avait rapidement été rejoint par Maru qui avait pointé le bout de son nez quand il avait dix-huit mois. Enfin, quand Maru avait six ans, elle avait à son tour endossé le rôle de grande sœur à la naissance de Pablo, le dernier né de la famille.

Sa mère était sage-femme dans une clinique privée d'Arequipa. Elle y passait beaucoup de temps et s'était engagée auprès de plusieurs associations venant en aide aux enfants défavorisés vivant dans les bidonvilles environnants. Elles portaient toutes les deux le même prénom, c'était habituel là-bas.

Son père, Alvaro, dirigeait une grosse entreprise dans le bâtiment. Il s'investissait énormément et n'était pas peu fier, lors du passage à proximité de l'un ou l'autre des édifices construits par sa société, de montrer à ses enfants les résultats de son labeur. Il était fier de sa réussite car il ne la devait qu'à lui-même et à un travail acharné sur les bancs de la faculté d'Arequipa, alors que Luis portait encore des couches.

Elle avait grandi dans cette famille aisée, dorlotée par ses parents et par Lupita qui, d'aussi loin qu'elle se souvienne, avait toujours vécu sous le même toit qu'elle. Il lui arrivait, souvent, de se chamailler avec Luis, comme le font tous les frères et sœurs. Ce besoin de s'imposer, d'avoir le dernier mot et de vouloir à tout prix montrer à ses parents qu'on est plus méritant que les autres, plus mûr, plus travailleur… cette quête d'un amour déjà démesuré qui démarre dès que l'on doit le partager avec un autre enfant.

Si parfois, frère et sœur se chamaillaient, ils savaient également se montrer très complices et se couvrir quand ils en avaient besoin. Avec Pablo, qui était le plus jeune des trois, point de drames ni de larmes. Il était, malgré l'adolescence, toujours calme, compréhensif et jamais le moindre conflit ne l'opposait au reste de la famille.

La vie de Maru était rangée. Elle avait toujours été une élève, puis une étudiante modèle, rendant ses devoirs dans les temps, ne ratant jamais le moindre cours et ayant une vie sentimentale quasiment monastique pour respecter les souhaits de ses parents. Elle avait, parfois, des petits amis mais cela s'arrêtait toujours au flirt. Elle voulait rester pure pour celui qu'elle épouserait un jour. Ses parents lui avaient toujours dit de se préserver et elle avait fini par se convaincre qu'en effet, c'était peut-être la meilleure chose à faire. Elle avait failli craquer avec Fillipe, le premier garçon dont elle avait été réellement amoureuse. Elle le voyait comme étant l'homme de sa vie, alors, pourquoi attendre ? La situation lui avait quelque peu échappé quand Fillipe était venu la voir chez elle, un soir où ses parents étaient sortis dîner. Ils avaient regardé un film, en se gavant de pop-corn, puis leurs baisers étaient devenus plus pressants, les mains de Fil, habituellement si chastes avaient décidé d'explorer des zones habituellement inaccessibles. Maru avait essayé de se raisonner, mais avait finalement capitulé et ses parents avaient trouvé le couple en mauvaise posture sur le canapé familial en rentrant de leur dîner. Ce soir-là avait eu lieu le premier et seul mélodrame de sa vie. Les portes avaient claqué, Alvaro avait hurlé sur sa fille chérie qu'il voyait, jusqu'à cette scène, comme une sainte. La messe était dite, on ne revit plus jamais Fillipe.

Elle avait eu le cœur brisé, mais avait fini par prendre ça comme un signe divin. Jésus l'observait, elle devait se tenir à carreau en attendant que le grand amour ne se pointe. Elle avait été privée de sortie pendant deux semaines, pleurant son beau Fillipe dans sa chambre, passant des heures à sa fenêtre à espérer que le jeune homme, tel un Roméo des temps modernes, viendrait la chercher.

Mais Fillipe n'était jamais revenu, les cent kilos de muscles qu'Alvaro avait utilisés pour le balancer dehors lors de cette mythique soirée avaient eu raison des sentiments du jeune homme. Luis avait été gentil avec sa sœur. Il n'avait pas vraiment apprécié que celle-ci se fasse tripoter par un jeune blanc-bec qui sortait d'on ne savait où mais, lui aussi ayant souvent ramené des jeunes filles chez lui, savait que la colère paternelle pouvait être totalement traumatisante. Il avait acheté des bonbons et de la glace à Maru, qui, au prix de quelques kilos, s'était finalement remise de cette rupture. Depuis cet épisode, elle ne s'autorisait plus à regarder la gente masculine. Elle s'évadait et vivait de belles histoires à travers livres à l'eau de rose et telenovelas. Là, elle ne faisait rien de mal.

Quand elle n'était pas à la fac, elle aimait passer du temps avec ses amies, faire du shopping, et parfois sortir le soir, mais il y avait trop de tentations qu'elle préférait éviter.

Lorsque Clara lui avait annoncé qu'elle allait à son tour venir vivre au Pérou, elle avait été ravie, se disant que pendant quelques semaines, elle pourrait vivre à l'Européenne, comme elle l'avait fait lors de sa venue en France. Elle avait adoré son voyage. Elle avait eu l'impression de découvrir la liberté pour la première fois. Pas de parents, pas de frères, elle avait pu faire les périples de son choix avec Andrea, une amie qu'elle s'était faite à cette occasion. Sa vie sentimentale n'avait pas évolué, mais rien que l'idée qu'elle pouvait faire ce qu'elle voulait avec qui elle voulait était exaltante.

Lorsqu'elle avait séjourné chez Clara, elles étaient devenues très proches et Clara lui avait confié un lourd secret. Une romance vécue avec un prof. Au départ, elle avait été choquée par les différents aspects de cette relation : il y avait un sacré écart d'âge, et il était son prof ! Et ils avaient eu des relations charnelles avant de se marier ! Sur ce point, elle s'était rappelé avoir failli commettre le même pêché avec Fillipe et il était probable que si ses parents n'avaient pas fait irruption de façon inopinée dans le salon, elle serait passée à la casserole elle aussi.

Mais le choc de cette histoire insolite et défendue avait vite laissé place à l'admiration et à la curiosité. Elle avait adoré ces longues nuits à discuter avec Clara de cette belle histoire qui démarrait. Puis, elle lui avait annoncé la semaine avant son arrivée que Jean-Gé était devenu quelqu'un d'autre, un homme violent et manipulateur et qu'elle avait mis un terme à cette relation. Comme quoi, l'amour n'était pas une valeur sûre et il ne fallait pas se donner à n'importe qui.

Elle était tellement heureuse que son amie et Luis aient des atomes crochus ! Elle la considérait déjà comme sa sœur avant, elles étaient donc en train de devenir plus ou moins belles-sœurs ! Et comme c'était quand même très amusant de voir son frère et son amie s'amouracher, elle avait décidé de laisser de côté tous ses principes et de ne pas perdre une miette de cette histoire qui se profilait.

Les jours suivants, à son grand désespoir, rien ne se passa entre Clara et Luis. Tous deux agissaient comme si de rien n'était, se faisant une bise rapide le matin au petit-déjeuner et s'ignorant totalement le reste du temps. Elle avait tant espéré que ça marche entre eux. Cette idéaliste si romantique avait beaucoup de mal à comprendre. Elle était persuadée que l'un comme l'autre avaient eu le coup de foudre au premier regard. Elle aurait tant aimé être le petit Cupidon qui les aurait tous les deux touchés de sa flèche magique !

Ils se marièrent et eurent beaucoup d'enfants, avait-elle appris depuis son plus jeune âge au fil de ses lectures… pas de mariage en vue pour ces deux-là…

Elle avait tenté de questionner Clara qui de son côté ne semblait pas s'émouvoir de l'indifférence du beau Luis.

— Pourquoi vous ne vous parlez pas ?

— Honnêtement, je ne sais pas…

— Demande-lui !

— Non, je ne vais pas lui courir après ! S'il veut me voir, il sait où me trouver… on dort sur le même palier je te rappelle…

— Mais vous vous êtes embrassés…

— Oui, un soir après avoir sans doute un peu trop bu…

— Mais vous vous êtes bien entendus le premier soir !

— Oui… je sais hermanita… mais qu'est-ce que tu veux que je te dise ? Je ne vais pas le forcer à venir me voir !

— Mais tu pourrais lui parler !

— Tu commences toujours toutes tes phrases par « mais » ?

— Mais non !

— Euh… si !

Après plusieurs tentatives pour la convaincre, Maru laissa finalement tomber. Et toute la semaine, ils s'ignorèrent totalement, comme si ce baiser n'avait pas eu lieu.

*****

Émilie s'éveilla tranquillement en ce samedi matin. La veille, elle avait passé la soirée au Forum et au Deja Vu, comme le week-end précédent. Cette fois, ses copines s'étaient à peu près bien tenues et personne n'avait vomi. Elles avaient croisé Luis et sa bande. Natacha et Pedro s'étaient à nouveau sauté dessus, tandis que Clara et Luis s'étaient totalement ignorés.

De son côté, elle avait adoré danser la salsa avec Alvaro pendant un long moment. La musique entêtante, des bras musclés qui la serraient fort et le corps chaud du jeune homme plaqué contre elle lui avaient changé les idées. La semaine passée avait été assez moyenne moralement. Elle avait l'impression que sa chef d'agence rebaptisée Natasha numéro dos, puis re-rebaptisée, tout récemment, « La sale voleuse » par ses amies, non seulement l'exploitait, mais en plus les arnaquait. Elle avait effectué toutes les demandes de devis pour leur voyage, elle avait négocié des chambres gratuites avec ses prestataires, et même réussi à faire baisser le tarif des tickets de car… et le prix de vente final était de quatre fois le coût réel.

Elle avait essayé d'en parler avec « La sale voleuse » mais cette dernière l'avait envoyée sur les roses, lui balançant très froidement, et en Français s'il vous plaît, que « ça n'était pas une gosse de riches qui allait lui donner des leçons ». Émilie était alors partie pleurer dans son bureau. Pour qui se prenait cette bonne femme ?

Totalement dégoûtée, elle avait décidé de ne plus faire d'efforts pour « Viva Tours » et avait, après cet épisode, arrêté d'arriver plus tôt le matin et de partir tard le soir. Elle prenait même sa pause déjeuner. Elle voulait bien être gentille mais comme le disait souvent la pragmatique Vanessa « Bonne ne s'écrit pas avec un « c ». C'est donc dans un climat très tendu, sous l'œil agacé de sa chef, qu'Émilie avait achevé sa troisième semaine de stage.

Et la veille, dans la chaleur moite du club, elle avait réussi à oublier un peu cette mauvaise semaine et avait réussi à apprécier ce moment passé pourtant avec un autre garçon que son Benoît. Rien qu'en évoquant son nom dans ses pensées, son cœur se serra. Elle n'était pas guérie, malgré tout ce qu'elle faisait pour s'en convaincre. On ne pouvait pas tirer si vite un trait sur son premier amour.

Après avoir rêvassé quelques minutes sous ses draps, profitant de la chaleur du soleil qui caressait ses jambes à travers les persiennes, elle s'étira et fila se doucher. Aujourd'hui, Lili l'emmenait au mariage de son cousin Jose avec sa fiancée Nicoletta. La cérémonie avait lieu dans une petite église, au sud de la ville. Émilie était impatiente de découvrir le folklore d'un mariage local. Elle s'était acheté, la veille, dans un centre commercial huppé, une superbe tenue pour l'occasion. Elle voulait être irréprochable et se voyait, quelque part, comme une ambassadrice de la France, prête à donner une image parfaite de son pays aux gens qu'elle allait rencontrer sur place. Elle enfila sa robe bustier noire. Le haut était en coton et tenait par une fermeture éclair. De forme empire et allant jusqu'à ses pieds, elle donnait à la jeune fille des allures de princesse des temps modernes, pour un parfait mélange de classicisme et d'élégance.

Elle portait une veste courte, en dentelle noire avec des fils dorés et un serre-tête tout fin en perles du même coloris. Elle avait coiffé ses cheveux avec soin, façonnant ses boucles en une cascade brune qui descendait le long de ses épaules. Elle avait opté pour des sandales dorées assorties à l'ensemble ainsi qu'un joli bracelet et un sautoir. Un trait d'eye-liner pour mettre ses yeux noisette en valeur, du gloss et le tour était joué !

Après avoir reçu les compliments d'usage de Lili et ses parents, ils se mirent en route. Le mariage avait lieu en fin de matinée et s'ensuivrait une longue journée de festivités et de repas. Elle avait le sentiment d'être vraiment privilégiée de pouvoir participer à un tel événement en se plongeant dans l'intimité de cette famille. C'était vraiment très gentil de leur part de l'avoir conviée, elle qui n'était pour eux tous qu'une inconnue.

La voiture se gara devant un petit groupe d'invités qui prenaient déjà la pose devant le photographe.

Elle sortit timidement de la voiture et contempla les environs. Ils étaient sur une place ombragée de palmiers et faisant face à une petite église romane en pierre blanche, aux lourdes portes en bois sombre. Des bancs situés sur le pourtour de la place permettaient aux invités arrivés en avance de profiter du soleil en attendant les mariés. Son attention fut attirée par le groupe qui se prenait en photos. Ils étaient une dizaine, trois garçons, tous sur leur trente-et-un et sept filles qui portaient toutes des robes de cocktail. Plus minces les unes que les autres, perchées sur des talons vertigineux et prisonnières du satin de leurs tenues, elles avaient tout de la caricature des demoiselles d'honneur des films américains.

Lili s'approcha d'elle et l'attira vers le petit groupe pour la présenter. Malgré les a priori qu'elle avait sur les filles du groupe, elle constata avec soulagement que ces dernières venaient à sa rencontre avec enthousiasme et des sourires sincères aux lèvres. Il s'agissait des amies de la mariée.

Elles étaient surexcitées à l'idée de voir leur Nicoletta se faire passer la bague au doigt. L'une d'entre elles, dans son fourreau bleu ciel, prit Émilie par le bras et l'attira vers les trois garçons restés entre eux.

Elle ne le vit pas tout de suite. Il était caché par Ernesto, un solide gaillard d'une trentaine d'années, immense et bedonnant, dont le rire communicatif masquait tout bruit dans un rayon de plusieurs mètres.

C'est alors qu'elle s'approchait discrètement, marchant dans les pas de la fille en bleu, que leurs regards se croisèrent pour la première fois. Elle ressentit comme une décharge délicieuse qui traversa son corps. Elle mit quelques secondes à reprendre ses esprits et osa de nouveau poser ses yeux sur lui. Il avait l'air aussi surpris qu'elle, comme si ce courant quasi électrique avait touché les deux jeunes gens en même temps.

Il vint vers elle et lui serra la main. De nouveau, un immense frisson l'envahit lorsque leurs peaux entrèrent en contact. *Mais qu'est-ce qu'il m'arrive ?*

— Hola, soy Julio, el primo de la novia. *Salut, je suis Julio, le cousin de la mariée.*

— Euh… hola… soy Émilie, soy francesa y una amiga de la prima de Jose, bégaya-t-elle, Euh… *Salut, je suis Émilie, je suis française et je suis une amie de la cousine de Jose, totalement désarçonnée par les sensations bizarres ressenties rien qu'à la vue du jeune homme.*

Julio n'en menait pas large non plus. Il lâcha, à regret, la main de cette jolie inconnue. Il lui sourit, ne trouvant rien à lui dire. Elle ne bougea pas, tout sourire et ne pouvant détacher son regard de lui. Le jeune homme était juste un peu plus grand qu'elle. Il avait une silhouette carrée, rassurante. Sa peau très mate faisait ressortir des dents d'une blancheur impeccable. Julio avait la tête rasée. Même si Émilie aimait les chevelus, elle ne put imaginer la tête de ce garçon autrement ! Ses yeux bruns en amande se plissaient quand il souriait, ce qui propageait son bonheur à tout son visage. Il avait des sourcils fournis qui perpétraient une certaine gravité à son allure générale. Vêtu pour l'occasion d'un smoking gris, d'une chemise blanche et d'un nœud papillon, il était aux yeux de la jeune fille totalement parfait.

Elle se sentait un peu ridicule à rester là plantée face à lui, sans trouver quoi dire, mais elle était incapable, en même temps, de tourner les talons. C'était gênant, mais elle sentait qu'il avait ressenti cette même émotion bizarre au moment précis où leurs regards s'étaient croisés. Était-ce ça le coup de foudre ? *C'est tellement cliché… il faut que je trouve un truc à dire, ou à faire !* À cet instant, l'univers lui donna un coup de pouce en faisant arriver une Cadillac rouge, jonchée de rubans de dentelle blanche et de bouquets de fleurs.

Les mariés venaient d'arriver et Émilie s'amusa de constater qu'une foule immense était là, sans qu'elle ne s'en soit aperçue. Sous les applaudissements des invités, les mariés descendirent de la sublime voiture de collection. La future épouse paraissait tout droit sortie d'un conte de fées. Une robe incroyablement imposante, d'une blancheur presque éblouissante et bouffante à souhaits. De nombreuses perles, des rubans, des dentelles… toutes les toilettes de toutes les mariées du monde réunies en une seule pièce magistralement portée. Émilie essaya de réfréner le fou rire qu'elle sentait monter en observant cette meringue géante.

Julio, qui n'avait d'yeux que pour elle depuis quelques minutes vit que la jeune fille se pinçait les lèvres pour ne pas rire et, même si la mariée était sa cousine, il préférait les choses plus simples et se dit que ça leur faisait déjà un point commun.

Il s'approcha d'elle et lui murmura à l'oreille « Aye, que vestido ! » «*Houlà ! Quelle robe !* »

Elle baissa les yeux et lui sourit timidement. L'énorme tenue de la mariée l'amusait donc lui aussi. *Il a de l'humour, ça démarre bien !*

Les cloches de l'église retentirent, apportant encore plus de joie à la foule en liesse. Émilie fut happée par Lili et se retrouva séparée de Julio pendant la cérémonie, coincée entre un mur et un vieil oncle qui ne put s'empêcher d'éternuer pendant tout, ce qui la fit rire au début, mais qui au bout d'une heure trente devint affreusement irritant.

Il était dans les premiers rangs et n'avait de cesse de se tourner pour essayer de la repérer dans l'église. Puis des éternuements incessants attirèrent son attention et il la vit, assise à côté del Tio Lino. Elle ne l'avait pas vu, plongée dans le livret de la cérémonie. Il en profita pour l'observer avec attention. Il la trouvait sublime dans sa longue robe noire.

Élégante sans en faire trop, et si naturelle ! Son cœur palpitait, il était complètement charmé par cette jolie française arrivée là par il ne savait quel miracle.

C'est à la fin de la messe, quand il la vit, l'air totalement perdue, qu'il se décida à l'approcher. Les mains moites, le crâne luisant, il longea les murs de l'édifice, la dévorant des yeux, se sentant anxieux, sans pouvoir expliquer pourquoi.

Elle discutait avec Lili mais était incapable de rester concentrée sur sa conversation, scrutant les alentours le plus discrètement possible. Où était donc passé Julio ?

Cette sensation étrange d'être connectée à lui ne l'avait pas quittée depuis que leurs regards s'étaient croisés deux heures plus tôt. Son cœur battait la chamade, elle ressentait des picotements dans le ventre et avait du mal à respirer à pleins poumons, comme si son corps attendait lui aussi d'être auprès du beau péruvien pour vivre à nouveau. Et, tandis que Lili, qui n'était pas dupe, faisait un long monologue sur ce magnifique mariage et l'avenir radieux qui attendait les jeunes époux, Émilie sentit une main effleurer son dos. Elle se raidit. Pas besoin de se retourner pour comprendre que c'était lui. Ses joues s'empourprèrent, sa bouche devint sèche et elle fut incapable de dire un mot quand elle se tourna enfin. Il retira immédiatement la main qu'il avait posé en bas du dos de la jeune fille, réalisant, sans doute un peu tard, qu'ils ne se connaissaient pas et que cette familiarité pourrait peut-être sembler déplacée.

Lili, spectatrice de cette scène amusante, s'éclipsa, sans qu'aucun des deux autres ne s'en aperçoive.

Il y eut un long silence gêné, ponctué par des sourires et de doux regards qui en disaient déjà long, chacun réfléchissant à ce qu'il pourrait dire à l'autre sans être ridicule. Il se lança en lui demandant si elle serait présente au vin d'honneur et au dîner des mariés et fut enchanté d'entendre la réponse.

Ils ne se quittèrent pas de l'après-midi, les heures passaient, le dialogue devenait fluide, évident.

Émilie eut une pensée pour Benoît, essayant d'analyser ce qui lui arrivait. Elle l'avait aimé si fort qu'elle avait cru mourir de chagrin quand la fin de leur histoire avait sonné. Leur relation s'était construite tranquillement, sans urgence, avec la certitude, pour l'un comme pour l'autre, qu'ils avaient la vie devant eux pour se découvrir et s'aimer. Les sentiments s'étaient installés peu à peu et avaient été crescendo jusqu'à atteindre leur apogée au moment même où le couple s'était séparé. Elle était frappée par la différence de ressenti avec Julio. Elle ne le connaissait que depuis quelques minutes, et pourtant, ce tsunami émotionnel qui s'était propagé de ses tripes jusqu'à son cœur semblait avoir balayé son premier amour avec une violence inouïe, la laissant sonnée, perdue mais ne cherchant aucunement à se débattre pour fuir cette vague immense qui venait de l'emporter. Il était à la fois la tempête et le canot, et elle ne pouvait se résoudre à s'éloigner de lui.

Julio ressentait lui aussi cette folie romantique, il était comme hypnotisé par Émilie depuis qu'il avait posé ses yeux sur elle. Il n'avait jamais été amoureux et n'avait connu que quelques courtes histoires pour se distraire. Il n'avait pas le temps de s'intéresser de près à la gente féminine, ses études en nanotechnologies à l'université de Lima et son job de chauffeur de taxi pour aider ses parents lui prenaient trop de temps et d'énergie. Il n'était pas du genre à se laisser aller. Il était l'aîné de la famille et devait montrer l'exemple à Luisa, sa sœur cadette qui était encore au lycée.

Ses parents lui avaient inculqué la valeur du travail et du mérite depuis tout petit, il avait ça en lui. Une fierté à toute épreuve, montrer à tout prix que l'on s'en sort seul, quel qu'en soit le prix à payer. C'est donc en étudiant la semaine et en travaillant chaque soir et chaque week-end, qu'il avait la sensation de gagner le respect de sa famille.

Il ne réalisait pas que ses parents, bien que très fiers de leur rejeton, attendaient surtout de le voir se marier et fonder une jolie famille en suivant leur exemple.

Et si c'était elle, celle qu'il attendait ? Ou plutôt celle à qui il ne s'attendait pas ?

Toujours était-il que pour la première fois de sa vie, il se sentait totalement déstabilisé par une fille. Il était pourtant très sûr de lui, n'avait jamais douté de ses capacités à séduire, il se savait agréable à regarder et prenait bien soin de lui, ce qui lui valait de nombreuses moqueries de sa sœur qui lui reprochait souvent d'être plus long qu'elle dans la salle de bains. Il aimait plaire, et il ne pouvait s'empêcher d'admirer la belle image que lui renvoyait chaque miroir qu'il croisait. Il était beau, jeune, avait un avenir prometteur et il était totalement hors de question d'en rougir. Mais cet après-midi-là, lorsque les deux yeux noisette de la belle Émilie avaient croisé les siens, il avait senti une faille s'ouvrir en lui. Il était terrifié, cette délicieuse rencontre venait de lui faire prendre conscience qu'il n'était pas infaillible et que s'il savait plaire, il pouvait lui-même se retrouver happé par un tourbillon exaltant simplement en croisant un regard ou en effleurant une main. Il détestait ça, il avait besoin de contrôler ses émotions, et de façon plus large, sa vie entière. Il n'avait jamais expérimenté le lâcher prise et, malgré ses jambes en coton et son cœur qui battait beaucoup plus vite qu'à la normale, il était bien décidé à ne pas céder à la tentation de s'amouracher de cette fille qui finirait bien par regagner son pays tôt ou tard. Il avait beau se raisonner, il était malgré tout bien incapable de réellement fuir cette jolie brune qui l'attirait comme un aimant.

C'est ainsi que naquit la folle histoire d'Émilie et Julio, une rencontre inopinée qui aurait pu et peut-être dû en rester là.

Aveuglés par ce coup de foudre, ils ne se quittèrent qu'après le bal, à plus de trois heures du matin. Soucieux, l'un comme l'autre, de ne pas gâcher ce doux moment, ils n'échangèrent aucun baiser mais se promirent de se revoir lors du passage d'Émilie et ses amies à Lima pour rentrer en France.

VIII

Elle n'avait pas fermé l'œil de sa courte nuit. Dès qu'elle essayait de dormir, le regard envoûtant de Julio venait la hanter. Elle s'était mise au lit à son retour du mariage tandis qu'un ciel noir et sans étoile couvrait Arequipa. Elle avait subi, sur le trajet du retour, un véritable interrogatoire de la part de ses hôtes qui, comme la plupart des invités, avaient assisté au rapprochement de ce couple improbable.

Elle avait nié l'évidence, bien que consciente qu'aucune de ses réponses n'était crédible. Et c'est après un démaquillage rapide qu'elle s'était réfugiée sous les draps frais de son lit. Elle avait naïvement cru qu'elle s'endormirait directement, mais il n'en fut rien. Elle peinait à trouver une position propice au sommeil, et, finalement, c'est en se mettant en boule qu'elle trouva le confort. Mais à chaque fois que ses paupières étaient closes, elle voyait son visage et son cœur recommençait à battre à tout rompre. Difficile, dans cet état d'énervement, de trouver la quiétude nécessaire à une nuit réparatrice. Son estomac ne cessait de se nouer, elle souriait en observant, dans le film de sa mémoire, cette journée passée avec lui.

Elle revoyait ce moment où, timidement, au moment de se séparer, il lui avait pris la main et avait déposé une bise sur sa joue tremblante. Son corps entier s'était tendu et ce baiser tant espéré n'avait pas eu lieu, sans doute à cause de tous les curieux qui attendaient de voir comment ils se quitteraient à l'issue de la fête. Dans sa tête, elle ne pouvait s'empêcher de rêver une fin plus hollywoodienne : un Julio, la soulevant du sol de ses bras musclés, et elle légère comme une ballerine, portée à bout de bras, plongeant son regard dans celui du jeune homme. Ensuite, il l'aurait reposée à terre, la lumière se serait tamisée, les autres, autour, leur auraient laissé cette intimité nécessaire, et là, le temps se serait suspendu.

Il aurait saisi son visage doucement entre ses mains, sans se quitter des yeux, leurs visages se seraient rapprochés et enfin, leurs lèvres se seraient rencontrées dans un langoureux baiser. Clap de fin sur un *happy end* mémorable… C'est sur ce scénario qu'elle tomba enfin dans les bras de Morphée, alors que le soleil, indifférent à l'absence de sommeil de la jeune fille, se levait.

*****

Vanessa et Clara étaient toutes deux surexcitées par la folle journée que leur amie leur raconta le lundi suivant, pendant leur déjeuner.

Sur la table : des avocats, du ceviche et, pour fêter le coup de foudre d'Émilie, des verres d'Arequipeña, la bière locale. Chaque grande ville, au Pérou se vantait de produire la meilleure bière. Il existait ainsi toute une gamme de boissons maltées, nommées, selon leur lieu de production Cusquena, Arequipeña, Pilsen Trujillo…

C'est donc les ventres remplis et les esprits en ébullition que Vanessa et Clara, à travers le récit d'Émilie, firent connaissance de Julio. Le début du repas fut entièrement dédié à cette fabuleuse rencontre. Les yeux d'Émilie brillaient, elle avait bonne mine et ses amies ne purent s'empêcher de la taquiner. En à peine quarante -huit heures, elle s'était métamorphosée, son visage qui portait encore les stigmates d'une rupture douloureuse avec Benoît quelques jours plus tôt, avait retrouvé de la couleur, et surtout, de la joie de vivre. Elle était rayonnante, comme ressuscitée par la force vitale que cette rencontre avait provoquée.

Tandis qu'elles commandaient trois matés de coca pour digérer leur lourd repas, Émilie demanda à ses amies comment leur week-end s'était passé.

Vanessa baissa la tête et rougit.

— Je me suis disputée avec Guillaume…

— Hein ? Émilie tombait des nues.

— Ouais… c'est pas la joie depuis qu'on est au Pérou… La bouche de Vanessa partait vers le bas, elle étouffa un sanglot.

— Mais pourquoi ?

— Il trouve que je ne pense qu'à m'amuser, que je ne lui donne aucune nouvelle… bref… ça me saoule…

— Mais vous vous écrivez tous les jours, c'est comme quand tu es en France !

— Oui… je suis d'accord… mais il flippe car on sort pas mal, on picole…

Clara pouffa de rire.

— Comme si t'avais attendu d'être au Pérou pour lever le coude ! Il te connaît pourtant !

Vanessa esquissa un sourire triste.

— Ouais mais je sais pas, il est dans un mauvais délire. Il a peur que je le trompe, il ne veut pas que je fasse la fête… c'est chiant…

— T'en fais pas ma Vuvu, c'est la preuve qu'il t'aime et qu'il tient à toi la rassura Clara

— Oui mais quand on aime, on fait confiance…

— Je suis sûre qu'il te fait confiance, mais c'est humain de douter. Imagine la situation inversée : toi, prise dans ton quotidien et Guillaume, avec tous ses potes dans un pays latino, à faire la fête et à ne pas pouvoir t'appeler tous les jours car ça coûte trop cher… tu ne flipperais pas un peu ?

Clara avait sans doute raison.

— Vous vous êtes engueulés par texto ? demanda Émilie

— Nan, par téléphone. C'est ça le pire… je suis allée jusqu'en centre-ville pour acheter une carte hier, je suis allée squatter une cabine dégueulasse juste pour entendre sa voix quelques minutes… et je m'en suis pris plein la gueule. Je suis dégoutée. Je lui ai raccroché au nez !

— Merde… je suis vraiment désolée pour toi ma poulette. Émilie la prit par l'épaule

— Ça va passer… mais franchement c'est dur…

— Il est fou de toi, il va se rendre compte qu'il est allé trop loin et ça va repartir comme en quarante lança Émilie, pleine d'espoir.

— On verra… mais il est hors de question que je gâche mon voyage à cause de ses doutes. Vous me connaissez, vous savez que je ne le tromperai jamais, mais je ne vais pas rester enfermée juste à cause des états d'âme de monsieur…

— Ça c'est clair ! De toute façon, même si tu le voulais, on ne te laisserait pas faire ! Tu vas voir, notre week-end à Puno va te changer les idées ! J'ai tellement hâte à vendredi, soupira Émilie. Et toi Clara, du nouveau sur le dossier Luis ?

— Oui… on a remis le couvert samedi soir dit-elle, tout sourire

— Oh, mais c'est génial ! raconte !

— Ben, comme tous les week-ends, on est allées au Deja Vu et au Forum et on s'est croisés là-bas. Et comme d'habitude, il m'a snobée… mais je lui ai demandé de me prévenir quand il rentrait pour qu'on partage un taxi. J'aime pas trop rentrer toute seule.

— Et ????

— Et à peine assis dans le taxi, il s'est jeté sur moi et on s'est embrassés toute la route ! Quand on est arrivés à la maison, il a voulu qu'on aille dans sa chambre…

— Rho le coquin ! lança Vanessa

— Et tu as dit oui ? s'inquiéta Émilie

— Je lui ai dit oui, mais j'ai précisé d'emblée qu'il ne se passerait rien !

— Et il s'est passé quoi ? Vanessa était ravie de ne plus être au centre de la conversation. La vie sentimentale de ses amies était décidément très distrayante et elle ne se lassait pas des tribulations de ces dernières.

— Rien… Quand j'ai senti que ça risquait de déraper, je lui ai souhaité bonne nuit et je suis partie me coucher

— Mais pourquoi ? Vanessa avait espéré une fin un peu plus émoustillante au récit de son amie.

— Tu sais pourquoi... le prochain mec avec qui je couche, ça sera le bon. J'ai fait une énorme erreur avec Jean-Gé, j'ai trop souffert. On sait très bien toutes les trois que ça n'est pas Luis le père de mes enfants...

— Vu comme ça... c'est sûr... et du coup, vous êtes ensemble officiellement ?

Clara pouffa de rire.

— Ni officiellement, ni officieusement. Quand on s'est vus au petit dej dimanche matin, il m'a fait la bise et ne m'a pas calculée. Il est vraiment bizarre, je ne le comprends pas...

— Passe à autre chose ma Clarita, il est super chiant ce mec !

— Oui... à croire que je suis abonnée aux boulets...

Clara raccompagna Émilie à son agence après le déjeuner, tandis que Vanessa les quittait pour retourner, elle aussi sur son lieu de stage. Elle prit ensuite un taxi et partit retrouver Natacha dans un parc où elles passèrent l'après-midi au soleil. Elles attendaient avec une grande impatience que le week-end arrive. Elles partiraient avec Vanessa, Émilie, Martine et Astrid, l'une de leurs comparses, en autocar dès le vendredi soir et feraient la route de nuit jusqu'à Puno. L'arrivée était prévue aux alentours de quatre heures du matin. Là, le groupe irait dormir quelques heures à l'hôtel puis serait emmené, par le biais d'une navette de l'hôtel, à l'embarcadère où un bateau les attendrait sur le célèbre Lac Titicaca. Émilie avait tout réservé, et cette excursion s'annonçait intense.

Elles iraient visiter los Uros, des îles flottantes fabriquées en roseaux sur lesquelles des familles entières vivaient toute l'année. Puis direction l'île d'Amantani où par groupes de deux ou trois, elles passeraient la nuit chez l'habitant. Elles étaient tellement impatientes de vivre cette première vraie excursion toutes ensemble ! Il fallait qu'elles pensent à prendre ce qu'il fallait. Elles avaient ramené de France des paquets de crayons de couleur et de feutres pour les enfants des îles, il faudrait aussi prendre de la crème solaire, des vêtements bien chauds car à une altitude de plus de quatre mille mètres, il ferait sans doute frisquet !

Les deux jeunes filles appréciaient les moments passés ensemble, aussi, Clara sentit qu'elle pouvait faire confiance à Natacha et finit par lui raconter toute son histoire avec Jean-Gé. Cette dernière fut totalement médusée en découvrant la folie dissimulée par la beauté de leur prof d'anglais. Natacha parla elle aussi de ses histoires précédentes qui s'étaient toutes soldées par des échecs. Elle était très difficile et elle le savait. Elle finissait toujours par se lasser des garçons avec lesquels elle sortait.

Elle confia alors à Clara qu'avec Pedro, les choses étaient différentes, et que même s'ils n'avaient clairement aucun avenir ensemble, elle voulait vivre les moments passés avec lui à fond. Elle se sentait tomber amoureuse de ce beau garçon, qui, un peu comme son ami Luis, n'était pas démonstratif en public, mais qui se rattrapait à merveille, dès qu'ils se retrouvaient tous les deux. Les filles finirent par penser que les Péruviens se comportaient ainsi, peut-être que cette froideur en public était purement culturelle ? Clara repensa à Émilie et Julio, qui malgré une attirance manifeste, n'avaient pas non plus consommé leur coup de foudre, ne serait-ce qu'en s'embrassant. C'était certainement une question d'éducation. La France était sans doute plus libérée au sujet des relations amoureuses.

Elle raconta à Vanessa comment Maru avait failli s'étouffer lors de son séjour en France, en apprenant que des couples vivaient sous le même toit sans être mariés. Deux pays, deux cultures, deux visions des relations de couple. Les jeunes filles se demandèrent si les Français étaient trop avant-gardistes ou si le Pérou ne l'était pas assez… dans un monde où tout semblait aller si vite, où le temps filait à toute allure, même les relations amoureuses semblaient régies par les lois d'une vitesse absurde imposée par des règles aussi arbitraires que saugrenues. C'est sur cet échange quasi philosophique que l'après-midi au parc entre filles s'acheva.

*****

— Putain, mais qu'est-ce qu'elle fout ? Clara trépignait. Émilie n'était pas encore là et le car allait partir dans cinq minutes, qu'elle soit arrivée ou non.

— J'espère qu'elle n'a pas eu de problème renchérit Vanessa, scrutant le parking de la gare routière d'Arequipa.

Il était 20:55 et tous les passagers du trajet Arequipa-Puno avaient embarqué dans le grand autocar tout confort affrété par la compagnie Cruz Del Sur. De ce fait, la gare routière était déserte, mis à part quelques locaux venus accompagner des proches qui attendaient patiemment le départ, les différents quais étaient vides et peu de voitures étaient stationnées sur le parking situé en contrebas.

Le chauffeur cria quelque chose, les filles comprirent avec angoisse qu'il annonçait son départ imminent, sans Émilie. Paniquées, elles s'approchèrent du chauffeur et lui demandèrent, dans un espagnol suppliant et hasardeux d'attendre encore quelques minutes. Ce dernier ne voulut rien savoir et leur dit que les passagers étaient convoqués trente minutes avant le départ et que s'ils n'étaient pas là à l'heure, c'était tant pis pour eux.

La compagnie était réputée pour son respect des horaires et il était hors de question qu'un groupe de petites Françaises aille gâcher sa réputation. Vanessa sentait les larmes monter. Elles n'allaient quand même pas partir sans Émilie alors que c'était elle qui avait tout organisé. Tandis qu'elles continuaient d'argumenter auprès du chauffeur qui avait fermé les portes de son mastodonte roulant et démarré le moteur, des coups désespérés retentirent contre la porte. Tous trois tournèrent leurs têtes en même temps et virent une Émilie à bout de souffle, les joues écarlates et les yeux rouges. À contre cœur, le chauffeur ouvrit la porte et se leva de son poste de pilotage pour aller mettre l'énorme sac de voyage de la jeune fille en soute. Secouée par des sanglots, elle présenta d'une main tremblante son ticket au chauffeur exaspéré qui poinçonna sèchement le bout de papier.

— Qu'est ce qui s'est passé ma poulette ? demanda Vanessa inquiète de voir son amie dans cet état.

— C'est à cause de cette connasse de Natasha… je suis sûre qu'elle voulait que je rate le bus !

— Ben elle a presque réussi rétorqua Clara.

— Elle m'a emmerdée toute la journée, et ce soir, elle m'a filée une pile de dossiers à mettre à jour…

— Tu lui as pas dit qu'on partait ce soir ?

— Si… mais elle m'a dit qu'elle ne me laisserait pas partir tant que je n'avais pas terminé et que si je m'en allais avant d'avoir fini, c'était pas la peine que je revienne lundi !

— La connasse ! s'exclamèrent d'une seule voix ses deux amies.

Les sept heures de voyage se passèrent tranquillement. Clara fit le voyage à côté de Natacha et chacune, écouteurs sur les oreilles, essaya de dormir tant bien que mal. Vanessa, elle, avait le siège voisin de celui de Martine qui ne parla que d'elle pendant plus d'une heure.

Et ce jusqu'à ce qu'une grosse Péruvienne, portant sur ses deux longues nattes un étrange chapeau brodé, vienne lui demander de se taire. La jeune fille, vexée, n'ouvrit plus la bouche du trajet, au grand soulagement de la Vuvu qui s'endormit instantanément. Émilie s'était installée à côté d'Astrid, une autre étudiante en tourisme qui s'était tout de suite intégrée au groupe d'amies grâce à son humour hilarant et sa personnalité sympathique. Si au lycée, elles n'avaient jamais vraiment pris le temps de discuter, les jeunes filles avaient très vite fraternisé et avaient pris l'habitude de se retrouver lorsqu'elles sortaient le soir.

Astrid semblait plus proche d'elles que des filles de son groupe, qui, il fallait bien l'avouer, n'étaient pas spécialement intéressantes à côtoyer. La grosse Bertille, comme les filles l'avaient surnommée, en plus d'avoir une surcharge pondérale importante avait des traits grossiers et peu attirants, n'était pas loquace et était renfermée sur elle-même, comme prise au piège dans ce corps trop large.

Il y avait également Marie, aussi hideuse que petite. Ne dépassant pas le mètre cinquante, elle semblait vouloir combler sa petite taille par un caractère très affirmé. Avec une coupe de cheveux, longs d'un côté et courts de l'autre, une frange si courte qu'elle était quasiment inexistante et une couperose sur un visage couvert d'acné, Marie n'était clairement pas gâtée par la nature qui, si elle ne lui avait pas donné la beauté, lui avait malgré tout transmis une verve exacerbée. Elle savait tout sur tout et, par principe, n'était jamais d'accord. Avec des compagnes de voyage pareilles, c'est tout naturellement que Astrid s'était greffée au reste du groupe.

Après un trajet sans encombre et une sieste rapide dans un petit hôtel, nous embarquons sur le Land Roberth II, un petit bateau à moteur qui va nous escorter jusqu'à notre première étape, Los Uros. Il compte une quarantaine de places autour de son poste de pilotage situé dans une petite cabine sommaire. Émilie, Vanessa, Martine, Natacha, Astrid et moi empruntons la petite passerelle qui permet d'accéder à notre embarcation. Le soleil se lève sur un paysage extraordinaire. Le lac Titicaca, plus haute étendue d'eau douce au monde et dont le nom fait rire les enfants depuis toujours, glisse sous la coque, paisiblement. Il ne ressemble en rien à ce que j'avais imaginé. C'est immense, une surface d'un bleu hypnotisant à perte de vue, avec, dans mon champ de vision, des montagnes, puis juste une ligne d'horizon. L'oxygène est rare à cause de l'altitude, nous sommes toutes essoufflées sans avoir fourni d'efforts particuliers. Il paraît que nous avons bien fait de venir en car, nos organismes se sont acclimatés tranquillement, au cours du trajet, à cette raréfaction de l'air. Les personnes qui viennent en avion peuvent faire des malaises à cause du changement d'environnement trop rapide, ça gâcherait un peu la visite quand même.

On a déjà assez avec Martine qui, depuis son réveil à l'hôtel, n'a cessé de se plaindre. Elle est enrhumée et semble vouloir que le monde entier compatisse à la congestion dont ses sinus sont victimes.

Elle m'épuise, elle ne se rend pas compte de la chance inouïe que nous avons d'être là ? Je préfère m'éloigner d'elle, de son bonnet enfoncé jusqu'aux yeux, de sa grosse écharpe qui ne laisse dépasser que ce nez qui la fait tant souffrir. Elle devrait arrêter, ne serait-ce que cinq minutes, de se focaliser sur ce qui ne va pas et regarder à quel point le panorama qui nous entoure est magnifique.

Au-dessus de nos têtes, le ciel est d'un bleu pâle encore timide. Des traînées rose poudré et doré zèbrent le ciel, absorbant les rayons du soleil qui se lève. On aperçoit des oiseaux qui profitent de la vue en nous offrant un ballet aérien qui trouve parfaitement sa place dans ce décor sublime. En dehors du ronronnement léger du moteur et du clapotis de l'eau, nous voguons calmement, chacun contemplant en silence le cadre splendide qui nous entoure.

Mon regard croise celui de Vanessa qui semble elle aussi totalement envoûtée par la quiétude et la beauté des lieux. Nous nous sourions. Notre amitié a atteint ce stade où nous n'avons plus besoin de parler pour nous comprendre. Et là, sans comprendre pourquoi, je sens une émotion intense m'envahir et des larmes brûlantes s'échappent de mes yeux sans que je cherche à les retenir. Je me sens bien, c'est pour ça que je pleure. Toutes les tensions, le stress, la tristesse et les interrogations de ces dernières semaines s'échappent de mes yeux et je me sens enfin légère, comme lavée de toute cette peine qui fut la mienne ces derniers temps. Jean-Gé est définitivement oublié, je me félicite encore de ce texto clair, net et précis envoyé à mon arrivée au Pérou. Je n'ai plus eu de nouvelles, je pense qu'il a compris.

Et Luis… Luis, mon exutoire… je savoure les instants où je sens que je lui plais sans en attendre plus. Ces petits moments de complicité passés à deux me font du bien, même si je sais que ça ne nous mènera nulle part et qu'au fond, il veut juste me mettre dans son lit.

J'en suis consciente mais malgré tout, s'il veut coucher avec moi, c'est qu'il me trouve jolie et à chaque fois qu'il pose son regard sur moi, je me sens bien. Pas de remarques sur mon poids ou sur mes formes, il m'apprécie comme je suis, même si c'est en pointillés. Et puis je me sens tellement bien entourée d' Émilie et Vanessa.

En entrant en BTS, je savais que je rencontrerais des gens, que je me ferais des copines. Mais je n'avais pas imaginé une seconde qu'à vingt ans, je pourrais me créer des liens aussi forts en si peu de temps. Je pensais que l'amitié, la vraie, ne pouvait remonter qu'à l'enfance. Et bien non. Nous avons créé ce lien si fort en une année d'études, chacune contribuant au bonheur et au soutien des deux autres.

Je les observe, Vanessa a le regard fixé sur l'eau du lac. Je suis certaine qu'elle pense à son Guillaume et qu'elle réfléchit à une solution pour calmer cette première crise que son couple traverse. À côté d'elle, Émilie, l'œil pétillant, elle aussi perdue dans ses pensées mais le sourire aux lèvres. Elle est resplendissante, j'ai tellement hâte de rencontrer ce Julio qui a su lui redonner envie de croire à la beauté de l'amour !

J'aperçois Martine qui somnole sur sa banquette. Elle ne se rend pas compte de ce qu'elle loupe ! On dormira plus tard, c'est maintenant que nous sommes là, glissant sur ce miroir géant, reflétant le ciel tout comme les pensées intimes qui animent chacune de nous.

Le bateau ralentit, et j'aperçois, au loin, des masses qui émergent de la surface lisse du lac. Nous arrivons sur les lieux de notre première étape, les îles Uros. Une quarantaine de petites îles en roseaux fabriquées par leurs habitants s'étendent sur un petit périmètre. De petites habitations, trois ou quatre par îlot, construites elles aussi dans le même matériau abritent des familles. Des bambins sachant à peine marcher se baladent tranquillement sur ce sol qui, pour nos yeux occidentaux, semble instable et dangereux. Ils sont nés ici, et y mourront certainement aussi, n'ayant connu que ce petit microcosme au milieu des eaux bleues du lac.

Les habitants vivent de la pêche et de la fabrication des souvenirs ensuite vendus aux touristes qui viennent accoster chaque jour.

Sur les berges de chaque île, des femmes, des enfants attendent patiemment que le bateau approche pour que les clients potentiels leurs achètent des petites marionnettes de doigt tricotées par leurs soins, des mobiles en jonc, des statuettes... ils vivent du tourisme, et c'est pour ces enfants que nous avons pris des paquets de feutres et des cahiers. Suivant le rythme des bateaux, loin de toute l'agitation qui règne partout ailleurs. Pas de téléphone, ni d'électricité, ni même d'eau courante. En symbiose totale avec le lac, leur argent leur sert uniquement à financer le coût des quelques bateaux à moteur qui les relient au reste du monde. Le pilote du bateau nous invite à aller tester la solidité des îles en déployant la passerelle, nous dévisageant avec un air amusé en nous voyant hésiter à descendre.

L'épaisseur du sol végétal absorbe le bruit que font nos chaussures en descendant du bateau. Ça tangue légèrement, c'est une sensation étrange, je me sens perdue au milieu de ce lac, loin de tout. C'est magique. Un petit homme nous interpelle et nous invite à le suivre. Il nous présente une embarcation en roseau, un mix entre une mini-drakkar et un gros canoë. Il veut vraiment qu'on grimpe dessus ? On s'échange des regards inquiets avec les filles. On a peur de finir dans les eaux glacées du lac ! Finalement, la curiosité l'emporte, et tout notre groupe, à l'exception de Martine qui a préféré rester sur le bateau à moteur car craignant une allergie aux roseaux, embarque sur la fragile construction. C'est confortable et joli, ils ont façonné une tête d'animal à la proue du bateau. L'homme saute sur le bateau, le faisant tanguer plus qu'il ne le faudrait, et à l'aide d'un immense bâton, nous éloigne de la berge. Démarre alors une croisière pleine de poésie entre les îles. Le temps est comme suspendu. Nous voyons des enfants aux peaux tannées par le soleil jouer dans les quelques mètres carrés qu'ils possèdent, des hommes pêchent, assis au bord de leurs îles, le sourire aux lèvres.

Des femmes cuisinent les poissons ramenés par leurs époux, répandant des effluves délicieux qui me ramènent à ma condition humaine en faisant gargouiller mon estomac. Je n'ai rien avalé depuis hier soir et la faim s'éveille d'un coup. Le bateau s'arrête justement sur une île où une petite fille nous dépose à chacune une pierre plate sur laquelle du poisson grillé à la chair blanche est déposé. Un délice.

Il est déjà temps de repartir, chacune de nous a bien entendu fait le plein de photos et de souvenirs faits-main par les habitants.

Prochaine étape, l'île d'Amantani où nous allons passer la nuit. Comme si nous sortions d'un sommeil débuté ce matin en quittant le port de Puno, nous recommençons à discuter, à échanger nos impressions. Après une heure de bateau, nous apercevons une île magistrale et montagneuse se profiler au loin. Nous arrivons à destination. Plus nous approchons de l'embarcadère, plus nous sommes impressionnées par le relief de l'île qui est constitué de cultures en terrasses et dont le sommet culmine à plus de cent vingt mètres au-dessus de l'eau.

Le bateau accoste et s'ensuit une longue et périlleuse marche vers les hauteurs de l'île où nous sommes attendus par nos hôtes d'un soir. Je ne suis pas sportive et ça se ressent, tant il m'est difficile de suivre les sentiers escarpés qui mènent là-haut. Sans parler du manque d'oxygène qui me pousse à inspirer et expirer profondément - et bruyamment - à chaque foulée. Les filles sont dans le même état que moi, soufflées par les paysages somptueux mais la respiration courte. Derrière nous, Martine est à l'agonie. Si j'étais sympa et sportive, je prendrais son sac pour l'aider. Si j'étais sympa.

Cette nuit, je dors avec Émilie. Nous sommes enfin arrivées, non sans mal, dans notre hébergement. C'est dans une sorte de petite bergerie en pierre, avec une porte et un toit en tôle que nous allons déposer nos sacs.

Il y a des ouvertures dans les murs mais ces dernières n'ont pas de fenêtres, je comprends mieux pourquoi on nous a dit de nous couvrir. On va dormir à quatre mille mètres de haut dans un endroit non isolé.

À l'extérieur, une petite cabane en bois avec une vue imprenable sur le lac abrite une grosse poubelle en plastique sur laquelle une assise en bois a été construite. Les toilettes. Je pense que j'irai plutôt dans la nature, surtout qu'il n'y a pas d'électricité et que notre seul éclairage réside dans les lampes de poches que nos hôtes ont laissées sur le lit de la bergerie. Il y a aussi quelques bougies. C'est une pause hors du temps.

Après une veillée dédiée aux touristes dans la salle des fêtes de l'île où les habitants ont revêtu leurs costumes locaux et exécuté des danses folkloriques, nous rentrons dans notre bergerie, marchant prudemment sur les sentiers rocailleux de l'île à l'aide de nos lampes et de la lumière de la Lune.

Quelle journée ! Quel parenthèse merveilleuse ! Totalement gelées malgré les trois épaisses couvertures de laine poussiéreuses, nos pulls et nos bonnets, Émilie et moi nous endormons l'une contre l'autre d'un sommeil profond après avoir bu le maté apporté dans notre chambre par notre hôtesse pour nous réchauffer.

VIII

Elles étaient rentrées tard dans la soirée du dimanche, conquises par leur excursion lacustre. Après s'être quittées avec de grandes accolades, chacune avait emprunté un taxi et pris la direction de son logement.

Émilie, dès qu'elle arriva chez Lili profita de l'heure tardive et du sommeil de ses hôtes pour utiliser l'ordinateur. Elle espérait pouvoir discuter avec Julio par le biais de la messagerie instantanée. Ils avaient passé beaucoup de temps, la semaine précédente, à s'écrire et ils avaient tous deux commencé à cultiver une sorte de dépendance à ces échanges. Émilie avait toutefois cassé ce rythme d'échanges en partant à Puno et cela faisait plus de soixante-douze heures qu'elle n'avait pas donné de nouvelles au jeune homme. Elle craignait que cette petite pause ne fasse retomber leurs échanges comme un soufflé.

Elle se connecta et vit qu'il était en ligne. Elle réfléchit à la stratégie à adopter. Lui parler en premier ? Attendre qu'il se manifeste ? Elle avait cette fâcheuse tendance à se poser trop de questions, cassant cette spontanéité qui pourtant faisaient partie de son charme.

La boule au ventre, elle décida d'attendre de voir s'il viendrait lui parler en premier. Elle attendait de voir la petite fenêtre orange apparaître en bas de son écran. Plus elle attendait, plus elle doutait. Elle n'envisageait pas de lui écrire, estimant, par quelque principe moyenâgeux, que Julio devait faire le premier pas car c'était elle qui avait engagé la conversation la fois précédente.

Un petit rectangle orange apparut. Soulagée, elle cliqua dessus. Il avait changé sa photo de profil par un paysage désertique et son pseudo était passé de Julio à *Don't look back in anger*. Curieux.

Elle posa ses yeux sur le message envoyé et poussa un petit cri de surprise : le message était écrit en français.

« Coucou ! Comment ça va ? Je pense à toi, tu me manques ! »

Surprise de découvrir qu'il parlait aussi bien sa langue, elle répondit après quelques secondes de réflexion :

« Hola ! Ça va super bien, on a passé un week-end génial sur le lac Titicaca. Tu me manques aussi ! »

« Ça doit être génial. Tu as pris des photos ? »

« Oui, plein ! Je te les montrerai quand on se verra. »

« J'ai hâte de te voir et de reprendre l'histoire là où on l'a laissée… »

« Moi aussi… »

À cet instant, un nouveau petit rectangle orange clignota en bas de son écran. Intriguée, elle l'ouvrit et vit la photo habituelle de Julio et son pseudonyme qui était revenu à la normale.

Sur l'écran, un « Hola ! que tal ? » « *Salut ! Ça va ?* » s'afficha. Il lui fallut quelques secondes pour comprendre que le premier message ne venait pas de Julio… et vu le contenu, il y avait peu de doutes à avoir sur l'identité de son expéditeur… Elle ne répondit pas immédiatement à son beau Péruvien, préférant clarifier les choses avec Benoît. Elle passa sa souris sur le pseudo et l'adresse mail de Benoît apparut. C'était donc lui… il était pourtant affiché comme étant *hors ligne* depuis des semaines, sans doute avait-il choisi de bloquer la jeune fille. Dans ce cas, pourquoi venait-il lui parler ce soir, alors qu'elle allait mieux ? Et que c'est désormais à un autre qu'elle pensait chaque soir en fermant les yeux ?

« Désolée Benoît, je n'avais pas vu que c'était toi ! »

« Ah… tu as plusieurs histoires en cours ? »

« Tu ne donnais plus de nouvelles et tu m'as bloquée sur MSN. Je n'ai pas à me justifier. »

« C'est vrai. J'ai fait ça pour nous préserver tous les deux. »

« Alors pourquoi on se parle ce soir ? »

« On part demain pour notre mission humanitaire avec mon frère. Et j'arrête pas de penser à toi… »

« … »

« Tu as rencontré quelqu'un ? »

« Oui... »

« :-(»

« Tu m'as quittée... et tu as coupé les ponts... tu pensais que je resterais t'attendre pendant des années ? »

« Pas des années... mais ça ne fait qu'un mois... et on a parlé de pause, pas de rupture ! »

« Tu as fait un choix. J'ai envie de profiter de mon séjour ici et je vais mieux. »

« Tant mieux pour toi... au moins tu ne t'ennuies pas. Je vais en faire de même là-bas... »

Vexée, elle préféra ne pas relever la provocation lancée par Benoît.

« Bon voyage. Fais attention à toi. »

« Merci. Mon frère me demande comment va Clara. »

« Elle va très bien. »

« Elle aussi s'éclate avec un Péruvien ? »

« Elle a oublié ton cinglé de frère. Elle fait ce qu'elle veut de toute façon. »

« Dis-lui que j'ai changé ! »

« C'est qui ? C'est toi Benoît ? »

« Désolé, Jean m'avait piqué l'ordi. »

« Bon, il est tard, je te laisse. Bon voyage. »

« Émilie, je t'aime... ne fous pas tout en l'air »

Elle ferma la fenêtre sans lui répondre, puis, instinctivement, fit un clic droit sur le nom de Benoît qui figurait désormais à nouveau dans ses contacts, et choisit l'option « Bloquer ».

Quelle façon surprenante de reprendre le contact avec elle ! Elle se surprit à se sentir gênée d'avoir eu cet échange vis-à-vis de Julio.

Elle avait trouvé cette discussion avec son ex très bizarre et elle ne songeait qu'à une chose, partager le week-end magique qu'elle venait de vivre avec son nouvel amoureux.

Ils discutèrent pendant plus de deux heures, webcams allumées et se quittèrent à regrets car l'un comme l'autre devaient se lever tôt le lendemain matin.

La sonnerie du réveil semblait prendre un malin plaisir à la tirer du sommeil agité dans lequel elle avait fini par sombrer. Dans ses rêves, Julio portait le prénom de Benoît, Benoît parlait Espagnol… ses discussions simultanées avec les hommes de sa vie avaient laissé des traces dans son subconscient qui s'était chargé de tout compiler. L'esprit brumeux, elle peinait à se lever, d'autant plus qu'elle allait retrouver Natasha à l'agence ce matin et elle appréhendait cette nouvelle confrontation, car c'est en larmes qu'elle avait quitté sa directrice le vendredi précédent. Elle avala un thé et un biscuit sec, l'estomac trop noué par le stress pour un vrai petit déjeuner.

Le soleil se levait quand, les jambes en coton, elle remonta la rue pour se rendre à son agence. Il fallait être courageuse, de toute façon, la semaine serait courte, les filles avaient programmé une excursion à Nazca et ses environs cette semaine, et, pour des raisons de timing, elles iraient du jeudi au dimanche. Natasha n'avait pas eu d'autre choix que d'accepter, les entreprises qui accueillaient les stagiaires avaient signé une convention avec le lycée qui leur imposait de laisser des jours de repos aux étudiants pour qu'ils puissent explorer les ressources touristiques du pays.

Elle poussa la porte de l'agence et entra. Elle aperçut Natasha, assise à son poste de travail et qui ne bougea pas d'un cil en la voyant arriver.

— Bonjour Natasha… lança-t-elle.

Elle ne reçut pas de salutations en retour. Elle fonça directement derrière son bureau, s'installa puis, brusquement, se leva et se planta devant le bureau de sa chef qui ne lui jeta pas le moindre regard.

— Bonjour, Natasha…

Cette fois, la directrice leva des yeux pleins de mépris vers elle et accueillit ces nouvelles salutations par un silence. Émilie sentit une colère incroyable monter en elle. Cette vieille conne n'allait pas s'en tirer comme ça…

— J'ai dit « Bonjour, Natasha ! »

L'autre, surprise du ton fort et limpide de la voix de sa stagiaire la dévisagea, l'air agacé.

— Bonjour Émilie. Ne restez pas plantée là, vous avez du travail.

— Je pense qu'il faudrait qu'on discute toutes les deux…

— Oui… je suis d'accord. Je ne suis absolument pas satisfaite de votre travail et j'ai décidé d'en aviser votre directrice d'études, Madame Porteau.

— Ça tombe très bien, je lui ai moi aussi envoyé un message pour lui dire que mon stage ne se passait pas bien.

Émilie fut ravie de lire un mélange de surprise et de malaise dans les yeux de la despote qui se trouvait face à elle. Ce sentiment de l'avoir prise de court lui apporta la confiance qui lui permit de continuer :

— Alors, soit on trouve une solution, soit on arrête.

— Tu veux arrêter de travailler pour moi ?

On se tutoie maintenant ?

— Si on n'arrive pas à s'entendre, il vaudrait mieux qu'on arrête le stage.

— Je suis navrée de t'entendre me dire ça. Tu me déçois beaucoup Émilie. Je te pensais plus travailleuse et courageuse que ça !

— Vous pouvez me reprocher ce que vous voulez, Natasha, mais vous ne pouvez pas m'accuser de ne pas être travailleuse. J'ai passé beaucoup plus d'heures à travailler ici pour vous gratuitement que ce qui était noté dans la convention de stage. Je suis venue plus tôt chaque matin, je n'ai pas pris de pause déjeuner, je suis restée tard le soir et…

— Pas ces derniers temps Émilie ! Tu ne t'investis plus du tout comme au début. C'est très décevant…

— Ce qui me déçoit, c'est de voir que j'ai travaillé comme une folle pour vous aider et qu'au moment où vous auriez pu vous montrer reconnaissante en ne gonflant pas trop les tarifs des excursions de mes amies et moi, vous avez pris une marge encore plus importante que pour de vulgaires clients…

— Je dirige cette agence depuis dix-sept ans, ça n'est pas une gamine qui va m'apprendre à gérer mes affaires !

— Je ne prétends pas vous apprendre quoi que ce soit, je vous explique juste que j'ai été surprise par vos tarifs…

— Et bien annule tes réservations, et réserve avec une autre agence…

Cette fois, Natasha s'était levée, piquée au vif. Rouge, les yeux exorbités, elle avait les mains tremblantes et le souffle court.

— Ok, je vais faire ça. C'est dommage pour vous, un groupe de quinze sur trois excursions planifiées, ça va vous faire perdre des soles !

— Émilie, vous allez retourner à votre bureau et vous pencher sur les dossiers que je vous ai déposés.

— Oui, oui… donc, on continue le stage ?

— Je ne vous retiens pas… faites comme bon vous semble…

À cet instant précis, elle se dit qu'elle avait la possibilité de partir, de passer des après-midis tranquilles avec Clara et Natacha, de se balader et surtout, d'échapper à cette folle. Elle était terriblement tentée de planter cette conne, mais c'était risqué… étant donné qu'elle n'avait en réalité pas envoyé de mail à Popo pour l'aviser des difficultés rencontrées…

— Je reste, j'ai décidé de vous laisser une chance…

Natasha, sidérée par la répartie de celle qu'elle trouvait si malléable et effacée quelques jours plus tôt, n'eut même pas le temps de répondre à sa stagiaire qui avait tourné les talons et se dirigeait, d'un pas assuré vers son bureau.

Émilie assura ses arrières en envoyant un mail à Popo dans la foulée. Elle en profita pour envoyer des mails à Claudine, Clara et Vanessa pour leur raconter. Elle ne pouvait s'empêcher de sourire toute seule. Elle était si fière d'elle ! Elle ne serait plus une victime, Natasha n'avait qu'à bien se tenir !

À midi pile, elle passa ostensiblement devant le bureau de la directrice pour aller déjeuner et en fit de même à la fin de la journée. Les dossiers non traités furent posés en pile à un endroit bien visible de son poste de travail. Elle avait annulé les réservations et s'était assurée, grâce à des échanges de mail avec Clara qui, manifestement avait eu la flemme d'aller sur son lieu de stage en ce lundi matin, que son amie s'occuperait de refaire des réservations depuis Santa Catalina Tours. Ça serait une bonne raison pour que Clara se rende plus de dix minutes consécutives sur son lieu de stage !

*****

Biiiiiiiiiiiiiiip ! Biiiiiiiiiiiiiiiiiiiiip !
— Mais quelle heure il est ? Qu'est ce qui se passe ?

J'ouvre les yeux avec beaucoup de difficulté, mes paupières veulent visiblement rester collées l'une à l'autre, j'ai du mal à lutter.

Pas besoin de regarder l'heure sur le réveil puisque je sais très bien à quelle heure je l'ai programmé. Il doit être 03:30 du matin et je me suis couchée à… 01:30.

On est allées boire un coup avec les filles hier soir. On devait rentrer tôt… mais j'ai compris que ça allait être compliqué quand j'ai vu Clara et Vanessa s'enfiler des immenses chopes d'un litre d'Arequipeña chacune.

Ça y est, j'ai enfin réussi à ouvrir mes yeux. Le soleil n'est pas encore levé, le ciel est couleur d'encre. Je repousse les draps et m'extirpe de mon lit. Je traverse l'appartement dans le noir pour ne pas réveiller Lili et ses parents qui ont encore quelques heures de sommeil devant eux.

Me voilà dans la salle de bains, j'évite volontairement de m'attarder devant le miroir. Je sais très bien qu'avec mes deux heures de sommeil et la Tequila avalée hier soir, je vais me faire peur. Au-dessus du lavabo, je me fais des ablutions d'eau froide, ça fait du bien ! Je me sens un peu plus réveillée et fraîche, comme si le sang circulait à nouveau sous la peau de mon visage. Un bon lavage de dents, du déo, j'attache mes cheveux en un chignon et hop ! le tour est joué. Me voilà prête pour notre prochaine excursion. Je mets en vitesse ce qu'il me faut pour la nuit dans ma trousse de toilette, et après un passage éclair dans ma chambre pour m'habiller, me voici en bas de l'immeuble à attendre le taxi que Lili m'a réservé hier soir. Il ne devrait pas tarder, il est presque 04:00. J'espère que les filles se sont bien réveillées… elles n'ont bu que de la bière pour éviter les mélanges, c'est peut-être ça la clé du succès ! Je ris toute seule en repensant à Clara qui a failli vomir sa bière sur Vanessa après que cette dernière lui a dit « Ta bière, on dirait de la pisse ! » . Ses yeux se sont agrandis et elle a eu un énorme haut le cœur. Personne n'a compris pourquoi cette simple petite phrase lui a fait cet effet, mais ça nous a bien amusées. Vanessa a toujours le sens de la formule.

Me voilà à présent dans la chaleur de mon taxi qui contraste avec la fraîcheur de la nuit arequipenienne. De nouveau, bercée par le bruit du moteur et les ballottements du véhicule, je sens que le sommeil veut à nouveau s'emparer de moi. Au moment où mes yeux, fatigués de cette lutte se ferment, le chauffeur coupe le moteur et se tourne vers moi, me réclamant son dû. Je regarde autour de moi et effectivement, me voici bien arrivée à destination, je vais finir par connaître cette gare routière par cœur. Elle est moche et terriblement impersonnelle, mais elle me plaît. C'est un peu là que tous nos moments importants prennent source : notre arrivée à Arequipa, nos départs en excursion… elle a quelque chose de familier et de rassurant à la fois. Je quitte, presque à regret, ce petit cocon de chaleur et dès que j'ouvre ma portière, j'entends les voix de mes amies qui résonnent. Ouf ! Elles n'ont pas eu de panne de réveil.

IX

— Salut mes chipies !

Clara et Vanessa se retournent, et, à ma grande surprise, elles n'ont pas l'air fatiguées par leur courte nuit. Elles ont un air amusé quand je leur demande comment elles ont fait pour ne pas avoir la même tête que moi après seulement deux petites heures de sommeil. Et là... je comprends qu'elles ne se sont, tout simplement, pas encore couchées ! Elles ont prévu de dormir sur la route, sachant qu'on en a pour environ neuf heures, leur idée se tient ! Elles sont juste repassées chez elles pour chercher leurs affaires pour la nuit avant de filer à la gare routière. Elles se sont décidées vers une heure, alors qu'elles attendaient un taxi pour rentrer. Manque de chance, j'étais déjà dans le mien, sinon, je pense que j'aurais moi aussi prolongé la soirée.

Natacha vient à ma rencontre. Elle a des petits yeux, elle est pourtant partie assez tôt du Deja Vu mais elle fait partie de ces gens qui, s'ils n'ont pas leur quota de sommeil, se sentent mal toute la journée. Elle peut dormir plus de quatorze heures d'affilée, elle est impressionnante, même pour moi qui ai pourtant un petit côté marmotte !

Elle a le teint tout pâle et sous ses yeux, des cernes violacés se sont installés. Il va falloir qu'elle se repose pendant la route, nous avons un programme super chargé.

Voilà Martine et son air plaintif qui sortent du taxi. Elle était avec nous hier soir mais a préféré partir aux alentours de vingt-deux heures. Elle craignait que sa conjonctivite-je-ne-sais-quoi quasi chronique ne refasse surface à cause de la fumée de cigarette qui envahissait l'espace du bar. Elle a son air des grands jours... et avant de me faire la bise, elle sort de façon théâtrale sa Ventoline qu'elle aspire de façon magistrale afin que le monde entier sache que oui, ses bronches sont un peu encombrées.

J'échange un regard en coin avec mes amies qui ont observé la scène. Natacha, exaspérée, lève les yeux au ciel.

Au loin, les autres filles du groupe arrivent tour à tour. Et, sous nos yeux médusés, la lourde silhouette de la « Grosse Bertille » apparaît, titubant en sortant d'un taxi, accompagnée d'une forme masculine. Non, nous ne rêvons pas ! Au fur et à mesure que le duo s'approche, nous constatons avec effarement que le jeune homme lui tient la main.

Loin de nous l'idée de faire du racisme anti-grosses. D'une, nous serions mal placées, n'ayant pas un physique complètement parfait nous-mêmes, et de deux, car les rondeurs peuvent être harmonieuses, esthétiques, signes d'une acceptation de soi… mais la « Grosse Bertille » est un cas bien à part. De taille moyenne, elle est vraiment très ronde, mais ça n'est, je le répète, pas ce qu'on lui reproche. Elle a de longs cheveux châtains foncés qui ondulent jusqu'au milieu de son dos. Ils semblent toujours emmêlés, comme si la brosse n'était pas une option envisageable. Du coup, on a l'impression qu'elle est en permanence en train de sortir du lit. Son visage est assez peu conventionnel lui aussi : un petit nez de souris, de grosses lunettes et des dents de devant qui se chevauchent, le tout couronné par une couperose du plus bel effet.

Je sais… je suis méchante. Pourquoi avons-nous pris cette pauvre Bertille en grippe avec les filles ? Tout simplement car elle n'est pas agréable, ni sympathique. La gentillesse, l'empathie peuvent rendre les gens beaux. Un simple sourire suffit parfois pour illuminer un visage, aussi ingrat soit-il. Mais point de risettes ni d'yeux rieurs chez cette fille-là. Juste une pincée de mépris et un doigt d'autosuffisance sur un plateau d'estime de soi exacerbée.

D'après les informations glanées auprès des filles du groupe de ce curieux personnage, elle serait fille unique et ses parents, propriétaires de plusieurs hôtels et donc travaillant beaucoup, auraient pourri-gâté leur progéniture pour combler leur absence. Fille unique et peu intéressée par les autres, son tissu social est aussi effacé que son tissu adipeux est imposant.

Toujours est-il qu'elle déambule sur le quai quasi-désert de la gare routière, main dans la main avec un type qui n'a pas l'air mal du tout. Il y a forcément une explication, le chauffeur de taxi qui la tient pour ne pas qu'elle tombe car elle a trop bu, ou le frère de sa famille d'accueil qui lui donne la main pour ne pas qu'elle tombe car elle a trop bu, ou… toujours en train de chercher pourquoi un mec lui donnerait la main, je relève la tête, et je vois la « Grosse Bertille » fondre sur sa victime et lui rouler une pelle pire que dans un mauvais sitcom. La pauvre… ça va être l'humiliation publique quand il va la repousser, j'ai presque pitié pour elle… mais… il en met du temps à la dégager, peut-être s'étouffe-t-il ? Mais alors pourquoi passe-t-il ses bras autour d'elle pour resserrer l'étreinte ? Je regarde autour de moi et constate, rassurée, que tout le monde semble aussi médusé par cette scène incroyable. Un silence est tombé sur la gare routière, même le chauffeur, même les autres passagers du car observent en silence cette étrange union. Leur baiser dure plusieurs minutes, c'est effrayant. Puis, l'air de rien, elle prend congé du jeune homme qui disparaît en quelques secondes dans le taxi. Le sourire sur ses lèvres encore couvertes de salive, elle s'approche de nous et nous salue, plus chaleureusement que jamais. Elle sait qu'on ne l'aime pas. Elle sait qu'on est célibataires et elle jubile. Ou alors, l'amour a changé sa façon d'être et l'ouvre au monde ?

En tout cas, c'est impatientes de nous retrouver seules pour débriefer ce que nous venons de voir que mes amies et moi nous installons dans le car.

Comme à son habitude, Vanessa s'endort quasi-immédiatement. Clara met ses écouteurs, un masque sur ses yeux, cale sa tête dans sa polaire et tombe à son tour de sommeil. Je me retourne alors vers Natacha, assise à côté de moi, dans l'espoir qu'elle n'ait pas envie de dormir… mais malheureusement, elle me fait gentiment comprendre qu'elle va vite rejoindre les filles au pays des rêves. Je pousse un long soupir, je tente de baisser mes paupières mais je me sens observée.

J'ouvre un œil et je vois Martine qui tapote le siège resté libre à côté d'elle. Elle me dit qu'elle est insomniaque et que faire le voyage ensemble sera plus sympa pour discuter… et le pire, c'est que je me sens obligée d'accepter son invitation… ce voyage va être long. Très long…

*****

Le car semble enfin ralentir, les énormes roues tressautent sur la route de terre qui nous ramène tranquillement à la civilisation. Une odeur de poussière et de renfermé emplit mes narines, résultat de la longue nuit partagée avec soixante personnes dans un autocar étroit et de la poussière dégagée par le poids de notre véhicule sur les chemins sinueux empruntés. Je me sens beaucoup plus en forme que cette nuit, le babillage incessant de Martine a eu raison de moi et m'a plongée dans un profond sommeil. Dehors, des habitations de fortune, constituées de bric et de broc longent la route. Pour les plus chanceux, des tôles rouillées et cassées font office de toit, pour les autres, de simples bâches, distendues et trouées feignent de protéger les habitants du soleil de plomb de cette région désertique. Mon regard croise celui d'une toute petite fille, elle ne doit pas avoir plus de trois ans. Elle est assise par terre, à quelques dizaines de centimètres seulement du chemin emprunté par notre car.

Une natte noire, une peau mate, les joues rouges, comme déjà tannées par le soleil, elle joue avec ce qui ressemble à un vieux bidon de lessive. À l'approche du car, elle a levé la tête et c'est là que nos yeux se sont croisés. Moi, ensommeillée, engourdie par une nuit de voyage et protégée du monde extérieur par une vitre. Ses grands yeux bruns interrogateurs sont venus se planter dans les miens pour je ne sais quelle raison. Un frisson m'envahit tandis que nous dépassons cette toute petite fille la laissant dans un nuage de poussière. J'ai la gorge nouée, je me sens totalement bouleversée par ce rendez-vous de quelques secondes avec une réalité qui me blesse profondément.

Comment des êtres humains peuvent-ils vivre dans de telles conditions sanitaires ? Je sens mes yeux me brûler, je dois les fermer pour contenir les larmes. J'aimerais tellement pouvoir faire quelque chose d'utile, rendre le monde meilleur, ou du moins, rendre son monde meilleur. Je me sens totalement minuscule, impuissante, c'est la première fois de ma vie que l'injustice me saute à ce point au visage et à l'âme.

Le car s'arrête, il semblerait que ça soit la pause pipi. Sans réfléchir, sous les regards interrogateurs de mes amies, je bouscule tout le monde pour sortir à la hâte. Je vois avec surprise que les hommes déjà sortis commencent à uriner sur les quelques arbres qui bordent la route, tandis que les femmes s'accroupissent à quelques centimètres seulement des roues du véhicule pour se soulager des litres de maté et d'eau ingérés pendant la nuit. Ils pissent au milieu de, ce qui pour eux semble être nulle part, mais qui est, pour les gens qui vivent dans ce bidonville, un lieu de passage qui se retrouve souillé dans l'indifférence totale. Je respire par la bouche pour éviter les relents d'urine fumante qui remontent du chemin. Je cours vers la maison où j'ai vu « ma » petite fille.

Elle n'a pas bougé, elle m'observe, comme si, malgré son si jeune âge, elle avait aussi ressenti cette connexion. Tandis que je m'approche, elle lève sa petite frimousse vers moi et me fait un petit sourire timide, ses petites dents sont encore blanches, je ne peux m'empêcher de penser qu'elle n'aura sans doute jamais la chance d'entretenir ce joli sourire, faute d'accès à des soins.

Une jeune femme, qui a l'air plus jeune que moi sort des ruines qui doivent être leur logement, l'air méfiant. Je la comprends, je me rends compte que je dois avoir l'air suspecte de m'approcher comme ça de cette petite que je ne connais pas.

Je m'approche d'elle, tentant d'avoir l'air détendue et décide d'engager la conversation :

— Hola ! Es tu nina ? *Bonjour, c'est votre fille ?*

— Si… *Oui…*

— Como se llama ? *Comment elle s'appelle ?*

— Se llama Luisa. Porque ? *Elle s'appelle Luisa. Pourquoi ?*

— Yo quisiera darla cositas… *J'aimerais lui donner quelques petites choses…*

Le visage de la maman se radoucit. Je pense qu'elle a compris que je ne leur veux aucun mal. J'ouvre mon sac à dos et leur tends le paquet de gâteaux et la petite brique de jus de fruits qui s'y trouve. J'ai aussi une boîte de feutres et un petit carnet que je leur tend. Enfin, je détache le porte clé accroché à la fermeture, une peluche miniature en forme de chat offerte par Benoît et la dépose dans la petite main de Luisa. Son regard s'illumine instantanément. La maman s'approche de moi, prend ma main et me remercie. Un « Gracias » tout bête mais qui me fait chavirer. Je n'ai pas changé le monde, mais je sais que Luisa chérira cette petite peluche comme un trésor, qu'elle connaîtra, le temps de quelques jours, le goût sucré des gâteaux à la vanille que je leur ai laissé.

Je caresse la tête de la petite fille, la regarde dans les yeux, et lui dis, le plus sincèrement du monde « Cuidate Luisa » *« Prends soin de toi, Luisa ».*

J'entends la voix de Natacha qui m'appelle, le car va repartir.

C'est beaucoup plus légère que je quitte Luisa et sa maman, je me sens bien. Et je sais que jamais je n'oublierai ce moment. Je remonte dans le car, les yeux embués de larmes d'émotion, incapable de répondre aux questions de mes copines qui ont observé la scène de loin.

Après quelques heures de trajet, nous finissons enfin par arriver à destination. Les fameuses lignes de Nazca vont nous livrer leurs secrets. J'avoue que je ne sais pas très bien à quoi m'attendre. Nous en avons toutes déjà entendu parler, surtout Clara qui a mené des recherches car elle croit dur comme fer aux petits hommes verts. De mon côté, j'ai glané quelques infos dans mon guide touristique et sur Internet. Ces figures et dessins étalés sur le sol désertique de la région de Nazca ont été découverts dans les années vingt par un pilote péruvien survolant la zone.

Depuis, de nombreuses hypothèses ont vu le jour, chaque question sans réponse épaississant un peu plus le mystère. Pour les plus cartésiens, c'est juste une civilisation en quête d'immortalité qui aurait creusé ces dessins dans le sol. Pour d'autres illuminés, comme Clara, c'est la preuve que les habitants de l'époque auraient été en contact avec des extraterrestres, les dessins n'étant visibles que depuis le ciel. J'avoue ne pas avoir vraiment d'avis sur la question, j'attends avec impatience de les voir en vrai. Nous avons réservé des billets d'avion qui vont survoler le désert et nous permettre d'admirer ces fameuses lignes. Je suis impatiente d'y être, j'espère juste ne pas être malade en avion… apparemment, ce sont de petits coucous.

De toute façon, j'ai donné mon paquet de gâteaux à la petite Luisa et malgré les propositions de mes amies de partager leurs collations, j'aurais été incapable d'avaler quoi que ce soit.

Quand je me tourne pour voir si les filles sont prêtes à descendre, je vois que Vanessa a changé de place et est en pleine conversation avec Astrid. Je ne sais pas de quoi elles parlent mais elles rigolent et n'ont même pas l'air de s'apercevoir que le car est arrêté. Elles ont un peu ce même tempérament, sociable et rigolo. Le genre de filles qui, en un regard, une parole, te donnent la pêche, une bouffée d'optimisme !

À la sortie du car, un petit homme moustachu, une casquette grise vissée sur la tête tient un carton « Santa Catalina Tours ». C'est nous. Je suis contente de voir que Clara a bien géré les réservations. Je lui fais confiance mais elle est tellement tête en l'air parfois...

Une fois les bagages sortis des soutes, nous remontons à bord d'un mini-bus spartiate et prenons la route pour l'aérodrome. Ça sent la poussière et le vomi, visiblement, d'autres touristes ont l'estomac fragile… les sièges en skaï marron sont parsemés de trous d'où une mousse jaune tente de se faire la malle. Par terre, une vieille moquette noire et rouge, constellée de taches de terre blanchâtre et d'auréoles sombres de nature indéfinie. Pas très ragoûtant.

Je vois par la fenêtre d'autres touristes embarquer, pour certains, dans des véhicules similaires au nôtre, pour d'autres, dans des cars flambant neufs avec vitres teintées et clim. Ils ne doivent pas être étudiants je présume.

Clara est assise à côté de moi. Je pense que l'odeur du car l'incommode elle aussi car elle est toute blanche et ne dit rien. Martine est assise à côté de Natacha et Vanessa est toujours en pleine discussion avec Astrid. Le minibus progresse tranquillement sur les pistes poussiéreuses de la pampa péruvienne puis nous arrivons enfin à l'aérodrome.

Nous serons par deux dans de tous petits avions. Je regarde autour de moi et je vois que mes copines n'en mènent pas large. Même Vanessa a l'air angoissée. Marie, elle, veut tenter de se faire passer pour la femme forte de son groupe, en rajoutant des caisses pour montrer qu'elle n'a pas peur et que l'avion est le moyen de transport le plus sûr. Soit. Mais là, ce ne sont pas de vrais avions, ce sont de tous petits engins avec des ailes. Je crois que même la Laguna de mes parents est plus grande… Il faut que j'arrête d'écouter cette dinde qui ne cesse de parler. J'attrape le bras de Clara et nous partons, toutes tremblantes, nous installer à l'arrière de l'appareil qu'un pilote nous désigne. Clara se moque de moi car je vérifie plusieurs fois que ma ceinture est bien attachée. Je me demande bien de quoi ce bout de nylon pourra bien me protéger si l'avion décide de s'écraser dans le désert. Le moteur démarre, nous avons des casques sur les oreilles pour nous protéger du bruit, je ne suis pas certaine que ça marche, ça fait un tintamarre complètement hallucinant. Et là, je me retrouve plaquée contre mon siège, Clara attrape ma main et la serre fort…

On vient de décoller. Je jette un œil dehors et constate que nous avons pris de l'altitude très rapidement. J'entends la voix du pilote nous dire, en anglais de regarder en bas. Je colle mon front contre le hublot en plexiglas et aperçois le fameux Colibri. C'est l'une des figures les plus célèbres.

C'est gigantesque ! Il s'étend sur une superficie impressionnante, parfaitement dessiné, comme tracé depuis le ciel. Je regarde Clara, elle prend des photos et, sans l'entendre, je lis sur ses lèvres des « putain ! » admiratifs. Elle va continuer à croire à ces théories loufoques après cette excursion, c'est certain. Et je commence moi-même à me prendre au jeu. Je me détends enfin quand soudain, l'avion pique du nez et change totalement de trajectoire.

Mon estomac se soulève, j'ai à peine le temps d'attraper un sachet en plastique devant moi pour vomir dedans. Je suis morte de honte. Clara tourne la tête d'un coup, elle a dû sentir l'odeur… elle sourit, puis change de couleur, attrape un sac et vomit à son tour. Et là, malgré l'odeur atroce, nos teints blancs, nos yeux cernés et le goût de bile dans nos bouches, nous partons dans un fou-rire monumental. On en pleure. C'est tellement improbable de se retrouver avec nos petits sacs remplis de vomi à deux mille mètres d'altitude en plein désert péruvien… le pilote fait semblant de ne pas être gêné par l'odeur et continue à survoler l'Araignée, l'Homme, le Singe et toute une série de formes parfaitement exécutées. Nous finissons par regagner la terre ferme, soulagées. Vanessa et Astrid nous immortalisent avec nos sacs à vomi. On n'a pas fini de se faire chambrer…

Après ce survol riche en sensations, nous repartons en minibus pour nous rendre à la réserve d'oiseaux de Paracas, à une heure de route. Clara et moi dormons en chemin, notre mésaventure nous a achevées et nous devons reprendre des forces. Nous découvrons une superbe réserve naturelle où de nombreuses espèces de volatiles, d'otaries et même de dauphins cohabitent en paix. C'est magnifique, il y a même des pélicans qui viennent se poser sur notre bateau. On est toutes là, comme des gamines, à s'extasier sur cette nature sauvage qui s'offre à nous. Vanessa a dit qu'elle se serait crue dans un documentaire de Nicolas Hulot, et c'est vrai que ça y ressemble : la mer, les îlots couverts d'oiseaux, les créatures marines… Quel dépaysement ! Je me demande si Julio est déjà venu…

Puis, sans pouvoir m'en empêcher, je pense à Benoît qui serait très certainement sous le charme de ce cadre si authentique. C'est étrange, quand je pense à lui, les larmes montent directement mais très vite, c'est le visage de Julio qui vient me hanter.

Cette sensation est assez dérangeante car j'aime Benoît. J'étais certaine, il y a encore un mois, qu'il était l'homme de ma vie, et tout à coup, sans crier gare, c'est Julio, qui ne lui ressemble en rien, qui est venu se faire une place dans ma tête, et sans doute un peu dans mon cœur. Je ne pensais pas pouvoir aimer deux hommes et pourtant... Il se joue dans mes tripes un combat incessant. Il faut que j'arrête de trop réfléchir et que je profite de l'instant présent...

*****

Quelques heures plus tard, les filles avaient été transférées dans leur hôtel situé dans l'oasis de Huacachina, à une heure trente de route. En plein désert de sable blanc et fin, ce petit village était construit au bord d'un lac et vivait principalement du tourisme. Les lieux attiraient en effet une clientèle jeune voulant expérimenter le Sandboard, une discipline sportive consistant à surfer sur le sable des dunes. C'était devenu la spécialité de l'oasis qui avait vu, ces dernières années, se développer son offre hôtelière. De nombreuses agences escortaient à moindre coût les clients en quad en haut des dunes pour qu'ils puissent ensuite s'assurer de belles descentes en surf.

Les filles étaient ravies de découvrir que leur hôtel, situé dans un cadre verdoyant, disposait d'une superbe piscine dans laquelle elles purent se détendre un peu après leur épuisante journée. Elles avaient des chambres doubles et triples. C'est tout naturellement qu'Émilie, Vanessa et Clara s'installèrent ensemble tandis que Natacha, à regrets, hérita de Martine qui pensait avoir attrapé une otite due à la pression subie par ses oreilles lors du survol des lignes.

Elles avaient opté pour une formule all inclusive et, après avoir dîné dans l'excellent restaurant de l'hôtel, elles se dirigèrent vers le bar pour déguster les différents cocktails vantés par la carte. Clara et Émilie, encore un peu faiblardes suite au mal des transports subi dans l'avion avaient décidé de se contenter de jus de fruits et d'éviter l'alcool. Ce ne fut pas le cas du reste du groupe qui arrosa à grandes rasades de Pisco et de Tequila cette excursion extraordinaire. Vanessa pensa à Guillaume. Il ne lui avait pas donné de nouvelles depuis leur dispute le week-end précédent. Elle était plus en colère que triste, ne comprenant rien au comportement de son compagnon. Elle se demandait même s'ils étaient encore ensemble. Après plusieurs verres, elle estima qu'ils étaient en pause.

— Nan mais t'es sérieuse, là ? lui demanda Émilie

— Ben écoute… Je n'ai aucune nouvelle, il m'a raccroché au nez, c'est à lui de s'excuser, pas à moi. Il était d'accord dès le début pour que je parte…

— Oui… intervint Clara. Mais entre se faire la gueule quelques jours et décider de faire une pause, ça fait une sacrée différence !

— Depuis le temps qu'on est ensemble, ça peut peut-être nous faire du bien de souffler un peu…

— Mais arrête de dire n'importe quoi ! c'est l'alcool qui parle, t'es énervée contre lui, ça va passer !

— Em, honnêtement, je n'en suis pas sûre. Des fois, même avant cette crise, je me dis qu'on s'est mis ensemble trop tôt et qu'on n'a pas pris le temps de vivre autre chose…

— Tu te rends compte de ce que tu dis ? Clara était indignée. Tu as la chance d'avoir trouvé un mec bien du premier coup, d'avoir résisté aux kilomètres et aux tentations… ne fous pas tout en l'air pour une dispute !

— Vous énervez pas les filles ! Je comprends vos points de vue… je sais que j'ai de la chance d'avoir trouvé Guillaume. Je ne dis pas que je ne l'aime plus… mais je me pose des questions, c'est tout !

À cet instant, Astrid arriva, un verre à la main. Elle sentit immédiatement qu'il y avait une petite tension entre les filles, et, d'un geste, elle saisit Vanessa par le bras et, après avoir posé leurs verres sur le bar, l'entraîna sur la piste de danse où les tubes latino s'enchaînaient.

Vanessa sentait qu'elle avait trop bu, mais elle resta malgré tout au milieu de la foule, se déhanchant avec Astrid qui, elle aussi, s'amusait comme une folle.

Elle prit le temps de l'observer sous les couleurs changeantes des spots : grande, blonde aux cheveux courts, des yeux verts rieurs et des lèvres fines, elle portait une petite croix andine autour du cou, sans doute achetée lors d'une excursion. Sa frêle silhouette ondulait face à Vanessa, au rythme de la musique, et cette dernière se sentit comme happée par sa compagne de voyage, incapable de la quitter des yeux. Astrid était charismatique, elle ne passait jamais inaperçue, tant par son physique avantageux que par sa personnalité joviale et avenante.

Elle sentit une main chaude se glisser dans la sienne et s'approcha doucement d'elle, ne sachant comment réagir. Autour d'elles, les couples dansaient serrés, l'ambiance festive se faisant plus sensuelle. Par mimétisme, ou par envie, elles se prirent au jeu et se rapprochèrent l'une de l'autre. Vanessa sentait le souffle de Astrid à quelques centimètres de sa bouche, elles ne parlaient plus, les yeux rivés dans ceux de l'autre. Une étrange sensation d'envie et de crainte l'envahissait, se sentant soudainement attirée par elle. Consciente, sans doute, de son hésitation, Astrid s'approcha encore et, afin de lever le doute, elle embrassa soudainement Vanessa qui se laissa faire. *Oh mon Dieu ! J'embrasse une fille ! mais qu'est-ce que je fous ?*

Après quelques instants où le temps semblait s'être figé, elle retira doucement sa tête et observa Astrid.

Elle se sentait sonnée, se demandant si cette étrange scène s'était vraiment produite ou si elle était le pur fruit d'un fantasme inavoué.

— Ça va ? Astrid l'observait elle aussi, semblant s'amuser de la situation

— Oui… mais je ne comprends pas ce qu'il vient de se passer !

— On s'est embrassées, rien de méchant ! remets-toi !

— Mais j'ai un mec !

— Détends-toi, c'était juste pour rire, on va pas publier les bans !

Vanessa se sentit bête et totalement à court de répartie. Elle prit congé de la jeune fille et se dirigea vers Clara et Émilie qui, bien évidemment, n'avaient pas perdu une miette de la scène et l'observaient sans chercher à dissimuler leur surprise.

X

Les filles mirent un long moment à émerger, les paupières semblant soudées entre elles et refusant obstinément de se séparer. Elles étaient rentrées se coucher aux alentours d'une heure du matin, juste après le baiser de Vanessa et Astrid.

Les trois cents mètres qui séparaient le bar de l'hôtel à la chambre partagée par les trois amies avaient paru interminables à Vanessa qui avait subi un véritable interrogatoire.

— Mais pourquoi t'as fait ça ?

— Mais tu préfères les filles ?

— C'est la première fois que tu embrasses une fille ?

— Elle te plaît ?

— Et Guillaume ?

— C'est venu d'elle ou de toi ?

— C'était bien ?

Lassée de la curiosité de ses deux acolytes et totalement perdue, elle avait pris la clé des mains d'Émilie et s'était ruée dans la chambre, enfermée dans la salle de bain, puis elle s'était couchée, refusant de leur parler. Certes, c'était normal qu'elles soient curieuses, elle imaginait sa réaction à leur place… mais elle était bien incapable de répondre.

Sa nuit avait été très agitée, le poids de la culpabilité d'avoir embrassé quelqu'un d'autre que son homme et que cette tromperie ait eu lieu avec une jeune femme sans doute. Elle avait tourné et retourné le problème dans tous les sens et elle ne trouvait pas d'explication à ce geste. Elle n'avait jamais été attirée par les filles. Elle était une hétéro pure et dure. Les questions s'étaient enchaînées, mélangées et avaient fini par avoir raison d'elle. Vanessa avait sombré dans le sommeil tard dans la nuit.

De leur côté, Clara et Émilie étaient perplexes. Vanessa aimait ajouter du piment à sa vie privée quand elle en avait l'occasion, et ce baiser, dans l'absolu, les avait, certes un peu surprises, mais surtout amusées.

En revanche, c'est la réaction de leur amie qui les avait étonnées. Elle s'était fermée comme une huître et s'était braquée, refusant de répondre à toutes leurs questions.

Elles étaient allées prendre leur petit déjeuner en la laissant dormir, conscientes que sa nuit n'avait pas dû être des plus reposantes.

— C'était vraiment bizarre sa réaction hier soir…

— Oui, elle était limite agressive quand elle m'a pris la clé, renchérit Émilie.

— Tu crois qu'elle est lesbienne ?

— Ben non ! Elle est en couple avec Guillaume ! Et d'après les photos, il est pas du genre efféminé !

— Mais pourquoi elle s'est braquée comme ça ?

— Elle avait bu… peut-être qu'elle a eu l'alcool un peu mauvais ! Et puis elle doit être triste de ne pas avoir de nouvelles de Guillaume, ça joue sur le moral !

— Bon, en tout cas, je pense qu'il vaut mieux qu'on évite d'aborder le sujet avec elle aujourd'hui. Si elle veut nous parler, elle sait qu'on est là, conclut Clara.

À cet instant, Astrid, Marie et Bertille entrèrent dans la salle des petits déjeuners, mettant un terme à leur conversation.

Vanessa s'était finalement décidée à sortir de son lit en fin de matinée. L'esprit toujours brumeux, elle fila prendre une douche avant de rejoindre le reste du groupe qui profitait de l'exposition plein-sud de la piscine pour prendre quelques couleurs.

*****

Je m'approche de la piscine, je fais tout pour avoir l'air à l'aise mais au plus profond de moi, c'est la confusion totale. J'ai peur de croiser Astrid. Elle est obligatoirement dans les parages. Je ne comprends pas ce qui m'arrive.

Je ne suis pas timide pourtant, avant Guillaume, j'ai embrassé plein de mecs, juste le temps de soirées et je n'ai jamais été gênée comme ça. Mais là, c'est une fille quoi… Et je suis en couple. Je suis sûre que Guigui ne m'en voudrait pas. Il sait qu'avec quelques verres, la pudeur disparaît et que ça arrive…

Ça n'est pas ce baiser qui me pose un problème, mais plutôt le plaisir qu'il m'a procuré… Ces quelques secondes de douceur et de bien-être. Je n'ai pas embrassé Astrid comme j'aurais pu faire un smack à Em' ou Clara pour un gage ou un pari stupide. C'est arrivé car, à cet instant précis, j'en ai eu envie, je l'ai trouvé belle et je n'ai pas cherché à réfréner cette attirance. Et je crois que sa réaction tellement désinvolte m'a blessée. Car pour elle, c'était pour s'amuser, ça ne signifiait rien.

À cette pensée, je me crispe. C'était juste pour rire. Mais ce que j'ai ressenti quand on dansait, et même, plus tôt dans la journée, nos longues conversations dans le car, l'intensité lors du survol des lignes… Tout ça, pour moi, ça a compté. Je ne comprends pas ce qu'il m'arrive !

— Alors la belle au bois dormant, tu viens te baigner ?

Clara est sur l'eau, installée sur une immense bouée en forme de canard qu'elle a dénichée je ne sais où. Elle perd l'équilibre et tombe dans la piscine turquoise sous les éclats de rire du reste du groupe. Je la soupçonne d'en avoir fait exprès pour me détendre un peu.

— Yes, j'arrive !

Je jette un regard furtif autour de moi et je vois Astrid, étendue sur le ventre en maillot deux pièces sur une chaise longue, manifestement endormie. Tant mieux. Ça m'évitera de lui dire bonjour, du moins pour le moment. J'enlève ma robe et saute dans l'eau en faisant une bombe pour éclabousser tout le monde et éviter les questions.

On entame un volley avec un gros ballon doré, on se marre bien. Même Marie est agréable ce matin. La « Grosse Bertille » est affublée d'un bikini dans lequel même moi je ne rentrerais pas. Ça déborde de tous les côtés.

Il faudrait vraiment que quelqu'un lui dise gentiment que non, ce type de maillot n'est pas mettable à moins de s'appeler Kate Moss ! À ma grande surprise, je constate qu'elle échange des regards sans équivoque avec l'un des employés de l'hôtel qui arrose les espaces verts autour des plages de la piscine. Il faudra que je raconte ça aux filles.

Oh non ! Astrid s'est relevée et elle avance, gracieuse, vers la piscine. Ses yeux sont éclairés par le soleil, on dirait des émeraudes. Ses cheveux semblent encore plus blonds avec cette lumière et sa peau a pris une jolie teinte. Je suis vraiment en train de la reluquer, il va falloir que j'arrête de délirer, je commence à me faire flipper.

— Alors morue, bien dormi ? Elle est face à moi, entourée de petites vaguelettes turquoises.

— Oui, carrément ! Et toi ?

— Ouais... mais bon, j'ai dormi avec Marie qui a ronflé et Bertille est rentrée au petit matin, je me demande bien où elle a passé la nuit !

— Sérieux, elle a découché ? Mais c'est dingue ça !

— J'en reviens pas non plus... je sais pas comment elle fait pour pécho autant de mecs ! Je galère déjà à en trouver un !

Ça, c'est un petit message glissé à mon attention. « Je préfère les mecs », c'est ça qu'elle veut me dire.

— C'est vrai que si mon mec la voyait, il pourrait me dire ce qu'ils peuvent bien lui trouver !

Comme ça, moi aussi je place que je suis hétéro dans la conversation. Je ne veux pas qu'elle s'imagine des choses.

— Je peux jouer avec vous ? Je me mets dans quelle équipe ?

Et déjà, elle s'éloigne...

*****

Il est près de quinze heures quand notre petite troupe arrive au bord du lac pour attendre les quads qui vont nous permettre de grimper en haut des dunes.

Les filles ont été cool, elles ont parlé d'à peu près tout, sauf DU sujet et je leur en suis reconnaissante ! Il faudra que je boive un peu ce soir pour oser leur parler. Elles sont ouvertes, surtout Émilie qui a quand même un frère homo. Ce soir, je vais leur dire comment, par je ne sais quel hasard, je me suis sentie attirée par… une fille.

Je m'installe sur le quad et en seulement deux minutes, me voilà en haut de la plus haute des dunes alentours. Le soleil cogne, le sable est tellement fin, et doré, et brûlant… on se croirait dans le Sahara ! Enfin du moins, c'est l'image que j'en ai car je n'y ai jamais mis les pieds. Après plusieurs aller-retours de quads, nous sommes toutes en haut à admirer la vue. D'un côté, notre oasis en contrebas, grouillant de vie, de verdure et de touristes, et de l'autre, l'immensité d'un désert de dunes de sables aux courbes parfaites, seulement contrariées par une petite route, seul accès terrestre menant à Huacachina.

Le jeune homme qui nous a emmenées sort les sand-boards, des sortes de surfs munis de sangles dans lesquelles nous devons juste passer nos pieds puis découvrir les joies de la glisse dans ce cadre atypique. Quand il nous explique et qu'il nous fait une démonstration, tout nous semble enfantin… Mais quand je me lance, je me rends compte que c'est bien moins facile qu'il n'y paraît ! Il faut donner de sacrés coups de reins pour amorcer la descente et prendre de la vitesse !

Je m'amuse comme une folle, cette sensation de glisse est incroyable ! Mais comme rien n'est jamais acquis, je sens que je perds l'équilibre et, sous les éclats de rire de mes amies, je m'étale dans le sable. J'en ai plein les cheveux, les yeux, la bouche… Je m'assois au milieu de la dune et regarde les filles tenter de descendre. Elles se marrent nettement moins. Émilie est tout en haut de la dune, sur un espace un peu plat, et pourtant, elle se déhanche pour essayer de glisser.

La scène, vue d'en bas, est hilarante. Je sors mon appareil et la filme. J'ai mal aux côtes à force de rire, et je dois bien avouer que ça fait du bien ! Clara entame elle aussi sa première descente. La fonceuse qu'elle est a opté pour un démarrage direct sur une pente abrupte. Sa planche glisse sur le sable avec style, prend de la vitesse, trop de vitesse… et elle vient s'écraser misérablement à côté de moi en hurlant. Elle a l'air d'aller mieux, ça fait plaisir à voir.

Il arrive encore, quand elle sait qu'elle n'est pas observée, qu'elle tombe le masque et que son visage redevienne triste, le temps d'un souvenir sans doute. Nous avons toutes nos zones d'ombre et des chagrins encore à vif. Mais nous avons aussi cette chance d'être là les unes pour les autres, quoi qu'il arrive et c'est sans doute ce qui fait notre force.

XI

La semaine suivante se passa calmement, chacune des filles retrouvant sa routine au sein de sa famille d'accueil et de son stage. Clara chaque jour, continuait à passer la serpillère et à vider les poubelles, restait lire une vingtaine de minutes puis partait retrouver Natacha au parc.

Émilie avait retrouvé son poste chez Viva Tours et ignorait totalement sa responsable, ne prenant même plus la peine de la saluer le matin. Une seule chose lui occupait l'esprit pendant qu'elle travaillait sur ses dossiers : Julio. Elle ne pouvait s'empêcher de penser à lui, ils s'envoyaient des messages à longueur de journée et elle comptait les jours qui la séparaient de leurs retrouvailles à Lima. Il ne restait déjà plus que trois semaines avant leur retour en France.

Vanessa avait, elle aussi, retrouvé le chemin de son lieu de stage, où une quantité de travail énorme lui était confiée. Elle ne s'en plaignait pas, ça lui évitait de trop penser à ce qui allait de travers. Elle avait appelé Guillaume à son retour de Nazca pour tenter de se réconcilier avec lui. Ce dernier s'était montré terriblement froid avec elle, ne semblant pas comprendre que les sorties entre copines faisaient partie intégrante du voyage. Elle avait espéré une réconciliation qui, finalement n'était pas venue. Bien au contraire. Elle ne lui avait volontairement pas parlé d'Astrid pour ne pas mettre d'huile sur le feu et jugeant que de l'honnêteté, à ce moment précis, ferait plus de mal que de bien à son couple. Elle avait fini par crever l'abcès avec Clara et Émilie et leur avait parlé, à cœur ouvert, de ce qu'elle avait ressenti ce fameux soir, et sa perplexité face à la situation. Les filles l'avaient écoutée et après quelques verres et plaisanteries graveleuses, la petite troupe avait réussi à en rire. Personne n'avait de réponse à apporter à Vanessa, ni elle-même, ni ses amies.

C'était ainsi, c'était arrivé et il fallait aller de l'avant. Elle obtiendrait peut-être des réponses quand elle aurait plus de recul.

Le vendredi suivant, comme à leur habitude, les amies se retrouvèrent au « Deja Vu » pour boire quelques verres. Ce week-end encore, elles partiraient en virée avec l'agence de Clara dans le Canyon du Colca. Elles avaient prévu de ne pas rentrer tard car le départ était prévu à 07:00 le samedi matin et elles voulaient être en forme pour découvrir le canyon haut de 3 400 mètres et admirer, si la chance était de leur côté, le vol des condors.

En arrivant sur la place d'Armes avec Maru, Clara aperçut Vanessa en pleine conversation avec Astrid. Elle sourit intérieurement, se disant que la vie n'était qu'un éternel recommencement. Elle les observa de loin et constata que l'une comme l'autre avaient particulièrement soigné leur allure. Son amie avait troqué ses baskets pour des chaussures à talons, sans doute empruntés à Lucia. Elle avait laissé sa chevelure au naturel et portait une petite robe noire courte qui mettait sa taille fine en valeur. Astrid avait, elle aussi, sorti le grand jeu. Elle avait remisé au placard ses éternels jeans pattes d'eph' et T-shirts en coton, et avait opté pour une jupe longue bleu-marine et un chemisier blanc légèrement transparent.

Elles semblaient très complices et ne se quittaient pas des yeux. Quand elle vint les saluer, elle se sentit comme un intrus qui se serait immiscé dans leur petite bulle. Elle était heureuse de voir Vanessa si à l'aise et épanouie ce soir, elle qui, le week-end précédent nageait dans le doute. Elle ne pouvait pas, malgré tout, s'empêcher de s'interroger sur cette étrange relation qui semblait se nouer entre les deux jeunes filles. Était-ce vraiment sérieux ? Comment Vanessa avait-elle pu se retrouver attirée par une fille, comme ça, après des années de relation avec un homme ?

— Salut les filles !

— Salut Clara ! Prête à battre ton record de shots de Tequila ? la défia Astrid, tout sourire.

— Je vais te laisser battre ton record, la Tequila me rend malade depuis quelques semaines ! J'ai dû trop abuser et mon corps n'en veut plus ! Et puis demain, il faut qu'on soit en forme !

— Astrid est toujours en forme, intervint Vanessa.

Tiens, tiens… elle la défend maintenant…

— Bon… je vois que c'est toujours la même qu'on attend !

— Quelle mauvaise langue Vaness ! Je suis sûre qu'Émilie va arriver bientôt !

— Oui… elle est à l'heure péruvienne, ajouta Astrid ironiquement.

— Ah ! Voilà Natacha !

Natacha arriva et salua Vanessa et Astrid. Elle avait passé l'après-midi au parc avec Clara.

— Je vois que je ne suis pas la dernière !

— Ben non… c'est pour ça qu'on invite Émilie, comme ça, on ne peut pas nous reprocher d'être en retard, elle est toujours pire !

— Elle serait contente si elle nous entendait pouffa Astrid.

— En même temps, je crois qu'elle est lucide, c'est un peu sa marque de fabrique, ajouta Natacha.

— On parle de moi ?

— Aaaaaaaaaaah ! s'exclamèrent-elles en même temps.

Émilie se tenait derrière le groupe, toute pimpante.

— Ben oui on parle de toi et de ta ponctualité légendaire lui lança Vanessa avec un clin d'œil.

— Je suppose que vous n'attendiez plus que moi. On y va ?

Toute la petite troupe se mit en marche quand un petit garçon, âgé de cinq ans tout au plus, s'approcha d'elles.

Il vendait des cigarettes. Alors qu'elles refusaient, Natacha sentit quelque chose d'inhabituel et s'aperçut qu'un autre enfant, aussi jeune que le premier, avait la main dans son sac à main, cherchant sans doute à lui dérober son porte-monnaie. Elle lui saisit brusquement le bras et cria afin d'alerter le reste du groupe.

Le premier, prévenu par le cri de la jeune fille avait déjà eu le temps de détaler. Le second se débattait, donnant du fil à retordre à Natacha qui ne savait pas quoi faire de lui. Les filles s'assurèrent qu'elles avaient bien tous leurs effets personnels avant laisser le bambin détaler à toutes jambes.

Choquées, elles se hâtèrent vers le bar. Que faisaient des enfants aussi jeunes à une heure si tardive en pleine rue ? Certes, ils étaient là pour détrousser les touristes mais, sérieusement, à cinq ans… on dort la nuit ! Elles étaient de plus en plus révoltées par la découverte de cette pauvreté qu'elles côtoyaient au quotidien. Il y avait eu la petite Luisa, puis les nombreux bidonvilles traversés à chaque fois qu'elles prenaient le car pour se rendre en excursion. Et maintenant, des petits bouts sachant à peine marcher qui vendaient des clopes et faisaient leurs poches ? Le monde ne tournait vraiment pas rond. Clara, choquée par la scène sentit un haut le cœur l'envahir et fila aux toilettes vomir son dîner. Vraiment, elle ne se faisait pas à toute cette injustice.

Après s'être rincé la bouche, elle rejoignit le groupe et joua la carte de la raison en commandant un coca.

Vanessa, défiée par Astrid dans des jeux à boire, ne voulait pas caler. Elle enchaîna les shooters, les avalant cul-sec et les posant bruyamment un à un sur la table. Son adversaire en faisait de même, et plus elles buvaient, plus elles riaient.

Émilie, Natacha et Maru, plus sages et raisonnables optèrent pour des bières.

L'ambiance festive leur permit de se remettre tranquillement de leurs émotions.

Clara commençait enfin à se détendre quand elle sentit une main chaude se poser sur sa nuque. Elle tourna la tête et vit un Luis à l'œil brillant et au sourire hollywoodien. Elle lui rendit son sourire, et sans dire un mot, il lui prit la main et la conduisit jusqu'à la petite piste de danse.

Bien moins spacieuse, et désespérément plus vide que celle du Forum, elle accueillit une Clara un peu gênée de se donner en spectacle et un Luis plus séducteur que jamais. Il la fit tournoyer, la serra contre lui, puis sans prévenir, il l'embrassa fougueusement. Elle se laissa faire, bien décidée à profiter des bon moments. Elle n'avait qu'une vie et avait offert le meilleur d'elle-même à un pervers narcissique. Elle n'était plus à un baiser près…

Tandis qu'elle perdait toute notion du temps dans les bras du beau Péruvien, elle vit que d'autres couples s'étaient formés sur la piste de danse. Ils avaient, en quelque sorte, ouvert le bal.

Elle aperçut Natacha et son Pedro s'embrasser sans pudeur au milieu de la foule et, un peu plus loin, Vanessa et Astrid qui, hilares, se dirigeaient vers la piste.

Je suis sûre qu'elles vont remettre ça…

Dans les bras de Luis, Clara était ailleurs. Pas besoin d'alcool, son besoin d'être enlacée, embrassée, de se sentir belle et désirée était comblé. Il était particulièrement attentionné et démonstratif, il fallait qu'elle en profite, c'était si rare…

Enfouissant sa tête dans le cou du jeune homme, elle se surprit à chercher l'odeur d'un autre. De l'autre. Elle ne parvenait vraiment pas à l'oublier. Il lui avait fait tant de mal que la blessure, même à douze mille kilomètres de lui, restait à vif. La douleur ressurgissait à chaque fois qu'elle se sentait mieux, à chaque fois qu'elle ne s'y attendait plus.

Il l'avait blessée autant qu'elle l'avait aimé, et c'était sans doute ce qui rendait l'histoire plus amère et la page plus difficile à tourner.

Elle avait décidé de lâcher prise, malgré ce fantôme qui continuait à apparaître, malgré ce mal-être dissimulé sous une joie de vivre feinte. Elle voulait se reconstruire de beaux souvenirs avec d'autres hommes que lui.

Elle dansa, serrée contre lui, l'embrassant comme si elle mordait dans la vie, ressentant un incroyable besoin de se sentir vivante.

*****

Je crois que j'ai trop bu. Les images passent au ralenti devant mes yeux. Elles sont saccadées et la musique me paraît bien plus aiguë que d'habitude. Je la suis, marchant dans ses pas pour ne pas la perdre de vue dans cette foule. Le « Deja Vu » s'est rempli d'un coup. Nous étions quasiment seules, puis Luis et ses potes ont débarqué, et la seconde d'après, le bar était plein à craquer.

Je n'aurais pas dû boire autant. J'ai du mal à contrôler mes mouvements. Ma tête est lourde et même quand je parle, je sens que ma bouche ne suit pas. Mais quand je me suis retrouvée avec elle, j'ai eu peur de perdre mes moyens et j'ai opté pour la solution de facilité.

On a bu plein de shots, je serais totalement incapable de dire combien. Pourquoi j'ai fait ça ? Pourtant on était assez à l'aise sur la place d'armes. Il y a bien eu une toute petite gêne quand on s'est dit « Bonjour » et qu'on s'est retrouvées juste toutes les deux en attendant les autres. J'ai fait une petite blague, elle a ri, et hop ! c'était bon.

J'aurais dû éviter de boire. J'ai peur de faire n'importe quoi. Et je n'arrive pas à visualiser Émilie, il y a vraiment trop de monde. Clara est avec Luis, je ne veux pas aller l'embêter. Astrid est devant moi et elle commence à danser. Je vais faire comme elle, ça m'aidera à dessoûler…

C'est moi ou elle ne me quitte pas des yeux ? Elle a cet étrange regard, le même que quand elle m'a embrassée. Une expression à la fois déterminée et tendre. Mon Dieu, elle a vraiment des yeux incroyables ! Je n'arrive pas à regarder ailleurs.

Je ne sais pas depuis combien de temps on est là, à quelques centimètres l'une de l'autre à se fixer, dansant avec la foule mais seules au monde. Je sens au fond de mon ventre que quelque chose n'est pas comme d'habitude, cette petite étincelle que je n'ai pas ressentie depuis bien longtemps… Et là, je suis prise d'une pulsion qui me pousse à l'embrasser à nouveau.

Cette douceur, cette passion, et je pense aussi, ce sentiment d'interdit, m'envahissent. Cette fois, je ne fuirai pas. Je ne veux pas fuir ! Est-ce l'alcool qui parle ? Ou est-ce vraiment moi ? Je m'en fiche… je veux vivre l'instant présent. Et à ce moment précis, la seule chose à laquelle je pense, c'est Astrid. Ses yeux verts, presque phosphorescents, sa bouche parfaite, la chaleur de sa peau et la douceur de ses cheveux. Merde. Je crois qu'elle me plaît ! Je suppose que je suis aussi à son goût car elle ne me repousse pas, bien au contraire. Elle me rend mon baiser, et elle aussi me semble avide, comme si elle savait que ce moment de grâce n'allait pas durer…

Je dépose mes lèvres des siennes, à regret, mais j'ai besoin d'un peu d'air. J'ai l'impression de tomber d'un nuage et de me reconnecter, progressivement avec le monde autour. Je vois Natacha qui boit un verre avec Pedro au bar. Je vois Maru et Lucia qui observent Clara et Luis, toujours en train de danser, avec un air conspirateur. Et je sens une présence derrière moi. Je me retourne. Émilie est là. Elle a l'air inquiète.

— Ça va ma Vuvu ?

— Oui ! Et toi ?

— Ouais… enfin je m'ennuie un peu. Vous êtes toutes avec vos mecs ou nanas…

— Oh ! Je suis désolée !

— Nan mais t'excuse pas… Je viens surtout te voir parce que je pense que tu as un peu trop bu…

— Je sais…

— On devrait rentrer. On se lève tôt demain.

Je me retourne pour voir ce que fait Astrid, et je la vois en train de danser avec un mec. C'est plus que de la danse, c'est hyper explicite, presque un twerk. Et le pire, c'est qu'elle me regarde, elle me fixe de ses beaux yeux verts, et elle me fait un sourire en coin. Je suis dépitée.

Je suis Émilie vers la sortie, Lucia m'attend à côté du taxi. J'ai beaucoup de mal à marcher droit. Il faut vraiment que j'arrête de boire.

XII

Biiiiiiip ! Biiiiiiiiiiiip !

Merde… déjà ? Clara se dépêcha de couper l'alarme de son téléphone pour ne pas réveiller Maru qui dormait profondément dans le lit superposé au-dessus d'elle. Elle se redressa, se frottant les yeux afin de les aider à rester ouverts.

Elle regarda l'écran : malheureusement, il était bien 06:00.

Elle ne se sentait pas dans son assiette ce matin, son estomac lui faisait mal. Elle n'avait pourtant pas bu une goutte d'alcool la veille mais n'avait rien avalé de solide depuis le dîner qu'elle n'avait pas pu garder.

Je dois avoir faim… pas moyen que je sois malade pour aller dans le Colca !

Elle se leva un peu trop vite et, prise de vertiges, elle dut se rasseoir quelques instants. Après s'être relevée tout doucement et s'éclairant à l'aide de l'écran de son portable, elle attrapa, à tâtons, la pile de vêtements qu'elle avait préparés la veille. Elle sortit de la pièce et à sa grande surprise, tomba nez à nez avec Luis qui semblait rentrer de soirée.

— Hola Luis ! chuchota-t-elle. *Salut Luis !*

— Hola Bella ! lui répondit-il, l'haleine chargée. *Salut ma belle !*

— Hasta mañana ! *À demain !*

— A donde te vas ? *Où tu vas ?*

Il s'approcha d'elle et la saisit pas les hanches. Clara soupira, et, agacée par le comportement du jeune homme, se dégagea doucement avant d'aller s'enfermer dans la salle de bains pour se préparer à partir. Elle l'entendit s'éloigner puis fermer la porte de sa chambre. *Nan mais sérieusement, c'est quoi son problème ?*

Elle entra dans la douche et se remémora la soirée de la veille. Il y avait eu leur rendez-vous sur la Place d'Armes, puis la tentative de vol, son mal de ventre aussi violent que soudain. Puis l'arrivée de Luis, leurs danses, leurs baisers…

Elle avait vu qu'Émilie allait chercher Vanessa, elle avait alors dit à Luis de l'attendre afin de vérifier que les filles avaient bien toutes les infos pour le lendemain.

Elle avait aidé Émilie et Lucia à mettre Vanessa, ivre morte, dans le taxi. Son amie ne tenait quasiment plus debout quand elle avait quitté le bar et tenait des propos totalement incohérents. Lucia leur avait promis de faire le maximum pour qu'elle soit sur pieds pour le départ dans le Colca. Mais ça n'était pas gagné…

Elle espérait que son amie serait remise de cette cuite monumentale pour le voyage. Sans elle, ça ne serait pas pareil.

Ensuite, elle avait dit à Maru, qui avait retrouvé des amies, qu'elle n'allait pas tarder à rentrer, qu'elle voulait juste dire au revoir à son frère. Et Luis était resté introuvable, comme envolé ! Tout comme Pedro et sa bande.

Il valait mieux en rire. Il était libre comme l'air et visiblement, ça n'était pas une petite française qui allait réussir à le dompter. Elle avait malgré tout passé un moment réconfortant, savourant chaque seconde dans les bras du jeune homme.

En partant, elle avait vu Astrid, complètement saoule, se déhancher sur des musiques latinos avec un mec qui avait certainement une idée derrière la tête. Écœurée par cette attitude et consciente de la peine que cette vision avait pu causer à Vanessa, elle était partie sans la saluer. Espérant même qu'elle raterait le car le lendemain matin.

Elle était ensuite monté dans un taxi avec Maru, qui, bien entendu, l'avait assommée de questions, surexcitée par la vision de sa correspondante et de son frère sur la piste.

Clara avait été très honnête avec elle : Luis, c'était pour se changer les idées, pour s'amuser un peu et prendre du bon temps. Il n'était pas fiable et elle n'appréciait vraiment pas qu'il disparaisse quand ça le chantait.

Elles avaient bien ri en rentrant à la maison et en trouvant la chambre de Luis vide, évidemment.

Revigorée par sa douche bien chaude, elle s'habilla chaudement et passa sur la pointe des pieds devant la chambre du bourreau des cœurs. Après avoir avalé un jus de mangue et une part du gâteau au chocolat concocté par Lupita la veille, elle enfila sa polaire, prit son sac à dos et s'engouffra dans le taxi qui arrivait au moment où elle fermait la porte de la maison.

Elle appréhendait de ne pas retrouver Vanessa à la gare routière. Elle était sacrément imbibée la veille, et malgré le paquet de soirées qu'elles avaient pu passer ensemble depuis leur rencontre, elle n'avait jamais vu son amie dans cet état.

Elle envoya un message à Émilie pour s'assurer qu'elle était bien réveillée et cette dernière lui répondit qu'elle était déjà à la gare routière. Clara rit intérieurement, cherchant par avance comment elle pourrait la chambrer sur cette ponctualité toute récente.

Son taxi se gara, un autre fit la même chose derrière elle. Elles avaient l'air d'être synchro ! En descendant du véhicule, elle attendit de voir qui était en train d'arriver et c'est avec soulagement qu'elle vit Vanessa en sortir. Certes, elle avait les yeux cernés et le teint crayeux mais elle avait retrouvé son sourire et elle semblait en forme. Les deux amies se sautèrent dans les bras l'une de l'autre :

— Ça va ma biche ? Pas trop mal aux cheveux ?

— Je m'attendais à pire mais Lucia m'a préparé un remède de grand-mère anti-gueule de bois en rentrant et ça a super bien marché.

— Vas-y, raconte ! Ça m'intéresse ! T'as l'air en forme !

— Bon… par contre, c'est vraiment dégueu : Elle a mélangé un œuf cru, du citron, du miel et une infusion de maté de coca froide dans un mixeur. C'était immonde mais elle m'a forcée à tout boire. J'ai cru que j'allais gerber au milieu de la cuisine !

— C'est Allegria qui aurait été contente !

— Attends, c'est pas tout ! Donc j'ai bu sa potion magique dégueulasse, et juste avant que je m'endorme, elle m'a apporté un sucre avec de l'huile essentielle de menthe à faire fondre sous ma langue avant de dormir. Apparemment, c'est bon pour éviter les maux de tête dus à l'alcool…

— Et Dieu sait que tu aurais dû en avoir ce matin. Tu sais que je t'aime ma Vuvu, mais je ne veux plus te voir dans cet état. Tu pouvais à peine marcher, imagine si tu avais loupé l'excursion aujourd'hui, ça aurait été trop bête ! Clara tenait son amie par les épaules et la fixait dans les yeux afin d'être sûre que le message était compris.

— Je sais ma poulette… je me suis aussi fait peur. Je ne contrôlais plus rien. Je n'aurais pas dû boire autant.

— Qu'est ce qui t'a pris ?

— Je crois que tu le sais…

— Tu voulais être avec Astrid ?

— Ouais… mais tu vois, là, je pense que c'est allé trop loin et que je me suis emballée un peu vite. Je ne me souviens pas de tout mais j'ai l'impression qu'il s'est passé un truc bizarre…

— Écoute, je n'ai pas tout suivi non plus. J'étais occupée avec Luis, mais, quand je t'ai accompagnée à la voiture, elle chauffait un mec à fond.

Vanessa baissa les yeux. Des bribes de souvenirs revenaient. Elle revoyait Astrid avec ce mec, et surtout, sa façon de la regarder pendant qu'elle dansait avec lui.

— Je pense qu'elle se fout de ma gueule depuis le début, je vais lâcher l'affaire.

— C'est peut-être mieux. Et puis tu as Guillaume, il ne faut pas tout gâcher !

— J'espère que le mal n'est pas déjà fait. Il me manque, je pense que c'est pour cette raison que j'ai fait ça. Besoin de sentir que je plais, un manque de tendresse ou juste tester autre chose. Tout me ramène à lui.

— En tout cas, je te surveille. Tu as interdiction de revenir vers cette nympho.

— Ok chef !

— Viens, on va aller chercher Émilie.

— Chez elle ?

— Mais non ! Elle a dû tomber du lit, elle était déjà arrivée quand j'ai pris mon taxi !

— Comme quoi tout arrive !

*****

Le petit autocar était parti peu après 07:00 et, bringuebalant sur les petites pistes qui menaient au Colca depuis plusieurs heures, il s'approchait tranquillement de sa destination.

Les filles somnolaient, rebondissant comme des marionnettes sur les sièges à chaque nid-de-poule sur le chemin.

Astrid avait failli manquer le départ. Elle était arrivée in extremis, empestant l'alcool et le tabac froid, elle n'avait même pas changé de vêtements. À sa grande surprise, l'accueil que Vanessa, Clara et Émilie lui avaient réservé avait été plutôt glacial.

Elle s'était installée à côté de Martine qui, elle, était ravie d'avoir une nouvelle confidente pour ce voyage.

Elles arrivèrent en fin de matinée dans le bourg de Chivay d'où la plupart des excursions dans le Canyon partaient quotidiennement. Leur grosse randonnée à elles était prévue pour le lendemain matin. Ce samedi serait plus calme, permettant aux filles de découvrir quelques paysages, de pouvoir se balader un peu dans ce village qui avait su s'adapter à l'afflux touristique en plein essor depuis quelques années. Des structures hôtelières, des sources chaudes, un immense marché d'où, bien sûr, on ne repartait pas les mains vides.

À divers endroits du village, des habitants proposaient, ici, de poser en costume traditionnel péruvien le temps d'un cliché, et là, de se photographier avec un lama ou un oiseau de proie, le tout en échange de quelques soles.

Le petit groupe, constitué des trois amies ainsi que de Natacha, Astrid et Martine se rendit tout d'abord à la Casa Andina, leur hôtel, pour y poser les bagages. Constitué de petites maisonnettes dispersées dans un immense jardin, l'établissement qui les accueillait offrait une vue imprenable sur les montagnes alentours. Au centre d'un espace vert luxuriant, une petite fontaine bordée de bancs et des allées en pierre qui permettaient d'accéder aux confortables logements. Les filles furent agréablement surprises de découvrir des couvertures chauffantes sur les immenses lits des trois chambres doubles qu'elles partageraient.

*****

Astrid, semblant un peu plus en forme qu'à la gare routière s'approcha doucement de Vanessa qui ouvrait la porte de son logement.

— Salut ma belle, il est top cet hôtel !

— Oui. Vanessa n'avait pas besoin de faire d'efforts pour être froide avec celle qui l'avait tant humiliée la veille.

— Tu as déjà une compagne de chambre ?

— Oui, je dors avec Martine.

— Dommage… Astrid la fixa droit dans les yeux.

Vanessa, prise de court ne sut que répondre. Elle lutta quelques instants avec sa clé et finit par accéder à l'intérieur de sa chambre. *Pourvu qu'elle ne me suive pas…*

Astrid, décidée à continuer la conversation entra derrière elle.

— T'as vu ça ? Y'a même des couvertures chauffantes, c'est royal !

— Oui, c'est cool.

Astrid vint se positionner devant Vanessa qui évitait ostensiblement son regard.

— Vanessa, on peut parler de ce qu'il s'est passé hier soir, s'il te plaît ?

— Parler de quoi ? Du fait que tu me prends pour une conne depuis le début ?

— Arrête…

— Non, Astrid. C'est toi qui vas arrêter. Tu commences à me faire chier là !

— Vaness…

— Je dois aller aider Martine à monter son sac, elle s'est fait mal au poignet dans le bus.

— Tu me fais flipper, ok ?

Vanessa, qui avait commencé à s'éloigner fit volte-face et l'observa, sans trop comprendre. Astrid était écarlate, les yeux remplis de larmes, son assurance habituelle semblait s'être volatilisée.

— Je te fais flipper ? Je ne comprends pas…

— Tu me plais, mais je suis pas lesbienne.

La jolie brune resta silencieuse, ne sachant pas comment réagir. Astrid reprit :

— Tu m'attires depuis déjà plusieurs mois. À chaque fois qu'on se croise dans les couloirs entre les cours, mes yeux sont happés par toi. Et j'ai bien vu que de ton côté, tu ne m'avais même pas remarquée. Et la semaine dernière, quand on a passé tout le voyage à discuter toutes les deux, j'ai senti qu'il se passait aussi quelque chose de ton côté…

— Je ne sais pas quoi te dire. C'est vrai que depuis Nazca, je me pose aussi des questions. Mais avec le comportement que tu as eu hier soir, je suis bien refroidie.

— Je suis sincèrement désolée. Je ne sais plus où j'en suis. Ça me fait peur, du coup, je me suis dit qu'en sortant avec des mecs, ça me remettrait les idées en place.

— Ben c'était très con comme idée. Et cruel.

— Je sais… je suis désolée.

— Et arrête de t'excuser !

Et là, sans prévenir, Astrid embrassa Vanessa qui la repoussa violemment.

— J'ai eu le temps de réfléchir cette nuit… et dans le car. Je veux que tu me foutes la paix. Oui, je me suis posée des questions. Oui, tu m'as attirée. Mais la façon dont tu m'as traitée hier soir prouve que tu n'es pas quelqu'un pour moi. J'avais peur de la routine avec mon mec, c'est sûrement pour ça que c'est arrivé. Mais maintenant, c'est fini, il ne se passera plus rien entre nous.

— Non, s'il te plaît, laisse-moi une chance !

Astrid sanglotait, perdant le peu de fierté qu'il lui restait.

— Vaness, s'il te plaît, je ne déconnerai plus… je te promets.

— Non. Maintenant, sors de ma chambre et laisse-moi.

— Donne-moi une dernière chance !

— Franchement, tu commences à me faire pitié. Dégage…

Astrid, en pleurs, sortit de la pièce et alla s'asseoir sur l'un des bancs qui jouxtaient la fontaine.

Elle était anéantie par le refus de Vanessa, réalisant qu'il était trop tard pour la récupérer.

L'objet de sa convoitise passa devant elle, accompagnée de Martine, qui se plaignait d'atroces souffrances ne lui permettant pas de porter son sac surdimensionné pour une simple nuit. Elle ne lui jeta pas le moindre regard et traça sa route.

Elle avait beaucoup réfléchi cette nuit, alors qu'elle était entre un état d'ébriété intense et un sommeil presque comateux, et avait réalisé qu'elle avait transposé le manque que représentait Guillaume sur Astrid. Elle rigolait énormément avec lui, et elle avait retrouvé le même type d'humour chez la jeune femme. Peut-être y avait-elle lu le même désir que celui qu'elle retrouvait dans les yeux de l'homme de sa vie…

Elle avait eu besoin de dépasser un peu les limites, de tester la solidité de son couple. Elle qui, depuis bientôt quatre ans, avait été sage comme une image, avait subitement eu besoin de séduire, de se sentir désirable aux yeux de quelqu'un d'autre. Elle avait commencé à écrire une lettre pour Guillaume dans le car qui les menait à Chivay, lui avouant cette infidélité dont elle n'était pas fière. Elle avait été submergée par l'émotion en couchant son ressenti sur papier et avait préféré remettre à plus tard cette difficile mais essentielle missive.

Elles prirent leur déjeuner toutes les six au restaurant de l'hôtel, dans une ambiance assez tendue, Vanessa à un bout de table snobant une Astrid effacée et reniflante à l'autre, et le reste de la troupe feignant de ne pas percevoir le malaise. Astrid, après le repas, prétextant une migraine, rentra s'allonger dans la chambre qu'elle partageait avec Natacha.

Pendant le reste de l'après-midi, elles découvrirent Chivay, caressèrent des lamas, firent à tour de rôle des photos où elles arboraient les magnifiques tenues typiques de cette région du Pérou.

Le jour tomba vite et le froid lié à l'altitude arriva d'un coup. Elles passèrent la soirée au bar de l'hôtel, où elles se régalèrent de tapas. Étonnamment, elles furent raisonnables et se contentèrent d'une bière chacune.

Astrid, voyant Vanessa s'éloigner vers les toilettes profita que cette dernière soit isolée pour tenter une nouvelle approche.

— Vaness ! Murmura-t-elle en la saisissant par le bras.

— Quoi ? Répondit-elle, agressive.

— On n'a pas fini notre discussion tout à l'heure...

— Putain... mais tu vas me lâcher la grappe ?

— Je suis tellement désolée ! Laisse-moi une chance ! sanglota-t-elle.

— Sérieux, mais t'as un gros souci toi ! Fous-moi la paix ! Ne me parle plus, ne me regarde plus...

— Mais...

— Y'a pas de « Mais » ! Maintenant tu dégages et tu me laisses aller pisser tranquille.

Astrid, rouge de honte quitta le bar et partit se coucher directement.

*****

Vanessa raconta cette scène étrange qu'elle venait de vivre à Émilie et Clara qui n'en revenaient pas de l'insistance d'Astrid. Elles la félicitèrent pour sa résistance. Elles étaient ravies que cette dernière ait enfin ouvert les yeux sur l'importance de sa relation avec Guillaume. Et comme le disait si bien Clara, « Elles avaient déjà eu leur lot de tarés pour un moment ».

Elles avaient passé la fin de la soirée avec Natacha, assises au pied de la petite fontaine, enroulées dans des plaids, à observer une voûte céleste majestueuse.

La Casa Andina avait coupé ses éclairages extérieurs à 23:00, supprimant toute pollution lumineuse. Elles étaient toutes les quatre aux premières loges pour admirer le spectacle féérique de l'infiniment grand, au-dessus de leurs têtes. Un ciel noir-bleuté, parsemé de milliers de petits diamants étincelants, la voie lactée s'étirant comme un ruban. Elles se sentaient si bien, réalisant sans doute à quel point elles étaient petites face à l'immensité de l'univers. Après cette contemplation, elles regagnèrent le confort de leurs chambres, paisibles. La nature avait ce pouvoir de calmer les esprits les plus tourmentés, et pour la première fois depuis sa dispute avec Guillaume, Vanessa s'endormit tranquillement.

Le réveil sonna tôt mais les filles, hyper motivées sautèrent du lit sans la moindre difficulté, impatientes de démarrer le trek dans le canyon.

Un petit déjeuner copieux fut avalé face aux montagnes tandis que le soleil étendait timidement ses premiers rayons et le groupe retrouva Juan, son guide.

Chacune d'entre elles avait un sac à dos contenant de l'eau, des en-cas, de la crème solaire et des petits cadeaux pour les éventuels enfants qu'elles rencontreraient sur le chemin. Martine n'avait plus mal au poignet mais sentait ses amygdales très gonflées. Elle craignait d'avoir attrapé une vilaine angine. Personne ne releva. Pas question de gâcher cette belle journée qui démarrait par les lamentations de la jeune fille.

Elles marchèrent ainsi plusieurs heures, dans un silence quasi-religieux, manquant de souffle à cause de l'air assez rare à cette altitude. Elles longèrent des chemins escarpés à flanc de montagne donnant directement sur des gouffres démesurés. Natacha, qui souffrait de vertige, ne disait pas un mot. Elle avançait, regardant droit devant elle, tentant d'ignorer les tremblements de ses jambes.

Elle savait que si elle regardait en bas, elle serait fichue. Elle supportait cette phobie quand quelque chose était positionné entre elle et le vide, mais dans ces lieux protégés, point de barrières ni de garde-corps. Clara et Vanessa, comme à leur habitude, prenaient des photos par dizaines, s'exprimant principalement par onomatopées à chaque nouveau détour. Émilie, elle, admirait les paysages grandioses, ses pensées allant de Benoît à Julio et de Julio à Benoît.

Le groupe arriva aux alentours de midi à la Cruz Del Condor, un mirador où une croix de pierre surplombait le canyon. Le guide leur indiqua que c'était le meilleur endroit pour admirer les volatiles, symboles des lieux. Après quelques minutes à scruter le ciel en silence, à l'instar des autres groupes de randonneurs présents, une immense silhouette, majestueuse se dessina dans le ciel, suivi de deux autres. Les filles admiraient le ballet des condors qui planaient dans un ciel d'azur. Le spectacle les laissa sans voix.

Elles prirent le temps de contempler le paysage incroyable qu'était le Canyon du Colca : des montagnes immenses à perte de vue au sommet desquelles des nuages blancs s'accrochaient, tranchant avec un ciel d'un bleu limpide.

En contrebas, on devinait El Rio Colca, le cours d'eau auquel devait son nom le canyon. Vu d'en haut, il ressemblait à un mince filet d'eau, une petite ligne brillante tracée plus de trois mille mètres plus bas. Mais il ne fallait pas se fier à sa frêle apparence, le Colca permettait en effet d'alimenter en eau les nombreuses cultures en terrasse, luxuriantes qui le bordaient. Autour du mirador, de nombreux vendeurs de souvenirs avaient installé une marchandise artisanale et bariolée. Des bonnets colorés, des pulls en laine d'alpaga, des chaussettes, des marionnettes de doigts… tout était fait pour que les visiteurs ne quittent pas les lieux les mains vides.

Les filles firent, bien entendu, quelques emplettes avant d'entamer la longue marche qui les conduirait à Chivay.

Vanessa marchait en silence, elle sentait la présence d'Astrid derrière elle. Elle avait été tracassée par leur altercation de la veille toute la journée. Il leur restait encore deux semaines à se croiser régulièrement, elles devaient partir, en milieu de semaine pour Cuzco et elle savait que l'ambiance serait plombée si l'abcès n'était pas crevé au plus vite.

— Astrid…

— Ah… tu me reparles maintenant ?

— Écoute, je pense qu'il faut qu'on reparte sur des bases un peu plus normales.

— Je suis d'accord.

— On a toutes les deux déconné. Il n'aurait jamais dû se passer quoi que ce soit.

— Ça, c'est ton avis.

— Oui…

— Je suis désolée.

— On est toutes les deux fautives. Je t'ai mal parlé hier, je n'aurais pas dû.

— J'ai abusé aussi.

— On va dire que c'est l'altitude qui nous a fait péter les plombs !

— Oui…

— Bon, on sera sans doute jamais les meilleures amies du monde vu ce qu'il s'est passé. Mais si on peut au moins réussir à être dans la même pièce sans que ça jette un gros froid, ça sera déjà pas mal.

— Je suis d'accord.

— On oublie ?

— On oublie !

Elles se sourirent timidement, chacune voyant une étincelle de sincérité dans les yeux de l'autre. Soulagées, elles reprirent la route.

XIII

Elle s'éveilla en sursaut au milieu de la nuit. En nage, elle se redressa dans son lit, parvenant difficilement à retrouver son souffle. Elle se leva pour aller chercher un peu d'eau fraîche dans la cuisine, mais des nausées soudaines modifièrent son itinéraire et elle termina sa balade nocturne penchée au-dessus des toilettes. Pliée en deux de douleur, désespérée, elle avait réalisé un peu plus tôt que quelque chose n'allait pas.

Elles étaient rentrées la veille en début de soirée de leur excursion, la tête remplie des décors incroyables qu'elles avaient traversé pendant le week-end. Épuisée par le trek, barbouillée, elle s'était couchée tôt après avoir montré ses photos à Maru sur l'ordinateur familial. Elle s'était endormie presque immédiatement et c'est au milieu d'un sommeil profond et sans rêve que son subconscient lui avait envoyé un message.

Ça expliquait tout.

Elle était retournée se coucher mais avait été incapable de fermer l'œil, ne pensant qu'à cette abominable idée qui s'était imposée à elle et qui ne la quittait plus. Elle essaya de penser à autre chose, de trouver, mentalement, d'autres théories, en vain.

Elle se leva en même temps que Maru aux aurores. Avala juste un thé et fila en taxi au centre commercial sous le regard inquiet de sa correspondante qui avait compris, dès qu'elle s'était levée, que quelque chose clochait. Clara avait tenté de la rassurer. Tout allait bien, elle se sentait juste un peu fatiguée et avait le mal du pays. La jeune fille avait dû se contenter de cette explication, Clara se précipitant à l'extérieur de la maison pour chercher un véhicule.

Elle s'était rendue directement dans la pharmacie du centre commercial et avait acheté un test.

La main tremblante, la démarche mal assurée, fuyant le regard de l'hôtesse de l'officine, elle fourra la boîte dans son sac après l'avoir réglée et erra, anxieuse dans le centre commercial à la recherche de toilettes.

Elle avait tourné le problème dans tous les sens. Ça ne pouvait être que ça. Elle se demanda de quand dataient ses dernières règles. C'était d'avant la Chine. Elle n'y avait pas spécialement prêté attention, ses cycles étant irréguliers malgré la pilule. Et puis il y a avait eu le départ au Pérou et elle avait pensé que ce changement d'environnement lié au stress de sa rupture avec Jean-Gé y étaient pour quelque chose.

Il y avait ses nausées et ses vomissements. Elle s'était crue plus sensible que les autres au régime alimentaire de ce nouveau pays. Et la fatigue chronique qu'elle avait attribuée au décalage horaire…

Elle aperçut enfin l'entrée des toilettes. Elle s'y précipita, serrant fort son sac contre elle.

*****

Putain… je suis sûre que c'est ça…

Je tremble tellement que je n'arrive même pas à enlever le plastique de protection de la boîte. Je sens les larmes monter. Je me trouve tellement pathétique, seule dans ces toilettes publiques à attendre de savoir si mon instinct me joue des tours.

Je sors cet espèce de long stylo blanc de son emballage. Je ne sais même pas comment ça marche. Évidemment, c'est la première fois de ma vie que je me retrouve confrontée à un tel cas de figure. Je déplie fébrilement l'immense mode d'emploi plié en cinquante.

C'est la merde. Je ne capte rien, tout est marqué en espagnol, c'est encore pire que de lire une carte routière !

Je retourne l'immense papier et tombe sur un schéma de la marche à suivre plutôt clair. Je dois enlever le capuchon, pisser dessus, le reboucher et attendre. Attendre.

Je me suis retenue depuis mon réveil exprès. Annabelle, ma sœur, m'avait dit que c'est ce qu'elle avait fait pour être sûre que le test qui lui avait annoncé sa grossesse soit bon.

C'est amusant comment ce petit bout de plastique peut, d'une personne à l'autre, être annonciateur d'un immense bonheur ou d'un immense pétrin…

Bon… Déjà, je vise plutôt pas mal, j'arrive à ne pas m'en mettre plein les mains. Je me marre toute seule. Il paraît que c'est mon optimisme qui l'a séduit ce con ! Il faut croire que je deviens comme lui, à ricaner dans les moments de détresse.

S'il savait…

Bon, j'ai rempli ma mission. Je dois remettre le capuchon sur la tige, laisser à plat et attendre trois minutes. Le temps que je me rhabille, je ne peux m'empêcher de jeter un œil à la fenêtre en plastique du test. Un premier trait est apparu pendant que je faisais pipi, signe de son bon fonctionnement.

J'attends et je scrute.

Merde… Il y a une deuxième ligne ! Putain.

Mon monde s'effondre. Il y a deux lignes, parallèles, foncées…

Je reprends le mode d'emploi. J'ai du mal lire. Deux traits, ça doit être négatif.

« Dos lineas : embarazada ». *Deux lignes : enceinte.*

Je recommence à rire nerveusement. La traduction espagnole de enceinte correspond plutôt bien à mon état actuel. Embarrassée, c'est le moins qu'on puisse dire.

Mais qu'est-ce que je vais faire ??? Je peux pas avoir un enfant !

Et son père est un vrai taré !

Mais il est le fruit de l'amour. Je l'ai tellement aimé ce con...

Je remballe rapidement mon improbable butin et sors précipitamment du centre commercial. J'ai besoin de respirer de l'air frais.

Il faut que je parle aux filles. Je grimpe machinalement à bord d'un combi, sans avoir la moindre idée de l'endroit où il va. Viviana m'avait dit qu'ils passaient tous plus ou moins à proximité du centre-ville.

Chaque arrêt remplit un peu plus le véhicule, je suis tellement serrée. Et ça pue… ça saute, ça freine, ça accélère, ça tourne… quel moyen de transport pourri ! Je ne m'y ferai jamais. À chaque virage, je me retrouve écrasée par mon voisin de siège qui ne semble faire aucun effort pour contenir les effets de la force centrifuge.

Et là, comme par miracle, j'aperçois les deux tours de la cathédrale. Je descends, laissant un billet au chauffeur et pars chercher la quiétude dans ce lieu qui avait déjà su accueillir mon mal être en début de séjour.

La bâtisse est silencieuse. J'aperçois dans le choeur trois religieuses, sans doute plus jeunes que moi, qui prient. Elles rayonnent de bonheur et de paix. Comme je les envie.

J'aurais mieux fait d'aller un peu plus à la messe et un peu moins chez Jean-Gé. À quel moment ça a pu arriver ? On s'est toujours protégés avant de passer les tests de dépistage. Là, j'ai consulté et débuté la pilule. Puis notre histoire est partie en vrille. J'ai commencé à me faire vomir, parfois, quand on mangeait trop. Est-il possible que j'aie été assez stupide pour régurgiter le précieux cachet ?

Ça fourmille dans ma tête. Des questions sur le comment, le pourquoi ?

Mon Dieu, aidez-moi ! Qu'est-ce que je dois faire ?

Je ne peux pas le garder. Et je ne peux pas non plus ne pas le garder.

C'est vraiment terrible…

Je voudrais prier mais les mots ne sortent pas. Mon esprit est trop embrouillé pour verbaliser quoi que ce soit. Et puis, honnêtement, je vais prier pour quoi ? Pour avoir le courage d'avorter ? Pour avoir la force de le garder ?

Les cloches de la cathédrale retentissent, graves. Je les sens résonner jusque dans mon ventre. Je ne peux m'empêcher de penser que le bébé doit aussi ressentir les vibrations. Puis je me dis que je ne dois pas le considérer comme un bébé mais comme un embryon, la décision sera peut-être moins difficile à prendre.

Je sors et me dirige vers l'agence d'Émilie. Sa patronne ne va pas apprécier, mais là, c'est une urgence vitale. Il faut que je lui parle.

J'entre et vois le regard interrogateur de Natasha par-dessus ses lunettes en demi-lune.

— Bonjour Natasha, je suis vraiment désolée de vous déranger mais il faut vraiment que je voie Émilie. Un sanglot m'échappe.

— De mieux en mieux... c'est une agence de voyages ici, pas un salon de thé.

— Je sais, je suis sincèrement désolée mais il faut vraiment que je...

— Clara ?

Je me retourne en entendant la douce voix de mon amie. Elle est debout au milieu de l'open space, l'air grave. Elle s'avance vers moi, me prend par l'épaule et, sans un regard, elle lance à Natasha « Je prends ma journée » et nous sortons.

Sa présence est tellement réconfortante ! Il n'y a pas de mots pour décrire le soulagement d'avoir mon Émilie avec moi à ce moment précis de ma vie.

Nous marchons en silence jusqu'à la Place d'Armes. Elle n'a pas enlevé sa main de mon épaule, elle doit sentir que j'ai besoin de son soutien.

C'est amusant car le soleil est désormais bien levé. La place s'anime. Les combis, les taxis, les voitures la contournent, sa fontaine continue de cracher ses immenses volutes d'eau comme si de rien n'était. Il est 09:10, les gens en retard au travail courent pour ne pas avoir d'ennuis, les commerces ouvrent leurs devantures, les premiers touristes de la matinée, guides à la main, admirent la beauté des lieux. Et il y a nous, assises sur un banc, silencieuses.

— Qu'est ce qui se passe Clara ?

Je veux parler mais pas un son ne sort.

— C'est Luis ?

— Non.

Je ne peux pas le dire, ça rend la situation trop réelle et je ne suis pas prête à affronter cette réalité. Alors doucement, la main tremblante, le souffle court, je sors la preuve de mon inconscience et de ma stupidité.

Elle me regarde sans comprendre, ses grands yeux interrogateurs passent des miens au test. Je le lui tends, elle le prend, sans rien dire. Elle le regarde à nouveau. Je vois ses yeux s'arrondir et, à l'expression sur son visage, je sais qu'elle a compris.

— T'es enceinte ?

— Oui, on dirait…

— Depuis quand ?

— Je sais pas… Au moins un mois et demi puisque je n'ai couché qu'avec Jean-Gé.

Silence…

— Comment tu as su ?

— Je me suis réveillée cette nuit et je savais. Je crois qu'il y a eu plein d'indices que je n'ai pas voulu voir. Ma voix s'enraille.

— Comme quoi ?

— Mes vomissements presque tous les jours et la fatigue ! Et même mon malaise quand on s'est séparés…

— Mais c'est dingue ! Tu as du retard ?

— Malheureusement oui mais je n'ai pas du tout fait gaffe à ça. Je prends la pilule.

— Comment c'est possible ?

— Il y a quelques semaines, vous me disiez souvent que j'avais trop maigri. Je me faisais vomir de temps en temps…

— Clara !

Et là, je fonds en larmes. Je suis secouée par les sanglots et Émilie me serre dans ses bras, aussi fort qu'elle le peut. Je crois qu'elle pleure aussi. C'est ça l'amitié, on souffre ensemble.

*****

Quelques heures plus tard, nous retrouvons Vanessa sur sa pause déjeuner. Je n'ai toujours pas réussi à digérer cette nouvelle, il me faudra du temps je pense. Est-ce que neuf mois seront suffisants ?

En arrivant au restaurant où nous lui avons donné rendez-vous, elle comprend immédiatement, à nos mines défaites, qu'il se passe quelque chose de grave.

— Ça va les filles ?

Je pense qu'elle connaît déjà la réponse. Je baisse les yeux. J'ai tellement honte… Comme si elle lisait dans mes pensées, Émilie balance la bombe :

— Clara est enceinte.

— Quoi ?

Vanessa nous regarde, bouche bée. Puis un silence pesant tombe. Personne ne sait quoi dire. Les larmes coulent sur mes joues sans que je puisse les arrêter. Émilie caresse doucement mon bras. Vanessa est devenue toute blanche. Elle est assise face à nous et nous observe, choquée. Elle cherche un truc à dire. Je vois dans ses yeux qu'elle hésite entre lancer une blague pour détendre l'atmosphère ou commencer à me poser des questions.

La curiosité l'emporte :

— Tu vas faire quoi ?

— Je ne sais pas…

— Je suis désolée ma poulette. C'est dingue ! Tu le sais depuis quand ?

Pour lui répondre, je sors le test de mon sac et le lui tends en disant, d'une voix blanche :

— J'ai eu un flash cette nuit et j'ai fait le test ce matin.

— Tu vas lui dire ?

— Alors là, je sais pas. Je ne me suis même pas posé la question.

— Il faudra d'abord que tu prennes ta décision avant de lui en parler. Si tu le gardes, il va forcément le savoir. Sinon, rien ne t'y oblige…

— Il ne faut pas qu'il t'influence, intervient Émilie.

— Je ne sais même pas quand c'est arrivé ! Si ça se trouve, il est trop tard pour avorter…

— Il faut absolument que tu voies un médecin au plus vite, dit Émilie.

— La mère de Maru est sage-femme, elle pourra peut-être me renseigner…

— Tu vas lui en parler ?

— Émilie me semble dubitative.

— Je n'ai pas cinquante options…

— Elle va être choquée !

— Sans doute pas autant que moi maintenant !

— J'ai peut-être été un peu sèche en répondant à Émilie. Elle devient écarlate et baisse les yeux.

— Je suis désolée, je n'ai pas voulu être désagréable. Le truc, c'est que j'ai pas mal picolé depuis qu'on est arrivées ! Imaginez que le bébé soit malade à cause de moi !

— Putain… Tu vas le garder. Vanessa a la voix qui tremble.

— J'en sais rien…

— Tu es déjà en train de t'inquiéter pour sa santé…

Pas faux.

On convient toutes les trois qu'il serait opportun que j'en parle à Maru et qu'on avise en fonction de ce qu'elle dira sur la probable réaction de sa mère.

Je quitte les filles et rentre à la maison. Je suis soulagée de leur avoir dit. Je me sens tellement moins seule…

XIV

Émilie rentra chez Lili après le déjeuner. Quitte à poser sa journée et à avoir des ennuis avec Natasha, autant profiter d'un peu de temps libre pour se poser.

Elle était tellement chamboulée par les révélations de Clara qu'elle n'aurait, de toute façon, pas été capable d'avancer sur les dossiers qui s'étaient amoncelés sur son bureau. L'appartement était vide. Lili était certainement à la fac et ses parents au travail. Elle alla dans sa chambre et s'allongea sur son lit. Sans prévenir, un torrent de larmes jaillit. Elle tenta de dissimuler ses sanglots dans son oreiller puis finit par s'endormir.

Vanessa était quant à elle retournée à son poste. Son esprit bouillonnait mais elle ne laissa rien paraître, souriante et professionnelle jusqu'au bout. Les questions se bousculaient dans sa tête, elle se demandait principalement comment son amie allait se tirer de ce bourbier dans lequel elle s'était retrouvée malgré elle.

Elle s'interrogea sur ce qu'elle ferait à sa place. Avec Guillaume, ils voulaient des enfants, c'était certain. Mais pas tout de suite, pas avant d'avoir profité à fond de leur vie à deux qui manquait cruellement à leur histoire. Et puis, contrairement à Clara, elle était en couple. Guillaume aurait assumé ses responsabilités, quelle que soit la décision prise.

Dans le cas de son amie, c'était nettement plus compliqué. Elle dressa mentalement une petite liste de tout ce que représentait Jean-Gé à ses yeux :

Y Un dingue
Y Une brute
Y Un manipulateur
Y Leur prof
Y Un danger

Le tableau n'était vraiment pas glorieux. Quelque part, heureusement que Clara l'avait quitté avant de partir. Il ne serait pas là pour lui faire un lavage de cerveau comme lui seul en avait le secret. Clara risquait de gâcher sa vie en gardant ce petit. Ça n'était pas tant le bébé, elle savait que Clara adorait les enfants et avait toujours affirmé vouloir être maman jeune. C'était plus le contexte qui était ennuyeux. Un père psychopathe, qui utiliserait sans doute le poupon pour récupérer une Clara déjà fragilisée par leur relation toxique. Il fallait qu'elle amène son amie à ouvrir les yeux sans la brusquer.

*****

Clara entra dans la maison et croisa Lupita qu'elle salua, feignant un entrain un peu trop forcé. La femme de ménage la regarda d'un drôle d'air, et voyant le teint brouillé de la jeune fille, lui proposa de lui faire un maté de coca. Clara se laissa tenter et emporta la tasse avec elle dans la chambre qu'elle partageait avec Maru. Cette dernière était assise à son bureau, révisant ses derniers examens quand Clara entra. Elle n'attendit pas que son amie s'exprime pour l'interroger :

— Clara, dis-moi ce qui ne va pas.

— Justement, je venais pour t'en parler.

Maru parut soulagée de savoir qu'elle serait bientôt dans la confidence.

— C'est Luis ?

Clara ne put réprimer un sourire. C'était la deuxième fois que ses amies soupçonnaient ce pauvre Luis d'être à l'origine de son mal-être. Malgré toute l'affection qu'elle éprouvait pour le beau Péruvien, personne, à part Jean-Gé, ne pouvait la mettre dans un état pareil.

— Non. Ton frère n'y est pour rien. Je vais te dire un truc mais il faut que tu me promettes que tu n'en parleras à personne.

— Promis.

— C'est quelque chose de grave, il faut vraiment que je puisse te faire confiance.

— Tu sais bien que tu peux me faire confiance, Hermanita !

— Viens, on va s'asseoir...

Les deux filles prirent place côte à côte sur le lit de Clara. Maru, l'air grave, attendait.

— Je suis enceinte.

— De Luis ?

— Non ! Bien sûr que non ! Je n'ai jamais couché avec Luis !

— Mais de qui alors ?

— Tu sais… le prof avec qui je sortais…

— Oh ma Clarita ! Qu'est-ce que tu vas faire ?

Maru avait les larmes aux yeux.

— Je ne sais pas, c'est bien ça qui m'embête. Je ne sais déjà pas depuis combien de temps j'ai un polichinelle dans le tiroir ?

— Un quoi ?

— Laisse tomber. Je ne sais pas depuis quand je suis enceinte. Je ne l'ai découvert que ce matin. Et j'ai bu beaucoup d'alcool, je ne sais même pas si le bébé va bien…

— Ma mère pourrait te le dire…

— J'y ai pensé. Mais comment elle va réagir ?

— Elle sera triste pour toi, mais elle va t'aider.

— Tu crois ? J'ai tellement honte, Maru…

Et, de nouveau, Clara fondit en larmes. Son amie la serra dans ses bras.

— Repose-toi. Je vais voir ce qu'on peut faire.

Maru sortit de la chambre et se précipita dans la cour pour appeler sa mère, à l'abri des oreilles indiscrètes.

Elle pénétra à nouveau dans la chambre une vingtaine de minutes plus tard. Clara était prostrée sur le lit, les yeux dans le vague.

— Viens ma poulette, on part à l'hôpital.

*****

Maru avait conduit la jolie voiture de collection jusqu'au parking de la Clinique privée San José, en périphérie d'Arequipa. Elles se dirigèrent vers l'entrée où Maria-Eugenia les attendait. Clara n'osait pas la regarder en face, gênée de se retrouver dans cette situation. Sa « Mamita Peruana », comme elle aimait à l'appeler, la mit tout de suite à l'aise en la serrant dans ses bras. Elles la suivirent dans une petite salle à l'équipement flambant neuf. Maru assurait la traduction, Clara en avait oublié toutes ses notions d'Espagnol.

La jeune fille, peu familière de tous ces appareils, prit place en silence, impressionnée. Sur ordre de la sage-femme, elle déboutonna le haut de son jean et releva son t-shirt, laissant apparaître son ventre tout plat. Un gel froid fût appliqué sur sa peau puis Maria-Eugenia fit passer la sonde. Elle chercha quelques instants, puis, Clara, qui scrutait l'écran avec intérêt, vit un petit point qui bougeait. Elle entendit un bruit unique, comme les sabots d'un cheval au galop.

— Clarita… es el corazon de tu bebe ! *Clarita… c'est le cœur de ton bébé !*

Submergée par une émotion ambivalente, Clara ne put contenir ses larmes. Maru et sa mère non plus. Elles étaient là, scrutant l'écran, captivées par le boucan que ce si petit cœur faisait déjà. Clara était enceinte de sept semaines, c'est ce que les mesures avaient révélé. Sur l'écran, une petite forme presque humaine gigotait.

Elle comprit immédiatement que ce petit amas de cellules de vingt millimètres ferait partie de sa vie et qu'elle n'avait pas le pouvoir de vie ou de mort sur lui. Elle avait toujours défendu le droit des femmes à disposer de leurs corps et était une fervente partisane du droit à l'avortement. Mais après avoir entendu ce petit cœur à peine plus gros qu'une tête d'épingle battre au fond d'elle, elle ne pourrait jamais se résoudre à ne pas le garder. Elle se débrouillerait.

Ses parents ne seraient sans doute pas enchantés, mais elle les savait suffisamment aimants pour l'épauler dans cette étape de sa vie. Ce bébé était le fruit de l'amour. Quoi qu'on puisse en dire a posteriori, ils s'étaient aimés. Sans doute pas comme il aurait fallu, mais les sentiments étaient réels et sincères. Si la grossesse avait été le résultat d'un viol, ou même d'un coup d'un soir, elle n'aurait pas pu l'assumer. Ce petit être était arrivé sans se faire remarquer, mais maintenant qu'il était là, Clara lui ferait une place dans sa vie.

C'est finalement soulagée qu'elle quitta la clinique, reconnaissante de l'aide que la maman de Maru avait pu lui apporter. Cette dernière avait promis de garder son secret. Aucun des hommes de la famille ne serait mis dans la confidence.

Clara avait été rassurée, être enceinte n'était pas une maladie. Elle pouvait maintenir l'excursion au Machu Picchu prévue en fin de semaine et continuer à vivre normalement. Il lui était juste fortement déconseillé de se rendre dans des lieux trop enfumés et l'alcool, comme en France était prohibé.

*****

Cette avant dernière semaine à Arequipa passa à toute vitesse. Les trois amies étaient plus inséparables que jamais.

Clara avait fait le choix de parler de sa grossesse à Natacha. Ayant décidé de garder son bébé, elle ne pourrait se cacher bien longtemps. Déjà, depuis sa découverte, un petit ventre avait commencé à apparaître. C'était très discret, ceux qui ignoraient le secret n'auraient pas pu soupçonner qu'un petit être grandissait à l'intérieur. Sous le choc de l'annonce, elle avait cependant assuré Clara de son soutien et avait tâché de la rassurer au maximum. Plein de filles avaient des enfants jeunes et parvenaient quand même à finir leurs études. Tout se passerait bien.

Vanessa et Émilie avaient été mises au courant du choix de Clara de garder l'enfant. Elles avaient décidé de la soutenir dès le départ, quelle que soit sa décision mais toutes trois appréhendaient désormais la réaction de Jean-Gé.

Clara était partagée par la crainte qu'il ne veuille la forcer à avorter, et celle qu'il veuille le reconnaître et en avoir la garde. Elle n'avait aucune connaissance de ses devoirs et de ses droits, il faudrait qu'elle se renseigne à son retour.

Émilie s'était autoproclamée « Tantine », estimant que sa relation avec Benoît, le « tonton » lui ouvrait l'accès à ce statut.

Vanessa était plus réservée, convaincue que son amie faisait une erreur en gardant son enfant. Elle ne lui avait pas fait part de son opinion, craignant de la blesser. Elle avait prévu d'en discuter avec elle, de la retrouver en tête à tête le soir même de l'annonce. Mais au moment de se retrouver, c'est une Clara métamorphosée qui était arrivée sur la place d'Armes. Elle avait une assurance nouvelle dans le regard, et en la voyant, elle avait immédiatement compris que le choix de mener sa grossesse à terme était fait, quelles qu'en furent les conséquences.

*****

Ça y est, c'est le grand jour ! Nous sommes jeudi 23 Juin 2005, il est 23:00. Je suis excitée comme une puce : nous partons pour Cuzco. Un long voyage en autocar nous attend mais c'est pour la bonne cause. Demain, nous allons assister à l'Inti Raymi, la grande fête annuelle qui célèbre le soleil chez les Incas. Cette civilisation a disparu, mais le peuple péruvien a perpétré cette tradition et organise, chaque année, une immense fête en l'honneur d'Inti, le Dieu Soleil.

Il y aura des défilés en costumes, de la musique traditionnelle. Je suis impatiente de découvrir tout ça, c'est l'événement à ne pas rater d'après le Lonely Planet.

Ce soir, nous sommes sorties mais nous ne sommes pas allées dans nos habituels Deja Vu et Forum, trop enfumés pour Clara, et pour la migraine de Martine...

Nous avons opté pour un petit bar, en terrasse, à proximité de la gare routière et avons profité de notre soirée tranquillement, sirotant, par solidarité, des cocktails de jus de fruits. Martine n'a pas bien compris ce désaveux soudain pour la Tequila mais comme selon ses dires, son foie est fragile, elle a suivi le mouvement. Nous avons prétexté ne pas vouloir boire d'alcool avant le long trajet qui nous attend. D'ailleurs, je pense que même si Clara n'avait pas eu son bébé, nous en aurions fait de même.

Nous retrouvons le reste du groupe à la gare routière. C'est devenu une tradition maintenant. Je sens poindre, déjà, une petite touche de nostalgie. Notre dernier départ d'Arequipa toutes ensemble pour une excursion. Dans huit jours, nous quitterons l'aéroport pour regagner Lima, puis la France.

À l'idée que je vais revoir Julio si bientôt, je sens que la colonie de papillons qui loge dans mon ventre s'anime. J'ai tellement hâte de le retrouver. Avec le reste du groupe, nous avons prévu de passer une nuit à Lima avant de décoller, très tôt pour Madrid.

Il a déjà concocté un programme pour notre première et ultime soirée à deux. C'est étrange de se sentir aussi connectée à quelqu'un après avoir passé seulement quelques heures à ses côtés.

Nous discutons quotidiennement sur Internet. Une bouffée d'oxygène. On parle de tout et de rien, sans se prendre la tête. Je n'ai pas pu m'empêcher de débloquer Benoît sur MSN. Une part de moi ressent ce besoin viscéral d'avoir de ses nouvelles. Nous avons parlé rapidement avant-hier soir. Lui et son taré de frère sont bien arrivés en Birmanie. Ils travaillent énormément mais reçoivent beaucoup de la part de la communauté qu'ils aident. Il semblait heureux et confiant. Il a pris de mes nouvelles et de celles des filles.

Je ne lui ai pas dit qu'il allait être tonton, j'ai clairement évité de parler de Clara, même si je sais que Jean-Gé devait chercher à avoir des infos sur la vie de son ex. J'ai également évité de mentionner Julio malgré les perches qu'il m'a tendues.

Je vois que la « Grosse Bertille » est encore en bonne compagnie. Il faudra vraiment qu'on m'explique comment elle fait. Elle ramène un nouveau mec à chaque départ en excursion, et en plus, ce sont des beaux gosses, pas des loosers repêchés au fond d'un troquet glauque et mal éclairé. Un regard avec les filles et je sais qu'elles pensent la même chose que moi.

Marie est là aussi. Elle a sa sale tête des grands jours. Il faudra que je me mette loin d'elle dans le car, je sens qu'elle va être insupportable.

Je m'installe avec Clara. Vanessa et Natacha s'installent côte à côte, laissant Astrid se coltiner Martine. Chacun porte sa croix.

Le car est en route, il fonce dans la nuit noire vers cette destination que nous attendons de découvrir depuis des mois. Cuzco demain, et samedi matin, nous prendrons la route du Machu Picchu. Enfin !

Nous dormons toutes, je partage mes écouteurs avec Clara, la musique de Lynda Lemay en boucle nous berce. Certains titres sont d'ailleurs de circonstance, lorsque nous entendons sa voix chanter « Mon Dieu, j'suis dans la merde, j'ai besoin d'vous toute suite, pourriez-vous me faire perdre le bébé qui m'habite ? », nous échangeons un petit regard complice avant de retourner dans les bras de Morphée.

En milieu de nuit, le car s'arrête. C'est la pause pipi. Une fois de plus, c'est au milieu d'un bidonville que les passagers sont invités à vider leurs vessies et leurs intestins. Je suis horrifiée de constater qu'ils trouvent tout à fait normal de faire ça au milieu de ce qui doit être considéré comme l'artère centrale d'un village pour ceux qui y vivent. Nous avons pourtant traversé, sur des centaines de kilomètres, des zones désertes qui auraient été plus adaptées à recevoir les souillures de ces gens. Je repense à la petite Luisa. La vie est vraiment injuste.

Le car redémarre et au bout de quelques minutes, je vois Clara se lever d'un bond et se diriger vers le chauffeur. Elle a le teint cadavérique. Je veux me lever pour l'accompagner mais j'ai emberlificoté mes pieds dans mon sac à dos, de peur qu'on me le vole. Natacha est plus réactive que moi et s'avance juste derrière Clara.

Le chauffeur a l'air de grogner, Clara a l'air d'insister. Le car s'arrête finalement au milieu de nulle part et je vois par la fenêtre Clara se pencher sur un buisson et vomir. Tous les passagers sont là, essuyant la buée sur leurs fenêtres pour ne pas en perdre une miette. La pauvre. J'espère qu'elle sera en forme pour les visites, car c'est bientôt l'apogée de notre séjour. Elle remonte, rouge de honte, suivie de Natacha. Et là, Martine sort sa tête de sa rangée et demande à Clara comment elle se sent.

— Mieux, merci répond-elle.

— Tu vas voir, si c'est une gastro, on va devoir s'arrêter toutes les cinq minutes. J'aimerais pas être à ta place…

— Ta gueule, Martine !

Je pouffe de rire. C'est Vanessa qui vient de remettre cet oiseau de mauvais augure à sa place. Martine, toute piteuse se remet sur son siège et ne dit plus rien jusqu'à la fin du voyage qui, malgré ses prédictions, se termine sans encombres.

*****

Les yeux cernés mais les mines réjouies, la joyeuse équipe était arrivée à l'aube à la gare routière de Cuzco. Toutes, sans exception, avaient attendu ce moment avec impatience. Elles avaient réussi à dormir un peu dans l'autocar d'un sommeil plus ou moins profond.

Une vendeuse de rue sur la Place San Francisco proposait une boisson qu'aucune d'elles n'avait jusqu'ici testé : l'Emoliente. Une infusion de plantes et d'orge toasté au goût suave et légèrement citronné, un régal pour les papilles dès le matin.

Elles apprécièrent cette boisson chaude et réconfortante avec des pancitos, petits pains traditionnels qui étaient garnis de fromage et d'avocat. Les plus gourmandes ajoutèrent à ça un Pastel de Choclo, une sorte de gâteau au maïs très sucré. Elles dégustèrent leur petit déjeuner sur les bancs de la place, abritant des espaces verts et une fontaine. Autour d'elles, la ville s'éveillait. Des femmes en costume traditionnel coloré, portant des petits agneaux destinés à attendrir les touristes s'installaient sur les principaux lieux de passage de la place, attendant que l'on les sollicite pour une photo en échange d'un peu de monnaie. Clara, Vanessa et Émilie firent une photo toutes les trois, craquant totalement pour le petit mouton porté dans un sac de toile par une petite femme aux cheveux noirs incroyablement longs.

Marie, qui décidément, avait son air fermé depuis la veille vint à leur rencontre, l'œil mauvais :

— Franchement les filles, vous me décevez…

— Pourquoi ? Répondit Vanessa, sur la défensive.

— Ça va faire deux mois qu'on est là et vous tombez encore dans les pièges à touristes !

— Ben et alors ? On est des touristes !

— Et vous cautionnez qu'on utilise des animaux pour vous appâter…

— On a quand même le droit de faire des photos souvenirs ! Intervint Émilie.

— Oui… vous faites ce que vous voulez… mais vous soutenez la souffrance animale en faisant ça. C'est vraiment scandaleux !

— Il n'a pas l'air de beaucoup souffrir ce mignon petit bébé, dit Clara, complètement gaga en caressant l'agneau.

— Tu es d'une naïveté ma pauvre…

— Je ne suis pas naïve Marie, je suis juste moins cynique que toi.

— Sors un peu du pays des bisounours où tout le monde est beau et gentil !

— Crois-moi, j'ai quitté ce monde il y a longtemps !

— On dirait pas.

— Non, j'arrive à ne pas être aigrie, ce qui n'est pas le cas de tous…

— C'est de moi que tu parles là ? Marie avait haussé le ton, attirant le regard des passants alentours.

— À ton avis ?

— Bon les filles, on va se détendre intervint Vanessa. Marie, on a compris que tu n'étais pas fan de ce genre de pratique, personne ne te force. Mais nous, on a envie de profiter du voyage sans qu'on vienne nous faire chier… alors trouve-toi des amis et lâche-nous la grappe !

— Vous me faites pitié. Marie retourna s'asseoir sur son banc, seule.

— Quelle connasse ! s'exclama Émilie.

— Elle est tellement aigrie… laissez tomber, les meufs, elle sait tout sur tout, à croire qu'elle est née avant ses parents ! lança Vanessa, visiblement très fière de sa formule.

— Moi qui trouvais que la journée démarrait bien, ça promet ! Émilie était dépitée.

— Mais elle commence bien ! On a fait un bon voyage, on a le ventre plein, on a une super photo avec un agneau tout mignon et je n'ai pas vomi ce matin !

— Bravo ma Vomito ! Vanessa adressa un clin d'œil à Clara.

En dehors de cet échange plus que tendu avec Marie, la journée, placée sous le signe de la fête et de la décontraction, se déroula à merveille. Les filles furent éblouies par l'Inti Raymi. Des costumes multicolores, des plumes, des maquillages incroyables… La population de Cuzco avait mis les petits plats dans les grands pour séduire son public. Les ruelles pavées coincées entre des murs de pierre arboraient des guirlandes de fanions. À chaque coin de rue, l'on jouait de la musique sous les yeux ébahis de milliers de touristes qui avaient fait le déplacement pour l'événement.

Au détour d'une rue, en fin de journée, elles furent attirées par une délicieuse odeur de viande grillée qui les mit immédiatement en appétit. L'estomac dans les talons, elles s'approchèrent et découvrirent, horrifiées, que ce qu'elles pensaient être du poulet était en réalité un mets de choix dans cette région : du cochon d'Inde grillé. Des cages, remplies de petits rongeurs bien vivants, étaient entreposées à côté d'immenses braseros où cuisaient leurs congénères. Les vendeurs avaient pris le soin de retirer les fourrures de leurs victimes mais tout le reste était intact de la tête aux quatre pattes.

Ils étaient posés entiers sur la grille. Clara, qui s'était félicitée de ne pas avoir été malade de la journée, courut vomir dans le caniveau central de la petite rue adjacente. Marie, elle, sous les airs dégoûtés de ses compagnes de voyage, se mit dans la file d'attente, décidée à goûter ce qui était présenté comme une viande d'une finesse exceptionnelle.

Martine lança :

— Elle va bien attraper la rage. C'est immonde !

— Pour quelqu'un qui défendait les droits des animaux, elle a l'air de les préférer dans son assiette dit Émilie avec une moue écœurée.

— Les filles, faut qu'on s'éloigne sinon je vais encore vomir…

— Purée, Clara, t'as l'air d'avoir des sacrés problèmes de digestion depuis qu'on est là. Il faut absolument que je te donne les coordonnées de mon gastroentérologue, tu verras, il fait des miracles.

— Merci, Martine, c'est gentil. Mais ça devrait aller !

— C'est plus d'un gynécologue dont t'as besoin ! lui murmura Vanessa à l'oreille en pouffant de rire.

Ce soir-là, elles se couchèrent tôt dans l'auberge de jeunesse qu'elles avaient réservée. Elles avaient privatisé deux dortoirs. Martine était chargée de mettre le réveil à 05:30, le train en partance du Machu Picchu quitterait la gare à 07:00.

*****

301

Je sens la lumière du jour venir chatouiller mes paupières. Je n'ai pas encore ouvert les yeux, soucieuse de profiter à fond des quelques minutes de sommeil qui me séparent du moment où le réveil de Martine va sonner.

Je m'étire et je me concentre sur les bruits de respiration de mes acolytes qui dorment profondément autour de moi. C'est tellement frustrant de se réveiller avant que l'alarme ne se déclenche…

Bon, je vais quand même regarder l'heure, s'il reste assez de temps avant 05:30, ça devrait m'aider à me rendormir. J'ouvre doucement mes paupières, prends mon téléphone. Mon fond d'écran, une photo de mon Guillaume me serrant dans ses bras prise cet hiver à Groix. La vision de l'homme de ma vie dès le réveil me donne le sourire. Puis, sortant de mes rêveries romantiques, je pose le regard sur l'heure, en haut à droite de mon écran. Il est 06:30.

06:30 !!!!!!

Je bondis de mon lit, je cours ouvrir les rideaux en m'égosillant à travers la pièce :

— Les filles !! Le réveil n'a pas sonné ! On est à la bourre ! Le train part dans trente minutes !!!

Je soulève toutes les couettes, dans l'espoir qu'elles se réveillent enfin ! Ça a l'air de commencer à s'agiter. Je cours partout dans la chambre à la recherche de mes vêtements ! Mon soutif ! Tant pis, je garde la même culotte qu'hier, pas le temps de chercher ! Un jean ! Mon tee-shirt jaune moutarde « Cusquena » à l'effigie de la bière locale, acheté hier après l'épisode des grillades de cochons d'Inde.

Autour de moi, les filles ont elles aussi commencé à courir dans tous les sens. On se croirait dans une basse-cour. Je finis de lacer mes chaussures, assise sur un lit pris au hasard dans la chambre. Je sens que ça bouge derrière moi. Je me tourne machinalement et je vois Martine, profondément endormie. Ses cheveux bouclés étalés sur son oreiller, sa poitrine se levant et s'abaissant tranquillement au rythme d'une respiration calme et profonde.

— Martine !!!! Mais réveille-toi, putain ! Qu'est-ce que tu fous !

La princesse ouvre un œil, puis l'autre, me sourit et étend ses bras derrière elle en baillant. On dirait un chat qui s'étire après avoir passé sa journée à dormir sur le lit de ses maîtres.

— Qu'est-ce qui se passe ?

— Mais putain, bouge-toi ! Le réveil n'a pas sonné, le train part dans vingt minutes !

— Ah zut, j'ai dû me rendormir…

— Hein ?

Le temps semble se suspendre dans la chambre. Chacune des filles stoppe net toute activité d'habillage, de coiffage ou de laçage pour la regarder, bouche bée.

— J'ai dû couper le réveil quand il a sonné au lieu de remettre une alarme tout à l'heure… Pourquoi vous me regardez toutes comme ça ?

— Ben peut-être parce que ta connerie va nous priver de Machu Picchu aujourd'hui… lui lance Clara.

— C'est bon, j'ai pas fait exprès ! J'avais une grosse migraine, j'ai voulu me rendormir quelques minutes…

Soupir général.

— Allez Martine, bouge ton cul, habille-toi. On part dans une minute. Il va falloir courir si on veut une chance d'avoir le train.

Je vois Clara sortir de la salle de bains, le teint brouillé. La pauvre, déjà qu'elle se tape ses nausées matinales, le réveil en fanfare d'aujourd'hui n'a pas dû être très agréable.

Émilie termine d'attacher ses cheveux. Martine, elle, ne semble nullement gênée de nous avoir toutes mises dans la merde. Elle est assise sur son lit, et, au milieu de tout le tumulte, je la vois fouiller tranquillement dans sa trousse de toilette. Un coup de Ventoline, elle avale deux ou trois gélules, se crème le visage…

Je crois que je vais lui sauter dessus et l'étrangler…

Je prends une grande respiration. Je m'en fous, on se casse sans elle.

Je me lève sans dire un mot, ouvre la porte du dortoir et, d'un accord tacite, chacune des filles sort. Je referme la porte derrière Clara.

— Attendez-moi les filles !

Martine a l'air d'avoir enfin compris qu'on partirait sans elle sans le moindre scrupule. Je marche à la suite du groupe, d'un pas pressé, le long du corridor extérieur qui donne sur un patio verdoyant. Nous commençons à courir dès que nous franchissons le portail de l'hôtel. Nos sacs à dos tressautent à chaque fois que nos pieds touchent le sol, nous sommes toutes totalement écarlates et à bout de souffle au bout de quelques minutes d'un sprint qui heureusement s'arrête devant la gare. On est sauvées. Prise d'un sentiment de culpabilité, je me retourne et vois avec soulagement que Martine est une centaine de mètres derrière nous. Elle court pliée en deux, se tenant les côtes en grimaçant. Elle doit avoir un point de côté. Il est 06:55 j'attends Martine tandis que mes amies sont déjà à l'intérieur de la gare.

Elle arrive, essoufflée, le visage en feu, des gouttes de sueur dégoulinant le long de ses tempes.

— Magne-toi, Martine. On va louper le train.

— Vous auriez pu m'attendre !

— T'es vraiment gonflée ! Tu as failli nous faire rater le train en coupant le réveil !

— J'avais mal à la tête ! C'est pas compliqué à comprendre, si ?

Exaspérée, je lui passe devant, rejoins le groupe et montre mon billet au contrôleur avant de monter dans l'immense wagon vert bouteille. Je fulmine. Qu'elle se soit rendormie est une chose, à la limite, je peux comprendre. Par contre, qu'il n'y ait aucune gêne de sa part, qu'elle n'ait même pas la correction de nous demander pardon, ça me fout les nerfs !

Je suis aussi un peu agacée de voir que Marie et le reste de la deuxième chambre sont tranquillement installées dans leur compartiment, cafés dans une main et pancitos dans l'autre. Elles n'ont pas eu idée de passer voir si on était debout…

La vue de leur petit déjeuner me fait penser que mon ventre est vide et qu'il gargouille vraiment bruyamment. Je m'assois avec Émilie, Clara et Natacha sur des banquettes qui se font face.

Martine arrive à son tour dans le compartiment, scrute les différents sièges et, comprenant qu'elle ne sera pas la bienvenue avec nous, part s'installer toute seule un peu plus loin.

Une fois que j'ai retrouvé mes esprits et mon souffle je prends le temps d'observer l'intérieur du train qui, après une longue course de trois heures à travers la cordillère des Andes, nous déposera au Machu Picchu. Un coup de sifflet sur le quai, une sirène qui braille et des secousses. Il semblerait que le train soit en marche ! Nous avons de la chance, ça s'est vraiment joué à cinq minutes.

Je regarde par la fenêtre et vois la locomotive qui s'engage dans le tout premier virage. Elle est, comme l'ensemble des wagons, de couleur verte. Son immense cheminée crache une fumée noire et épaisse. Elle a un côté vraiment rétro qui me plait, ça a tellement plus de charme que nos TGV français ! Bon, vu l'allure à laquelle nous allons, il est peu probable que ce drôle d'engin puisse un jour se vanter de rouler « à grande vitesse ».

Autour de moi, l'ambiance est cosy, presque feutrée. Les sièges en velours rouge sont défraîchis mais confortables. Les fenêtres, pour être ouvertes, peuvent s'abaisser de moitié, comme dans les vieilles michelines de chez nous. Il y a des rideaux kaki qui volent à proximité des fenêtres laissées entrouvertes par les passagers précédents, et des parois vitrées qui séparent chaque voiture en deux.

Et puis cette délicieuse odeur de café et de pain frais qui emplit mes narines… Mon Dieu, je tuerais pour un expresso.

Au-dessus des banquettes, des filets retiennent les nombreux sacs à dos qui ressemblent à des rôtis, ficelés de tous les côtés. Les nôtres sont quasiment vides, nous n'avons pas eu le temps de les préparer avant le départ. J'ai juste pu glisser une bouteille d'eau, un maillot et une serviette pour ce soir dans le mien. Merci Martine…

La porte du compartiment s'ouvre et le miracle se produit : un homme en uniforme bleu-canard entre en poussant un chariot brinquebalant sur lequel j'aperçois déjà des carafes de café et d'eau chaude fumantes. Pâtisseries, petits pains et yaourts sont disposés sur des plateaux, des canettes de jus de fruit, des avocats et même de la bière sont proposés ! C'est Byzance ! J'entends des soupirs de soulagement. Manifestement, mes copines sont aussi affamées que moi !

Nous commandons de quoi faire un petit déjeuner gargantuesque, en prenant bien soin de ne rien renverser dans les nombreux virages que le train emprunte. Je sens déjà que nous prenons de l'altitude, mes tympans semblent se boucher. J'observe Martine en coin. Elle est en train de mettre des gouttes dans ses oreilles.

Dehors, défilent des forêts luxuriantes emplies d'immenses arbres aux feuilles épaisses et aux branches entravées de lianes. La nature y est souveraine. Seuls les rails étroits sur lesquels nous cheminons rappellent que l'homme est déjà passé par là. Toute cette verdure constitue sans doute les prémices de la forêt amazonienne, toute proche. C'est à la fois vertigineux et inquiétant. Comme une vision de ce que pourrait être notre planète si elle n'était pas peuplée. Une nature sauvage et robuste qui engloutit chaque centimètre carré alentour

C'est cette même abondance végétale qui a d'ailleurs gardé secrète la mystérieuse cité Inca que nous nous apprêtons à découvrir. Pendant plus de cinq siècles, les ruines de cette immense ville ont été dissimulées par une forêt si vaste et hostile qu'elle l'a rendue impénétrable. Le site a longtemps dormi à l'abri des pilleurs et des touristes. C'est seulement en 1911 qu'il fut mis à jour par un professeur de l'université de Yale et qu'il devint, grâce à la diffusion de photographies prises dans les années vingt, un véritable symbole national. Son accès a été facilité par la construction d'une ligne de chemin de fer, celle-là même que nous empruntons, et qui a permis au grand public de découvrir les lieux.

J'ai tellement hâte d'y être !

*****

Le trajet passa rapidement à bord du train, sifflant et hoquetant, qui avait traversé une variété incroyable de décors. Des mille nuances de vert de la forêt aux zones rocheuses à flanc de falaises, longeant ici, un profond ravin et là, un paisible cours d'eau. Les voyageuses en avaient pris plein la vue et avaient apprécié, avec entrain, chaque merveille que les lucarnes du train leur permettaient d'admirer.

Un dernier soubresaut, un dernier hurlement de la locomotive et le train s'immobilisa enfin. Le groupe piaffait d'impatience, riait, parlait fort, sentant que les émotions à venir seraient plus fortes que jamais.

Elles se trouvaient à Aguas Calientes, une petite cité thermale qui servait également de terminus au train. Chacune son tour, elles défilèrent dans la seule et unique boutique de la gare pour s'acheter de quoi manger le midi. Peu de choix : ça serait donc des pancitos et des avocats. Pas très équilibré, mais tellement bon !

S'ensuivit ensuite une marche sur les chemins abrupts qui menaient au site. Le soleil commençait à grimper, éparpillant peu à peu l'épais brouillard qui s'était installé sur place. Elles étaient en file indienne. Comme à leur habitude, Vanessa et Clara mitraillaient les lieux avec leurs appareils photos, craignant, d'oublier certains détails avec le temps.

Enfin, elles aperçurent des touristes, immobiles, au bout du chemin. Les silhouettes de ces derniers semblaient être happées par la vision qui s'offrait à eux. Se sachant proches de l'arrivée, elles hâtèrent le pas, et, par un mystérieux mimétisme, en arrivant sur la plateforme rocheuse qui terminait le sentier, elles furent, à leur tour, incapables de bouger, captivées par le panorama.

À leurs pieds, un immense espace en terrasses où se dressaient les vestiges de l'ancienne cité Inca. Des murs, des restes d'habitations en pierres blanches venaient trancher avec le gazon vert entretenu par une armée de lamas.

Face à elles, les montagnes si facilement reconnaissables. Une grosse, très haute descendant en pente douce vers la droite, tandis que son flanc gauche tombait de façon abrupte vers des collines bien plus petites. Couvertes de végétation, elles étaient d'un vert sombre, si différent de la couleur tendre des pelouses s'étalant à leurs pieds. Le brouillard terminait de se dissiper, offrant un spectacle incroyable aux touristes qui, fascinés, admiraient le sanctuaire, muets d'émotion.

Il régnait une atmosphère unique. L'odeur de terre mouillée, la fraîcheur qui laissait tranquillement sa place à un soleil chaud et radieux, et cette nature, omniprésente. En découvrant ces lieux, nulle doute que les Incas, en s'installant là au sixième siècle, avaient choisi le plus bel endroit au monde et sans doute le plus sûr pour garder les secrets de leur civilisation.

La forêt devait les alimenter en divers gibiers et baies, l'exposition parfaite de l'espace leur permettait de cultiver leur culte pour le Dieu Soleil, Inti, dans chaque recoin de la cité. Les montagnes alentours, omniprésentes, leur assuraient un isolement sans doute salvateur.

Vanessa et Clara, munies de leurs avocats et pancitos, s'installèrent sur un rocher, les pieds dans le vide, face au Machu Picchu. Leurs amies, plus prudentes, descendirent pique-niquer directement au milieu des vestiges.

En silence, captivées par le paysage à la fois grandiose et mystérieux qui s'étendait sous leur pieds, elles souriaient. Clara se sentait envahie d'une énergie positive, une force nouvelle s'était installée en elle. Vanessa ressentait elle aussi une quiétude et un besoin de lâcher-prise. Sans doute le pouvoir des lieux. Elles parlèrent peu ce midi-là, mais leurs yeux emplis de joie et de lumière en disaient long.

Elles passèrent la journée à visiter les vestiges de la Cité oubliée, admirant les immenses bâtisses qui marquaient le passage d'une civilisation avant-gardiste et extrêmement pointilleuse.

Les archéologues et autres chercheurs se demandaient encore comment une si grande ville avait pu être construite en ces lieux perdus. Les pierres de construction ne venaient pas des montagnes environnantes et les pentes abruptes n'auraient pas permis l'utilisation de rondins de bois pour hisser les blocs rocheux à cette altitude. Les filles étaient captivées par les explications de leur guide et en profitèrent pleinement pour lui poser de nombreuses questions. Après avoir rempli leurs têtes et leurs appareils photos d'images des lieux magiques qu'elles avaient découvert, elles empruntèrent à nouveau le chemin qui redescendait à Aguas Calientes pour profiter d'une petite pause aux thermes.

La forte odeur de soufre donna d'épouvantables nausées à Clara. Martine, craignant d'attraper des verrues, préféra ne pas se joindre au groupe.

Elle s'était mise à l'écart toute la journée, craignant de nouvelles brimades de la part de ses camarades. Ces dernières, bien qu'ayant décidé de passer l'éponge sur l'incident de réveil du matin, ne vinrent pas pour autant vers elle, estimant que c'était à Martine de faire le premier pas.

Clara vomit discrètement dans une poubelle, avala un Tic-Tac à la menthe et entra dans l'eau chaude de la piscine thermale où Émilie, Natacha et Vanessa se trouvaient.

La nuit était tombée sur Aguas Calientes. Le froid aussi. Sur les berges des bassins, il ne faisait pas plus de sept ou huit degrés. Les filles se prélassaient, bien au chaud. Elles avaient hésité à entrer dans cette eau qui, à cause du souffre qu'elle contenait, avait un aspect presque saumâtre et une odeur très forte. Mais la vue plongeante sur les montagnes boisées et le besoin de détendre leurs muscles, usés par une journée de marche avaient eu raison de leurs angoisses. À cette heure de la journée, les bassins étaient bondés. Des touristes, des locaux, des étudiants un peu roots, des dames chics et bien maquillées… Cette foule bigarrée donnait une effervescence et un charme certains à ces lieux.

Le groupe d'amies s'amusa à observer et à commenter, de façon plus ou moins discrète, le gros monsieur au tout petit maillot de bain ou la femme, droite comme un I qui manquait de glisser sur les pierres glissantes du sol...

C'est totalement épuisées qu'elles remontèrent à bord du train, deux heures plus tard, pour redescendre à Cuzco. La tête remplie de souvenirs, heureuses d'avoir pu partager un si beau moment ensemble, elles s'endormirent dès les premiers soubresauts du wagon.

XV

C'était un lundi matin. Après un week-end fort en émotions, elles avaient, à l'issue d'un long voyage en car, regagné Arequipa où, déjà, leur dernière semaine démarrait.

Elles étaient arrivées aux alentours de minuit dans la désormais familière gare routière de la ville. La veille, après une nuit réparatrice, elles avaient participé à une excursion en autocar où elles avaient découvert les alentours de Cuzco. De nombreux temples voués au culte du soleil, accrochés à des parois rocheuses, des villages, des canyons… Elles avaient visité des marchés pleins de couleurs, mêlant parfums d'épices et de viande grillée, où femmes et enfants, de leurs voix haut-perchées cherchaient à attirer le chaland. Sous les auvents aux tons joyeux, les épis de maïs grillés côtoyaient les caisses de feuilles de coca et les bijoux. Des croix andines, des lamas en argent, des statues de bois, de pierre, de métal, des bonnets en laine fluo, des pulls, des écharpes… on trouvait de tout dans ces supermarchés à ciel ouvert. Chaque stand reflétait la personnalité de son propriétaire. Certains petits, installés dans le renfoncement d'une rue, d'autres, imposants et colorés, au milieu de la place…

Les filles avaient profité de ces visites pour finaliser l'achat de souvenirs. Bijoux pour les mamans, pulls en alpaga pour les papas, bonnets rigolos pour les neveux, sacs pour les sœurs… elles n'avaient oublié personne et étaient impatientes de déballer leurs achats, de véritables concentrés de leur vie sud-américaine, là-bas, en France.

Émilie se frotta les yeux et s'étira. C'est avec beaucoup de soulagement qu'elle allait attaquer sa dernière semaine de stage avec Natasha. Bientôt, elle quitterait cette peste et n'aurait plus à la revoir.

L'ambiance à l'agence était glaciale et sa chef ne lui avait pas pardonné d'avoir pris sa journée le jour où Clara était venue la voir.

Elle terminait son stage jeudi, et le petit groupe quitterait Arequipa samedi. Elle sourit à l'idée de revoir Julio dans quelques jours. Son cœur battait la chamade, palpitant de joie et de stress à la fois. Elle appréhendait que cette merveilleuse soirée passée avec lui ne soit qu'une chimère, d'avoir idéalisé le jeune homme. Et si elle était déçue en le voyant ? Et s'il était moche ? Et s'il ne venait pas ?

Impossible… ils se parlaient chaque jour, l'alchimie était bien là se disait-elle pour se rassurer. Et au pire, elle rentrerait en France et l'oublierait. On n'allait pas en faire un drame.

Elle avait fait tout le chemin jusqu'à Viva Tours en rêvassant. Elle y entra, ne salua pas Natasha et s'assit à son bureau. Dernière semaine. Ouf !

Clara s'éveilla aux alentours de 10:00 et se dirigea vers la cuisine pour prendre son petit-déjeuner. À sa grande surprise, elle y trouva Luis, attablé. Ils se firent la bise, l'air de rien et discutèrent de leurs week-ends respectifs. Il était sorti avec ses amis, avait joué à des jeux vidéo et avait fait de l'équitation.

Elle lui posa de nombreuses questions sur sa balade équestre. Luis lui proposa tout naturellement d'aller se promener à cheval avec lui dans la campagne d'Arequipa l'après-midi même. Il émit l'idée d'inviter Pedro et Natacha. La jeune fille, folle de joie accepta tout de suite, après s'être assurée, tout de même, que le niveau débutant convenait. Luis ignorait tout de sa grossesse, elle espérait qu'il ne voudrait pas faire galoper les chevaux, soucieuse de protéger son bébé.

Il semblait ravi de passer l'après-midi avec elle. Peut-être sentait-il, lui aussi, que le séjour se terminait et que, bientôt, les moments partagés ensemble appartiendraient au domaine des souvenirs.

Vanessa avait retrouvé son bureau elle aussi. Elle était radieuse, comme si leur excursion au Machu Picchu avait lavé son esprit de tous les troubles connus les semaines précédentes. Elle avait appelé Guillaume en rentrant la veille. Ils avaient remis les choses à plat, et Vanessa lui avait rappelé à quel point son amour pour lui était immense. Il lui avait demandé pardon de s'être emporté, il avait mal géré son angoisse de l'éloignement et avait douté d'elle. Elle avait choisi de ne pas lui parler d'Astrid. Quelques baisers ne devaient pas mettre en danger sa relation de couple. Elle se demandait, avec le recul, comment elle avait pu tromper son homme, qui plus est avec une fille. C'était fait, quelles que soient ses raisons, elle avait commis une erreur et elle souhaitait désormais aller de l'avant. Guillaume serait sa priorité désormais.

Les filles se retrouvèrent le midi, autour d'un ceviche. Natacha s'était jointe à elles. Prête à partir avec Clara au Molino de Sabandia, lieu de départ de leur excursion avec Luis et Pedro. Démarra un débriefing de leur week-end. Martine fut vivement critiquée, son hypocondrie agaçait sérieusement ses compagnes de voyage. Même si, sur le fond, elles appréciaient la jeune fille qui était, au demeurant, sympathique, l'erreur de réveil qui avait failli leur coûter cher, n'avait pas été du goût des quatre amies. Marie, aussi passa sous les critiques du groupe : « peste, aigrie, mauvaise, jalouse… » furent quelques-uns des adjectifs qui revinrent le plus à son égard.

Personne ne mentionna les déboires de Vanessa avec Astrid. Le sujet était délicat et personne ne voulait mettre Vanessa mal à l'aise. De son côté, la page était tournée et il n'y avait manifestement rien à dire. Ses amies espéraient secrètement, un jour, savoir quelle mouche avait bien pu la piquer. Mais ça n'était pas ce midi-là qu'elles en sauraient davantage.

Enfin, le sujet de la « Grosse Bertille » arriva pour le dessert. Elles eurent beau chercher, émettre de nombreuses hypothèses, le repas s'acheva sur une grande interrogation : « Qu'est-ce que les mecs pouvaient bien lui trouver ? ».

Heureuses d'avoir pu échanger leurs divers commérages, les filles se sentaient bien. Elles formaient un petit groupe soudé et se sentaient capables de traverser n'importe quelles aventures dès lors qu'elles étaient ensemble.

Tandis que leurs amies regagnaient, à regrets, leurs lieux de stages, Natacha et Clara grimpèrent dans un taxi pour aller retrouver Pedro et Luis.

*****

— Alors Nana, prête à galoper ?

Nous sommes toutes deux installées à l'arrière d'un taxi jaune, en direction du Molino de Sabandia. Apparemment, c'est un lieu très touristique. Nous avons visité plein de choses dans le pays, mais, étonnamment, nous n'avons pas vraiment découvert Arequipa et ses environs. Nous avons prévu de visiter le couvent Santa Catalina vendredi, notre dernier jour ici.

Natacha me sourit et me répond :

— Grave ! J'ai hâte de voir Pedro ! On ne se voit quasiment qu'en soirée. C'est chouette de se voir de jour aussi !

— C'est net, ça va nous changer ! Et pour une fois, ils seront sobres !

Le taxi s'engage sur un petit chemin poussiéreux et étroit. Nous fermons nos fenêtres pour éviter de respirer le nuage de particules blanches qui entoure le véhicule.

— Luis est au courant ?

— Non… sauf si Maru ou sa mère ont vendu la mèche. Mais ça m'étonnerait. Je ne suis pas certaine qu'elles approuvent cette grossesse, et c'est plutôt tabou dans leur famille…

— Tu vas le dire à Monsieur Gérard ?

Je pouffe de rire. Il y a si longtemps que pour moi, ça n'est plus « Monsieur Gérard »…

Elle me regarde avec étonnement.

— Ben quoi ? Je l'ai toujours appelé comme ça…

— Je sais… c'est juste que ça fait drôle de t'entendre l'appeler comme un vrai prof. Pour moi, c'est l'ex-homme de ma vie, et, le père de mon bébé…

En disant ça, ma gorge se serre. C'est le père de mon bébé. On va avoir un enfant. Il suffit de quelques mots pour que la réalité de ma situation me revienne en pleine face. Les nausées, la fatigue… prouvent que je suis enceinte. Je suis enceinte, mais est-ce que je suis consciente que j'attends un bébé ?

Je lui fais part de mes doutes. Elle m'écoute avec attention.

— Tu m'as dit qu'il était absent tout l'été ?

— Oui, il est parti en Birmanie avec son frère. Je ne sais pas du tout quand ils rentrent.

— Dis-toi qu'à la rentrée, ça se verra, tu n'auras pas grand-chose à lui dire…

— Il faut que je lui en parle avant la rentrée. Imagine le choc ! je serai enceinte de presque cinq mois. Je ne peux pas lui faire ça, il faut que je le voie avant.

— Je te trouve bien sympa, après tout le mal qu'il t'a fait…

— Oui mais là, on parle d'un bébé. Je lui en veux toujours. Mais là, il a le droit de savoir. On s'est aimés si fort…

Et c'est reparti… les larmes recommencent à couler. C'est malin.

Natacha sort un mouchoir en papier de son sac et me le tend.

— Tu vas voir, tout va bien se passer.

Elle me regarde sérieusement, droit dans les yeux. Elle semble convaincue par ce qu'elle me dit. C'est bête, mais ça me rassure.

C'est à ce moment que le taxi s'arrête et que nous apercevons nos beaux Péruviens, lunettes de soleil et casquettes vissées sur les têtes, qui nous attendent.

Luis est si beau ! Je vois que Natacha se jette dans les bras de Pedro et l'embrasse. Un peu gênée, je m'approche de Luis qui me sourit, attrape ma main et m'invite à le suivre aux écuries.

Le propriétaire du haras désigne un beau cheval alezan à Luis. Pedro chevauchera un cheval tacheté noir et blanc. Natacha et moi, un peu moins à l'aise que nos compagnons, héritons de doubles-poneys de couleur crème.

Je demande, discrètement à l'homme qui s'occupe de nous, si le fait de monter un cheval comporte un risque pour ma grossesse. Ce dernier me répond, une lueur de surprise dans les yeux, que si je ne mets pas le cheval au galop, et surtout, que je ne tombe pas, il n'y aura aucun problème. Je le remercie pour sa discrétion et ce dernier me répond par un petit clin d'œil entendu.

Nous mettons des bombes sur nos têtes, et mon poney avance à côté du cheval de Luis, suivis par nos deux acolytes.

Les lieux sont magnifiques, et les découvrir à cheval est une vraie chance. Je me sens en communion avec la nature. Nous traversons une zone champêtre où lamas et alpagas paissent tranquillement une herbe d'un vert tendre et gourmand. Un ruisseau longe le petit sentier que nous empruntons. Le murmure de l'eau qui roule inlassablement sur les galets qui tapissent son lit berce notre balade silencieuse. Le soleil est haut dans le ciel, je sens ma peau qui se réchauffe. Je me sens tellement sereine. Je regarde Luis qui chemine sur son cheval. Nos regards se croisent, on ne se dit pas un mot, on se sourit. Je me sens rougir, je baisse les yeux.

Derrière nous, j'entends Natacha rire aux éclats avec Pedro. Ils sont mignons, ils s'amusent, ils ont raison de profiter de ces précieuses heures passés ensemble. J'espère de tout mon être me souvenir de cet instant. Je suis en paix, j'accepte ce drôle de destin qui se dessine. Je vis ce moment pleinement, comme si je ressentais le calme avant la tempête. Je sais que des jours compliqués m'attendent. Il va falloir que j'annonce ma grossesse à mes parents. Et à lui. Et préparer cette nouvelle vie qui m'attend. Mais là, je suis bien, hors de question de me laisser bouffer par le stress et par des événements à venir que, de toute façon, je ne peux pas contrôler.

Soudain, Pedro passe devant nous au galop, suivi de Natacha qui ne veut pas être en reste. Elle hurle de rire sur son poney qui va très vite, secouée dans tous les sens. J'espère qu'elle s'accroche bien aux rênes car je vois sa frêle silhouette, ballotée de droite à gauche, d'avant en arrière… Pedro regarde derrière et la voyant arriver si vite, il ralentit, je pense qu'il a compris qu'elle était prête à tout pour le suivre, quitte à tomber par terre.

La balade se prolonge, en silence pour Luis et moi, et à grands éclats de rires pour nos compagnons de balade. On se regarde, on se sourit, mais on ne parle pas.

On sait tous les deux que c'est la fin. On aura passé de bons moments, mais pas de grand amour, juste un peu de tendresse, parfois. Et de la complicité, cet après-midi. Cette balade, c'est l'épilogue de notre pseudo-histoire. C'est pas grave, il m'aura changé les idées, et détourné de l'emprise de Jean-Gé. Rien que le fait d'avoir embrassé quelqu'un d'autre, d'avoir été dans les bras d'un autre, c'est une petite victoire. Non, Jean-Gé, tu n'es plus le seul homme avec qui j'ai passé du bon temps. Je crains de ne plus connaître cette intensité, cette électricité qu'il y avait entre toi et moi. Mais je me relèverai. Maintenant, je ne suis plus seule. Je suis deux. Et pour ce petit être qui s'est invité en moi, je serai forte, je serai heureuse, avec lui, et pour lui.

Je sors de mes pensées au moment où, un peu plus loin, le manège où étaient nos montures à notre arrivée, se dessine. Une petite caresse à Pepito, mon poney, et nous terminons notre promenade à pied. Nous découvrons le fameux moulin de Sabandia. Un ancien moulin à eau datant du dix-septième siècle parfaitement conservé. La fraîcheur des pierres, la présence de l'eau, l'ombre des grands arbres… j'adore cet endroit !

Après la visite, nous nous dirigeons vers le café du site pour boire un verre. Natacha et son Pedro ne se lâchent pas. Luis a de nouveau attrapé ma main. Au moment où nous allons accéder à la terrasse, je le sens tirer mon bras. Il m'attire contre un immense arbre. Adossée au tronc, je n'ai d'autre choix que de lui faire face tandis qu'il plonge ses yeux dans les miens. Je meurs d'envie de l'embrasser. Comme s'il lisait dans mes pensées, il s'exécute. Mon cœur bat à tout rompre. La chaleur de son souffle, ses mains qui caressent mes cheveux… il va me manquer le bougre ! Quelle relation étrange… C'est sans doute ce qui fait qu'elle est si spéciale !

Il se recule, baisse les yeux et me dit :

— Te voy a extrañar… *Tu vas me manquer…*

Il a rougi. Il est encore plus mignon quand il joue les timides ! Cette fois, c'est moi qui le pousse contre l'arbre et qui l'embrasse. Je ne sais pas combien de temps nous restons comme ça, à nous sourire comme des idiots, à s'embrasser quand le silence devient gênant… C'est finalement Pedro qui nous ramène à la réalité en nous disant qu'il nous a commandé des boissons. J'échange un regard avec Natacha qui semble ravie de ne pas être la seule à avoir succombé aux charmes d'un beau Péruvien.

XVI

Elle était plantée devant l'ordinateur familial depuis vingt-cinq minutes. Derrière elle, Lupita passait l'aspirateur et astiquait le lustre de la salle à manger.

Luis passa sa tête dans l'embrasure de la porte du bureau où elle se trouvait.

— Clarita, todo bien ? *Clarita, tout va bien ?*

— Si, Luis, si… *Oui, Luis, oui…*

Il lui fit un clin d'œil et s'éclipsa. De nouveau seule, elle soupira. Elle avait passé un après-midi merveilleux avec Luis. Elle se sentait apaisée et avait décidé de mettre cette paix intérieure à profit pour écrire à Jean-Gé. Elle avait besoin de vider son sac, à l'abri de ce petit bureau, protégée par l'écran et les dizaines de milliers de kilomètres qui la séparaient de la Birmanie.

Elle hésitait à parler de la grossesse. Il faudrait peut-être plutôt en parler de vive voix.

Une profonde inspiration, et elle commença à écrire. Elle démarra lentement, puis, de plus en en plus inspirée, elle arriva à taper son message avec plus de fluidité et d'assurance.

« Jean-Gé,

Je m'étonne moi même d'avoir la force - ou la faiblesse - de t'écrire ce mail. J'espère que tu vas mieux et que la Birmanie t'apporte la paix que tu es allé y chercher.

Pour ma part, je me sens bien. Je vais être honnête, les premières semaines ici ont été difficiles. Mais le Pérou est un pays magnifique qui a réussi à guérir mes blessures.

J'ai terriblement souffert de notre rupture et du comportement que tu as eu avec moi. Je me voyais faire ma vie avec toi, je nous pensais complémentaires. Et puis, il y a eu la Chine.

Notre premier voyage ensemble, qui aurait dû nous laisser des souvenirs merveilleux. Et j'en ai gardé un goût si amer. J'aurais dû ouvrir les yeux à Pékin. Mais j'avais tellement besoin de croire en nous, en toi, que j'ai fermé les yeux.

Puis ensuite, tu m'as montré ton vrai visage. Tes manipulations, ta jalousie, ta violence, ta folie…

Là encore, aveuglée par l'amour, je n'ai pas été capable de partir. Il a fallu ce fameux dimanche pour que je sorte de cette torpeur et que j'aie enfin le courage de m'en aller.

Je ne veux pas tout te mettre sur le dos. J'ai certainement eu des torts dans notre relation. Peut-être, déjà, que sortir avec mon prof n'a pas été mon idée la plus lumineuse.

Mais à quoi bon réécrire l'histoire ? Elle m'a permis de devenir la personne que je suis. Elle m'a fait entrer dans l'âge adulte et je n'en garderai que le bon.

Je veux retenir qu'on s'est aimés, peut-être pas bien, peut-être trop… je ne sais pas. Mais à tes côtés, je me suis sentie vivante pour la première fois de ma vie. Dans tes bras, je me sentais à ma place. Au début, je me sentais belle, forte, capable de faire des choses incroyables. Puis, les mois sont passés, et cette force que tu m'avais inculquée s'est transformée en faiblesse. Cette impression de ne jamais être assez jolie pour toi, assez mince, assez intelligente s'est installée et aurait pu me coûter très cher.

J'ai ouvert les yeux, enfin.

Je voulais simplement te dire que je te pardonne. Je ne veux pas te détester, j'ai la vie devant moi et il n'y aura pas de place pour l'amertume. Je veux repartir sur de bonnes bases.

Quand tu rentreras de Birmanie, je voudrais qu'on se voie, pour discuter. Je pense que c'est mieux qu'on arrive à se rencontrer avant la rentrée. L'un comme l'autre, on sera moins mal à l'aise si on a pu se revoir avant. Je ne veux pas avoir à t'éviter dans les couloirs, fuir ton regard pendant les cours. Je veux qu'on puisse se retrouver ensemble dans une même pièce sans malaise, sans gêne. On en est capables, j'en suis sûre.

Il faudra que je te parle de quelque chose de très important. Mais il faut que ça soit fait de vive voix.

Ne te méprends pas sur mes intentions. Notre histoire d'amour est bel et bien terminée et c'est irréversible.

Je te souhaite un bel été, j'espère que tu vas bien et que tu te plais dans tes travaux humanitaires.

Tu trouveras en pièce-jointe quelques photos de nos plus jolies visites.

Clara »

Elle envoya son message sans le relire, de crainte de changer d'avis. Elle appréhendait la réaction de Jean-Gé à réception du message, mais elle lui avait dit ce qu'elle avait sur le cœur et ça lui avait fait le plus grand bien. Elle avait été honnête. Elle l'aimait toujours follement, mais elle savait qu'il n'était pas le bon. Ils seraient toujours liés par ce petit enfant qu'elle portait en secret dans son ventre. Un lien que rien ne briserait malgré les chemins différents que l'un et l'autre choisiraient d'emprunter.

*****

Ils avaient dîné tous ensemble. Clara et sa famille de là-bas : Luis, Pablo, Maru et leurs parents. Elle avait aimé cette soirée. Une belle complicité était née avec eux. Maria-Eugenia, sa maman d'accueil, s'était montrée d'une gentillesse et d'une bienveillance extraordinaires. Déjà aux petits soins pour la jeune fille depuis son arrivée, elle redoublait d'attentions depuis qu'elle avait été prévenue de sa grossesse. Les hommes de la famille n'avaient pas changé d'attitude à son égard, ce qui lui laissait penser que son secret était intact. Seul Luis l'avait dévorée des yeux pendant le dîner. Sa froideur habituelle s'était envolée et elle sentait que son départ prochain y était pour beaucoup.

Un peu plus tard dans la soirée, la sœur de Maria-Eugenia était arrivée pour passer deux nuits à Arequipa. Carolina, que ses neveux appelaient Tia Caro, vivait à Lima et venait, régulièrement chez sa sœur quand ses rendez-vous professionnels l'y conduisaient.

Maru, Clara et Luis, après l'avoir rapidement saluée, s'éclipsèrent. Ils avaient prévu une sortie ce soir. Et les suivants. Ils voulaient profiter des derniers moments ensemble, accompagnés de leurs amis. Natacha et Pedro, seraient, bien évidemment de la partie, tout comme Vanessa, Émilie et même Martine.

Ils avaient prévu de se rendre au Deja Vu après avoir retrouvé tout le monde sur la place d'armes. Luis avait directement passé une main autour des hanches de Clara. Un peu surprise, elle s'était laissée faire, décidée à profiter de ses câlins jusqu'au bout. Car quand elle serait ronde comme une planète, et, par la suite, mère célibataire, il était peu probable que les prétendants se bousculent... Elle embrassa son beau Luis dans le cou pour effacer le spectre du destin solitaire qui la guettait.

Bientôt rejoints par le reste de leur groupe, ils se dirigèrent tranquillement vers leur bar de prédilection. À la surprise générale, Martine était en pleine forme en arrivant. Pas de rhume, ni d'otite, ni même de tendinite... cette soirée s'annonçait chaleureuse et conviviale.

Les jeunes Françaises prirent le temps d'admirer la majestueuse cathédrale dont les deux tours blanches éclairées tranchaient avec le ciel couleur d'encre. Les immenses palmiers de la place étaient bercés par la petite brise du soir et l'effervescence de la journée avait laissé place à la douceur et à la quiétude.

Le petit groupe avait pris place en terrasse. Clara, sirotait un Mojito sans alcool pour égarer les soupçons, tandis que pour ses compagnons, Tequila et bière coulaient à flots. C'était un soir de semaine mais qu'importe... il fallait profiter !

Pedro et Natacha ne se quittaient plus.

La jeune fille voyait arriver leur séparation et commençait déjà à sentir les larmes monter quand elle y pensait. Elle avait passé deux mois incroyables avec lui. Ils s'étaient vus régulièrement, la plupart du temps dans des bars, mais l'alchimie était là et elle craignait d'éprouver des difficultés à trouver quelque chose de similaire en France.

Émilie avait besoin de relâcher la pression et but plus de Tequila qu'à l'accoutumée. Clara, occupée à roucouler avec Luis, ne prêta pas attention immédiatement à l'état d'ébriété de son amie. Vanessa veillait au grain mais ne pouvait pas lui interdire de boire. Malgré les remarques insistantes de cette dernière, Émilie ne ralentit pas sa consommation.

C'est Natacha qui, un peu plus tard dans la soirée, trouva Émilie en train d'embrasser le barman, ravi d'ajouter une petite Française à son tableau de chasse. Les mains baladeuses du jeune homme et l'incapacité de la jeune fille à réagir poussèrent Natacha à aller chercher de l'aide auprès de Vanessa et Clara.

Elles accompagnèrent leur amie jusqu'à l'appartement de Lili, tout proche. Un peu gênées de la ramener titubante, elles ne croisèrent personne, ce qui les soulagea. Émilie sortit tant bien que mal la clé de son sac en crochet. Elle parlait de Julio, de Benoît… même du barman, d'Alvaro… les filles la mirent au lit et partirent aussi discrètement qu'elles le purent.

À leur retour au Deja Vu, Pedro, Luis et leurs amis, comme à leur habitude, avaient disparu. Maru avait dû rentrer avec son frère, ne sachant sans doute pas combien de temps l'opération « couchage d'Émilie » prendrait.

*****

Clara avait finalement pris un taxi pour regagner la grande maison dans laquelle elle logeait depuis bientôt un mois et demi. Elle en voulait à Luis d'être parti sans l'attendre. Elle commençait à le connaître et, même si en premier lieu, c'est elle qui avait été dans l'obligation de lui fausser compagnie, elle ne digérait pas qu'il soit parti sans chercher à savoir si elle avait pu rentrer sans encombres.

Bien décidée à en découdre, elle entra le plus discrètement possible dans la bâtisse, grimpa les escaliers quatre à quatre et posa sa main sur la poignée de la première chambre.

Son cœur battait la chamade mais elle avait besoin de le voir et de comprendre pourquoi il était parti comme un goujat après s'être comporté en gentleman toute la journée.

Sur la pointe des pieds, manquant de trébucher sur une paire de baskets traînant sur le parquet, elle s'approcha du lit. Le jeune homme semblait dormir profondément. Sa respiration régulière et sa silhouette en boule sous la couette l'attendrissaient. Il lui semblait si vulnérable dans son lit. Elle ne distinguait pas grand-chose, seule la veilleuse de la télévision apportait un tout petit peu de lumière à la pièce. Elle s'assit sur le bord du matelas en prenant soin de ne pas le réveiller. Elle resta quelques minutes immobile, écoutant en silence les souffles du jeune homme. Elle hésita à le réveiller. Mais elle avait besoin de comprendre ce comportement. Elle était en colère contre lui, elle ne le comprenait pas. Il fallait qu'elle sache.

Elle s'approcha de l'endroit où la tête du jeune homme était supposée se trouver. Dans le noir, pas facile de se repérer.

Elle murmura :

— Luis ?

— …

— Luis, por favor… tengo que hablar contigo… *Luis, s'il te plaît, il faut qu'on parle.*

Dans un sursaut, le jeune homme se redressa dans son lit. Le souffle court, il semblait totalement affolé.

— Quien es ? Quien es ? *Qui c'est ? Qui c'est ?*

— Luis, soy yo. Clarita. Donde estabas ? *Luis, c'est moi, Clarita. Tu étais où ?*

Sa question fut accueillie par un silence glacial. Clara, bien décidée à en découdre reprit :

— Donde estabas ? *Tu étais où ?*

— …

— Luis, donde estabas ? Porque no me esperaste ? *Luis, où étais tu ? Pourquoi tu ne m'as pas attendue ?*

— Yo no soy Luis, soy su tia… *Je ne suis pas Luis, je suis sa tante.*

— Que ? Luis !!! *Quoi ? Luis !!*

— No soy Luis ! *Je ne suis pas Luis !*

— Luis, soy seria. Tenemos que hablar ! *Luis, je suis sérieuse. Il faut qu'on parle !*

— Dame tu mano. *Donne-moi ta main.*

— Que ? *Quoi ?*

— Dame tu mano. *Donne-moi ta main.*

Clara sentit une main attraper la sienne et la soulever. Surprise, elle laissa faire, intriguée par l'étrange comportement du jeune homme. Il passa la main de Clara à proximité de son visage.

Elle ne comprit pas immédiatement où il voulait en venir.

— Sientes mis pelos largos ? *Tu sens mes cheveux longs ?*

— Que ? *Quoi ?*

— Tengo pelos largos. No soy Luis. *J'ai les cheveux longs. Je ne suis pas Luis.*

L'information monta tranquillement jusqu'au cerveau de Clara qui finit par comprendre l'énorme gaffe qu'elle venait de faire. Sautant du lit, morte de honte, elle ne put que se confondre en excuses.

— Oh ! Disculpa ! Disculpa ! *Oh ! Pardon ! Excusez-moi !*

Que dire d'autre, à part « Pardon » ?

Elle voulait disparaître, s'enfoncer dans le sol tandis qu'elle sortait de la chambre en marche arrière, sans cesser de s'excuser auprès de la tante de Luis. Après avoir manqué de s'étaler par terre à plusieurs reprises, l'empressement, l'obscurité et la gêne n'aidant pas, elle atteignit finalement la porte.

Elle fila directement dans sa chambre quelques pas plus loin, s'effondra sur son lit et partit dans un immense fou rire. Elle essaya en vain d'étouffer ses gloussements nerveux dans son oreiller mais ce fut peine perdue. Maru se réveilla et Clara, hilare, mit plusieurs minutes à pouvoir lui expliquer la scène surréaliste qu'elle venait de vivre. Maru commença à son tour à rire au fur et à mesure qu'elle voyait le dénouement de l'histoire arriver. Les deux filles, pliées en deux, secouées par des larmes de rire ne s'endormirent finalement que bien plus tard.

Clara n'était pas fière d'elle mais elle serait prise de fous rires monumentaux encore des années plus tard rien qu'à l'évocation de cet épisode.

XVII

Le lendemain matin, Clara se réveilla tard. Après avoir rasé les murs pour éviter de croiser du monde dans la maison, elle réalisa avec soulagement qu'elle y était seule. Elle se prépara en vitesse et fila retrouver ses amies pour le déjeuner.

Le soleil avait atteint son zénith et Arequipa était resplendissante. Les murs blancs de ses immeubles illuminaient la place d'armes qui, à cette heure-ci, grouillait de touristes. Le fou de la place était fidèle au poste, bonnet de laine vissé sur la tête, regard fixe et teint blême. Les fontaines chantaient leur ritournelle joyeuse et rafraîchissante sous l'ombre bienveillante des immenses palmiers.

Elle descendit du taxi, se mordant les lèvres pour cacher le fou rire qu'elle sentait monter à chaque fois qu'elle repensait à son excursion dans le lit de Tia Caro. Elle était mortifiée de s'être mise dans cette situation mais ne pouvait s'empêcher de sourire quand elle se visualisait caressant les cheveux de la tante en s'excusant… ça serait certainement la plus grosse honte de sa vie tout en restant l'anecdote la plus drôle qu'elle aurait vécue.

Elle baissa la tête en traversant la place, fit semblant de tousser pour masquer les gloussements sonores du fou rire qui semblait bien décidé à s'emparer d'elle.

Elle aperçut ses trois amies qui l'attendaient sur un banc et, trop pressée de leur raconter la scène de la veille, elle termina de les rejoindre en courant, hilare.

Émilie avait mauvaise mine, la Tequila avait laissé des traces. Les yeux cernés, les cheveux ternes, elle n'était que l'ombre d'elle-même.

En voyant arriver leur amie en trottinant, elles se levèrent et devinèrent immédiatement qu'elle avait des choses à leur raconter.

Natacha démarra :

— Coucou ! T'as un truc à nous raconter, toi !

— Punaise ! T'as couché avec Luis ? Vanessa l'observait avec de grands yeux ronds.

— Non… bande de curieuses… pas avec Luis…

Les trois amies s'écrièrent d'une seule voix :

— Quoi ??????

— Allez, balance ! Avec qui ? demanda Émilie qui semblait sortir de sa léthargie.

— J'ai fini dans le lit de sa tante…

— Toi aussi t'as voulu tenter avec une fille ? plaisanta Vanessa.

Clara leur raconta son improbable fin de soirée. Au fur et à mesure que la chute approchait, les quatre filles, pliées en deux, avaient de plus en plus de mal à parler. Secouées de rires, elles ne passèrent pas inaperçues sur la jolie place si fréquentée. La foule passait autour d'elles et certains passants furent contaminés par cette source de bonne humeur impromptue.

Maru appela Clara sur son portable pendant que les filles se rendaient au restaurant. Hilare, elle raconta que sa mère l'avait jointe dans la matinée, pendant qu'elle révisait à la bibliothèque pour lui raconter ses exploits en pleurant de rire dans le combiné. Tia Caro avait bien évidemment tout raconté à sa sœur le matin même. Heureusement, cette dernière avait le sens de l'humour et c'est totalement écroulées qu'elles avaient partagé leur petit déjeuner.

*****

En sortant de table, Clara fût prise d'une intense douleur au ventre. Elle avait l'impression que des aiguilles tentaient de lui percer l'utérus.

Face à la mine inquiète de Natacha, elle tenta de la rassurer et expliqua que ses abdos avaient dû trop travailler suite à son hilarité quasi-continue depuis la nuit précédente.

Leurs amies étant retournées sur leurs lieux de stages. Elles décidèrent d'aller faire un tour au parc. C'est à ce moment précis que Clara sentit que, vraiment, ça n'allait pas. Quelque chose coulait entre ses jambes. Accompagnée de Natacha, elle se dépêcha de se rendre dans son agence pour emprunter les toilettes. Ses collègues ne furent pas plus étonnés que ça de la voir débarquer, et au vu de son air inquiet et de sa mauvaise mine, ils conclurent que la jeune fille avait sans doute attrapé la tourista.

Son amie attendait derrière la porte quand Clara sortit au bout de quelques minutes.

— Je perds plein de sang. Je pense qu'il y a un problème avec le bébé.
— Oh merde ! Viens, on va à la clinique !

Natacha attrapa Clara par la main. Cette dernière avait totalement changé de visage en quelques minutes. Le faciès souriant avait laissé la place à un masque de cire, démuni d'expression.

L'esprit de Clara était ailleurs et elle ne sembla se reconnecter au reste du monde qu'en arrivant à la clinique. Elle ne parvenait pas à réfléchir et ne se souvenait déjà plus du moyen de locomotion emprunté pour se rendre sur place.

La mère de Maru fut prévenue de son arrivée et appela immédiatement le gynécologue présent pour qu'il examine Clara.

Livide, elle le suivit dans une petite salle d'examen. Il lui fit une échographie et, à son air grave, elle sut que c'était fini. Un rapide examen, des termes médicaux… un regard compatissant… ce fut court et sans fioritures.

Incapable de comprendre ce que le médecin tentait de lui expliquer, elle demanda à ce que Maria-Eugenia et Natacha puissent se joindre à elle.

Maria-Eugenia expliquait à Natacha ce que le médecin lui disait et cette dernière traduisait à son amie, la gorge serrée et les joues inondées de larmes.

— Clara, je suis désolée… C'est horrible d'avoir à te dire ça…

— J'ai perdu mon bébé ? Elle connaissait déjà la réponse. Sa voix s'était cassée en posant la question…

— Oui ma belle… avait soupiré Natacha en serrant fort la main de son amie.

— Mon pauvre bébé ! Clara sanglotait et était incapable de maîtriser les tremblements qui s'étaient emparés de tout son corps.

— Ton corps est en train de l'évacuer, c'est pour ça que tu as ces saignements.

— Mais qu'est ce qui s'est passé ?

Natacha retranscrit l'interrogation en Espagnol à Maria-Eugenia. Le médecin se lança dans un long discours. Après avoir écouté la version abrégée par la maman de Maru, Natacha se lança :

— Ils ne peuvent pas trop savoir à ce stade. C'est une fausse couche précoce. Il pense que si ça arrive c'est que peut-être que ton bébé n'était pas viable. C'était peut-être une malformation… Il pense aussi que si les contractions et les saignements ont lieu aujourd'hui, l'embryon a peut-être arrêté de vivre depuis vingt-quatre heures ou plus…

— C'était mon bébé ! Pas un embryon !!

— Je sais Clara… Je suis désolée, j'essaie de traduire comme je peux…

— Excuse-moi… ça n'est pas de ta faute. Je suis tellement choquée… Je m'étais habituée à l'idée de devenir maman… Clara recommença à pleurer de plus belle, suivie de Natacha et Maria-Eugenia, incapables de retenir leurs larmes face à la détresse de Clara.

— Ils vont te donner des médicaments pour que tu n'aies pas trop mal. Il faut que tu reviennes jeudi matin pour passer une échographie pour vérifier que…

— Que tout est parti… c'est ça ?

— Je suis tellement désolée pour toi…

Natacha prit son amie dans ses bras. Le médecin continua à parler, à donner des explications à Maria-Eugenia qui l'écoutait attentivement, consciente qu'elle ne devait pas omettre la moindre information pour sa Clarita.

Elles étaient sorties de la salle d'examen, en silence. Escortée de chaque côté, Clara alla s'asseoir, des larmes brûlantes s'échappaient de ses yeux en continu. Les pensées fusaient, elle se sentait complètement perdue. C'était donc ça faire une fausse couche ? Un nom bien simple pour la perte d'un petit être auquel, même au bout de quelques jours, elle s'était tant attachée. Et si son corps avait rejeté ce bébé pour la punir d'avoir envisagé, du moins au tout début, de ne pas le garder ? Était-ce dû à l'alcool qu'elle avait bu quand elle ignorait être enceinte ? Ou la sortie à cheval ? Comment avait-elle pu perdre celui qu'elle avait surnommé « son petit locataire » ?

Comme si elle lisait dans ses pensées, Natacha la regarda dans les yeux et lui dit :

— Tu n'y es pour rien.

— Si… j'ai forcément une part de responsabilité là-dedans…

— Non, le médecin a dit que c'était certainement dû à une anomalie chromosomique. Ça n'est pas de ta faute…

Clara fut incapable de prononcer un mot de plus. Murée dans le silence, elle rentra en voiture avec la maman de Maru qui avait décidé de partir plus tôt pour prendre soin de la jeune fille. Elles déposèrent Natacha chez elle et Clara alla se coucher, effondrée.

XVIII

J'ouvre un œil. Il fait jour. Le soleil traverse les carreaux de la chambre paisible. Je suis allongée sur le dos et je contemple les lattes du sommier de Maru, au-dessus de mon lit.

Sommes-nous toujours mardi ? Combien de temps ai-je dormi ? Une heure ? Plus ?

Je suis vidée. Je n'arrive pas à réfléchir. Je me suis endormie en rentrant. Maria-Eugenia m'a donné des protections pour mes saignements, puis elle est restée à côté de moi, à me caresser les cheveux pendant que je m'endormais.

C'est fini. Mon petit clandestin s'est fait la malle sans me laisser une chance de le connaître. Était-ce un garçon ? Une fille ? A-t-il souffert ? M'en veut-il ?

Mes yeux me brûlent et mon ventre me fait atrocement mal.

Il est parti, il n'est plus là. Je sens l'immense vide laissé par ce petit être qui ne mesurait pourtant que quelques centimètres. Mon ventre est vide, mon esprit est vide… mon cœur est vide.

Sur ma gauche, Maria-Eugenia m'a laissé un petit mot m'indiquant les noms des médicaments à prendre et leur posologie. Elle a déposé les boîtes sur une assiette avec un grand verre d'eau. J'ingurgite les trois gélules rouges et noires avec un peu d'eau et me recouche.

Mon téléphone vibre mais je n'ai pas le courage de regarder. Natacha a dû prévenir les filles. Je suis sûre qu'elles ont de la peine pour moi. Mais je n'ai pas la force de lire leurs messages. J'ai besoin de m'isoler, de faire le point. Si j'en parle, je vais pleurer, elles aussi, et ça ne fera que rendre la situation plus réelle et plus dramatique.

Je me mets en boule dans mon lit et ferme les yeux. Et j'essaye de penser que tout ça est un cauchemar.

Je m'imagine avec mon joli ventre devenu rond, en plein shopping avec Anabelle. Les deux frangines, enceintes en même temps.

Deux petits cousins âgés de seulement quelques mois d'intervalle. Mon bébé serait né fin janvier 2006, c'est ce que l'échographe m'avait annoncé. J'avais déjà imaginé les fêtes de fin d'année. Le verre rempli de Champomy à démarrer tranquillement le décompte avant sa grande arrivée ! Et puis cette rencontre qui aurait changé ma vie à jamais. Son petit corps chaud et rose, dépendant de moi. J'avais même décidé de l'allaiter.

Je voyais les choses du bon côté. C'était un beau cadeau de la vie. Et la vie me l'a repris, sans prévenir. Mon bébé est parti. C'est terminé.

Le plus dur, c'est que je sais ce que vont penser les autres. Même mes amies se diront que c'est mieux ainsi. Bien sûr elles seront tristes pour moi. Elles se sont attachées à mon bébé, notre petit compagnon de voyage. Mais au fond d'elles, je sais qu'elles estimeront que si c'est douloureux sur le coup, c'est un mal pour un bien. Et je leur en veux par avance de penser ça. J'en veux au monde entier. Je m'en veux tellement.

Les sanglots reviennent, plus forts. Ma douleur s'échappe à travers le flot de larmes. Je ne parviens pas à pleurer en silence, des râles s'échappent sans que je ne puisse les contenir. Je ne suis que douleur. Je voudrais avancer le temps pour que cette colère et cette souffrance s'apaisent. Je sais que ça ira mieux un jour. Mais l'instant présent m'est insupportable. Je dois m'endormir, au moins, pendant ce temps, je peux fuir cette réalité trop désolante.

*****

C'était mercredi. Le lendemain. Le jour d'après.

Natacha avait retrouvé Émilie et Vanessa au restaurant. La veille, elle avait voulu les appeler, les voir, pour leur dire.

Mais elle en avait été incapable, traumatisée d'avoir été aux premières loges lors de l'effondrement de son amie.

Elle avait passé le reste de son après-midi allongée sur son lit, écouteurs sur les oreilles. Elle avait très mal vécu cette visite à la clinique. Elle avait tâché d'être forte pour soutenir Clara. Au moment où le médecin avait ouvert la porte pour leur demander d'entrer à elle et à la mère de Maru, elle avait compris qu'elle allait vivre le drame de l'intérieur. Comment consoler quelqu'un qui vient de perdre un bébé ? Elle savait que Clara avait hésité à garder son enfant. Mais elle avait très vite compris qu'une fois prise la décision de le garder, elle avait vu ce bébé comme une bénédiction. Elle avait vu le regard perdu de son amie, senti les spasmes secouer ce corps qui commençait tout juste à s'arrondir. Elle avait senti le besoin de Clara d'être étreinte, protégée de ces mots si douloureux qui sortaient de la bouche du médecin.

Sa vie venait de changer à nouveau. Et cette fois, Natacha ferait partie, malgré elle, de cette sombre histoire. Elle avait essayé de trouver les paroles qui aideraient Clara à avancer mais elle avait la sensation amère d'avoir échoué.

Aujourd'hui, elle allait devoir être la messagère de la triste nouvelle auprès des filles. Elle détestait ce rôle.

Elles s'étaient assises toutes les trois. Les deux amies avaient été surprises de ne pas voir arriver Natacha accompagnée de Clara. En général, elles arrivaient ensemble. Il fallait leur annoncer. Dire les choses vite, sans chercher à les enrober.

— Les filles... j'ai quelque chose à vous dire.

Sa voix, habituellement si claire et posée était sortie quasi éteinte et tremblante.

— Tu me fais peur... Qu'est-ce qu'il se passe ? Vanessa avait l'air grave.

— Clara a fait une fausse couche.

— Noooooon ! Émilie avait parlé plus fort qu'elle ne l'avait voulu, provoquant les regards étonnés des clients assis aux tables tout autour.

— Quoi ? Vanessa la regardait droit dans les yeux, espérant sans doute avoir mal compris le sens de la phrase.

— Hier après-midi. Elle a commencé à avoir mal au ventre, à perdre du sang…

— La pauvre ! Émilie n'avait pas pu contenir ses larmes plus longtemps.

— On est allées dans la clinique où bosse la mère de Maru. Ils lui ont fait des examens. Elle a perdu le bébé.

— Mais pourquoi ? Ils savent ce qui a provoqué sa fausse couche ?

— Non Vaness. C'est une fausse couche précoce. Il est très probable que ça soit une anomalie génétique et que le bébé n'ait en fait jamais été vraiment viable.

— Putain, c'est horrible. Pauvre Clara ! Vanessa aussi s'était mise à pleurer. Elle repensait à l'immense fou rire partagé vingt-quatre heures plus tôt. Elle revoyait Clara, riant aux éclats, passant inconsciemment la main sur son ventre, comme pour faire partager ces précieux moments à son bébé.

— Elle est hospitalisée ? demanda Émilie.

— Non, ils l'ont laissée partir avec des médocs. Elle doit aller demain passer une échographie pour vérifier que tout est évacué…

— Je suis trop choquée. C'est horrible. La voix d'Émilie était monocorde. Ses grands yeux noisette s'étaient couverts d'un voile de tristesse.

— Je suis désolée, je voulais vous en parler hier. Mais je n'ai pas pu. J'ai vécu le truc en direct et je n'étais pas capable d'en parler. Je suis vraiment, vraiment désolée… et à son tour, elle sentit les larmes couler.

Émilie s'était levée. Elle prit une serviette en papier, s'essuya les yeux et annonça :

— Attendez-moi là. Je vais dire à Natasha que je prends mon après-midi et on file voir Clara.

— Émilie, elle n'était pas bien du tout hier. Je ne suis pas sûre qu'elle soit en état de voir du monde…

— On n'est pas « du monde », on est ses amies. Elle a besoin de nous. Même si elle ne veut pas nous parler, au moins, on sera là.

— OK. Je vais passer à mon agence aussi leur dire que j'ai une urgence et que je dois prendre mon après-midi.

Quinze minutes plus tard, elles s'étaient engouffrées dans un taxi. Elles avaient envoyé des messages à Clara pour l'avertir de leur arrivée mais cette dernière n'avait pas répondu.

Quand elles arrivèrent devant la maison, c'est Maria-Eugenia qui était venue leur ouvrir. Elle n'était manifestement pas surprise de voir le trio venir soutenir sa petite protégée.

Elle leur expliqua que Clara s'était couchée la veille en rentrant et qu'elle dormait encore. Elle était allée la voir régulièrement pour s'assurer que tout allait bien.

Elles furent surprises, en arrivant près de la chambre, de voir Luis, assis à côté d'elle. Il avait les yeux rougis et la regardait dormir, en silence. En les voyant arriver, il se leva d'un bond, les salua en dessinant un beau sourire forcé. La situation ne laissait décidément personne indifférent.

Comme si elle avait détecté leur présence, Clara se tourna vers elles et ouvrit ses yeux. En les voyant, elle fut incapable de parler. Seul un immense sanglot sortit. Et des larmes. Des tonnes de larmes. Tous les yeux pleuraient, sans retenue, sans gêne. Toutes dans le même bateau, elles partageaient ce même chagrin.

Elles restèrent comme ça, des minutes, des heures.

Elles avaient compris que le silence serait plus réparateur que des mots qui seraient forcément maladroits.

Vanessa, avant de quitter la chambre à la suite de Natacha et Émilie demanda d'une voix feutrée :

— Clara… veux-tu que j'appelle tes parents ?

Après un court silence, Clara répondit :

— Non. Je ne veux pas qu'ils le sachent pour l'instant. Je leur en parlerai plus tard. On va rentrer en France tranquillement et je le dirai à ma mère quand je serai prête à le faire. Je ne veux pas avoir à répondre à des questions auxquelles je n'ai pas de réponses. Promets-moi de ne pas les appeler.

— Promis.

— Merci ma Vuvu.

— Ça fait une éternité que tu ne m'as pas appelée comme ça.

— Je sais… Tant de choses ont changé…

— Clara… Je sais que c'est dur à concevoir… mais le temps guérit toutes les blessures. Tu vas trouver la force de te remettre de ça et continuer à vivre. Tu verras, le bonheur reviendra frapper à ta porte et tu seras heureuse à nouveau.

— Je sais… c'est ça le pire. C'est que je sais que je vais guérir. Et je m'en veux…

— Pourquoi ?

— Je vais continuer ma vie sans lui. Je n'ai pas le choix. Mais c'est horrible d'en être consciente.

— Non, c'est une force. Tu sais que tu vas aller mieux. Tu ne l'oublieras pas. Il fait partie de ton histoire. Mais ta vie à toi continue, et tu lui dois de vivre heureuse. Il te protègera et de là-haut, ton petit ange gardien voudra voir une maman forte et heureuse.

Contre toute attente, Clara sortit de son lit et se jeta dans les bras de Vanessa.

— Merci Vaness. Tu n'imagines pas à quel point tes mots me touchent.

Elle marcha, légèrement voûtée, jusqu'au couloir où Natacha et Émilie attendaient. Elle les serra dans ses bras tour à tour. Elle esquissa un petit sourire.

— Merci d'être là, les filles. Je vous aime.

— Nous aussi, on t'aime ! dit Émilie en serrant à nouveau Clara dans ses bras.

— Je suis contente que vous soyez venues. Vous êtes des amies en or.

— C'est normal. Les amies sont là pour les bons comme les mauvais moments.

— On aura tout vécu ensemble. Je pense qu'on est liées à vie.

— Tu nous tiens au courant après ton rendez-vous de demain matin ?

À l'évocation de ce rendez-vous, le visage de Clara retrouva une mine sombre.

— Oui…

— Repose-toi bien ma Clara, lui dit Natacha en l'embrassant sur la joue.

Alors que ses amies se dirigeaient vers les escaliers pour descendre, Clara croisa le regard de Luis, assis à son bureau dans sa chambre. Elle entra machinalement dans la chambre du jeune homme. Elle comprit immédiatement qu'il savait. Son secret avait été divulgué. Quelle vision d'elle aurait-il maintenant ?

Il alla s'asseoir sur son lit, en silence et, d'un coup d'œil, il lui fit signe de le rejoindre. Elle se blottit contre lui en silence.

Il lui caressa les cheveux de longues minutes puis lui dit :

— Lo siento. *Je suis désolé.*

— Yo lo sé Luis. Gracias. *Je sais Luis. Merci.*

XIX

Le jeudi matin Maria-Eugenia avait accompagné Clara à la clinique pour son échographie. La jeune fille n'avait pas mis le nez dehors depuis l'annonce de sa fausse couche, deux jours plus tôt.

Elle n'avait rien voulu avaler depuis, malgré l'insistance de sa maman de substitution.

Après un rapide examen et une échographie, le gynécologue lui annonça que les choses se déroulaient normalement et que les saignements devraient s'atténuer dans les cinq jours à venir. Son embryon avait été évacué sans complications. Fin de l'histoire.

Maria-Eugenia, soucieuse de changer les idées de Clara passa chercher Maru à l'université en rentrant de la clinique. Elles avaient décidé de prendre la route pour Mollendo, une cité balnéaire à deux heures de trajet d'Arequipa.

Un petit road trip entre filles histoire de s'aérer un peu en respirant l'air vivifiant de l'océan Pacifique. Maria-Eugenia n'avait pas souhaité que sa fille vienne accompagner son amie à la clinique. Elle avait cherché à la préserver de cette douleur qui émanait de Clara. Elle savait que parfois, les médecins pouvaient parler crûment et donner une impression d'absence d'émotion qui pouvait choquer.

Sur la route, elles avaient tenté de distraire Clara en lui donnant des explications sur les lieux traversés, en lui faisant écouter de la musique locale…

Clara s'était efforcée, en début de trajet, de poser des questions à ses co-voiturières, consciente de leurs efforts pour la distraire. Elle s'était finalement prise au jeu et la route était passée très vite, rythmée par la musique latino qui résonnait dans l'habitacle et les discussions des trois passagères.

Maria-Eugenia gara la voiture en bord de plage. Une plage totalement déserte, battue par les vents et la houle.

Clara, suivie par Maru et sa mère, descendit sur le sable. L'air était frais, des rafales faisaient voler les petits grains dorés qui venaient s'engouffrer dans les vêtements et les cheveux de ceux qui osaient venir les affronter. Il faisait beaucoup moins chaud qu'à Arequipa et cet air sec et vif sembla donner un regain d'énergie à Clara. Ses joues étaient rosies par les vents, ses yeux avaient retrouvé un peu de leur éclat. La force vitale de la nature faisait une nouvelle fois son effet.

Elles firent une longue balade sur les hauteurs de la station, à flanc de falaise avec une vue imprenable sur l'immense étendue bleue qui s'étendait à leurs pieds. Le soleil faisait briller l'océan, des milliers de petits miroirs semblaient réfléchir ses rayons, secoués par les gros rouleaux qui s'écrasaient avec fracas sur les rochers en contrebas. La mer moutonnait, envoyant ses embruns à des kilomètres alentours. Clara sentit le goût du sel sur ses lèvres et réalisa qu'elle n'avait rien mangé depuis plus de quarante-huit heures. Comme si elle lisait dans ses pensées, Maru lui prit le bras et toutes trois s'installèrent à l'intérieur d'un petit restaurant situé sur le bord du sentier de randonnée.

En entrant à l'intérieur, elles furent happées par la chaleur des lieux et par leur délicieuse odeur de cuisine. Pas de doutes, le parfum citronné et iodé présageait une dégustation de produits frais pêchés à seulement quelques centaines de mètres de là.

La salle était petite mais le gros de la clientèle avait déjà terminé de manger. Elles seraient au calme, entre elles. On déposa des menus sur leur petite table nappée de blanc. Deux bougies chauffe-plat furent posées dans des petits photophores bleus faisant danser de jolis reflets sur les verres et les assiettes.

Les murs bardés de bois peint en jaune étaient décorés de peintures modernes accrochées ça et là et représentant des paysages marins, des bateaux couchés sur le flanc à marée basse et des poissons multicolores.

Le sol en parquet brut craquait à chaque passage des talons hauts de leur serveuse. Au fond de la pièce, une flambée crépitait sur un brasero, laissant présager la dégustation de poissons grillés et autres délices.

D'un accord tacite, Maru et sa maman avaient choisi de ne pas aborder le drame que vivait Clara, et contre toute attente, c'est elle qui décida d'en discuter.

— Gracias por todo. *Merci pour tout.*

— Clarita… es normal ayudarte. *Clarita, c'est normal de t'aider.*

Au cours du repas qu'elles partagèrent, Clara se confia sur la douleur de sa perte. Sur son sentiment de culpabilité et son impuissance. Parler lui fit le plus grand bien.

Ses deux acolytes lui offrirent des paroles apaisantes et accueillirent sa souffrance avec douceur et bienveillance.

Sur la route du retour, malgré une peine immense, Clara avait retrouvé au fond d'elle une étincelle d'espoir. Elle savait qu'elle irait mieux un jour. Pas tout de suite, pas dans une semaine… mais un jour, elle serait apaisée. C'était une certitude. Forte de cet espoir, elle était moins abattue et envoya un sms à ses trois amies pour leur demander si la visite du couvent de Santa Catalina était toujours prévue le lendemain.

*****

— Benoît ! Benoît, viens voir, elle m'a écrit !

Incrédule, le frère de Jean-Gé s'approcha de l'énorme écran datant des années 90 mis à leur disposition au siège de l'association qui les accueillait en Birmanie.

— Elle te dit quoi ?

— Je n'ose pas le lire. Elle n'a pas mis d'objet. Lis-le avant s'il te plaît...

— Pourquoi tu ne le fais pas toi-même ?

— J'ai peur de ce que je vais lire…

— Peur de quoi ?

— Je ne sais pas… qu'elle me dise qu'elle a porté plainte ou qu'elle m'a dénoncé au rectorat…

— Arrête ! On parle de Clara… elle t'a dit qu'elle ne ferait jamais rien qui puisse te nuire…

— Oui… elle m'a dit ça avant de me quitter. Elle a peut-être réfléchi… elle me trouve peut-être dangereux…

— Oui, tu lui as fait super peur… mais je suis sûr que tu t'inquiètes pour rien. Lis ton mail tranquille, je t'attends dehors.

Jean-Gé, la main tremblante double-cliqua sur le message afin de pouvoir en découvrir le contenu. La connexion internet était très mauvaise et le précieux message mit plusieurs minutes à s'afficher entièrement. Fébrile, il découvrit les mots de Clara. Son cœur battait à tout rompre lorsqu'il essaya d'ouvrir les photos qu'elle avait mises en pièces-jointes. L'ordinateur peinait à charger les fichiers et plus les minutes passaient, plus la patience de l'amoureux éconduit s'amenuisait. Il prenait sur lui pour ne pas donner de coups de pieds dans l'unité centrale et frapper l'écran.

Puis, comme par miracle, les photos s'ouvrirent une à une, pixel par pixel.

Lorsqu'il la vit, radieuse et remplumée face au Machu Picchu ou prenant la pose avec ses amies devant le Lac Titicaca, des larmes de soulagement s'échappèrent de ses yeux. Il ne l'avait pas détruite.

Il s'approcha de l'écran pour étudier chaque centimètre carré de l'image. Quelque chose était différent. Elle semblait avoir repris un peu de poids. Ses joues étaient moins creusées, ses cuisses moins squelettiques et son ventre moins plat qu'avant… mais il y avait autre chose. Une lueur différente dans son regard. De la détermination.

Il lança l'impression des photos. Il savait que l'imprimante était réservée aux documents administratifs urgents. Mais il avait besoin de conserver ces photos avec lui, comme un talisman. Clara allait bien.

Il relut le mail. Plusieurs fois. Il souriait, puis se crispait. Il ne savait que penser. Heureux à l'idée de la revoir. Effondré car elle lui avait coupé tout espoir de remettre le couvert. Il était totalement perplexe. Et intrigué. Que pouvait-elle bien vouloir lui dire de si important ?

Après une longue hésitation, il cliqua sur « Répondre ».

« Ma Clara,

Merci pour ton mail. Tu n'imagines pas à quel point je suis soulagé de te savoir heureuse et guérie.

Tu m'as pardonné mais moi, je ne me pardonne pas. Il ne se passe pas un jour sans que je pense à toi et à ce que je t'ai fait endurer. J'ai été horriblement con. Pris dans le tourbillon qui nous a projetés l'un vers l'autre, je n'ai pas réalisé le mal que je pouvais te faire. Ce qu'on a vécu était tellement intense que je n'ai pas été capable de me contrôler et je te demande pardon.

Ton départ m'a fait beaucoup de mal mais il m'a aussi poussé à réfléchir à tout ce que j'avais fait de travers avec toi. Le bilan est peu glorieux. Alors oui, pour répondre à ta question, la Birmanie m'aide à trouver un peu de paix. Je noue des liens forts avec mon frère. Sans lui, je n'ose pas imaginer jusqu'où j'aurais sombré.

Chaque jour, l'alphabétisation des enfants me rend un peu plus humain. Je donne peu et je reçois tellement ! C'est une expérience extrêmement forte.

Je ne vois pas les semaines passer.

Nous rentrons le quinze août.

Je pense qu'il faut qu'on se voie et qu'on discute de tout ce qui s'est passé. Tu as, semble-t-il, quelque chose d'important à me dire. Je t'avoue que tu titilles ma curiosité. Je crains l'annonce d'un nouvel homme dans ta vie. Mais s'il te rend heureuse, je l'accepterai.

Si je ne me trompe pas, tu rentres ce week-end en France. Profite bien de ta famille et prend bien soin de toi.

Je t'aime,

Jean-Gé »

Comme Clara quelques jours plus tôt, il cliqua sur « envoyer ».

Il se sentait plus léger d'avoir pu lui demander pardon. Il avait songé à de nombreuses reprises à lui écrire, à l'appeler. Mais leur dernier échange, presque deux mois plus tôt s'était soldé d'un glacial « Va te faire foutre ». De peur de faire plus de mal que de bien en insistant, il avait patienté. Il courut chercher Benoît qui l'attendait, appareil photo à la main, devant la porte.

Il lui fit lire le message de Clara et sa réponse. Benoît, comme l'avait fait son frère quelques minutes plus tôt scruta la photo de groupe où Émilie apparaissait. Elle était souriante et avait l'air si heureuse...

Il avait été totalement déstabilisé en découvrant que la jeune fille avait rencontré quelqu'un d'autre quelques semaines plus tôt. Il avait tout remis en question. Leur belle histoire était-elle vraiment sincère si, au premier Péruvien qui passait, elle l'oubliait ?

Il était bien conscient qu'il était à l'origine de la rupture, mais quel choix avait-il eu ?

Il n'aurait pas pu laisser son frère sombrer. Il avait récupéré Jean dans les abysses de la dépression. Il y avait eu trop de boulot pour accorder à Émilie la disponibilité qu'elle méritait. Il restait confiant malgré tout. Peu emballé par l'idée que sa douce lui fasse quelques infidélités, il sentait, malgré tout qu'ils se retrouveraient en temps voulu.

XX

— Natasha, au revoir.

— Au revoir Émilie.

Je m'apprête à quitter Viva Tours pour de bon. Les deux mois de stage sont terminés. Comme je l'avais imaginé, mes adieux avec ma chef sont d'un froid polaire. Il faut que je sois plus intelligente qu'elle, qu'elle voie que j'y ai mis de la bonne volonté contrairement à ce qu'elle peut imaginer. Je me retourne.

— Natasha ?

— Émilie ?

L'une comme l'autre, nous esquissons un petit sourire tant cette situation est ridicule.

— Je sais que nous avons eu des désaccords pendant mon stage. Je tenais tout de même à vous remercier. J'ai appris énormément de choses pendant ces deux mois et je suis certaine que ça me servira dans mon futur métier. Donc, merci…

Je me sens un peu mal à l'aise car je lis de la surprise sur son visage. Elle devait s'attendre à un scandale ou un coup d'éclat pour mon départ. Eh bien non, Natasha. Je suis magnanime. On se déteste, c'est un fait. Mais je suis capable d'admettre que mon stage a été très formateur, notamment dans la gestion du stress…

— Nous avons été ravis de vous accueillir. Dans l'ensemble, vous avez effectué du bon travail. Je suis un peu déçue que nos relations aient été aussi tendues alors que tout se passait bien au départ. Je ne remets pas votre travail en cause, Émilie. Simplement, en tant que stagiaire, il aurait fallu, même en cas de désaccord, rester à votre place. Vous n'aviez pas à intervenir sur ma façon de gérer mon agence.

Et ça recommence…

— Je ne me serais jamais permis de vous dire comment faire tourner votre business. Je pense juste qu'à un moment donné, gonfler les prix sur un groupe d'étudiantes, qui plus est quand c'est l'une d'entre elles qui travaille gratuitement pour vous qui s'est chargée des réservations, c'est un peu limite…

— Peut-être que c'est limite comme vous dites. Mais soyez honnête avec vous-même. Si votre stage s'était fait en France, auriez-vous eu le même culot qu'ici en décrétant, à plusieurs reprises, que vous deviez prendre une journée de repos au pied levé ?

— C'était pour des urgences…

— Vous ne répondez pas à la question. Vous critiquez ma façon de gérer mon agence, mais vous n'avez pas non plus été irréprochable dans votre façon de vous investir dans votre stage…

— Je suis désolée si mes absences vous ont froissée. En effet, ça se serait peut-être passé différemment en France. Mais là-bas, les stages sont rétribués. On ne va pas relancer le débat, je pense que chacune de nous restera sur sa position. En tout cas Viva Tours propose des circuits vraiment originaux et qualitatifs pour sa clientèle et je suis contente d'avoir contribué au bon déroulement des séjours de vos clients.

— Je vous souhaite un bon retour chez vous et une bonne continuation de vos études.

— Merci Natasha.

Je lui tends machinalement la main, histoire de valider notre pseudo réconciliation. Moi qui déteste le conflit, c'est avec soulagement que je quitte cette agence. On a remis les choses à plat et je n'aurai pas à me cacher si pour une raison ou une autre nous sommes amenées à nous recroiser.

Je suis tellement contente de quitter l'atmosphère oppressante de cette agence de voyages !

Me voilà débarrassée d'une sacrée source de stress. J'ai l'impression que les choses rentrent dans l'ordre.

Il y a eu ce message de Clara tout à l'heure, me demandant si la visite du couvent Santa Catalina était toujours d'actualité. Quand je l'ai vue hier, elle semblait murée dans un mutisme inébranlable et, vingt-quatre heures plus tard, elle veut faire du tourisme. La vie reprend son cours. Je n'ai pas osé lui demander comment s'était passé son rendez-vous ce matin. Je pense que ça a dû aller pour qu'elle veuille reprendre nos projets de visites.

Je suis contente pour elle. Elle est loin d'être tirée d'affaire moralement après le traumatisme qu'elle vient de vivre mais je lui fais confiance. Elle saura rebondir.

*****

Ce matin, je me réveille pour l'avant-dernière fois chez Lucia et Alonzo. Ça me fait tout bizarre. Hier, c'était mon dernier jour de stage. Tout s'est bien passé, mon chef avait l'air content de moi et il m'a même fait une lettre de recommandation pour mes futures recherches d'emploi. J'étais contente, il n'a jamais été démonstratif et il aura fallu que j'attende mon dernier jour pour découvrir qu'il était satisfait de mon travail. Mieux vaut tard que jamais. Je suis partie sans effusions mais je suis ravie des différents apprentissages effectués pendant ces deux mois.

Après un rapide petit déjeuner, je commence, la gorge nouée, à faire ma valise. Je vide les étagères de mon armoire, une à une. Je déteste ça. J'ai envie de pleurer. On a vécu tellement de choses ici ! Notre arrivée au Pérou, la découverte de nos hôtes, de nos stages, de cette ville splendide ! Et puis surtout, les moments passés entre amies, nos excursions, nos fous rires, mon aventure avec Astrid, le bébé de Clara… Le bébé de Clara. Découvert au Pérou et resté au Pérou.

Pourvu qu'elle se remette vite de cet épisode. Moi qui estimais que le garder était une erreur, j'ai culpabilisé d'avoir eu cette pensée quand j'ai su que ça avait mal tourné.

Clara avait vite accepté l'idée de devenir maman, et de fil en aiguille, sa décision avait semblé si naturelle que je m'étais convaincue que finalement, c'était mieux de le garder. Et boum ! Le destin en a décidé autrement.

Hier après-midi, j'ai eu la bonne surprise de découvrir que Clara voulait que l'on fasse notre dernière visite à Arequipa ensemble. C'est bon signe.

*****

Comme à leur habitude, elles s'étaient retrouvées sur la place, sous un soleil radieux. Vanessa et Natacha attendaient l'arrivée de leurs amies.

Elles virent Clara arriver avec Maru. Les traits tirés, les yeux cernés, l'épreuve qu'elle traversait se lisait sur son visage mais dès qu'elle les vit, elle leur adressa un grand sourire. Après avoir salué Maru et serré Clara dans leurs bras, elles ne purent s'empêcher de plaisanter sur le retard légendaire d'Émilie. Elles échangèrent quelques banalités, évitant ostensiblement d'aborder le sujet de la fausse couche de Clara.

Vanessa craignait de faire des gaffes et préférait lire les extraits de son guide touristique consacrés au couvent à haute voix pour meubler.

Natacha évitait soigneusement le regard de Clara, ne sachant pas trop quoi dire.

Maru, témoin de ce malaise, choisit de parler de la lourde tâche de refaire ses valises après deux mois passés sur place.

Quant à Clara, elle s'efforçait de faire bonne figure et essayait de prendre part aux multiples conversations entamées.

Elle se sentait mal à l'aise, elle avait cette sensation que tout son être était devenu un tabou. Aussi, sans crier gare, elle décida de crever l'abcès.

— Les filles…

Trois têtes se tournèrent en même temps, attendant de savoir quelle annonce elle avait à faire.

— Je ne veux pas que vous vous sentiez gênées avec moi.

— On n'est pas gênées ma bichette… tenta Vanessa.

— Je vois bien que vous faites de votre mieux pour que tout ait l'air normal. Sachez juste que je ne veux pas que ça devienne un sujet tabou. C'est arrivé et vous êtes toutes là pour me soutenir et je vous en remercie. Sa voix venait de se casser dans un sanglot.

Elle prit une grande inspiration et continua.

— Je vais traverser des moments compliqués. Mais le fait de savoir que je ne suis pas seule, que vous êtes là pour moi, c'est une immense chance.

— Clara, c'est normal. les amies sont là pour ça ! lui répondit Natacha.

— J'ai tellement de chance de vous avoir…

— Tu as revu le médecin hier ? osa Natacha.

— Oui… tout est normal. Le b… l'embryon a été totalement évacué. Tout va rentrer dans l'ordre.

Elle sentit les larmes monter à nouveau.

Vanessa lui demanda :

— Tu as toujours mal ?

— J'ai eu très mal mardi et mercredi. Je commence à me sentir mieux depuis hier. Les saignements devraient s'arrêter progressivement.

— Salut mes chouquettes !

Émilie venait d'arriver derrière le petit groupe. Elle donna une accolade à chacune des filles.

— Prêtes à entrer au couvent ?

Éclat de rire général.

— Nous qui parlions sérieusement de devenir bonnes sœurs il y a quelques mois, j'espère qu'ils ne vont pas essayer de nous garder ! plaisanta Clara.

— On trouvera un moyen de s'enfuir. Le beau Julio m'attend demain à Lima, je ne veux surtout pas le louper ! Quitte à m'enfuir à dos de lama !

C'est dans un chahut mêlé à des éclats de rires que le petit groupe se dirigea vers la Calle Santa Catalina.

Après avoir acheté leurs entrées, elles pénétrèrent en silence dans un superbe cloître dont les murs bleus vifs tranchaient avec le sol en dalles noires et blanches du patio central. Le couvent Santa Catalina était le plus grand couvent du monde. Il abritait encore une quarantaine de carmélites mais avait été conçu pour en accueillir quatre cent cinquante. De ce fait, ça n'était pas une simple bâtisse mais un véritable village niché au cœur de la belle Arequipa. Un dédale de petites rues pavées permettait d'accéder aux différents bâtiments, cloîtres et places. La vision du couvent austère que l'on peut avoir avait été balayée par des murs aux couleurs chatoyantes. Des fontaines entourées d'arbustes apportaient de la fraîcheur aux lieux souvent inondés de soleil. Les filles étaient subjuguées par l'originalité du site qui appelait à la paix et à la méditation malgré la gaieté des couleurs murales. Elles prirent de nombreuses photographies, espérant que les nuances transparaîtraient sur leurs clichés. La taille immense de Santa Catalina permettait aux nombreux touristes de se sentir seuls au monde et d'avoir le loisir de s'isoler au pied d'une croix ou dans l'intimité d'une petite chapelle pour se recentrer sur les choses essentielles.

C'est justement au détour d'une place que Clara aperçut une petite porte de bois bleue entrouverte. Elle s'éloigna de ses amies, se sentant tout à coup terriblement curieuse de découvrir quel nouveau trésor lui serait révélé.

Elle poussa la porte et arriva dans une minuscule pièce. Des peintures religieuses couvraient chaque centimètre carré des voûtes du plafond. Là encore, des teintes vives, des dorures…

Les murs latéraux avaient été blanchis à la chaux. Seuls deux bancs faisaient face à un maître autel en bois au pied duquel un bouquet de fleurs monumental trônait.

À gauche de la porte, de nombreux cierges scintillaient, de fines volutes de fumée s'en échappaient, menant les prières de ceux qui les avaient allumés vers d'autres cieux. À droite, un énorme coquillage, certainement un bénitier, empli d'eau bénite. Clara trempa le bout de ses doigts, se signa et alla s'asseoir sur le banc.

Elle observa le plafond à la recherche de l'image d'un saint à prier. Et elle vit une représentation de la Vierge portant un Jésus déjà auréolé dans ses bras. Ses yeux se mirent alors à évacuer tout son chagrin et son incompréhension. Elle pria pour trouver la force de se remettre du départ de son petit. Elle voulait être forte pour lui. Elle supplia la Vierge Marie d'être à ses côtés dans cette épreuve et à son propre étonnement, elle accepta. Elle ne chercherait pas à comprendre pourquoi cette expérience lui était imposée. Elle vivrait avec, et la colère ne la ferait pas avancer. Rien ne viendrait ébranler sa foi. Un prêtre lui avait un jour dit quelque chose qu'elle avait toujours gardé en elle comme un leitmotiv : « Dieu ne nous inflige aucune épreuve que nous ne pouvons surmonter ». Elle avait donc les épaules pour supporter ça. Elle avait le droit d'être triste, de ressentir le manque de ce ventre soudainement vide. Mais elle ne baisserait pas les bras. Elle avait une longue vie devant elle et elle ne la gâcherait pas à devenir amère et à s'enliser dans une colère destructrice.

Elle comprit que cette résilience serait sa force et que cette courte réflexion qu'elle venait d'avoir, seule dans cette chapelle minuscule était la réponse à ses prières.

Elle referma la petite porte bleue derrière elle et, éblouie par un soleil qui lui paraissait plus brillant encore que quelques minutes auparavant, elle retrouva ses amies qui se photographiaient tour à tour devant une fontaine.

XXI

Elles étaient toutes réunies là, à l'aéroport d'Arequipa.

Les quinze jeunes filles qui avaient atterri deux mois plus tôt sur ces terres lointaines avaient toutes bien changé. Le séjour en terre inca leur avait apporté pour certaines, maturité ou curiosité et pour d'autres recul ou connaissance de soi… Ces choses que l'âge ou l'expérience offrent à chaque être humain au gré de son existence.

L'imbuvable Marie avait appris à mettre de l'eau dans son vin afin de mieux s'intégrer. La Bertille s'était découvert un potentiel de séduction totalement insoupçonné par elle-même et par ses compagnes de voyage. Martine s'était découvert quelques nouvelles allergies…

Chacune d'entre elles rentrait changée à jamais. Marquées à vie par les rencontres, les apprentissages, les paysages… elles n'étaient plus tout à fait les mêmes qu'avant le départ. Elles avaient vingt ans et elles s'apprêtaient toutes à démarrer une nouvelle vie. L'après Pérou.

Pour leurs proches, les changements seraient parfois à peine perceptibles ou bien totalement révolutionnaires. Mais pour elles, c'était clair comme de l'eau de roche : elles ne seraient plus jamais les mêmes.

Elles trônaient là, un peu penaudes au milieu de montagnes de valises pleines de pulls en alpaga, de flûtes de pan et de statuettes en silar. Certaines, comme Vanessa, enchaînaient les blagues pour masquer l'émotion de ce départ. D'autres, comme Émilie, tentaient de discuter avec leurs familles d'accueil comme si elles allaient se retrouver le lendemain. Enfin, les plus émotives, les yeux rougis, étaient incapables de parler comme Clara.

Plantée au milieu de la famille de Maru, tellement reconnaissante de tout ce qu'ils avaient fait pour elle, pour le soutien inconditionnel apporté dans l'épreuve qu'elle vivait, elle était silencieuse. Maru lui tenait la main, elle aussi au bord des larmes. Maria-Eugenia, lui répétait en continu de bien prendre soin d'elle, de leur donner des nouvelles souvent.

Luis, un paquet cadeau à la main fixait un point invisible sur le sol carrelé de la pièce. Pablo et son père parlaient de la pluie et du beau temps, un peu mal à l'aise.

Natacha était accompagnée de la famille d'Edgar, mais quand elle vit son beau Pedro entrer dans l'aéroport, son cœur ne fit qu'un tour.

Elle fendit la foule et sauta dans ses bras, en pleurs. Elle s'était vraiment attachée au jeune homme qui lui parut plus beau que jamais à quelques minutes de la séparation.

Le guichet d'enregistrement ouvrit. Les valises s'éloignèrent, les unes derrière les autres, pénétrant sagement dans la soute de l'appareil qui allait arracher les jeunes filles à leur terre de cœur.

Puis ce fut le moment des adieux. Chacun préféra penser qu'il ne s'agissait que d'un au revoir. Et là, même les plus coriaces ne purent résister à la tristesse de devoir se quitter.

Câlins, embrassades, remerciements et, bien évidemment, larmes… l'aéroport s'était transformé en une bulle d'émotion.

Tandis qu'Émilie jurait à Lili et à ses parents, entre deux sanglots, de revenir au Pérou le plus vite possible, Vanessa promettait à Lucia de l'héberger quand elle passerait en France pour un stage, l'hiver suivant. Les yeux embués, elle embrassa Janie et tenta encore quelques plaisanteries pour dédramatiser l'instant.

Chacune leur tour, elles passèrent les contrôles de sécurité et se retrouvèrent derrière une vitre, un peu empruntées, à faire des coucous en s'efforçant de sourire.

Ce fut au tour de Clara. Elle serra fort chaque membre de sa famille péruvienne dans ses bras. Tous pleuraient, ce qui ne simplifia pas la lourde tâche de se dire au revoir. Il ne restait plus que Luis. Il lui prit la main, un peu gêné par la présence de ses parents qui n'en perdaient pas une miette, et l'emmena un peu à l'écart. Il avait viré écarlate quand timidement il lui tendit le paquet.

Surprise et touchée par cette attention, elle ouvrit doucement le cadeau et découvrit un chien en peluche aux oreilles tombantes. Elle identifia immédiatement le parfum que le jeune homme avait pris soin de vaporiser sur son présent. Il sentait « le Luis ». Elle s'approcha de lui et le serra fort dans ses bras, se recula, le visage inondé de larmes et l'embrassa sur la joue. Puis elle s'éloigna sans se retourner, c'était plus facile ainsi.

Natacha embrassa longuement Pedro sous les regards réprobateurs des passants, peu habitués à ce type d'effusions. Secouée par les pleurs, elle le quitta à regret et s'engagea à son tour dans la file d'attente du poste de sécurité.

Cette fois, la page était tournée. Deux mois qui étaient passés à une vitesse folle. Et dans trente-six heures, elles seraient de retour chez elles, en France.

*****

Plantées sur le parvis de l'aéroport, nous guettons le taxi que l'hôtel nous a normalement envoyé. Nous sommes toutes à fleur de peau. Quitter Arequipa n'a pas été simple. Nous y avons toutes créé des liens avec nos familles d'accueil, avec nos collègues…

Quand l'avion pour Lima a décollé, j'ai pris conscience que c'était bel et bien fini. Mais en ce qui me concerne, il reste une chose importante à clarifier. Le cas Julio.

La magie va-t-elle encore opérer ce soir ? Je suis impatiente de le voir, et stressée aussi. Pourvu que ça se passe bien ! Mais où cela va-t-il nous mener ?

Lui ici, moi là-bas ? Est-ce vraiment une bonne idée de le revoir ? Le mal est fait, de toute façon, je me suis déjà attachée à lui. Vanessa m'a dit qu'on n'avait qu'une seule vie et que je serais bien bête de ne pas profiter des quelques heures que l'on me laisse avec lui.

Elle est la preuve irréfutable que la distance n'est pas nécessairement un barrage à une belle histoire d'amour.

Ah ! Voilà un combi qui ralentit. Et là, nous nous apercevons qu'il s'agit du même chauffeur que celui qui est venu nous chercher, ici même, il y a deux mois !

Il éclate de rire en nous voyant, amusé de retrouver le groupe de petites françaises qui étaient si perdues il y a encore quelques semaines.

Sans surprise, il charge nos bagages sur le toit, et nous voilà reparties à travers les rues de Lima.

Nous sommes assez silencieuses. Les au-revoir ont été douloureux pour nous toutes, sans exception. Chacune se réfugie dans le silence pour digérer toutes les choses fraîchement vécues.

Le combi ralentit devant un bâtiment de style baroque de trois étages. D'immenses escaliers de pierre mènent à la réception. Sur un imposant balcon, au deuxième étage, des drapeaux de plusieurs pays flottent. Les façades de l'immeuble abritent des niches où des statues aux faciès inquiétants semblent nous observer.

Après avoir réglé la course et salué notre sympathique chauffeur rasta, nous montons avec difficulté nos pesantes valises.

Un jeune homme, tout sourire nous accueille. Nous serons réparties en trois chambrées. L'une de six, une de cinq et une de quatre lits.

Nous décidons d'un commun accord de passer notre dernière soirée péruvienne à six avec Astrid, Martine et les filles. Je ne vais pas être là beaucoup mais bon…

Toujours encombrées de nos valises et de nos nombreux sacs, nous suivons le fléchage de cet hôtel étrange composé d'interminables corridors sombres et d'escaliers en colimaçons. On se croirait à Poudlard !

Cet hébergement est vraiment très particulier. Sa décoration y est unique. Des tableaux classiques aux couleurs sombres et aux thèmes un peu lugubres côtoient des statues de marbres sans têtes.

D'épais rideaux de velours noirs masquent les fenêtres tandis que dehors, la nuit tombe sur la capitale.

Les parquets craquent à chacun de nos pas. Il fait un froid glacial, comme si les rayons du soleil n'avaient pas pu réchauffer l'intérieur du bâtiment dans la journée. Les plafonds sont hauts et d'immenses lustres rococos aux ampoules faiblardes tentent vainement d'éclairer les lieux. Partout des statues, des tableaux représentant des pendaisons, des têtes décapitées sur des plateaux, des meurtres sanglants… c'est vraiment glauque. Je frissonne.

— Je crois que c'est notre chambre, c'est bien la 309 ?

— Oui, c'est ce qui est marqué sur la clé, me répond Clara.

— Il est vraiment flippant cet hôtel… ou c'est moi qui délire ?

— Nan Astrid… j'ai l'impression que les tableaux nous observent… répond Vanessa en chuchotant.

— J'espère que la déco des chambres est moins chargée…

— J'espère surtout que c'est pas trop humide. Je sens que je vais choper une angine pour rentrer, dit Martine d'une voix plaintive.

Natacha glisse la clé dans la serrure et pousse la poignée de la porte qui s'ouvre dans un grincement lugubre.

Nous cherchons un interrupteur pendant quelques minutes car la chambre est plongée dans la pénombre. Je finis par en dénicher un caché par un guéridon à l'entrée de la pièce. Bon… la chambre est moins glauque que le couloir. Six lits d'une place sont dispatchés à travers les vingt mètres carrés de notre logement. De vieilles armoires en bois sont adossées aux murs, un immense poster jauni par le temps représente la dissection d'un lapin. Sur le mur d'en face, un grand crucifix est vissé au-dessus d'un des lits, un Jésus grimaçant, les bras en croix veillera sur notre sommeil cette nuit.

J'ai tellement hâte de sortir de cet endroit oppressant ! Je dirai à Julio de m'accompagner jusqu'à la chambre en rentrant, hors de question que je me balade seule dans cet horrible endroit.

Les filles autour de moi rient pour essayer de se rassurer mais je vois bien que nous sommes toutes déstabilisées par cette ambiance pesante.

— Vous savez où est la salle de bain ? demande Clara.

— Alors c'est des sanitaires partagés entre les chambres de l'étage. C'était marqué sur le site quand j'ai réservé, lui répond Astrid.

— J'ai bien fait de prendre mes tongs pour la douche. Je parie que c'est des nids à verrues !

— Arrête de tout dramatiser Martine !

— Faut que je me prépare pour mon rendez-vous avec Julio, il ne devrait pas tarder à passer me chercher !

La pression monte. Je suis à quelques minutes de le revoir et ça m'angoisse.

Nous sortons de la chambre en file indienne, à la recherche des sanitaires, trousses de toilette à la main. Tandis que nous déambulons dans le couloir, je passe à côté d'une armure. Une armure ! On se croirait vraiment dans une film d'horreur. On entend des voix au loin et un groupe de jeunes Anglais éméchés surgit de nulle part. Vanessa leur demande s'ils savent où sont les toilettes. Ils répondent qu'elles sont hantées et qu'il y a une fête sur le toit ce soir et filent en pouffant de rire.

Nous finissons par trouver les sanitaires. Une grande pièce carrelée de blanc au sol et sur les murs. Une enfilade de lavabos au-dessus desquels des miroirs ronds sont fixés. En face, tout autant de douches seulement fermées par des rideaux en plastique blanc. Et en face de nous, des cabines avec des portes semblant fermer à clé abritent des toilettes. Il fait un froid glacial dans la pièce déserte.

Nous prenons les cinq toilettes d'assaut et Astrid reste sur le carreau. Je l'entends à travers la porte.

— Les filles magnez-vous ! Je flippe toute seule !

*****

Après avoir passé quelques minutes à se maquiller pour masquer la fatigue du voyage, Émilie s'était changée dans la chambre. Un jean slim, une jolie blouse noire en soie légèrement transparente et des sandales. Par superstition, elle avait laissé ses cheveux naturels, comme lors de leur première et unique rencontre.

Ses amies descendirent avec elle jusqu'à la réception mais c'est seule qu'elle descendit les marches pour rejoindre le jeune homme qui patientait devant l'hôtel.

Julio portait un pantalon en coton beige et une chemise blanche à manches courtes.

Il la vit descendre et lui adressa un beau sourire en la regardant droit dans les yeux.

Un peu maladroite en descendant les marches, elle lui rendit un sourire timide tandis qu'elle s'approchait, marche après marche.

Ils se firent une bise un peu gauche en riant bêtement. Malgré la timidité et la pudeur, la joie de se retrouver se lisait sur leurs visages.

Il lui dit qu'il l'emmenait manger le meilleur ceviche de Lima. Ils déambulaient main dans la main dans les rues, le temps semblait suspendu.

*****

Après avoir scruté les retrouvailles de leur amie avec son Julio à travers la porte vitrée de la réception, les filles sortirent elles aussi dîner en ville. Elles trouvèrent un restaurant à quelques minutes à pied de leur auberge de jeunesse. Elles dégustèrent de délicieuses salades à base d'avocat et de pommes de terre. Le restaurant était baigné de la douce lumière de guirlandes électriques et un groupe jouait de la salsa sur une petite scène de fortune.

Dernière soirée au Pérou. Quel mélange d'émotions !

*****

Ils avaient passé le dîner à discuter. La timidité des premiers instants avait cédé la place à une belle complicité et à des regards éloquents. Ils se plaisaient et la magie de la première rencontre était intacte. Ils savaient que le temps était compté avant une nouvelle séparation jusqu'à une date inconnue.

Se reverraient-ils même un jour ? Soucieux de ne pas ternir leur rencontre, ils évitèrent soigneusement d'aborder le sujet de la distance qui allait les séparer quelques heures plus tard.

*****

Elles étaient rentrées aux alentours de 22:00 et avaient décidé d'aller explorer le bar situé sur le toit de l'hôtel. En arrivant là-haut, elles furent soufflées par la vue imprenable qui leur était offerte. Lima s'étendait, parée de ses plus jolies lumières, autour d'elles. Les façades et les toits des plus beaux édifices majestueusement éclairés tranchaient de toutes leurs dorures avec un ciel d'encre.

Un petit cabanon avait été installé et deux barmen se relayaient pour servir des bières aux nombreux touristes présents. De la musique latino était diffusée aux quatre coins du toit. Certains dansaient, beaucoup étaient assis dans les fauteuils dépareillés posés de façon anarchique au sol. La bière coulait à flots. L'ambiance joyeuse tranchait avec l'intérieur terrifiant de l'hôtel.

Les filles étaient assises en cercle autour d'une petite table, bières à la main, à se remémorer, avec déjà de la nostalgie, leurs plus beaux souvenirs.

Elles partaient à 05:00 pour l'aéroport, elles décidèrent donc de rentrer se coucher après un verre.

Tandis qu'elles allaient prendre les escaliers, Vanessa leva la tête pour observer le décor une dernière fois. Et là, elle se mit à crier :

— Oh putain, mais c'est trop horrible !

— Quoi ? lui demanda Clara.

— Regarde là-haut !

Et là, tous les yeux convergèrent vers la cheminée que leur amie désignait du bout du doigt. Un mannequin en plastique, nu, chauve était posé là, semblant les observer, les pupilles vides. En regardant autour d'elles, épouvantées, elles découvrirent que cinq ou six mannequins, plus glauques les uns que les autres, avaient été placés en hauteur, attendant de créer l'effroi chez ceux qui pensaient trouver un lieu chaleureux et rassurant.

Elles quittèrent le bar en criant, en riant… cet hôtel était vraiment trop flippant !

*****

Ils avaient déambulé dans les rues après s'être régalés au restaurant. Puis ils s'étaient installés en terrasse d'un bar, à quelques centaines de mètres de l'hôtel, pour déguster un Pisco Sour. Leurs mains solidement emboîtées semblaient ne plus vouloir se quitter. Ils avaient l'impression de se connaître depuis toujours et de se compléter.

Puis, ils comprirent que l'heure de se quitter était arrivée. Il l'accompagna à l'hôtel et, enfin, ils échangèrent leur premier baiser. Passionné, fougueux et doux à la fois. Le désespoir de se quitter se mêlait à la conviction que l'histoire ne s'arrêterait pas là.

Il ne put pas aller plus loin que le hall de réception, seuls les clients étaient autorisés à accéder aux étages.

Une dernière étreinte, un dernier sourire, des larmes, des promesses… et Julio s'éloigna, le cœur gros.

Elle monta en courant jusqu'au troisième étage, ses yeux laissaient sortir un flot continu de larmes. Elle regardait ses pieds, elle avait trop peur du décor des couloirs pour prendre le temps de le contempler.

Elle vit la porte de la chambre avec soulagement et pressa la poignée. Bloquée.

Elle tenta à nouveau mais ça ne s'ouvrait pas. Sur sa gauche, le tableau d'une vieille femme, le teint cireux, les yeux d'un bleu délavé et un sourire en coin semblait l'observer. Elle jura avoir vu ses pupilles bouger. Emplie d'effroi, elle tambourina à la porte pour qu'on vienne lui ouvrir. Elle sentit un courant d'air glacé caresser sa peau.

*****

— Les filles, ouvrez-moi !

Boum ! Boum ! Boum !

Elles furent réveillées en sursaut par les coups désespérés que leur amie donnait dans la porte.

— C'est qui ? cria Vanessa qui, sortant d'un sommeil profond, avait du mal à comprendre où elle était.

— C'est moi ! Ouvrez, j'ai peur !

— Attend, on arrive ! lui répondit Clara qui cherchait à tâtons son téléphone pour pouvoir s'éclairer.

Elle finit par courir jusqu'à la porte, lui ouvrit et traversa la pièce en courant pour regagner son lit en sautant de crainte qu'une main ne lui attrape la cheville au passage. Cet hôtel était un vrai musée des horreurs propice à réveiller les vieilles angoisses enfouies depuis leur plus tendre enfance.

— Alors ? Comment ça s'est passé ?

Émilie leur raconta sa merveilleuse soirée passée avec ce garçon charmant, galant et tellement intelligent ! Elle était sur son petit nuage mais le quitter jusqu'à une date inconnue avait été un vrai déchirement.

Elle demanda à son tour à ses amies ce qu'elles avaient fait de leur soirée. Elles racontèrent le restau, le bar, les mannequins… et Vanessa se vanta d'avoir été la seule à oser se doucher. Elle reconnut avoir eu la sensation bizarre d'être observée pendant qu'elle se lavait. Elle avait senti un souffle froid sur sa peau mouillée quand elle sortait de sa douche. Le reste du groupe avait préféré une toilette sommaire, se rendant à plusieurs dans les sanitaires pour satisfaire leurs besoins naturels. L'hôtel España leur laisserait l'impression d'avoir passé une nuit au cœur d'un décor de film d'horreur.

Mais cette nouvelle aventure, vécue toutes ensemble leur laisserait un souvenir amusant qu'elles adoreraient se remémorer encore bien des années plus tard, en exagérant sans doute un peu certains détails.

XXII

Elles avaient mis plusieurs réveils afin d'éviter un nouveau « Martinegate » comme à Cuzco. La nuit avait été très courte.

Toutes avaient eu du mal à dormir. Les lieux n'étaient pas vraiment propices à ce qu'elles glissent doucement dans le monde des rêves… et surtout, l'angoisse commune à tous les voyageurs du monde de ne pas se réveiller pour leur vol avait eu raison de leur nuit.

Quand les réveils avaient sonné à 04:30 dans une cacophonie de mélodies diverses et variées, elles étaient toutes déjà habillées, s'organisant pour aller par deux aux toilettes de peur de croiser des fantômes ou de voir des statues bouger.

Après un frugal petit déjeuner composé de briques de jus de fruits et de biscuits secs achetés la veille à Arequipa, elles avaient quitté l'hôtel à 05:00 en combi, comme prévu.

Tout se goupillait bien. Les quinze touristes embarquèrent à bord du véhicule et chacune prit une grande inspiration d'air péruvien. Cette odeur de terre humide qui les avait tant frappées à leur arrivée.

Une fois à l'aéroport, elles furent soulagées de se débarrasser de leurs valises et de leurs sacs de voyages. Mais à leur grande surprise, les bagages ne partaient pas directement à Paris. Il faudrait les réenregistrer à Madrid où elles avaient leur correspondance. Elles avaient à peine une heure entre leurs deux vols mais l'hôtesse de l'air leur assura avoir collé une gommette sur les étiquettes afin que leurs bagages soient déchargés en premier en arrivant en Espagne.

Elles partirent en salle d'embarquement où on leur annonça un retard de vingt minutes sur leur vol. Décidément, ça commençait à sentir le roussi.

Elles étaient dans un état d'esprit particulier, un mélange de tristesse de voir leur si belle aventure s'achever et de soulagement de retrouver leurs proches dans quelques heures.

Il était 07:30 quand le vol de 07:05 décolla enfin. C'était parti pour plus de quatorze heures à trente-mille pieds de haut. Clara et Émilie, fidèles à leurs habitudes, avaient vissé leurs écouteurs sur leurs oreilles et écoutaient la voix familière et rassurante de Lynda Lemay. Vanessa prenait sur elle pour ne pas s'énerver contre le bambin qui, sur le rang de derrière, donnait des coups de pieds réguliers dans son siège.

Natacha s'était acheté le « Vogue » péruvien et était en pleine lecture. Martine mâchait très fort un chewing-gum pour que ses tympans ne souffrent pas de la pression. Elle avait également enfilé ses chaussettes de contention pour éviter les risques de phlébite.

Le vol se passa sans encombre, rythmé par les films proposés par la compagnie aérienne, les fous rires et les siestes.

Émilie était pensive. Elle était sous le charme de Julio et trouvait injuste de devoir vivre une nouvelle séparation. Clara avait pris le parti de garder pour elle sa douleur et de faire semblant d'aller mieux.

Lorsque leur avion se posa à Madrid, elles constatèrent avec effarement qu'il leur restait seulement quarante-cinq minutes avant le décollage de leur correspondance. C'est à peu près le temps qu'il leur fallut pour récupérer leurs bagages et le vol Madrid-Paris s'envola sans elles. De longues heures d'attente, de tension et d'agacement s'ensuivirent jusqu'à ce que la compagnie leur trouve des places sur un autre vol, dix heures plus tard.

*****

« Rennes, ici Rennes » entonna la voix monocorde dans les hauts parleurs du TGV.

Enfin, elles étaient de retour sur le sol breton. Épuisées par les péripéties du voyage, elles tombèrent dans les bras de leurs proches venus les attendre.

Émilie se souvint de son retour de Chine et de Benoît, venu la chercher sur ce même quai avant leur première nuit d'amour. Elle était perdue. Était-il possible de tomber amoureuse de deux hommes si différents l'un de l'autre ?

Elle était si pressée de tout raconter à Claudine ! Elle embrassa ses amies et partit en voiture avec ses parents.

Les parents de Vanessa étaient aussi là, ils avaient quitté leur île tôt dans la journée pour accueillir la jeune fille. Elle leur tomba dans les bras. Elle ne les avait pas vus depuis les vacances de pâques.

Clara aperçut aussi ses parents. Il faudrait qu'elle leur dise, un jour. Ils pensaient que ses traits tirés étaient uniquement liés à son long voyage et ne soupçonnaient pas une seconde ce qu'elle traversait. Tant mieux.

*****

Émilie entra timidement dans sa chambre. L'odeur familière de son domicile la réconforta. Sur les murs, quelques photos d'elle et Benoît, au temps du bonheur. Des draps propres sur son lit, séchés dans le jardin attendaient qu'elle vienne se reposer. Elle apprécia une bonne douche chaude et s'endormit immédiatement, heureuse de retrouver ses repères.

Vanessa et ses parents dormaient dans un hôtel à Lorient afin de prendre le premier bateau qui les ramènerait à Groix au petit matin. Les deux heures de voiture qui avaient suivi leur arrivée en gare de Rennes avaient eu raison d'elle et elle s'était endormie instantanément sur la banquette arrière.

Clara retrouva avec soulagement sa chambre et son chat, Gribouille, qui la regarda comme si elles s'étaient quittées la veille. Rien n'avait changé à la maison. La douce odeur de la cheminée, le craquement des marches des escaliers en bois, le lampadaire penché sur le trottoir d'en face. Tout était comme en mai. Tout, sauf elle.

*****

Je me réveille avec bonheur dans mon grand lit si rassurant. La lumière passe sous mon rideau de Velux. Je regarde mon téléphone et constate avec surprise qu'il est plus de seize heures. Quelle nuit ! Je me sens reposée. J'entends le bruit de l'aspirateur en bas. Maman a posé sa journée pour être avec moi. Elle ne m'aura pas vue beaucoup !

Je constate avec soulagement que mes saignements se sont estompés. Mon corps reprend ses droits.

Après avoir bu un thé avec ma mère, mis mon linge sale dans la machine et préparé le sac de souvenirs que j'ai ramenés pour Annabelle et Yann, je file sur l'ordinateur vérifier mes mails.

Sans surprise, je vois que Jean-Gé m'a répondu. J'étais si bien quand je lui ai écrit. Si sereine. Et le lendemain, ma vie a de nouveau volé en éclats. Je lis son message et les larmes se mettent à couler. C'est lui qui semble apaisé maintenant. Je suis heureuse de le savoir bien. Et il m'aime toujours. C'est stupide, mais ça me réconforte un peu…

Dans cinq jours, je décolle pour les Baléares avec mes parents pour deux semaines de farniente dans un joli appartement avec vue sur mer. J'ai tellement hâte ! J'espère juste que nous ne raterons pas l'accouchement d'Annabelle. Nos billets d'avion sont réservés depuis plus de neuf mois et n'étaient plus modifiables quand nous avons appris l'heureuse nouvelle !

J'ai hâte de retrouver ma sœur chez qui nous allons dîner ce soir. Je ne pourrai pas lui parler de ma fausse couche. Ça serait totalement indélicat de parler de la perte de mon bébé à une femme sur le point d'avoir le sien. Il va falloir que je sois forte, la vue de son beau ventre rond risque d'être douloureuse.

XXIII

Vendredi 26 Août 2005

Toc ! Toc ! Toc !

J'entends des pas derrière la porte. J'ai l'estomac noué. J'appréhende tellement de le revoir. Il a été mon grand amour, mon bourreau.

Que vais-je ressentir en le voyant ?

Je ne sais pas comment me tenir. Les mains dans les poches, genre à la cool ? Ou bien derrière mon dos ? Je n'ai pas le temps de réfléchir plus que la clé tourne dans sa serrure et la porte s'ouvre sur lui.

Il me sourit, me regarde des pieds à la tête et se recule pour me laisser entrer.

Je marche directement vers le salon. La dernière fois que je suis venue ici c'était le jour où je l'ai frappé. Le jour où j'ai mis un terme à notre histoire.

Nous nous faisons face. Il a l'air aussi stressé que moi même si ses traits semblent apaisés. Il a pris de jolies couleurs. Sa peau est encore plus mate, grâce au soleil birman, je suppose. Il porte un tee-shirt noir un peu cintré et un jean bleu clair. Il est toujours aussi beau.

— Je peux t'offrir un thé ? me demande-t-il.

Sa voix est douce et posée. Il a changé.

— Oui… je veux bien s'il te plaît.

Je suis enrouée. Je me sens mal à l'aise. J'ai prévu de tout lui dire. Mais comment va-t-il réagir ?

Il ressort de la cuisine quelques instants plus tard, un plateau à la main sur lequel sont posées une théière fumante et deux tasses.

— Tu as l'air en pleine forme Clara. Tu es toute bronzée.

— Merci. Toi aussi !

— C'est le soleil de Majorque qui t'a donné de si belles couleurs ?

— Je suppose que oui… et celui d'Arequipa aussi…

— Je suis content de te revoir.

— Moi aussi, Jean-Gé.

Il y a un long silence. Chacun avale une gorgée de thé. Je me lance.

— Tu te souviens de mon mail ?

— Oui...

— Je t'avais dit qu'il fallait que je te parle de quelque chose d'important...

— Oui, ça m'intrigue depuis que j'ai reçu ton message. Rien de grave ?

Il me regarde droit dans les yeux. Il sait que c'est grave. Il me connaît mieux que quiconque. C'est le moment de lui dire. Je peine à respirer. Je ne sais pas comment lui annoncer ça. J'ignore comment il va réagir...

— Il s'est passé quelque chose au Pérou. Je ne sais pas comment t'en parler.

— Dis-moi les choses simplement, Clara.

— Quand j'étais là-bas... j'ai découvert que j'attendais un bébé.

Ses yeux s'arrondissent, incrédules. Je vois son regard descendre de mon visage vers mon ventre. Des larmes commencent à couler et je ne cherche pas à les retenir.

Il ne dit rien. Il est sous le choc.

— J'étais enceinte de sept semaines quand je l'ai su.

— Clara... pourquoi tu ne m'as rien dit ?

— Tu voulais que je fasse quoi ? C'est pas le genre de truc qui se dit par mail. J'ai été tellement choquée en découvrant que j'étais enceinte...

— Je suis désolé. Je ne m'y attendais pas...

— Je comprends. Je me suis demandée ce que je devais faire, s'il fallait le garder ou non...

Il soupire et ses yeux se posent à nouveau sur mon ventre, trop plat pour porter un bébé.

— Tu t'es fait avorter au Pérou ? sa voix s'est cassée.

— Non Jean-Gé. J'avais décidé de le garder.

— Mais, pourquoi tu n'as pas l'air enceinte ?

Et là, c'est dans un déchirement que je lui balance l'information.

— J'ai perdu notre bébé.

Et moi qui me sentais mieux, plus sereine, je m'effondre. Il se précipite à côté de moi et me serre dans ses bras. Je crois qu'il pleure aussi. Nous restons comme ça, blottis l'un contre l'autre sans nous parler. L'odeur rassurante de son corps, sa chaleur m'apaisent. Je lui explique, après avoir réussi à canaliser la vague d'émotion qui s'est emparée de moi, que le bébé n'était sans doute pas viable, que la nature avait fait sa triste besogne. Il me demande comment j'ai pu tomber enceinte, je lui explique que je me faisais vomir à cette période. Il pleure, il me demande pardon.

Je décide de changer de sujet et nous parlons de la Birmanie, de son engagement auprès des enfants. Il me raconte les écoles, les couchers de soleil, la beauté du pays. Je lui parle du Pérou, de la naissance, il y a trois semaines, de Hugo, mon neveu.

Nous nous quittons, sereins, une heure trente plus tard. Notre histoire est derrière nous. Nous serons désormais prof et élève. Plus d'ambiguïté. Un passé commun et des avenirs séparés.

*****

Je retrouve Benoît au Candiot. Quand il a su que son frère et Clara avaient prévu de se revoir, il a souhaité que nous fassions la même chose. Il est là, en terrasse. Il m'attend. Il est toujours aussi beau.

Dès qu'il m'aperçoit, il se lève et s'avance vers moi. Il me serre dans ses bras. Quelle sensation agréable !

Un café pour lui, un chocolat chaud recouvert de chantilly pour moi, on reprend vite nos vieilles habitudes.

Nous parlons de nos voyages respectifs. Je lui avoue avoir souvent pensé à lui et à son œil de photographe dans tous les lieux superbes que nous avons visités. Il m'explique avoir voulu m'écrire mais s'être senti illégitime de revenir vers moi après m'avoir quittée comme ça.

C'est étrange, quand je l'observe, j'ai le sentiment étrange d'être passée à autre chose. Il me plaît toujours, je ne peux pas le nier, mais je crois que je ne l'aime plus.

— Émilie, tu avais rencontré quelqu'un là-bas. Tu veux m'en parler ?

— Oui... Il s'appelle Julio et...

— Julio ! Il éclate de rire.

— Ne te moque pas, Benoît ! Je me sens blessée par sa réaction.

— Pardon... donc tu as rencontré un mec qui s'appelle Julio. Il ne cherche même pas à dissimuler son amusement.

— Oui... et il me plaît énormément. Il se passe quelque chose de sérieux entre nous.

— Tu veux dire que vous vous êtes lancés dans une relation à distance ?

Il ne rigole plus du tout.

— Oui...

Un lourd silence s'abat sur nous.

— Donc, nous deux...

— C'est fini. J'ai terminé sa phrase un peu plus froidement que prévu.

— OK. Il soupire.

— Je suis désolée, Benoît. Je n'ai rien vu venir, ça m'est tombé dessus...

— Tu n'as pas à te justifier. Je t'ai quittée, j'en assume les conséquences.

— On peut rester amis...

— On pourrait. Mais on ne le fera pas. Tu as tourné la page, mais pas moi. Il faut mieux qu'on continue nos routes chacun de son côté. Je ne pourrais pas faire semblant d'être juste ton ami.

Waouh… je ne pensais pas que la coupure serait si nette. J'ai tellement besoin de lui dans ma vie. Il faut que je le lui dise, je ne veux pas avoir de regrets.

— Tu vas tellement me manquer… je ne peux pas imaginer ma vie sans toi…

— Émilie, si on doit se retrouver un jour, ça se fera. Mais là, je ne peux pas. Ça me ferait trop de mal. Et ça ne serait pas sain.

Nous abrégeons notre échange. Les larmes aux yeux, il me serre une dernière fois dans ses bras. Il me fixe dans les yeux et me dit « Sois heureuse, Émilie ». Et nous nous quittons, la mort dans l'âme.

*****

Nous sommes sur le quai. Mon Guillaume s'apprête à embarquer après un merveilleux été. Il est rentré trois semaines et nous ne nous sommes pas quittés une seconde. Nous avons beaucoup discuté de cette crise traversée pendant mon voyage au Pérou. Je n'ai pas parlé d'Astrid. Peur de tout ruiner pour une histoire totalement insignifiante. La lettre que je lui avais écrite est désormais sous clé, dans le tiroir de mon bureau.

Il a reconnu avoir dépassé les bornes en ne voulant pas que je profite de mes soirées festives entre copines. Nous nous aimons tellement. Cette crise est désormais derrière nous.

Nous avons d'ailleurs pris une grande décision. Dans un an, une fois mon BTS en poche, nous partirons nous installer à Londres.

Il y a plein d'opportunités de carrière pour lui en tant que cuisinier. Et moi, je trouverai bien quelque chose sur place. L'important, c'est d'être ensemble.

Une année, c'est long et court à la fois. Je vois ça comme la dernière ligne droite avant cette vie à deux dont nous avons tellement rêvé !

De nombreuses choses peuvent se passer en un an. Quand je regarde derrière, je réalise tout le chemin accompli depuis mon arrivée à Rennes.

Des rencontres, des voyages… jamais je n'aurais imaginé vivre tout ça et pourtant…

Je serre Guillaume dans mes bras, les larmes aux yeux. Il viendra me voir aux vacances de la Toussaint, dans un peu plus de deux mois.

Le bateau s'éloigne. L'été touche à sa fin.

Dans une semaine, nous démarrerons notre deuxième année d'études en tourisme. Je suis curieuse de savoir quelles surprises elle nous réservera…

Je me précipite à la maison pour appeler les filles. Nous avons beaucoup de choses à nous raconter.

FIN

Remerciements

Cette belle aventure n'aurait jamais eu lieu si je n'avais pas été si bien entourée.

Un immense MERCI à toi, Aurélien. Mon mari, mon ami, mon pilier. Toujours aux premières loges pour me suivre dans mes excentricités et autres bizarreries. Tu es mon plus beau soutien et quand parfois la confiance me manque, tu en as pour deux. Merci pour ta présence, tes relectures, tes conseils et tout ton amour.

Arthur, Alexandre et Rose, avoir une maman qui écrit n'est sans doute pas toujours simple ! On se bat pour quelques précieuses minutes d'ordinateur, parfois je veille tard pour suivre une inspiration subite... Mais vous êtes là, et vous me comprenez ! Vous êtes mon oxygène, ma vie. Je vous aime tellement !

Elo, Zuzu, Vivi... mes muses, mes amies ! Si ce livre a vu le jour, c'est bien grâce à vous ! Qui aurait cru qu'un jour, au détour d'un énième fourire en souvenir du passé, nous allions nous transformer en personnages de roman ! Encore une aventure vécue ensemble. Merci pour votre bienveillance, votre enthousiasme et, surtout, votre amitié. Vous êtes tellement géniales, vous méritiez bien un livre ! Je vous aime !

À ma famille et belle-famille : Merci pour votre soutien !

Merci également à tous les relecteurs qui, depuis la naissance du projet, m'ont supportée et aidée. Emma, Lydie, Aurélien G, Isa, ...

Votre aide a été plus que nécessaire à l'aboutissement de 20 ans... Sans vos retours, et surtout, sans votre confiance et votre soutien, l'histoire serait restée cachée au fond d'un fichier de mon ordinateur !

Tous mes amis n'ont pas eu de place dans le roman mais ils en ont une immense dans mon cœur. Stef, tu mériterais un bouquin à toi toute seule (méfie-toi, j'en suis capable !), ma Voisinette, mon amie de toujours, (Coco ou coca ?) ma Kollok présente à mes côtés le jour où l'amour m'est tombé dessus comme un coup de soleil... C'est avec vous que je me suis construite ! Même si les kilomètres nous séparent parfois, l'amitié est là, bien solide.

Un grand merci à mes lecteurs de plus en plus nombreux ! C'est terriblement stressant de se dévoiler un peu à travers l'écriture. On craint les jugements, les moqueries, les critiques. Vous avez accueilli 20 ans... super chaleureusement, avec beaucoup d'engouement (je reçois même des messages en pleine nuit !!!) et c'est la plus belle des récompenses. Grâce à vous, je gagne chaque jour en assurance et mon envie de continuer cette belle aventure grandit ! Alors restez fidèles car c'est à travers vos yeux que je réalise que rien n'est impossible.

Le chemin de l'autoédition peut paraître sinueux et solitaire. Il n'en est rien, bien au contraire. En dehors du soutien de mes proches, j'ai la chance d'avoir pu compter sur l'aide de blogueuses qui ont permis de mettre 20 ans... en lumière. Outre cette jolie vitrine qui m'a été offerte, c'est surtout pour leur enthousiasme et leur confiance que je les remercie. Accepter de chroniquer le roman d'une auteure inconnue, qui plus est quand c'est le premier ! Elles ont accepté de découvrir mon univers avec enthousiasme et j'ai pris plaisir à lire leurs chroniques, au fur et à mesure. Toujours avec une légère appréhension au début, et finalement, la larme à l'œil et le cœur rempli d'émotion et boosté de confiance.

Merci pour vos jolies chroniques, votre confiance et votre entrain. Vous avez joué, et vous jouez au quotidien, un rôle déterminant dans cette jolie aventure. Je pense, entre autres, à Manoue (Manoue et ses chroniques littéraires), Cécilia (les lectures de Cilia), Nadine (Le Phare Littéraire), Patricia (Lectures évasion), ... je ne peux pas citer tout le monde alors c'est un merci général ! Vous jouez vraiment un rôle primordial dans la promotion d'un roman !

Et enfin, merci à toutes mes bonnes étoiles. Je ne suis jamais seule, je sais que quelque part là-haut, on me protège. Dieu, les étoiles, les anges... quel que soit le nom que l'on vous donnera, MERCI !

www.ingramcontent.com/pod-product-compliance
Lightning Source LLC
Chambersburg PA
CBHW030400180626
46812CB00005B/1869